FOLIO POLICIER

Deon Meyer

La proie

Traduit de l'afrikaans
par Georges Lory

Gallimard

Titre original :
PROOI

Né en 1958 à Paarl, en Afrique du Sud, Deon Meyer a écrit douze best-sellers traduits dans trente pays. Il a été journaliste, rédacteur publicitaire et stratège en positionnement Internet avant de se lancer dans le polar, juste après la fin de l'apartheid. Il aime la moto et la France, qu'il visite souvent. Il vit à Stellenbosch, région viticole des environs du Cap.

Pour Marianne, avec amour

Il est agréable de traquer longtemps un animal que l'on veut absolument abattre, d'être semé, joué, d'échouer en fin de journée, tout en s'obstinant à le chasser, sachant à chaque échec que, tôt ou tard, la chance viendra et que l'on obtiendra ce que l'on cherche. Mais il n'est pas agréable d'être limité par le temps pour descendre son koudou, pour le manquer peut-être, ou pour même ne jamais l'apercevoir. Ce n'est pas la bonne façon de chasser.

ERNEST HEMINGWAY,
Les vertes collines d'Afrique

I

1

Août. Daniel Darret. Bordeaux.

L'étrange relation de Daniel Darret avec Mme Lecomte commence dans la violence. Elle s'achèvera de même.

Une fois de plus, la canicule et l'humidité d'août l'empêchent de dormir. Sa fenêtre est grande ouverte, mais la place Camille-Pelletan est un four suffocant, sans le moindre vent. À minuit et demi surgissent les démons de son passé. Il enfile un short, un T-shirt et ses Nike noires, puis descend les trois volées de marches. La chatte est assise sur le toit de la vieille Renault sale. Elle lui jette un regard complice – *nous sommes deux infatigables créatures de la nuit*.

Satanée chatte. Wackett. Baptisée ainsi, jadis, sans raison, par le gosse des voisins.

Il prend son chemin habituel par la flèche Saint-Michel. La place de la basilique, de jour un marché fourmillant, est à présent complètement déserte. Il traverse les rails du tram, la rue à double voie, car il recherche une brise fraîche venant du fleuve. Il pique hardiment plein nord sur la promenade rive gauche.

La vieille ville de Bordeaux se love en silence comme une bête assoupie.

Près du parc Colbert, un ado solitaire va et vient sur son skateboard. Les roulettes sur les murets en béton et sur la plateforme en bois sont les seuls bruits qui résonnent dans la nuit. Il se demande ce qui tient ce garçon éveillé à cette heure.

Il franchit la Garonne par le nouveau pont Chaban-Delmas, un bijou d'architecture, et parvenu rive droite vire vers le sud. Il sent un peu d'air monter du fleuve obscur, qui lui rafraîchit le visage, juste un instant.

Ses pensées filent vers le travail qui l'attend aujourd'hui, ses modestes responsabilités tandis que M. et Mme Lefèvre passent leurs vacances à Arcachon. Au départ, il n'a pas conscience de la présence de la grande femme dans l'ombre du parc des Angéliques.

C'est seulement quand elle émet un son qu'il fixe son attention, car il entend de la peur dans sa voix. Il les aperçoit, elle et les spectres entre les arbres, et oblique instinctivement dans leur direction.

Ils sont cinq – ils la pourchassent. Ils sont rapides et souples, l'un d'eux tient une batte de base-ball. Il entend leurs rires moqueurs, leurs exclamations aussi excitées que l'aboiement d'une horde de lycaons. Deux hommes la rattrapent. Ils sont tellement braqués sur elle qu'ils ne remarquent pas Daniel.

L'un d'eux crie : « Girafe ! » Daniel le comprend, car la course de la femme longiligne est gauche, comme celle de l'animal. Il entend les autres hurler de rire. Le premier poursuivant accélère, se baisse, saisit la cheville de la femme. Elle s'écrase disgracieusement et sans bruit sur l'herbe.

L'homme la prend par les cheveux.

« Non », crie Daniel, involontairement. C'est un réflexe dont il perçoit aussitôt la conséquence. Il va courir un grand risque. Maintenant, et par la suite.

Ils se retournent, l'aperçoivent. L'un d'eux sort un couteau : la lame brille un instant à la lumière des réverbères du quai des Queyries. Celui qui tient la batte a les épaules larges, des bras musclés couverts de tatouages de serpents noirs. Ces armes indiquent qu'ils ne sont pas ici par hasard. Il se souvient des titres sensationnels dans les médias, des articles décrivant les difficultés de la police avec les voleurs de la rive, qui attendent, couchés sous les arbustes, que sortent les derniers fêtards ivres.

Ils forment un demi-cercle ; des hommes jeunes, la vingtaine à peine, en pleine confiance. Il sait qu'à cet âge-là, ils sont mus par leur ego et la pression du groupe, qu'ils vont se ruer tous ensemble sur lui. Il ressent le poids de son âge face à cette violence qui surgit. L'un d'eux éructe un cri de guerre. Un son primitif qui les pousse à l'action.

Il sent l'adrénaline monter. Il frappe d'abord le plus grand, celui qui a des serpents sur les biceps. Il calcule mal son coup, et le touche mollement. Le porteur de couteau attaque, tel l'éclair ; trop tard pour se dégager, la lame lui glisse sur la cage thoracique. Un coup de poing l'atteint à la gorge, un autre sur la pommette – des coups durs qui le font vibrer, chanceler.

Il va crever sur place ce soir.

Biceps-aux-Serpents lève haut la batte, les autres s'écartent un instant pour le laisser frapper. Daniel s'avance désespérément, et l'atteint à la tempe, d'un coup ferme, solide. Ça donne un son creux, faiblard, comme une pastèque qui tombe. Biceps-aux-Serpents s'affale. Un autre ramasse la batte. Daniel se retourne sur la pointe du pied et lance sa main droite sur le surineur. Mais il est trop lent, la lame lui entame profondément la paume. Il agrippe le poignet de l'homme de sa main gauche, l'attire violemment et lui balance sa main droite sur le nez, avec un élan du bas vers le haut. Le surineur titube, tombe sur son séant, hoquetant de douleur. Daniel sent la chaleur du sang qui coule de sa paume et sur son flanc.

Deux autres lui tombent en même temps sur le dos. Il se jette de tout son poids en arrière et en écrase un contre un arbre. Il entend craquer les côtes de l'assaillant, et sent que le bras autour de son cou faiblit. Mais l'autre frappe Daniel par-derrière, sur l'oreille. Un second coup l'atteint à la nuque. Le cinquième homme, barbu grimaçant de haine, se rue avec la batte.

Daniel se retourne pour que l'homme accroché à son cou lui serve de bouclier. Ça ne marche pas. La batte le frappe dans le gras de l'épaule droite, avant de rebondir et de lui heurter douloureusement l'oreille. Le sang coule à présent le long de sa nuque. Il agrippe fermement la batte, la tourne et l'arrache aux mains du bonhomme ; il remarque les yeux de son assaillant, hagards, apeurés face à sa force et sa rapidité. Daniel le cogne à la tête. Il s'affaisse. Enfonçant la poignée de la batte vers l'arrière, Daniel atteint la gorge de celui qui le tient par-derrière, le bras qui étouffait son cou se détache. Daniel se retourne. L'homme essaie de parer avec son avant-bras, mais Daniel balance la batte, casse le radius et le cubitus. Un hurlement aigu dans la nuit.

Un bruit de pas derrière lui. Il aperçoit juste à temps l'homme au couteau, la figure ensanglantée, le blanc des yeux immense et sauvage ; la lame part du bas vers le haut. D'un seul mouvement, Daniel s'écarte et frappe. Le bout de la batte touche la main qui tient le couteau, l'arme s'envole, retombe dans l'herbe. Il s'avance, enfonce la batte dans l'estomac de l'assaillant, se retourne sur-le-champ. Mais plus personne ne veut se battre.

Il faut qu'il s'éclipse, car il craint les conséquences. Certains des jeunes sont sérieusement blessés.

Il s'approche de la femme. Elle est assise, ébahie. Il remarque qu'elle est plus âgée qu'il ne le pensait. Son visage est étrange par la forme et par l'expression. La peur et la fascination ont pétrifié ses traits insolites.

« Venez », lui dit-il, en tendant sa main droite pour l'aider, et il se rend compte que le sang en dégoutte abondamment. Il change la batte de main et lui offre la gauche. Il ne sait pas si elle va la saisir, car il est grand, noir, et ensanglanté de la tête aux mains, sans parler des vêtements, en pleine nuit et dans un parc sombre.

Elle prend sa main, il la relève. Elle demeure hébétée.

« Il faut qu'on parte », la presse-t-il.

Elle opine. Il la conduit par le bras. Ils franchissent les ombres jusqu'aux éclairages de la rue Sem.

Il jette un coup d'œil derrière lui. Personne ne les suit.

Il balance la batte de base-ball au milieu du large fleuve.

Au Pont de pierre, il lui souffle : « Continuez à marcher. » Il la pousse dans le dos. Elle hoche la tête, et avance. Il veut sauter au-dessus des grilles, descendre les marches, essuyer le sang sur son visage avant d'arriver à la maison. Mais il aperçoit la femme qui s'arrête et revient sur ses pas.

« Merci », dit-elle doucement.

2

Août. Benny Griessel. Bellville.

La vie professionnelle d'un policier ou d'une policière tourne autour d'un dossier à trois rabats, juste deux centimètres plus grand qu'un feuillet A4.

C'est le légendaire *docket*.

Esthétiquement parlant, ce n'est pas un beau document.

Le dossier est fait d'un carton mince et bon marché, dont la couleur brun clair est souvent comparée avec mépris à celle des déjections malodorantes des bébés.

Tout en haut est imprimé le blason de la SAPD, la police nationale sud-africaine. Dessous, en caractères gras, figure son titre officiel, complet et bilingue *CASE DOCKET / SAAKDOSSIER*. Pourtant les enquêteurs, les avocats et les juges le désignent presque tout le temps du mot *docket*, « dossier », quelle que soit leur langue maternelle, dans un pays qui en compte officiellement onze.

Il comprend trois rabats et six pages, chacune remplie de haut en bas à l'encre noire, en anglais et en afrikaans (vestige du bilinguisme administratif), de mots, de phrases, d'abréviations, de cases et de lignes en pointillé qui peuvent sembler intimidants et chaotiques pour un néophyte ou un ignorant. Mais pour celui qui l'utilise quotidiennement, le *docket* est un chef-d'œuvre d'efficacité. Il a évolué au cours des décennies pour devenir le guide parfait, le compagnon de voyage de chaque affaire criminelle – depuis la première visite sur la scène du crime jusqu'au verdict final. Les six pages en carton contiennent des informations majeures, et le dossier sert aussi d'enveloppe remarquable, surprenante et durable pour les dizaines, les centaines de documents que l'affaire peut rassembler au cours de sa vie. Le dossier est tout à la fois entrepôt, encyclopédie, liste des sources, bible de l'enquêteur et thriller.

À condition de savoir comment le lire, et qu'il soit ouvert et tenu à jour par un policier rigoureux et compétent.

Quand le colonel Mbali Kaleni leur remet le dossier, à l'issue du défilé traditionnel du mardi, juste avant huit heures, le capitaine Benny Griessel et son collègue Vaughn Cupido remarquent au premier coup d'œil deux choses importantes :

> « 1. Il ne s'agit pas d'un de leurs propres *dockets* qui leur est retourné, après que Kaleni l'a examiné avec sa pénible minutie. Car la toute première case à gauche indique qu'il provient du poste de Beaufort West, avec le nom du premier enquêteur : *Serg. A. Verwey*.
>
> 2. C'est une patate chaude. Car ils ont immédiatement lorgné vers le centre de la page, sous le "code crime". Sur ce dossier-là figurent des

chiffres qui font battre plus vite le cœur de tout enquêteur en Afrique du Sud : 31984. »

C'est le code administratif utilisé pour les meurtres.

« J'aimerais que toi et le capitaine Cupido vous vous concentriez sur cette affaire exclusivement », dit Mbali Kaleni en accentuant le dernier mot. À la Direction des enquêtes criminelles prioritaires, elle est responsable du Groupe criminalité violente, plus connu sous le nom des Hawks, les Faucons. Son prénom signifie « fleur » en zoulou, sa langue maternelle.

Griessel et Cupido savent immédiatement que toute leur vie professionnelle, dans un avenir proche, va tourner autour de ce dossier. Et ça ne leur fait pas trop plaisir. Entre autres parce qu'il s'agit d'un dossier dont ils ne font qu'hériter. Ce qui signifie qu'il sera probablement plein de fautes et plombé par les querelles interservices et les jalousies professionnelles.

De surcroît, cette enquête date d'au moins huit jours, selon le numéro de l'affaire (inscrit dans la case centrale en haut de couverture). La date et l'heure du crime (deuxième case, à gauche sur la couverture) remontent à près de trois semaines. Les premières vingt-sept heures, cette période cruciale dans toute enquête sur un meurtre, sont passées depuis longtemps.

Si bien que Cupido grogne : « Pourquoi est-ce qu'on récolte toujours les affaires comme ça ? Le pire du pire ?

— Parce que vous êtes les meilleurs des meilleurs, capitaine », rétorque Mbali Kaleni. Elle est patiente, soumise aux règlements exaspérants, ce qui met souvent en rage le capitaine Cupido, plus souple. Mais elle sait tirer le meilleur parti de ses hommes : « Et c'est ce qu'il faut dans cette affaire. Parce qu'elle implique le tourisme international, il semble qu'il y ait des zones grises quant à la juridiction. L'application de la loi sur le plan local n'est pas impressionnante. C'est pourquoi le directeur de la police de la province nous a demandé de prendre le relais. Il a insisté pour que vous et Benny vous chargiez de l'affaire. Selon lui, si quelqu'un peut la résoudre, c'est bien vous.

— Ça, c'est sûr, lâche Cupido satisfait, ne percevant pas l'habile manœuvre de Mbali.

— De plus, la victime est un ancien membre de nos services. Il s'agit du *docket* Johnson Johnson. »

Elle attend que la lumière se fasse dans leur tête, mais, comme la plupart des membres du Groupe criminalité violente, les deux enquêteurs ont passé le mois écoulé à travailler nuit et jour sur une série de meurtres parmi les videurs de boîtes de nuit au Cap. Ils la dévisagent.

« Le type qui a disparu du train de luxe », dit-elle, comme s'ils devaient savoir ça au moins. « Les médias en ont parlé.

— Johnson Johnson ? C'est son nom ? Pour de vrai ? demande Cupido.

— Oui. »

Griessel secoue la tête. « Désolé, colonel, nous n'en avons pas entendu parler.

— OK. Tout est dans le dossier. »

Mais tout n'est pas dans le dossier.

Installés dans le bureau de Griessel, ils en sortent le

contenu, le posent sur son ordinateur et commencent à l'étudier.

Comme tous les dossiers de la police nationale, il comporte trois parties, A, B et C.

La partie A comprend les entretiens, les rapports, les déclarations et les photos. Dans l'affaire Johnson, il y en a peu. On y trouve une page signée, écrite à la va-vite, au sujet d'un entretien téléphonique avec Mme Robyn Johnson, le rapport initial d'un enquêteur scientifique de la police de George et quelques clichés pas très nets d'un homme en costume noir et chemise blanche, gisant près d'une voie ferrée. Elles montrent un cadavre en début de décomposition. Une grave blessure à la tête déforme les traits du visage. Les bottes des policiers en uniforme, entourant le corps, sont également visibles sur les photos.

«*Jissis**[1] », dit Benny Griessel en désignant le tout. Ça révèle un mauvais contrôle de la scène de crime et annonce des difficultés sans fin pour le procureur, si l'affaire devait aboutir au tribunal.

« *Ja*. Du travail de broussard. Tu t'attendais à quoi ?» demande Vaughn Cupido, dédaigneux.

Dans la partie B du dossier, on conserve les correspondances échangées par les différents services de police ou des instances extérieures comme les banques ou les employeurs. S'y trouve simplement la copie d'une assignation au titre de l'article 205, que l'enquêteur de Beaufort West a fait valoir pour obtenir des renseignements auprès de la société de téléphonie Vodacom concernant un portable.

1. Les mots et expressions suivis d'un astérisque renvoient au glossaire en fin d'ouvrage.

La partie C, c'est le journal d'enquête sur formulaire SAPS5. Là aussi, du travail bâclé. La dernière note indique que le cadavre n'a été transporté que deux jours plus tôt à la morgue publique de Soutrivier, au Cap. Toujours pas d'autopsie. Le corps n'a même pas été identifié officiellement comme étant celui de Johnson Johnson.

Griessel soupire.

Cupido se lève. « Benny, essayons d'y voir plus clair dans ce truc », et il se met à effacer le tableau blanc accroché au mur.

Griessel reprend chaque élément du *docket*, tandis que Cupido trace au feutre bleu une ligne chronologique avec les détails en abrégé.

À midi, ils sont encore occupés. Ils commandent des plats à emporter. Griessel, un burger jalapeño avec frites et mayo, son nouveau plat favori, chez Steers. Il mange ce qu'il veut, car avec son VTT il roule au moins cent quarante kilomètres par semaine sur les pentes de Kloofnek. Il a perdu sept kilos depuis l'année dernière.

L'élégante garde-robe de Cupido se fait un peu étroite ces temps-ci. Car Cupido veut conquérir le cœur de son nouvel amour, la belle Desiree Coetzee, de Stellenbosch, qui adore cuisiner ou sortir au restaurant. Les poignées d'amour de Cupido le désolent. Profondément. C'est pourquoi il suit en secret le régime dont il s'est moqué avec ardeur à l'époque où le colonel Mbali Kaleni s'y était mise – le célèbre art de vivre *banting** du professeur Tim Noakes. Il ne l'a avoué qu'à Griessel, quelque peu honteux d'avoir laissé libre cours à son franc-parler par le passé.

Cupido commande deux filets de poisson chez

Catch of the Day, pas la moindre frite, et un Coca Zero. Ils déjeunent en travaillant. Vers trois heures, ils finissent par comprendre plus ou moins comment s'articule l'affaire.

Johnson Johnson (trente-quatre ans) était, selon la note du dossier, un « consultant en protection personnelle ».

Il y a dix-sept jours, le samedi 5 août, il est monté au Cap avec une cliente à bord d'un train de luxe de Rovos Rail. La cliente, pour laquelle il faisait office de garde du corps, était une touriste néerlandaise, Mme Thilini Scherpenzeel. Le train faisait route vers Pretoria.

« Thilini Scherpenzeel. » Cupido se plaît à prononcer le nom. « Quel nom, *pappie**, tout en élégance. Je te parie que c'est une bombe. »

Johnson a été vu pour la dernière fois ce samedi-là. Après avoir dîné dans le train avec Mme Scherpenzeel, il l'a raccompagnée à la porte de son compartiment. Un porte-parole de Rovos a confirmé plus tard que Johnson n'était pas à bord le lundi à l'arrivée en gare de Pretoria. Sa cliente et le personnel de bord ont supposé qu'il avait volontairement quitté le train le samedi soir, car sa valise aussi avait disparu. On ne l'a retrouvée que le lundi, après l'arrêt, poussée loin sous sa couchette.

Ce même jour, Johnson a été déclaré disparu par son ancienne épouse, Robyn. Tard dans la soirée, elle est allée signaler son absence au poste de police de Brackenfell, dans la banlieue nord du Cap où ils vivaient, séparément.

Aucune tentative pour retrouver Johnson n'a porté ses fruits.

Une semaine plus tard, le lundi 14 août, on a trouvé le cadavre d'un homme le long de la voie ferrée près de Drie Susters dans le Karoo. La cause du décès était à première vue une importante fracture du crâne. Un enquêteur scientifique de la police de George a découvert, le lendemain, du sang, des morceaux de tissu, des bouts d'os et des cheveux contre le pied en acier d'un pylône électrique, à quelques mètres du corps et à une hauteur laissant à penser que la victime avait dû le heurter soit en sautant, soit en étant éjectée du train.

Dans la poche intérieure de sa veste, il y avait un portable en miettes. C'est bien son corps qui apparaît dans les photos du dossier.

Le mercredi 16 août, l'enquêteur de Beaufort West, le sergent Aubrey Verwey, a pu établir, d'après le numéro du téléphone portable, que la victime était très probablement la personne disparue, Johnson Johnson.

Voilà à peu près toutes les informations dont ils disposent.

Cupido pose le feutre bleu et recule d'un pas et conclut : « Un cauchemar juridictionnel. Brackenfell, Pretoria, Drie Susters, Beaufort West et personne ne sait où le mec est mort exactement. Va falloir tout reprendre de zéro. »

À quoi ressemble ce coin du Karoo, le long de la voie ferrée, du côté de Drie Susters ? Cupido appelle le sergent Aubrey Verwey et prend rendez-vous pour le lendemain, afin de voir l'endroit où l'on a trouvé le corps de Johnson Johnson.

Griessel commence à rassembler les photos éparses et les documents pour les remettre dans le dossier brun clair. « Viens, allons parler avec l'ex-épouse.

— Va aussi falloir qu'on voie Thilini Scherpenzeel », glisse Cupido, plein d'espoir. « Tôt ou tard.

— Tu n'es pas l'homme qui courtise une certaine Desiree Coetzee, de Stellenbosch ?

— C'est bien moi. Mon intérêt pour Mme Scherpenzeel est purement professionnel.

— Naturellement. »

Trois heures de l'après-midi. Ils s'en vont dans la pénombre du couloir, car plusieurs néons ne fonctionnent plus.

3

Août. Daniel Darret. Bordeaux.

Il est perturbé, des jours durant, après la bagarre près du fleuve.

Mais soulagé que ses employeurs soient en vacances, car son visage est gonflé, violacé, sa main bandée. Il habite le quartier multiculturel de Saint-Michel, il y a une mosquée à quelques mètres de son appartement. Il est de notoriété publique que la DGSI, la Direction générale de la sécurité intérieure, s'active dans les environs. Étant donné son mode de vie et ses contacts, il doit être considéré comme inoffensif depuis longtemps par les policiers, même si sa photo figure sans doute quelque part dans leur base de données. La police de cette ville est efficace, avec son vaste réseau de caméras vidéo. Il n'est pas impossible qu'on établisse un lien entre lui et la bagarre et qu'on remonte sa piste. Même s'il peut plaider la légitime défense, même si un témoin est en mesure de le confirmer, il ne tient pas à ce qu'on y accorde trop d'attention. Il ne peut pas se le permettre.

Il est contrarié à l'idée que cinq jeunes amateurs

aient pu le malmener, conscient que l'âge l'a affaibli, ralenti.

Ça l'ennuie de devoir de nouveau regarder par-dessus son épaule, surveiller de sa fenêtre la place Camille-Pelletan, dresser l'oreille dès qu'une sirène retentit et d'être tendu à la vue d'un uniforme.

Il ne tient pas à revenir à ce genre de vie.

Les journaux relatent l'histoire de cinq gars qui, dans un parc de l'autre côté du fleuve, ont été pris dans une « sanglante guerre de gangs ». On recherche deux d'entre eux pour d'autres méfaits.

Aucun coup à sa porte, aucun policier qui le regarde d'un œil suspicieux.

Le temps passe. Les boursouflures de son visage s'estompent.

Mais rien n'est plus exactement comme avant.

Et voilà que Mme Lecomte le repère.

4

Août. Benny Griessel. Brackenfell.

Ils s'arrêtent sur le parking du centre commercial Fairbridge à Brackenfell, se dirigent vers la grande animalerie qui se trouve à l'arrière, près de la voie de chemin de fer.

Ils avancent côte à côte, Benny Griessel et Vaughn Cupido. Griessel, toujours en retard d'une coupe, a des cheveux emmêlés et des yeux en amande que l'on décrit comme « slaves ». Ça fait plus de deux cent quarante jours qu'il est à l'eau claire, mais son combat contre la bouteille a laissé des traces profondes sur son visage, de sorte qu'on lui donne une décennie de plus que ses quarante-six ans officiels. Et le flamboyant Vaughn Cupido, une tête de plus, trente-neuf ans, porte un élégant trench-coat. Depuis des mois, il répète : « Le grand quatre-zéro vient me chercher, *pappie*. Et tu sais ce que l'on dit : quand la quarantaine vous touche, il faut frapper en retour… »

Il n'a toujours pas dit comment il compte frapper en retour.

L'animalerie ressemble à une ferme miniature. Sur

un grand panneau devant la grille, on peut lire : *Arche de Robyn*. Ils doivent d'abord franchir la petite grille, puis traverser un jardin où picorent des poules, des canards et des lapins avant d'arriver aux portes du magasin. À l'intérieur, ça sent la fiente, la nourriture pour chien et la pisse de chat. Une cacophonie de perroquets, de canaris, de pinsons et de chiots emplit l'espace. Tout un mur est couvert d'aquariums, seuls lieux de vie qui ne fassent pas de bruit.

Une femme s'avance vers eux à pas rapides. Elle a la trentaine et un visage rond. Son maquillage et sa coiffure sont un brin voyants, les boucles d'oreilles grandes, les ongles longs et vernis de rouge foncé.

« Je suis Robyn. Vous êtes de la police, n'est-ce pas ?

— Des Hawks, dit Cupido.

— Je connais les policiers. J'en ai longtemps eu un pour mari. Il était temps de faire intervenir les Hawks. »

Ils se présentent et lui demandent s'ils peuvent lui parler de Johnson Johnson.

« Bien sûr. C'était J. J. Tout le monde l'appelait J. J., dit-elle. Venez, on va parler dans mon bureau.

— Nous sommes désolés de venir vous importuner pendant votre deuil, dit Cupido. Ce doit être vraiment dur pour vous. »

Sur le pas de la porte, elle attend qu'ils entrent, et poursuit : « Oui, c'est dur. Surtout pour les enfants. Mais ça fait trois semaines déjà, je m'en sors mieux. En fait, je l'ai su le soir où J. J. n'est pas rentré. Dès ce moment, je l'ai su. J'ai donc eu du temps pour faire mon deuil… »

Elle referme la porte derrière eux.

Ils sont assis à son bureau. Elle allume une fine cigarette. Les enquêteurs sortent leurs carnets et leurs stylos.

Au mur sont accrochées des affiches d'animaux – chiens, chats, canards aux expressions comiques –, agrémentées de commentaires humoristiques. Sur l'étagère, derrière le bureau, les dossiers multicolores apportent une note de gaieté à la pièce. Sur le bureau, une photo encadrée de deux petites filles aux queues de cheval impertinentes et aux jolies frimousses. Griessel trouve étrange de parler de mort en ce lieu.

« Excusez-nous, madame, mais on veut tout reprendre depuis le début, commence Cupido. Porter un regard neuf sur toute l'enquête.

— Nous allons vous poser des questions auxquelles vous avez déjà répondu, ajoute Griessel.

— C'est bon. Allez-y, lance-t-elle en tirant une longue bouffée.

— M. Johnson a longtemps travaillé dans la police. »

Elle approuve et fait tomber la cendre d'un coup de son index effilé. « Depuis ses dix-huit ans, deux ans avant qu'on se marie. Il faisait partie de l'équipe volante au poste de Hermanus, puis il est devenu enquêteur à Bellville, ensuite il a passé cinq ans à l'unité de protection des VIP à Pretoria, avant de se mettre à son compte. Consultant en protection personnelle.

— Ce travail de consultant, en quoi consistait-il précisément ? demande Griessel.

— L'ambition de J. J., c'était d'être connu dans tous

les hôtels cinq étoiles comme celui qui peut briefer les touristes sur la façon de voyager en toute sécurité en Afrique du Sud. Il se rendait disponible s'ils souhaitaient l'avoir comme garde du corps. Mais ce n'est pas si simple d'accéder aux grands hôtels. J. J. disait qu'ils fonctionnent en vase clos, qu'ils n'aiment pas que leur argent file à l'extérieur. Il a donc obtenu, ici et là, des contrats auprès de petits tour-opérateurs, il a joué les porte-flingues, comme il disait. Il montait dans le minibus avec les touristes, afin de les tranquilliser. C'est ainsi que ses premiers contrats de garde du corps ont commencé à arriver. Mais officiellement, ce n'était pas par l'intermédiaire des hôtels.

— Il s'appelait vraiment Johnson Johnson, comme ça ? demande Cupido qui a la marotte des noms.

— Comme ça. Sa mère l'a baptisé ainsi. Sa vie durant, elle a dit que ce double nom lui apporterait considération et dignité. Paix à son âme. Mais tout le monde l'appelait J. J.

— Combien de temps a-t-il travaillé en indépendant ?

— Presque deux ans.

— Tout seul ?

— Oui. Il a bien reçu une offre de Body Armour, l'agence de protection du Cap, mais il a dit : "Pourquoi donner vingt pour cent de ses revenus à quelqu'un d'autre ?" Autant commencer à son compte. Peu d'offres au cours des dix, onze premiers mois, mais il n'a jamais arrêté de faire sa promotion et de cultiver ses réseaux. Il distribuait partout sa carte de visite. Je dis bien partout. Et puis, doucement, ça a fini par rentrer, et depuis janvier ça marchait nettement mieux. Il n'a jamais manqué un seul versement de pension alimentaire, je dois vous dire. Ses deux filles… », elle désigne la photo sur le bureau, « … représentaient tout pour lui.

— Quand avez-vous divorcé ?

— Quand il était à Pretoria, il y a trois ans. Moi, j'étais restée ici. À cause du magasin, vous comprenez, je n'avais pas le choix. J'en suis l'unique propriétaire… Mais un mariage longue distance, ça n'a tout simplement pas fonctionné. J. J., comme la plupart des hommes, n'aimait pas rester seul le soir… Mais vous savez, nous avons mené toute cette histoire de divorce de façon adulte et civilisée. À cause des petites. J. J. a loué un appartement dans la rue, et les enfants allaient souvent dormir chez lui. Nous sommes restés bons amis…

— Son adresse, c'était ici à Springbokpark, Olympusstraat ? demande Griessel.

— C'est exact.

— Et vous pourriez nous confier les clés ? »

Elle ouvre un tiroir, en sort un trousseau qu'elle pose sur le bureau. « S'il vous plaît, ne mettez pas de désordre. Je dois tout débarrasser avant la fin du mois.

— Ne vous inquiétez pas, dit Griessel.

— On aimerait savoir, madame, comment se sont passées les choses. Depuis qu'il est parti d'ici pour monter dans le train.

— Vous l'avez vu pour la dernière fois le samedi 5 août ?

— Donnez-nous autant de détails que vous pourrez.

— Je comprends », répond-elle en tirant sur sa cigarette, comme si ça lui donnait de la force.

Robyn Johnson raconte que ce samedi-là, son ex-mari est venu déposer leurs deux filles au magasin juste après neuf heures. Elles avaient passé la nuit chez lui, comme la plupart des vendredis soir. Elles ont respectivement quatre et six ans. « Elles ont commencé immédiatement à geindre, disant qu'elles voulaient prendre le train de luxe avec leur père : "Maman, pourquoi on ne peut pas l'accompagner ?" "Qu'est-ce que c'est que cette histoire de train ?" je lui demande. Il raconte qu'une vieille dame hollandaise a loué ses services, avoir largement distribué sa carte professionnelle s'est révélé payant. Le maître d'hôtel du Cape Grace l'a recommandé. L'*auntie** se rend à Pretoria par le Rovos Rail, le grand luxe, il aura sa cabine à lui et tout le toutim. Elle le paie bien.

— Il n'a rien dit de plus sur la cliente ? Pourquoi fallait-il la protéger ?

— Rien de plus. Il était très strict sur la confidentialité dans ses relations avec les clients. Je respectais ça, je n'ai pas insisté.

— Il était détendu ? Pas de soucis ? demande Cupido.

— Ce jour-là ?

— À ce moment-là, à première vue.

— J. J. était toujours cool. Il disait que les soucis n'apportent rien, ils ne font que brûler l'énergie qu'on pourrait utiliser pour résoudre les vrais problèmes.

— Bon, coupe Cupido, et ensuite ?

— Ensuite il me dit : "Bijou – il m'appelait Bijou parce que mon prénom signifie rubis, n'est-ce pas –, je prendrai un vol lundi à treize heures. J'arriverai au

Cap à quinze et je viendrai prendre les petites à seize." Maintenant, il y a des choses à propos de J. J. que vous devez comprendre. Un : il n'est jamais en retard, surtout quand il s'agit de ses filles. Jamais de la vie. Deux : si un imprévu surgit, risquant de le retarder, il téléphone. Toujours. Trois : il appelle ses filles chaque soir. Selon ses horaires, entre dix-huit et vingt heures, mais il téléphone chaque soir, sinon il me prévient : "Bijou, je suis coincé ce soir, embrasse les filles pour moi." Cet homme avait ses défauts, mais c'était un père merveilleux. Ses deux filles, c'était sa vie..

— Bien noté», dit Cupido.

Benny opine et écrit.

«Bon. Ce samedi-là, il appelle, et il raconte aux filles qu'il se trouve à Matjiesfontein, que le train est grandiose, qu'ils ont pris un goûter dînatoire, je ne vous dis pas, et qu'il leur envoie des photos par WhatsApp…

— À quelle heure a-t-il appelé ?

— Juste après six heures.»

Griessel griffonne.

«Vous auriez encore les photos ? demande Cupido.

— Oui, mon téléphone est à l'intérieur…

— On regardera plus tard, merci. Y a-t-il une photo de l'*auntie* néerlandaise ?

— Il n'aurait jamais fait ça. Il était trop discret. Il n'y avait que des photos de son compartiment, joliment lambrissé, et du gâteau qui accompagnait le thé. J. J. était un bec sucré… Et puis des photos des bâtiments historiques de Matjiesfontein, de l'extérieur du train…

— Allez-y, continuez, souffle Griessel sur un ton encourageant.

— Et donc, ce dimanche soir, il ne téléphone pas. Je m'inquiète un peu, qu'est-ce qui se passe ? Lui qui appelle toujours. Toujours. Mais on se dit qu'il travaille, que ça n'est pas le bon moment. Et puis, on se demande – on ne peut pas s'en empêcher – quel âge a la dame hollandaise, à quoi elle ressemble, parce que J. J. est ce qu'il est, si vous voyez ce que je veux dire… Quoi qu'il en soit, je laisse tomber. Jusqu'au lundi. Je n'ai pas de nouvelles de lui dans la matinée, ce qui est normal, mais quinze heures sonnent, il ne vient pas, seize heures et il n'arrive pas, alors je l'appelle, car, comme je l'ai dit, il n'est jamais en retard quand il s'agit de récupérer les filles. Mais je tombe sur la messagerie, et je me dis, bon, il est encore dans l'avion qui aura été retardé, je lui laisse un message : "Appelle-moi, J. J., je commence à m'inquiéter." À dix-huit heures, je sais qu'il y a un problème. Je téléphone à Rovos. Ces gens ont été très polis. Vous pouvez l'imaginer, ils ne peuvent pas donner comme ça des renseignements sur les passagers, mais ils ont malgré tout voulu m'aider, car ils sentaient bien la détresse dans ma voix. Alors ils me disent qu'un passager est descendu du train samedi soir ou dimanche matin, ils ne *peuvent pas* m'en dire plus, mais ils me suggèrent d'aller signaler sa disparition à la police. Alors je vais au poste d'ici, il y a un adjudant qui a travaillé avec J. J. à Bellville – Neville Bandjies, ils faisaient encore des *braai** ensemble –, et je remplis avec eux une déclaration de personne disparue. Mais je sais déjà, ce soir-là, je sais qu'une chose grave est survenue, parce que Johnson Johnson, il aimait trop ses filles. »

5

Août. Daniel Darret. Bordeaux.

C'est un hasard.

À cet instant-là, Daniel Darret se trouve près de la porte d'entrée, sa clé à la main, et voilà la femme qui déboule du coin de la rue.

La place Camille-Pelletan est petite, en fait c'est un élargissement de la rue Marengo à l'endroit où elle croise la rue Saint-François, comme le fourneau d'une pipe au bout du tuyau. Cette rue n'est pas plus fréquentée qu'une autre dans cette partie du quartier Saint-Michel. Mais il y a toujours des gens en route vers la basilique ou vers le marché des Capucins. Plus encore le samedi.

Sa toute récente vigilance ne lui est d'aucun secours, car c'est un timing délibéré du sort : elle qui vient de tourner, lui qui se trouve là. Il la regarde, ses talons claquent sur le pavé. Elle le voit. Un éclair de reconnaissance. Mais au moment où il semble qu'elle esquisse un sourire embarrassé, Daniel détourne le regard, ouvre la porte, entre, et la referme rapidement.

Il s'appuie contre le battant. Il maugrée.
Au milieu de l'escalier, la chatte Wackett lui répond.

6

Août. Benny Griessel. Brackenfell.

Robyn Johnson admet que lorsque le sergent Aubrey Verwey de Beaufort West a appelé, une dizaine de jours plus tard, le choc n'a pas été si fort que ça. « D'une certaine manière, c'était un soulagement. On ne se demande plus : qu'en est-il de lui ? Mais la colère monte. Qui a fait ça ? Pourquoi ? Je veux dire, J. J. était tout simplement un type formidable… Et comment ? Comment est-il arrivé sur la voie ferrée ? Beaucoup de colère, de haine envers les personnes sans visage qui ont fait ça. Ces animaux, ces salauds. C'était un homme bon. Il avait ses défauts, nous en avons tous, n'est-ce pas ? Mais dans son cœur, c'était un homme bon… »

Elle secoue la tête, furieuse, comme si elle voulait se débarrasser de ses émotions négatives. « Vous devez les attraper, dit-elle plus doucement. S'il vous plaît, il faut les attraper. »

Elle éteint sa cigarette d'une main tremblante, ses yeux sont humides.

« Nous sommes les Hawks, déclare Cupido. C'est notre métier. »

Griessel lui laisse un moment de répit, puis l'interroge : « Madame, comment était… la santé de M. Johnson ?

— Sa santé ? Il était en excellente forme, pourquoi cette question sur sa santé ?

— Il ne vous a pas paru soucieux ?

— Je vous ai dit que J. J. n'était pas du genre à s'inquiéter…

— Madame, nous comprenons que ce type de question n'est pas agréable, intervient Cupido. Mais nous devons envisager les choses sous tous les angles possibles. Le fait est qu'il n'y a aucune chance que M. Johnson soit tombé accidentellement du train. Deux choses ont pu se produire. Soit il a sauté, soit on l'a poussé. Si mon collègue vous questionne sur sa santé, c'est que nous voulons savoir s'il a pu souffrir de dépression. C'est une autre façon de poser la question gênante : a-t-il sauté ?

— Je vois. Désolée. Je comprends. Non. Jamais. Pas J. J. Il… Par moments je me disais qu'il était trop décontracté. Quand on le voyait avec ses filles…

— Madame, venons-en à l'autre possibilité, dit Griessel. L'autre question que nous posons dans ce genre d'enquête, c'est de savoir si quelqu'un pouvait lui en vouloir. »

Elle réfléchit, secoue la tête. « J. J. était gentil. C'était même son problème. Il était tellement gentil.

— Mais il était policier. Un enquêteur. N'a-t-il jamais parlé de quelqu'un qui l'aurait menacé, une personne qu'il aurait arrêtée ? »

Elle réfléchit, secoue la tête. « Ça fait deux ans qu'il n'était plus dans la police.

— Nous en sommes conscients, mais il n'a jamais rien dit à ce sujet ?

— Pas que je sache.

— Pas de liens avec un gang ? demande Cupido.

— J. J. vient d'Ashton, il n'y a pas de gangs là-bas. »

Et pourtant, il y a des bandes à Ashton, mais ils voient bien qu'elle a hâte de mettre fin à l'entretien.

« Bon. Durant les périodes de vaches maigres, il n'a jamais emprunté d'argent ?

— Vous voulez dire à un usurier ?

— C'est ça.

— Non. Il savait qu'il pouvait me demander. De fait, il est venu m'en emprunter, récemment, en début d'année. En juin, il avait tout remboursé. Il a été très occupé, ces quatre derniers mois. Il gagnait pas mal.

— Comment traitait-il ses papiers administratifs ? Quelqu'un s'occupait de ses factures ? Lui faisait sa comptabilité ?

— Non, il réglait tout lui-même.

— Quel était son système ? demande Cupido.

— Que voulez-vous dire ?

— Il tenait des dossiers sur ses clients et sur les règlements ? »

Cupido désigne l'étagère aux chemises multicolores derrière elle.

« Non, il faisait tout sur son ordinateur portable.

— Et où se trouve-t-il ?

— Je… d'habitude, dans son appartement, enfermé dans le tiroir. Ou bien, il l'emportait dans son attaché-case. Je n'ai pas pensé à regarder…

— Ne vous inquiétez pas, on va jeter un coup d'œil. »

Griessel range son stylo et son calepin dans la poche de sa veste. Ils se lèvent.

« Madame Johnson, à votre avis, que s'est-il passé dans ce train ?

— Si vous aviez une hypothèse », ajoute Cupido.

Elle fixe le plafond. Elle tapote le bureau de ses ongles longs. Elle se lève lentement. De l'intérieur du magasin, comme s'il savait que c'était le moment opportun, un perroquet annonce haut et clair : « Va te faire voir, Fanus. »

Cela brise la légère tension qui règne dans la pièce.

« Quel oiseau ! Comment je vais pouvoir le vendre s'il dit des choses comme ça ? »

Ils sourient.

« Comprenez-moi bien, j'aimais J. J. de tout mon cœur.

— C'est noté.

— J'ai d'abord pensé à une agression pour le dévaliser, car tout le monde vole à présent dans ce pays. Du président jusqu'au bas de l'échelle. Je voudrais que ce soit le cas. Un hasard. Un coup de malchance. »

Ils ne répondent pas.

« Ensuite, je me suis dit, à bord d'un train plein de gens chics, riches, qui voudrait voler J. J. ? Et puis il faut bien l'admettre, il était vraiment dragueur. »

Ils opinent d'un air entendu.

« À mon avis, J. J. avait une aventure avec la femme d'un autre passager de ce train. Un homme qui ne l'aura pas supporté. »

Sur le parking, Cupido jette un coup d'œil à sa montre et rappelle qu'ils partent le lendemain matin à six heures pour Beaufort West. Il dîne ce soir chez Desiree, il ne faut pas qu'il arrive trop tard, on est en pleine semaine, en plein trimestre, et elle est sévère avec son gamin, Donovan.

Ils rentrent au bureau des Hawks dans Markstraat, à Bellville, et se préparent pour le trajet du lendemain. « C'est ton tour d'apporter la musique pour la route, Benny », dit Cupido. Les pans de sa veste flottent alors qu'il s'éloigne dans le couloir, en route pour Stellenbosch.

Griessel reporte ses notes dans la partie C du *docket* et se dirige vers sa voiture après avoir salué ses collègues au passage.

En cherchant les clés dans sa poche, il tombe sur le trousseau de l'appartement de Johnson Johnson et décide d'aller faire un tour là-bas. Alexa Barnard, la femme de sa vie, se trouve à Johannesburg pour une réunion avec des musiciens de sa maison de disques. Il n'a pas envie de passer sa soirée à regarder un soap à la télé.

Il prend la route de Brackenfell.

L'« appartement » de Johnson est une townhouse, une maison jumelée dans une résidence, à une rue seulement des appartements pour policiers de Sorgvry, où Mbali Kaleni vivait encore il y a quelques années.

Griessel se gare sur l'emplacement réservé au n° 5 et se dirige vers la porte. De sa mallette, il sort des gants d'enquêteur et un petit Canon PowerShot, ouvre la barrière de sécurité puis la porte, et entre dans la maison.

Il referme la porte. Reste immobile un instant.

Fouiller la maison d'une victime de meurtre est une chose à laquelle il ne peut s'habituer. Il règne là un silence terrifiant, comme si cet espace savait que le propriétaire ne reviendrait jamais, un sentiment de violer l'intimité, et cette tension due à la crainte de passer à côté d'un élément parce qu'on ne sait pas ce qu'on recherche.

Il commence par le living-room, un espace avec une cuisine sans cloison, un canapé, deux chaises, une table basse avec des range-DVD, des films pour enfants. Un téléviseur et un lecteur Blu-ray sur une console.

Aucune peinture, pas de table, rien qu'un long buffet contre le mur, et dans la cuisine un coin petit déjeuner avec trois tabourets de bar. Il prend tout cela en photo avant de commencer son inspection.

Il trouve la clé du buffet sur le trousseau.

Dans la partie gauche, des assiettes, des verres, des tasses à café et quelques boîtes de conserve. Et de la boisson. Un quart de brandy Klipdrift, une demi-bouteille de whisky Three Ships, quelques demies de vin pétillant et deux bouteilles de vin rouge non entamées.

Il fixe un instant ces tentatrices dans les yeux. Griessel referme la porte.

Dans la partie droite, un fouillis de câbles et de chargeurs, un vieux modem ADSL, une box pour le téléphone et des enveloppes ouvertes, pleines de factures d'eau, d'électricité, de téléphone, ainsi que des reçus et une clé USB.

Pas d'ordinateur portable.

Il glisse la clé USB dans un sachet en plastique, explore les placards de la cuisine, le frigo, puis les deux chambres. Celle des enfants n'offre rien d'intéressant, pas plus dans les armoires que dans les tables de nuit.

Le lit de la chambre de Johnson est fait, les penderies incorporées assez bien rangées. Une vieille commode de style devant le lit. Le tiroir du haut est rempli de papiers personnels – une carte d'identité, un permis de conduire périmé depuis l'année précédente, le jugement de divorce. Photos des enfants. Une autre de la famille quand elle était encore réunie. Ils sont assis sur un canapé – mais pas celui qui se trouve dans la salle de séjour. Johnson se tient au milieu, encadré par Robyn et les enfants.

C'était un homme tout en souplesse. En bonne forme. Attirant. Avec un sourire plein d'assurance, une expression qui disait : voyez les bienfaits que la vie m'a donnés.

Tandis qu'il fouille et photographie systématiquement, Griessel songe aux photos.

Certaines mentent.

Celle qui montre le ménage Johnson date d'il y a trois ans environ. À l'époque, elle trônait peut-être sur le bureau de Robyn. Ou sur le mur de l'appartement qu'occupait J. J. à Pretoria. Elle parle de bonheur et d'harmonie, elle prophétise un conte de fées.

Et voilà où ils en sont maintenant.

Griessel pense qu'il ne possède pas ce genre de photo. Quand Anna, son ancienne épouse, et lui avaient le même âge, il travaillait nuit et jour à l'ancien Groupe meurtres et vols. Il travaillait et il buvait. Sa vie n'était qu'une brume de crimes violents et d'alcool. Les quelques photos existantes, il les a prises avec un appareil jetable lorsqu'ils partaient en vacances en avril. Dix jours de sobriété au bord de la mer, à Langebaan ou Hermanus, la tête au travail, le cœur au brandy. Sur les photos, il n'y a qu'Anna, leur fille Carla et leur fils Fritz. Les enfants sont exubérants, heureux. Dans les yeux d'Anna – il se l'imagine peut-être rétrospectivement – se lit un peu de crainte face au monstre qui ronge son mari, le stress post-traumatique que personne ne comprenait bien à l'époque.

Il s'agissait de photos qui pressentaient l'avenir. Car il ne figurait pas dessus.

À présent, Carla a vingt-deux ans. Elle s'occupe des relations publiques dans une entreprise viticole. Elle a fait des études de théâtre mais n'a pu trouver de travail dans le monde du spectacle. Fritz a dix-neuf ans, il est en seconde année à l'AFDA, l'école de cinéma du Cap que Griessel n'arrive pas à lui payer. Anna est mariée à un avocat. Quand ils se croisent, de temps à autre, il a toujours l'impression qu'elle est soulagée de s'être libérée de lui. Et qu'elle est un peu gênée par ses vêtements sans style et par son attitude contrite.

Il la comprend.

Il n'est toujours qu'un policier ordinaire, un alcoolique en voie de réhabilitation, à l'eau claire depuis huit mois seulement, dont le plus grand désir est de demander en mariage une autre alcoolique en voie de réhabilitation. Il a acheté la bague pour Alexa Barnard, la garde sous clé dans le tiroir supérieur de son bureau.

Il n'arrête pas de se dire qu'il n'a toujours pas fait sa demande parce qu'il veut que ce soit un bel événement. Une histoire qu'elle pourra raconter avec fierté.

Mais à la vérité, il a peur.

Benny Griessel soupire. Il achève sa tâche, ferme la porte à clé et s'en va.

Il n'a rien trouvé.

7

Août. Daniel Darret. Bordeaux.

La vie de Daniel était délibérément simple avant Mme Lecomte, avant cette nuit de violence.

Il est l'assistant d'Henry Lefèvre, restaurateur de meubles anciens. Le vieil homme, épais cheveux blancs et moustache, est un magicien du bois, capable de réparer à la perfection de précieuses pièces des XVIIe et XVIIIe siècles, au point que les plus grands connaisseurs en meubles anciens d'Europe n'arrivent pas à repérer les retouches.

Mais Lefèvre souffre du syndrome d'Asperger. Son cerveau est bloqué au niveau social dans le spectre de l'autisme. Il ne regarde personne dans les yeux et n'a aucune empathie quand il s'agit des sentiments ou des intentions d'autrui. C'est pourquoi il est très difficile de travailler avec lui. Ses collaborateurs se sentent vite insultés, humiliés ou ignorés, même si ce n'est pas son intention. « Il n'a pas de filtre, et il pense qu'il en est ainsi pour tout le monde », a expliqué Sandrine Lefèvre, son épouse, à Daniel quand elle l'a embauché. « Les assistants ne tiennent qu'une semaine ou deux, monsieur Darret, même si nous les payons mieux que le salaire moyen. Si vous êtes trop sensible, dites-le-moi. Dans ce cas, il vaudrait mieux chercher un autre emploi. »

Elle tient un magasin attenant à l'atelier, dans le quartier des Chartrons – Mme Lefèvre, Antiquités-Brocante –, qui vend entre autres les prouesses artisanales de son mari. C'est une femme très intelligente.

À l'époque, Daniel lui a dit qu'il pensait pouvoir s'accommoder du syndrome d'Asperger d'Henry. Elle lui a donc donné la place – essentiellement parce qu'il est grand, fort, et qu'il a accepté le salaire sans chipoter. Et parce qu'elle était aux abois autant que lui.

Il a fallu des mois pour que Daniel s'habitue au comportement étrange du vieil homme. Finalement, un lien s'est développé, inexprimé, amorphe, bizarre. Il existe seulement dans le silence de l'atelier, au rythme de leur travail commun, dans les éclairs, rares et fugaces, qui passent dans les yeux de Lefèvre : ils parlent une langue plus douce.

Il tombe amoureux de la méthode Lefèvre pour réparer les objets cassés.

Tous les jours de la semaine, Daniel se lève à six heures, prend du café corsé, mange ses flocons d'avoine, nourrit le chat, range son studio, se lave, se rase, puis se dirige à sept heures vers la boulangerie de la rue des Faures. Il salue les boulangers par leur nom, ils font de même. Il achète deux croissants et deux chocolatines. Il mange ces dernières en chemin, car elles sortent du four. Il glisse les croissants dans son petit sac à dos, ils sont destinés à sa pause de dix heures, avec son thé.

Il arrive toujours le premier à l'atelier. Il ouvre et respire l'odeur de cire et de vernis, de colle et de copeaux, de planches empilées et le musc mystérieux qui émane des objets vétustes. Chaque matin, le mélange de ces arômes est légèrement différent, selon ce que le Génie a ciselé, scié, raboté ou poli la veille.

Ses tâches quotidiennes, quand les Lefèvre sont là : dépoussiérer, balayer, ramasser et raccrocher les outils, précisément comme le souhaite Lefèvre. Il empile les planches et les meubles, vérifie les stocks, établit la liste de commandes. Madame arrive à neuf heures, ils délibèrent, il marque les objets vendus et les emporte jusqu'à l'entrée de service où le camion viendra les chercher, juste avant dix heures. Il prend alors son thé et dévore ses croissants, et quand arrive le Génie, ils travaillent selon ses instructions. Madame apporte le déjeuner qu'ils prennent séparément, chacun sur une caisse de bois, dans un coin opposé de l'atelier.

Tout ce que fait Lefèvre avec le bois et les meubles, Daniel le dévore des yeux.

Après quinze heures, Madame lui fait un signe discret pour qu'il vienne déplacer des objets dans le magasin. Il effectue quelques petites livraisons ou, à l'aide d'un diable, aide à transporter des pièces. Si l'horaire le permet, il travaille à son propre projet. Il rentre chez lui à dix-sept heures, sans saluer Monsieur, car à cette heure, le restaurateur est déjà profondément perdu dans son monde à lui.

C'est une longue journée de travail, éprouvante physiquement, car il est pratiquement tout le temps debout, il lui faut soulever et porter des meubles lourds, les pousser ou les livrer, le plus souvent tout seul. C'est pourquoi il aime son travail. Ça le conserve en bonne forme et le fatigue au point que, le soir, il n'a plus l'énergie de désirer, de regretter, ni de se souvenir.

Le soir, il regarde la télévision. Du foot. De vieux films. Les informations. Ou bien, sur sa tablette achetée d'occasion, il lit les nouvelles de son pays d'origine.

Le samedi, il nettoie le studio de fond en comble. Il se rend ensuite au marché pour ses achats hebdomadaires de fromage et de jambon, de tranches de terrine ou de pâté, de saucisson et de fruits, de poisson pour Wackett, et bavarde autour d'un verre de vin avec Mamadou Ali, l'employé du fleuriste, connu de tous comme Ali du Mali.

Il n'a pas vraiment d'autres amis, les gens savent peu de chose sur lui.

Le dimanche, il va laver sa moto au petit garage de la rue Permentade, puis il part rouler tout seul. Vers Saint-Émilion pour déjeuner. Ou Arcachon, ou Bayonne, ou de temps à autre plus loin, jusqu'à San Sebastián, de l'autre côté de la frontière, ou encore sur les routes tortueuses et réjouissantes du Périgord. Il rentre avant le coucher du soleil, range sa BMW, retourne chez lui, car il faut bien travailler le lundi matin.

Plus d'une semaine après l'avoir aperçu sur le pas de sa porte, un mardi à midi, elle s'y trouve à nouveau, elle attend. La femme-girafe. À côté de l'arbre en pot devant l'entrée de son vieil immeuble de trois étages.

8

Août. Benny Griessel. Drie Susters.

« Ici, précisément », dit le sergent Aubrey Verwey en désignant la combe sèche entre des houppes d'aloacées, à gauche de la voie. « C'est ici précisément qu'on l'a trouvé. Avec de la cervelle tout partout, gisant là depuis huit jours. Vous voyez le tableau. Pas joli joli.

— Tu veux dire le type de la compagnie de chemins de fer ? » L'impatience perce dans la question de Cupido. Il est de mauvaise humeur depuis six heures ce matin, depuis qu'ils ont quitté Bellville.

Sur la route de Beaufort West, en allant chercher le sergent Verwey, Benny lui a raconté la perquisition de la maison de Johnson. Mais il a bien vu que son collègue avait la tête ailleurs. Au début, il a mis ça sur le compte de l'heure matinale.

Les voilà à présent le long des voies, dans l'immensité du Grand Karoo, à neuf kilomètres de la station d'essence de Drie Susters. Il leur a fallu marcher vingt minutes sur le chemin de service poussiéreux, depuis la barrière cadenassée près de la N1, la grand-route, car l'employé de Transnet qui avait les clés ne s'est pas pointé. Et malgré le ciel bleu, le vent d'août est méchamment glacial. Ni Cupido ni Griessel n'ont emporté de vêtements chauds. « C'est un semi-désert, on le dit assez souvent, on s'attendrait à un peu de chaleur », a grogné Cupido à l'intention de Griessel quand ils sont sortis de la voiture.

« Oui, répond Verwey, le surveillant de secteur de chez Transnet. » Il est jeune. Sa coiffure moderne est ébouriffée, pleine d'encoches, d'entailles et de méplats.

« Le même gars qui devait nous apporter la clé ? demande Griessel.

— C'est exact. » Comme s'il répondait à un interrogatoire au tribunal.

Cupido remue lentement la tête, soupire et dit : « OK. Commençons par le début.

— Capitaine ?

— Raconte-nous tout depuis le début, sergent. Comment les choses se sont déroulées pour la police de Beaufort West.

— Tout est dans le *docket*...

— Je sais que ça se trouve dans le *docket*, mais le dossier n'est pas précisément un chef-d'œuvre d'éloquence ni de précision, pour dire les choses gentiment.

— Mon dossier est très professionnel », dit Verwey, vexé. « Établi strictement selon les règles. »

Griessel intervient avant que Cupido ne s'échauffe. Le dossier n'est pas, en effet, un modèle d'efficacité, mais il voit bien que ce n'est pas le moment de s'appesantir sur le sujet. « Tu sais ce que c'est, dit-il à Verwey. Un dossier, c'est un résumé. Nous cherchons le panorama complet. »

Verwey suppose qu'on essaie de l'apaiser. Il hausse les épaules. « Mon dossier est très professionnel. »

Griessel opine. Cupido, indulgent, reste silencieux.

Verwey embrasse du regard les grandes étendues : « Le mec de Transnet… Chungu, c'est son nom, il l'a trouvé ici. »

Griessel opine de nouveau, pour l'encourager.

« Chungu inspecte les rails entre Beaufort et Hutchinson, c'est son territoire. En roulant sur la voie de service, il sent un truc, mais un truc vraiment pourri, et il se dit que ce n'est pas inhabituel, car le train heurte parfois un koudou, ou une bestiole, de temps à autre un ivrogne. Il regarde et ne voit rien, car Johnson se trouvait comme qui dirait à mi-pente de la combe. Alors Chungu s'arrête à l'endroit où ça pue le plus, il descend de sa camionnette de service, avance dans cette direction, et là, il aperçoit Johnson. Il a vu la couleur blanche de sa chemise, en premier. Et puis les mouches, les asticots et les brisitudes, la puanteur est terrible, il n'y résiste pas. Il remonte dans sa camionnette et s'en va un peu plus loin téléphoner au poste de Beaufort.

— “Brisitudes” ? demande Cupido.

— C'est exact. Ça veut dire “salement en morceaux”. La tête de Johnson Johnson. Complètement brisée.

— Je vois, dit Cupido. Ce Chungu, a-t-il une routine pendant ses inspections ?

— Que voulez-vous dire ?

— Il a découvert le cadavre un lundi, n'est-ce pas ?

— Exact.

— Il fait donc ce tronçon tous les lundis ?

— Ah ! OK, je vois ce que vous voulez dire…

— Et alors ?

— Faut que je lui demande.

— Il appelle donc le poste de Beaufort West, qui lui envoie deux agents ? » Griessel veut l'encourager.

« C'est la procédure habituelle, répond le sergent Verwey.

— Que deux agents viennent vomir sur la scène du crime ? grince Cupido. Que ces crétins du Karoo viennent tout piétiner ?

— La scène de crime, elle était dans le train. On n'a fait que balancer Johnson par ici. Faut pas avoir la science infuse.

— La science infuse ?

— Oui. La science infuse. Ça veut dire que ce n'est pas si compliqué.

— Je vois », dit Cupido et Benny est à présent certain qu'un problème important contrarie son collègue. Dans des circonstances normales, la voix de Vaughn aurait pris un ton amusé. Il aurait jeté un coup d'œil en coin à Griessel, ils auraient réprimé un rire qu'ils auraient partagé plus tard dans la voiture. Pas de circonstances normales, aujourd'hui. Quelque chose a rendu Cupido furieux, hier soir peut-être, ou tôt ce matin, une colère qui couve, qui croît, retenue comme la vapeur dans un faitout. Benny connaît Cupido, il sait que ça ne servira à rien de lui poser des questions. Il sait que cette colère peut éclater à tout moment, il veut donc éviter que ça ne se produise ici même.

« Et alors ? » siffle-t-il rapidement.

L'enquêteur, le sergent Aubrey Verwey, de la police de Beaufort West, ignore complètement ces tensions souterraines. Pour l'instant, il se redresse dans la lumière, et raconte. Les deux agents en uniforme, dans la camionnette de police, qui ont réussi à surmonter leur nausée pour examiner de plus près le cadavre, à côté de la voie ferrée. Vu la qualité du costume noir et de la chemise blanche, ils ont compris qu'il ne s'agissait pas d'un plaisantin local.

« Plaisantin local, répète Cupido, rugueux.

— C'est exact, confirme Verwey. Alors ils ont lancé un appel radio pour avoir un enquêteur. »

Le responsable du poste de Beaufort West a envoyé Verwey sur le terrain. Quand il est arrivé sur les lieux, il y avait aussi un véhicule du petit poste de Hutchinson, et deux autres de Victoria West, car dans le Karoo, le téléphone de brousse est très efficace. Mais personne n'a soupçonné qu'il s'agissait de la dépouille de Johnson Johnson, car aucun n'avait pris connaissance des nouvelles la semaine précédente.

Verwey insiste sur le fait qu'il a engueulé ces curieux, les a forcés à quitter la scène de crime, explique que les gars de Victoria West racontaient « des conneries » en affirmant que ça s'était passé juste au-delà de la frontière avec le Northern Cape, donc dans leur juridiction. C'était le sergent enquêteur Aubrey Verwey qui avait été désigné, il s'agissait donc de l'affaire du sergent enquêteur Aubrey Verwey. Et comme il parle à deux Hawks, il met l'accent sur le mot « enquêteur ».

Verwey s'est alors plaqué un mouchoir sur le nez, mais ça n'a aidé en rien. Il a enfilé ses gants en latex, a tendu le cordon jaune autour de la scène de crime et a demandé à tous de se placer derrière. Il a pris des photos avec son portable Samsung, parce que le photographe de la police s'est fait voler il y a cinq mois sa mallette contenant son appareil. Dans les locaux de la police ! L'appareil n'a toujours pas été remplacé, il s'est donc servi de son portable. Ensuite, il a fouillé la veste de la victime, il a trouvé le téléphone en miettes, qui avait dû être brisé quand Johnson Johnson a heurté le pylône en acier, ou une pierre au sol, lors de sa chute du train. « Pas de doute là-dessus. Pas le plus petit doute. »

C'est tout ce qu'il y avait dans les poches de Johnson Johnson. Son portable, un LG G5.

« Je l'ai étiqueté et ensaché, dit Verwey. Et puis j'ai découvert le sang et la cervelle collés au pylône 'lectrique, là-bas. Vous voyez, vous pouvez encore les apercevoir. Le mec de la scientifique de George a fini par arriver non sans mal le lendemain, je lui ai demandé de tout analyser. Puis j'ai appelé mon chef, qui a rapporté la chose à ses supérieurs, et le porte-parole de la police du Cap a signalé aux médias qu'on avait retrouvé un John Doe… Un John Doe, c'est comme ça qu'on appelle un mort qu'on n'a pas encore identifié…

— On en apprend tous les jours », dit Vaughn Cupido en fixant le pylône 'lectrique.

Griessel prend une inspiration profonde.

« Et voilà qu'une journaliste du *Burger* m'appelle et me demande s'il ne s'agit pas de Johnson Johnson. C'est la première fois que j'entends parler de ce gus. Mais je réponds *no comment*, car on n'a pas encore identifié la victime. Du coup, j'ai analysé la carte SIM du LG, alors, pas de doute là-dessus, c'était bien Johnson Johnson. Pas le plus petit doute. »

Ils retournent vers Beaufort West. Cupido est au volant, Verwey à l'arrière. Verwey est intarissable, surtout sur les affaires qu'il a résolues grâce à ses investigations ingénieuses : dealers de *tik**, cambriolages, vols de bétail et deux assassinats domestiques.

Ils se doutent qu'il a une idée derrière la tête. Quand ils arrivent à Beaufort West, il dit : « OK, alors, comment je dois faire pour devenir un Hawk ? »

Vaughn Cupido émet un bruit qui ressemble à celui d'un chien qu'on frappe, mais très bas, seul Benny l'entend.

Griessel répond : « Continue de faire ce que tu fais.

— Mais vous glisserez un mot en ma faveur, n'est-ce pas ?

— On va essayer. » C'est l'assertion la plus proche de la vérité qui lui vient.

Ils le déposent au poste de police de Birdstraat. « Attendez-moi une minute. Vodacom a transmis la liste des appels, je vous l'apporte tout de suite. » Verwey galope vers le bâtiment.

Cupido baisse la tête et heurte plusieurs fois le volant avec son front.

Griessel grimace.

Verwey revient avec une enveloppe. « Voilà les données du portable de Johnson Johnson, elles sont arrivées après que le dossier vous a été envoyé. »

Ils se saluent, et quand ils démarrent, Verwey crie : « Glissez un mot en ma faveur ! »

Griessel a un peu de compassion pour lui, coincé dans ce bled…

Ils prennent de l'essence dans une station-service. Griessel achète des petits pâtés à la viande et des boissons fraîches, puis ils reprennent la N1 vers Le Cap dans un silence de mort.

Ils passent devant l'entrée du parc national du

Grand Karoo. À peine plus d'un kilomètre plus loin, Vaughn oblique sans crier gare vers une aire de stationnement, avec ses arbres taillés, ses tables et chaises en béton. Il s'arrête et sort, laissant la portière ouverte. Il s'éloigne un peu. Il n'y a personne, aucune voiture. Il se retourne.

« *Jissis*, Benny ! » s'écrie-t-il. Colère et désespoir confondus.

9

Ça y est, ça sort, se dit Griessel, et c'est bien ainsi.

« Voilà ! » se lâche Vaughn Cupido en désignant Beaufort West. « Voilà l'avenir de la police sud-africaine. »

C'est comme si l'impact de cette affirmation le dépassait, car il tremble de tout son corps. « Voilà l'avenir des Hawks, voilà l'avenir de ce pays. La science infuse. Les “brisitudes”. Je te jure. Putain de brisitudes. »

Il revient vers la Ford. « Et merde, Benny, ils ne sont pas même foutus de parler correctement, comment veux-tu qu'ils soient capables d'écrire ? Pas étonnant que le dossier ressemble au cul d'un clébard. Comment peuvent-ils prétendre enquêter sur un meurtre ? “La scène du crime ce n'était pas ici, c'était dans le train”, tous les abrutis qui dégobillent où bon leur semble. Non, *jirre**, Benny, c'est l'anarchie, on est dans un foutu pétrin. »

Il fait un geste des mains, découragé.

« Et tu as vu sa coiffure ? Il consacre plus de temps à sa coiffure qu'à son enquête. Et après, il veut nous expliquer ce qu'est un John Doe. *Jissis…* »

Cupido contemple les vastes plaines.

« Qu'est-ce qui s'est passé, Vaughn ? » Benny sait que le sergent enquêteur Aubrey Verwey n'est que le déclencheur de cette colère. C'est autre chose qui a chargé la carabine. Quelque chose de grave, pour que Vaughn Cupido le rumine pendant quatre cent quarante-quatre kilomètres, de Bellville jusqu'à Beaufort West. Du jamais-vu.

Cupido prend sa respiration. Un autre geste des mains, impuissant, puis il vient se poster à la portière. « Hier soir, chez Desiree… », commence-t-il.

Il soupire profondément.

« Son gamin était là. Donovan, avec son nouveau copain, Brantley. Quel prénom, Brantley ! Sérieusement, Benny. À quoi pensaient les parents ? Pas étonnant que le gosse devienne un petit prétentieux de merde. Bref, Brantley, tout content de sa petite gueule, me dit : "*Oom**, tu fais partie des Hawks ?" Je réponds : "*Yebo**, mon vieux, oui, je suis capitaine chez les Hawks." Et il me lance : "Mon père dit que vous êtes dévoyés." Je demande : "Dévoyés, ça veut dire quoi ?" Il me dit : "Ouais, ces escrocs indiens qui ont dévoyé le président… Mon papa dit que les Hawks sont aussi corrompus, ils le sont tous maintenant, vous mangez dans la main de ces Indiens, vous vous enrichissez avec des enveloppes sous la table, et les gens deviennent encore plus pauvres avec tous ces dévoyés." *Jissis*, Benny, tu sais comme j'aime les Hawks. C'est ma vie. Ma fierté. Et voilà que ce Brantley se met à me déconsidérer devant Donovan. Ce gamin que j'essaie d'amadouer depuis des mois, ce gamin dont je cherche à gagner la confiance, parce que je suis sérieux en ce qui concerne Desiree et que je sais que le chemin d'une vraie relation avec elle passe par son fils. Et voilà que Brantley balance cette histoire de dévoyés, et je vois que Donovan se met à me regarder d'un air entendu, genre "j'ai toujours su que ce type cachait quelque chose".

— Aïe, fait Griessel.

— Je suis assis là et je pense. Je peux dire non, nous ne sommes pas dévoyés, nous, les Hawks du Cap, notre Groupe criminalité violente, nous sommes propres, même s'il y a eu des tripatouillages à Durban, même si personne ne sait ce qui se passe à Joburg, mais nous, Benny… On se donne un mal de chien, nous étions cent quarante-deux esprits valeureux, il y a cinq ans, nous sommes à peine trente aujourd'hui, mais putain, on est propres et on travaille. Nuit et jour. Je suis assis là et je pense que je ne peux même pas emmener Donovan à mon travail pour lui montrer comme on est propres, car le ministère est infoutu de venir nous réparer les toilettes, les ascenseurs, les lumières, les tuiles cassées. Alors, comment je fais, Benny ? Comment je fais ? Et voilà qu'on tombe sur le sergent enquêteur Aubrey Verwey, un petit fanfaron débile, l'avenir de la police, "OK, alors comment je dois faire pour devenir un Hawk ?". Bourré d'ambition sans vouloir bosser. Alors je me figure que tout va à vau-l'eau, et j'ai envie de casser la gueule à quelqu'un pour qu'on m'écoute, Benny. S'il vous plaît, réparez les digues, faut réparer les digues, car je me sens comme ce garçon avec tous ses doigts dans les trous de la digue qui voit surgir une fuite, puis une autre, et il n'a plus assez de doigts[2]. Je

2. Allusion à Hans Brinker, héros d'un conte hollandais, qui aurait sauvé son village en bouchant avec son doigt, puis son poing, un trou dans la digue. (*N. d. É.*)

vais perdre Donovan, je vais perdre Desiree, je vais perdre ma fierté. Et après ? Qu'est-ce que je peux faire, Benny ? »

Cupido secoue la tête, et se dirige à nouveau vers le veld. Il va se planter devant les fils de fer, poings sur les hanches, fixant le néant.

Il finit par revenir, monte dans la voiture.

« Je te comprends. Mais tu sais, il n'y a pas que chez les Hawks : mon ascenseur aussi est foutu depuis longtemps, dit Griessel.

— Ha ! » Un poil de bonne humeur dans l'exclamation de Cupido allège un peu la tension.

« J'ai appris une chose sur ce pays, Vaughn. Ça ne va jamais aussi mal qu'on le craint. Et ça ne va jamais aussi bien qu'on le voudrait. Il y a eu un moment où moi aussi j'ai failli perdre tout courage. Il me semblait que tout allait mal… La roue tourne. Les choses vont s'améliorer, Vaughn. Un jour ou l'autre. Pas au point d'aller danser dans les rues. Mais ça ira mieux. »

C'est tout ce qu'il peut dire à cet instant.

Cupido tourne la clé. Le moteur de l'Everest démarre.

« J'espère que tu as raison. »

Vingt kilomètres plus loin, il dit : « Donne-moi un petit pâté. Où est la musique que tu as apportée ? »

Griessel lui tend le petit pâté et un soda, sort un vieux CD, *Jis Jis Jis* de David Kramer, et le glisse dans le lecteur.

Avant Leeu-Gamka, les voilà qui chantent ensemble. Aux alentours de Laingsburg, Vaughn rit pour la première fois de la journée, en écoutant les paroles de « Tjoepstil ».

« Ça, c'en était une bonne, Benny. Ton ascenseur… » Et il rit doucement.

Passé Touwsrivier, Griessel appelle le bureau de Rovos Rail au Cap pour obtenir le numéro de Mme Thilini Scherpenzeel.

On lui passe Mme Brenda Strydom, la responsable de la communication de l'entreprise. Elle a lu dans les médias que l'affaire était désormais entre les mains des Hawks. S'il y a quoi que ce soit qu'elle puisse faire…

« Nous aimerions venir vous parler demain…

— Naturellement. Mais vous comprendrez, bien sûr, que tout le personnel du train ne pourra pas être présent au complet.

— Je comprends…, dit Griessel.

— Nous avons établi la liste des coordonnées de tous ceux qui ont participé au voyage du 5 au 7 août. Vous pouvez les contacter à tout moment. Nous ferons venir au Cap le responsable accueil de ce train, si vous voulez lui parler personnellement. Il se tient à votre disposition.

— Merci beaucoup. Nous ne pouvons pas encore vous dire si ce sera nécessaire. Mais nous aimerions interroger Mme Scherpenzeel aussi vite que possible.

— Elle a donné son accord pour que nous mettions ses coordonnées à votre disposition. Voici son numéro…

— Un instant », demande Griessel en coinçant son portable dans son cou pour sortir calepin et stylo.

Quand elle le lui donne, il remarque : « C'est un numéro à l'étranger.

— Oui, elle est repartie aux Pays-Bas. Nous l'avons fait savoir à l'enquêteur…

— Au sergent Verwey ?

— Non, c'était un… Attendez… Voilà, c'était un adjudant. L'officier Bandjies.

— De Brackenfell. »

Celui qui a aidé Robyn Johnson quand elle est allée signaler la disparition de J. J.

« C'est ça. Il nous a contactés après la disparition. Nous lui avons dit que Mme Scherpenzeel était repartie. Il a répondu que ce n'était pas un problème. »

C'était avant qu'on ne retrouve le corps de Johnson Johnson, Griessel ne trouve rien à y redire. « Merci.

— Mme Scherpenzeel a simplement demandé qu'on l'appelle le matin entre neuf heures et midi. Elle se repose l'après-midi. »

Il se demande l'âge qu'elle peut avoir. Il pose la question.

« Quatre-vingt-onze ans. »

Tout en conduisant, Cupido écoute la conversation. « Quel âge, Benny ? Vingt-neuf ans, pas vrai ? murmure-t-il.

— Je vois », répond Griessel à Strydom, qui poursuit.

« Elle est encore très active. Pleine d'allant, vive d'esprit. Une femme incroyable. Vous savez qu'elle est la veuve de Joop Scherpenzeel ?

— Qui ça ?

— Le milliardaire. L'homme qui a lancé la brasserie Sonnenborgh. À Utrecht.

— Non, je ne le savais pas.

— Une femme pas banale, commente Brenda Strydom. Une excentrique. »

Dès qu'il a mis fin à la conversation, Cupido lui demande l'âge de Mme Scherpenzeel.

Griessel le lui dit.

« Ce n'est vraiment pas un bon jour, Benny. Pas un bon jour.

— Mais elle est encore très active, Vaughn. Pleine d'allant, vive d'esprit. Veuve d'un milliardaire.

— Tu es un rayon de soleil. »

10

Août. Daniel Darret. Bordeaux.

Il ne la reconnaît pas tout de suite. Il a remarqué quelque chose d'étrange dans la silhouette : une femme élégante, habillée avec soin, maquillée, portant un joli chapeau de paille, mais mal à l'aise, les bras croisés, comme si elle savait clairement qu'elle n'appartenait pas à l'environnement populaire du quartier Saint-Michel.

Ça lui revient : la femme-girafe. Instinctivement il jette un coup d'œil à gauche et à droite. Il est surprenant qu'elle soit seule – elle est sûrement venue avec son lot de problèmes.

Il n'y a cependant personne alentour, à part Wackett sur le seuil, et il songe tout de suite : que me veut-elle ?

« Excusez-moi », dit-elle. Il comprend qu'elle a perçu son froncement de sourcils, un langage corporel réticent.

Elle s'avance vers lui de sa façon étrange, à grands pas, sûre d'elle-même, et lui tend quelque chose. Une enveloppe fermée.

« Je ne suis pas une menace pour vous. » Sa voix est pleine et grave, ce qui n'est pas surprenant chez une grande femme, presque aussi grande que lui.

Elle attend qu'il prenne la lettre. Il n'en a pas envie. Il ne veut pas d'elle, il ne voulait pas la revoir. Elle représente un risque, car elle sait quelque chose sur lui qu'il voulait garder caché.

« S'il vous plaît. »

S'il s'agissait d'une jolie femme sensuelle, roublarde, ou débordant d'assurance, il tournerait immédiatement les talons. Mais parce qu'elle est gauche, mal à l'aise, longiligne et anguleuse, il accepte la lettre dans un sursaut de générosité.

Elle dit juste « merci », se détourne et repart, ses talons claquant sur les pavés qui, jadis, servaient de ballast aux navires anglais. Et c'est lui maintenant qui ressent un malaise, un sentiment de culpabilité, car il s'est comporté à son égard comme un Lefèvre. Levant les yeux, il surprend Wackett qui s'éloigne de la porte, le museau froncé dans une expression de reproche.

Il n'ouvre la lettre qu'une fois dans sa cuisine. Un papier chic. Une écriture magnifique, avec des boucles et des courbes artistiques qui évoquent le Moyen Âge. Une adresse est mentionnée, rue Montesquieu. Il connaît. Elle se trouve dans le triangle d'or où se concentrent les magasins chers et les grands appartements des gens riches.

Une date et une heure figurent plus bas. Jeudi soir, dix-neuf heures. Une légère trace de parfum.

Il lâche un juron, d'abord en français, puis dans

sa langue d'origine. Car il sait qu'il va lui falloir s'y rendre.

Tout en bas, une inscription : *Élodie Lecomte*. C'est un nom élégant.

Il remet le carton dans l'enveloppe, et furieux la jette dans le bol d'argile vert placé sur le manteau de la cheminée qu'il n'utilise jamais.

Le bâtiment du XVIIIe siècle est somptueux, imposant, construit en calcaire impeccablement restauré. Il n'y a que trois boutons de sonnette à la porte d'entrée. Ce qui signifie que son appartement occupe tout l'étage.

Il appuie sur le bouton d'en haut. Il est 19 h 16 : il veut souligner qu'il vient contraint, forcé par les circonstances. Il n'a pas envie de complications, n'est pas intimidé par sa richesse ni son statut social. Une autre façon de le signifier : il est venu en jean propre, T-shirt blanc et Nike noires.

La porte s'ouvre en un bourdonnement électronique. Il grimpe les trois étages par un large escalier de pierre. La belle porte en bois s'ouvre au moment où il lève la main pour frapper. La femme est pieds nus, en pantalon noir et chemisier blanc, à nouveau sûre d'elle. Ils se saluent. Elle lui fait signe d'entrer et referme la porte.

« Merci d'être venu », dit-elle en le guidant dans le vestibule où un grand portrait est accroché au mur, une femme élégante avec un foulard rouge-brun, une robe parsemée de fées et de papillons, espiègle.

Il la contemple.

« Sniege.

— Pardon ?

— Sniege Navickaite. Une artiste peintre. Elle est de Bordeaux.

— Ah. » Il éprouve une certaine tendresse à la vue de ce tableau, qui représente une autre version d'Élodie Lecomte, taquine, une interprétation où elle paraît plus belle, plus élancée, pleine d'assurance et de style. Il se demande si elle en avait conscience au moment où elle l'a acheté. Un pastiche d'elle-même.

Les plafonds sont hauts, les murs du vaste salon couverts de tableaux. Il n'est pas expert, mais il voit bien qu'il s'agit de périodes différentes. En revanche, il connaît les beaux meubles anciens et de prix, il en retrouve ici. Des teintes profondes, riches, sous la douce lumière du soir qui tombe à travers les hautes fenêtres.

Elle l'invite à s'asseoir, le regarde à peine en lui demandant s'il veut boire. Du vin peut-être ? Rouge ? Blanc ?

« Rouge, s'il vous plaît. »

Elle opine, comme si ce choix emportait son approbation. Elle se dirige vers une jolie cave à liqueurs, où des bouteilles et des verres sont disposés. Il choisit une chaise en face d'elle, noyer doré et cretonne ; il pense que c'est l'œuvre de Jean-Baptiste Claude Sené, un ébéniste de la fin du XVIIe siècle. Il se demande si Lefèvre l'a restaurée, tant elle semble parfaite. Il se demande aussi ce que lui veut cette curieuse femme qui peut s'offrir un Sené. Veut-elle le remercier, le récompenser ? Ou a-t-elle un motif plus sensuel, l'expérience d'un grand Noir ? Ce sont les conclusions logiques auxquelles il a abouti depuis qu'elle lui a remis le carton.

Elle débouche la bouteille, verse. Il se lève pour se saisir du verre.

« Quel est votre nom ? demande-t-elle en allant s'asseoir en face de lui.

— Daniel.

— Daniel, j'ai du jambon ibérique et du melon. Une baguette et du fromage. Il fait si chaud, je n'ai pas pensé à… Et puis je ne suis pas bonne cuisinière. » Elle est très formelle. Gênée. « Simplement, si vous voulez manger quelque chose. Je… Si vous n'avez pas envie d'être ici, vous pouvez vous en aller. Vous n'entendrez plus parler de moi. Vous n'avez rien à craindre de moi.

— Qu'aurais-je donc à craindre ?

— La façon dont… L'autre nuit… Vous étiez pressé de… J'ai pensé, excusez-moi, j'ai pensé que vous étiez un immigrant illégal. Que la police, peut-être… Je… Ça n'a aucune importance à mes yeux. Je n'ai pas l'intention de faire du chantage.

— J'ai tous mes papiers. Un passeport… » (Une interprétation de la vérité.)

Elle hoche la tête, contrite.

« Et un casier judiciaire vierge.

— Bien sûr. »

Il la regarde. Elle est tendue, assise sur le bord de sa chaise, guettant ses réponses.

« C'est ce que vous attendez de moi ? Que je dîne avec vous ?

— Non. »

Elle prend une gorgée de vin. Il goûte le sien. Excellent.

Il attend.

Elle se lève. Un mouvement semblable à celui d'un jouet compliqué qui se déploie. Elle se dirige vers une des grandes portes. « Venez voir. »

Il hésite, mais elle respire toujours l'innocence, une naïveté enfantine.

Il pose son verre et la suit. Elle avance vers la pièce suivante, s'arrête, se tourne vers lui. La lumière de fin d'après-midi traverse les hautes fenêtres. Au milieu se trouvent un chevalet et une grande toile vierge. Aux murs, des portraits. Aussi réalistes que des photos.

« J'aimerais vous peindre », souffle-t-elle presque imperceptiblement, comme si elle redoutait sa réponse.

Il regarde les portraits. Des hommes et des femmes, blancs, noirs, bruns, parfois un enfant. En vêtements modernes, quotidiens. Ils sont beaux. Certains sont assis, d'autres se tiennent à côté d'une chaise. D'autres sont simplement debout.

« C'est votre travail ?

— Oui.

— C'est stupéfiant. » Il cherche le bon mot. « Magique. Sublime.

— Merci. »

Elle attend sa réponse.

« Ça va durer combien de temps ? Combien de temps devrai-je rester… assis ?

— Oh, rien du tout, si je peux prendre quelques photos avant que la nuit tombe. Après vous pourrez passer voir de temps en temps, si vous voulez. »

Soulagement.

« D'accord. »

11

Août. Benny Griessel. Worcester.

Au large de De Doorns, Griessel étudie les informations fournies par Vodacom concernant les communications relevées sur le portable de Johnson Johnson. Deux colonnes établies pour les trois derniers mois avant sa mort, la première classée selon la date, la seconde selon les numéros.

« Ça donne quelque chose ? » demande Cupido, tandis qu'ils se traînent dans une côte derrière un gros camion.

Benny sort son calepin pour vérifier le numéro de Robyn Johnson avant de répondre : « Son ex… Les appels qu'elle a évoqués, notamment quand, du train, il a parlé aux enfants le samedi soir, le 5 août…

— Oui ?

— Tout est là. Mais il a appelé quelqu'un d'autre un peu plus tard, à 21 h 07…

— Qui ?

— Je ne sais pas. »

Griessel sort son portable, tape le numéro. Ça sonne deux fois avant qu'un homme réponde. « Oui ?

— Allô, fait Griessel, qui est à l'appareil ?
— À qui voulez-vous parler ? »
La voix est irritée.
« Je m'appelle Benny Griessel. Capitaine de police. J'enquête sur la mort de M. Johnson Johnson… »
La communication s'interrompt. Griessel regarde son écran. « Plus de signal », soupire-t-il en désignant les montagnes qui enserrent la route de part et d'autre.
« C'était qui ?
— Je ne sais pas… Un homme. Je le rappelle. »
Il surveille les barrettes sur son portable.
« Alors, Benny, quand vas-tu lui poser *la* question ? »
Cupido sait que Griessel va demander Alexa Barnard en mariage. Ils ont souvent parlé de ses hésitations sur l'endroit, le jour et la déclaration.
« J'ai pensé à dimanche…
— Ce dimanche ?
— Oui. » Il se sent une boule à l'estomac, et ça ne vient pas du petit pâté de la station-service.
« Courageux, Benny. Courageux. Et où ça, si je peux demander ?
— Euh… J'ai pensé qu'Alexa aime la bonne cuisine…
— Bien vu.
— Qu'elle est sensible aux ambiances agréables…
— Bien vu.
— Et qu'elle apprécie les beaux endroits…
— Bien vu.
— Alors j'ai regardé les meilleurs restaurants, le top dix…
— Cool.
— Alors j'ai pensé au restaurant Overture. Il est

numéro six sur la liste, proche de Stellenbosch. J'ai regardé le site : le paysage est fantastique, ça a l'air romantique…

— Je me demandais quand tu mentionnerais le mot “romantique”.

— Et je peux, plus ou moins, me le permettre.

— Bien. Mais tu sais qu'il se trouve dans un vignoble, pas vrai ? Pour deux alcoolos… Je dis ça, je ne dis rien. »

Griessel soupire. « Oui, j'ai remarqué. De toute façon, où que je l'invite, il y aura de l'alcool à proximité.

— Sauf si, disons, ça se passe sur la plage à Cape Point, au soleil couchant. Un petit panier à pique-nique, une serviette sur le sable, la brise marine dans ses cheveux… Les femmes adorent ce genre de chose. C'est ce que j'ai en tête pour le jour où je demanderai Desiree en mariage, si elle et son gamin veulent encore d'un Hawk dévoyé.

— J'ai pensé à la plage. Camps Bay, Clifton… Mais tu connais Le Cap… Ces brises marines peuvent balayer la serviette et l'emporter jusqu'à Robben Island. Et imagine que la bague me glisse des doigts, qu'elle tombe dans le sable, putain, je n'ai plus de fric pour en acheter une autre. Pour celle-ci, j'ai encore quatorze mois de crédit à régler.

— Un bon point.

— Tu penses que l'Overture, ça pourrait le faire ?

— Ça me semble génial. Tu veux que je sonde Desiree ? Elle connaît tous les endroits raffinés de Stellenbosch.

— S'il te plaît. »

Ils sortent du col, la vallée de la Breederivier s'ouvre

en grand devant eux. Griessel consulte l'écran de son portable. Le signal est revenu.

Il appelle.

« Votre correspondant n'est pas disponible. Veuillez réessayer ultérieurement. »

Il tente de nouveau sept fois avant qu'ils n'arrivent à Bellville. La ligne demeure occupée.

Ils sont de retour au bureau à sept heures passées. Ils mettent le dossier à jour.

Cupido appelle Stellenbosch et rend compte à Griessel. « Desiree estime que l'Overture est de grande classe, tu peux foncer. Elle a ajouté : "Bon choix."

— Merci, Vaughn.

— Tu vas lui en parler ce soir ? De l'Overture ? »

Il hésite, avant de répondre : « Oui. »

Cupido et lui-même ont entendu le ton de sa voix. Vaughn lui tapote l'épaule : « Bonne chance, Benny. »

Cupido le salue et s'en va. Griessel reste au bureau.

Il ouvre le tiroir au fond duquel il cache la bague dans son bel écrin noir. Il la sort. Elle est là, étincelante et magnifique.

Jissis.

Il la replace avec précaution. Ferme le tiroir. Il cherche le numéro du restaurant Overture. Le trouve. Le regarde fixement.

Il s'agit d'un grand pas.

Ça fait presque cinq ans qu'ils « sont ensemble » ; il ne sait toujours pas ce que cette expression signifie. Ils vivent ensemble depuis trois ans, chez elle, à Tamboerskloof.

Il l'a rencontrée alors qu'il enquêtait sur le meurtre de son mari. Elle était suspecte, une épave. Une étoile morte, la chanteuse Xandra jadis célèbre, coqueluche des Afrikaners. On passe encore souvent à la radio son premier tube « Soetwater », « eau douce ».

'n Glasie vol sonlig,
'n soet kelkie klein.
Skink Soetwater.
'n Mondjie vol liefde
'n slukkie vol pyn.
Drink Soetwater.[3]

Avec sa voix sensuelle et sa personnalité incandescente, un avenir plein de promesses, tout cela noyé dans l'alcool à cause du trac, de ses doutes, avec de surcroît un mari qui la trompait avec d'autres femmes. Jusqu'à ce qu'il ne reste plus rien de sa carrière, ni d'elle-même. Et voilà qu'on descend son époux, qu'elle hérite de sa société de production et qu'elle doit prendre un nouveau départ. Griessel est tombé amoureux d'elle parce qu'elle est terre à terre, honnête, brisée, vaillante, à cause de sa naïveté, sa générosité, sa tendresse, son humour, son autodérision. Il l'aime pour sa simplicité et la façon simple dont elle l'aime. Comme ça. Elle l'admire et le respecte. Lui. Benny Griessel, l'ancien soûlographe, toujours capitaine de police à quarante-six ans parce qu'il boit. Elle l'adore, lui attribue un grade supérieur,

3. *Un petit verre de soleil, / une coupe de douceur. / Sers-moi de l'eau douce. / Petite bouche pleine d'amour, / une gorgée de douleur. / Bois donc de l'eau douce.*

son « maître enquêteur », son « roi des Hawks », son héros.

Il joue de la guitare basse de temps à autre avec un groupe baptisé Roes – « rouille » – qui se produit dans des soirées ou des mariages. Parfois le soir, il répète en écoutant un CD dans la hi-fi. Elle le rejoint et vient chanter avec lui : « Tu es talentueux, mon Benny. » Il sait bien qu'il est un bassiste moyen.

Il ne peut pas le nier, il l'aime à cause de la sensualité qui affleure sous les cicatrices de sa vie.

Putain, il s'agit vraiment d'un grand pas.

Il a bousillé son premier mariage. Car son tuteur chez les Alcooliques anonymes, Dok Barkhuizen, lui a dit que deux alcoolos ensemble, c'était une recette pour se créer des difficultés. Alexa est très riche, et lui ne disposait même pas des vingt mille rands que la bague lui a coûtés. Il a dû emprunter à la banque, car il est coincé financièrement entre son salaire de policier et son fils qui fait une école de cinéma, et par toutes ces années où il a trop dépensé en alcool et en pension alimentaire.

Il cherche le numéro du restaurant Overture. Vraiment un grand pas.

Il n'a pas grand-chose à lui offrir. Mais il peut lui donner une soirée avec demande en mariage mémorable et qu'elle pourra raconter à l'envi. Une soirée digne d'elle.

Il respire un bon coup.

Il appelle.

Ils habitent dans la maison d'Alexa, au 47 Brownlowstraat, sur le flanc de Signal Hill. C'est une jolie maison victorienne de deux étages, dont le balcon offre une vue splendide sur la ville.

Griessel range la voiture dans le garage, entre par la cuisine. Alexa s'active devant le four, elle porte son tablier où est inscrit : *Tu me remues!* Il l'a fait faire lui-même, et le lui a donné pour la Saint-Valentin, l'année dernière. Elle l'a apprécié.

Cuisiner n'est pas son fort. C'est une femme d'affaires remarquable. Quand il lui arrive de chanter de temps à autre, on se lève souvent pour l'applaudir. Au piano, elle tient la route. Mais elle n'a aucun sens de la cuisine, même si elle assure qu'il s'agit d'une « passion ». Aux fourneaux, son attention est facilement détournée par un SMS ou un appel, ce qui fait qu'elle oublie quels ingrédients elle a déjà mis dans la casserole. Son goût n'est pas fiable. Elle goûte méticuleusement un plat et le déclare « parfait » avec enthousiasme, puis, quand elle le sert et le déguste, elle fronce les sourcils : « Il y a quelque chose qui cloche. Tu le sens aussi ? »

Alors, souvent, il ment : « Mais non, voyons, c'est délicieux. » Si c'est le plus grand sacrifice qu'il doive faire pour leur relation, ça en vaut la peine.

Il lui faut mentir à nouveau. Le restaurant était complet pour le week-end, mais il a pu réserver pour le dimanche suivant. Il faut qu'il parvienne à l'inviter à l'Overture sans qu'elle se doute de sa manœuvre.

Il fait froid dehors, mais la cuisine est agréable. Quand elle le voit, sa figure s'éclaire. « Benny, dit-elle avec une joie sincère, tu dois être crevé. »

Il l'embrasse, la serre fort. « Pas tant que ça.

— C'était beau, le Karoo ?

— Vaughn dit que la connerie y pousse vite, mais moi, j'aime bien les grands espaces. »

Elle rit. « Je prépare un ragoût aux tomates.

— Ça sent bon. » Un peu éloigné de la vérité.

« Il faut que tu le goûtes ! On se met à table dès que tu es prêt.

— Je vais vite me rafraîchir. » Il se poste devant la porte, se retourne. Il faut qu'il lui demande. Maintenant.

Elle le regarde, les yeux tendres.

Il tourne les talons et va se doucher. Pas plus de quatre minutes, car Le Cap connaît de graves restrictions d'eau, la plus grande sécheresse de mémoire d'homme. On parle d'un « jour zéro », le moment où les barrages seront à sec. Armageddon aquatique.

Mais ce n'est pas de ça qu'il s'inquiète.

C'est de son dîner avec Alexa.

Il s'agit vraiment d'un grand pas.

12

Août. Daniel Darret. Bordeaux.

Six jours après la séance de photos chez Élodie Lecomte, il y retourne, mû par la curiosité. À propos de son portrait, à propos d'elle. À sept heures du soir, il appuie sur le bouton, légèrement mal à l'aise. Vient-il aussi parce qu'il se sent vide ? En quête de lui-même ?

Il entend ouvrir la fenêtre du troisième étage. Il lève le nez. Elle se penche, le reconnaît et agite la main. Sourire. La fenêtre se referme. Un bourdonnement l'invite à monter.

Dans l'entrée, il remarque qu'elle est habillée de façon informelle, un jean et un T-shirt vert olive. De nouveau pieds nus.

« Je suis heureuse que vous soyez venu. » Elle lui propose du vin.

Il répond non, merci, il voudrait simplement jeter un coup d'œil au tableau. Une légère déception passe dans les yeux de la femme, mais elle hoche la tête et dit : « Bien sûr. » Il se demande une fois de plus qui elle est, quelle est son histoire. Une aura de solitude l'entoure. L'autre soir, elle n'a presque rien révélé d'elle, elle ne s'occupait que de l'appareil et des photos.

Il la suit dans l'atelier.

« Sa » peinture se trouve sur le chevalet, immense, deux mètres de haut. Sa silhouette est esquissée, son visage déjà achevé. Ça lui fait bizarre, la façon dont elle l'a saisi. Il y a de la vie sur cette toile. Sa vie. Et ses aspirations. Il s'extasie devant son habileté.

« Ça vous plaît ?

— Oui, dit-il doucement.

— Vraiment ? »

Comment peut-elle en douter ?

« C'est… formidable. »

Elle sourit d'une façon qu'il n'avait pas encore vue, avec une joie sincère.

« Alors il faut prendre une coupe avec moi. De champagne. »

Il ne peut pas refuser.

Ils s'asseyent dans le salon. « Quand avez-vous commencé à peindre ? lui demande-t-il.

— Après la mort de mon mari. Je l'ai peint, sans cesse, jusqu'à ce que je le retrouve.

— Que faisait votre mari ?

— Il était professeur de paléontologie. C'était un homme merveilleux. Il me manque encore, chaque jour. »

Elle se lève d'un coup. « Un instant, s'il vous plaît. » Elle s'en va prestement, ses pieds nus ne font aucun bruit. Elle revient un moment plus tard avec une photo encadrée et la lui tend.

Ce n'était pas un bel homme, son époux décédé. Un grand corps douloureusement maigre, des lunettes à monture épaisse et une moustache qui cachait mal un bec-de-lièvre mal opéré. Mais il y avait de la douceur et de la tendresse dans son sourire.

Il reste pensif un moment. « C'est vous qui avez pris la photo ?

— Oui.

— Il vous aimait beaucoup. »

Le visage de la femme s'illumine. « Moi aussi, je l'aimais beaucoup. »

L'art de fabriquer et de restaurer des meubles a fasciné Daniel dès le premier jour où il a travaillé avec Lefèvre. C'était là un monde dont il ne connaissait rien. L'attention tendre, le travail précautionneux pour transformer une chose décrépite, morcelée, en un objet magnifique et précieux. Petit à petit, il a cultivé le désir d'en faire autant. Il a observé Lefèvre, avec discrétion et patience, à chaque phase de son travail.

Il y a presque deux ans, il a commencé à acheter ses propres outils au marché aux puces de Saint-Michel, afin de pouvoir marquer, mesurer, scier, raboter, ciseler, marteler et poncer. Il les a apportés un à un dans le coin de l'atelier qu'il occupe. Lefèvre l'a vu. N'a rien dit.

Il y a deux mois, Lefèvre a remarqué qu'il avait aussi apporté des planches en chêne. Le vieil homme s'est levé et a passé ses doigts sur le grain du bois, s'est baissé pour le sentir. Il a soulevé chaque planche, les a évaluées du regard. Les a reposées. N'a rien dit. C'était sa façon d'approuver.

Daniel a commencé à fabriquer lentement sa table.

Il y travaillait dès qu'il disposait d'un peu de temps libre, parfois il restait après la fermeture, à présent il lui arrive de venir le week-end. Lentement. Conscient d'avoir beaucoup à apprendre, prêt à payer les frais de cette scolarité.

Lefèvre jetait parfois un coup d'œil. Sans rien exprimer.

Il s'agit d'une table de ferme. Il l'a choisie – d'après un modèle splendide que Madame avait vendu dans la boutique – parce qu'elle était sobre. À peine plus de deux mètres de long, quatre-vingt-huit centimètres de large, soixante-quinze de haut, un plateau, quatre pieds effilés, une frise sur chaque côté. Et deux tiroirs simples devant.

Quelques jours avant les vacances d'août, en arrivant à l'atelier, il a remarqué que Lefèvre avait démonté le tiroir droit. Il a compris pourquoi. Les joints n'étaient pas bien finis. Il a salué le Génie d'un signe de la tête, et les a refaits plus tard.

À présent, il a presque terminé. Il est en train de poncer, non sans mal car son bandage à la main le gêne. Mais il aime bien le rythme, l'odeur, la répétition mécanique des gestes.

Il songe au projet suivant : lui adjoindre six chaises. Il lui reste assez de bois.

À seize heures, la chaleur d'août le pousse à conclure. Il balaie les dernières poussières, nettoie les outils, range le tout méticuleusement, comme si Lefèvre l'observait derrière son épaule. Il ferme et s'en va.

La rue Notre-Dame est calme. Ce n'est qu'aux alentours du monument aux Girondins qu'il y a de l'activité, des touristes qui prennent des photos, deux enfants qui cherchent de la fraîcheur dans la fontaine. Il met vingt à trente minutes pour rentrer chez lui. Son trajet n'est jamais exactement le même, car il zigzague entre ses lieux favoris. Il connaît l'histoire de la plupart des bâtiments, des placettes et des rues. Il passe chaque jour délibérément devant le Grand Théâtre, et respire à pleins poumons l'atmosphère de la place.

Aujourd'hui, il déambule devant les boutiques de la rue Sainte-Catherine, car la plupart des Bordelais sont partis à la mer, il n'y a pas la foule habituelle.

Cinq cents mètres avant d'arriver au cours Victor-Hugo, il aperçoit Lonnie May.

Plus tard, il se demandera : est-ce sa vigilance redoublée depuis la nuit où Élodie Lecomte s'est fait attaquer qui lui a permis de remarquer Lonnie ?

D'abord, il pense être victime de son imagination. Il n'a pas vu Lonnie depuis plus d'une décennie, il s'agit peut-être juste de quelqu'un qui lui ressemble. La silhouette familière marche vingt mètres devant lui, jette un coup d'œil à son portable. Daniel la suit, à distance. Ce n'est pas possible. Les souvenirs de son ancienne vie ressurgissent. Le soupçon qu'il s'agit bien de Lonnie se confirme peu à peu. Cette démarche alerte, cette silhouette trapue, la forme de la tête, le crâne luisant.

Mais quelque chose le dérange, vaguement…

Il observe l'homme, constate qu'il s'agit bien de Lonnie, sans aucun doute, mais plus âgé. Seigneur, nous vieillissons tous. Il veut aller vers lui, appeler son vieux camarade.

Il ne le fait pas, un sentiment de malaise, indéfini. Quelque chose cloche.

Il prend conscience de ce que c'est.

À côté de Daniel avance quelqu'un dont l'attention est focalisée sur Lonnie. Daniel connaît ces signaux, la formation presque oubliée lui revient.

Un homme est en train de suivre Lonnie.

13

Le filocheur est grand, souple, habillé d'un jean bleu, d'une chemise bleue et d'une veste grise. Cheveux foncés, coupés très court. Et il a l'air efficace.

Daniel entre chez Giovanni Gelateria, pour mettre de la distance entre eux.

Lonnie May ? Ici, au mois d'août à Bordeaux ? Âgé, seul.

Daniel considère les différents parfums de glace et les macarons, comme s'il hésitait. Il ressent un picotement, il cherche à établir des connexions, à tirer des conclusions. L'apparition de Lonnie a-t-elle un lien avec l'incident d'Élodie Lecomte ? Par quels biais a-t-on pu remonter sa piste – et celle de Lonnie ? Qui est Veste-Grise ? Un officier de la police française ?

Ici, maintenant ? Ce n'est pas un hasard. À trois rues de son appartement.

Lonnie tripote son portable, comme quelqu'un qui utilise Google Maps pour chercher un endroit. L'adresse de Daniel ?

Ce dernier murmure « excusez-moi » à l'homme derrière le comptoir et sort. Il jette un coup d'œil à droite. Il aperçoit Veste-Grise qui s'attarde devant le

Burger King. Lonnie doit se trouver à l'entrée principale, cours Victor-Hugo.

Prudence, car Veste-Grise n'est pas un amateur. Daniel connaît les règles de la filature, on les lui a inculquées : regarder tout autour de soi. L'homme doit avoir tous les sens en alerte. Il n'est peut-être pas seul. Daniel ne peut pas rester là.

Il prend une décision, il se dirige droit sur Veste-Grise et tourne soudainement à gauche, dans la rue de Guienne, puis tout de suite à droite. Il va pouvoir approcher Lonnie et son poursuivant par un angle inattendu sur la grand-rue. Il pourra voir si d'autres personnes sont aux basques de Lonnie.

Il arrive juste à temps pour voir Veste-Grise sur le trottoir du cours Victor-Hugo, devant l'agence de presse. L'homme tourne la tête à droite, puis à gauche, ses yeux balaient tout l'espace alentour. Daniel marche dans sa direction. Il s'apprête à acheter un journal.

Lonnie a disparu.

Le filocheur ne regarde pas Daniel. Il fait quatre pas à gauche, se retourne. Il cherche à franchir la grande artère, mais le feu est au rouge pour les piétons et le flot de voitures empêche toute traversée.

Le chasseur a perdu sa proie. C'est évident.

Lonnie May, toujours roublard, a dû se rendre compte qu'il était suivi.

Tout ce que Daniel peut faire, c'est rentrer chez lui en faisant un grand détour. Il ne tient pas à attirer l'attention de Veste-Grise en se mettant à le suivre.

Ça lui prend vingt minutes environ. Il arrive par le côté de la basilique, afin d'avoir une vue plus large de la placette en face de son immeuble, mais il ne voit personne. Il ouvre, entre, grimpe les marches à toute allure, il transpire à cause de la canicule et de la tension. Il se défait de ses vêtements, enfile un short, ouvre les volets et apporte une chaise de cuisine. Il s'assied dans la chambre, suffisamment en retrait pour surveiller la place sans être vu facilement.

Plus d'une heure et demie après, Lonnie May arrive par la rue Marengo. Il marche vite, le crâne chauve tourne de tous côtés, comme s'il craignait qu'on ne l'observe.

Lonnie, Lonnie, les quelques cheveux qui te restent sont bien gris. Mais ton pas est ferme. Les souvenirs de Daniel enflent comme une vague.

Les yeux de Lonnie repèrent l'adresse qu'il cherche. Sans hésiter, il fonce sur la porte.

Daniel attend le coup de sonnette. Qui ne vient pas.

Lonnie s'éloigne.

14

Daniel reste assis trente secondes avant de comprendre ce qui s'est passé. Il se lève d'un bond et dévale l'escalier. Poussée à travers la fente de la boîte à lettres, l'enveloppe gît sur le sol.

Pour Daniel Darret. À l'encre noire.

Il la ramasse. Il sait maintenant que Lonnie connaît son nouveau nom. Ça signifie mille choses. Lonnie l'a pisté, un processus difficile, probablement long, probablement cher, car Daniel a soigneusement effacé ses traces. Ça signifie que Lonnie a compris qu'il peut prendre le risque de dévoiler la nouvelle identité de Daniel. Le loyal Lonnie a dû penser que la fin justifiait les moyens. Lonnie n'est pas ici pour parler du bon vieux temps.

Ça signifie aussi que Lonnie est en difficulté.

Il le sait avant même d'ouvrir l'enveloppe.

Il se dépêche de remonter chez lui, sort un couteau du tiroir et ouvre l'enveloppe avec précaution.

Umzingeli
Saint-André. Sous l'orgue. 10 h 15.
Lonnie

C'est le premier mot, son nom de code, qui le fait trembler, qui ouvre grandes les écluses de sa mémoire.

15

Août. Benny Griessel. Le Cap.

Il rencontre Cupido le matin, en face de la gare du Cap, devant la salle d'accueil de Rovos Rail.

« Et alors, collègue ? demande Vaughn immédiatement. Tout roule ? »

Griessel sait à quoi il pense.

« J'ai fait la réservation. Pour dimanche soir prochain.

— Et alors ?

— Je lui en parle ce soir.

— Bravo », lance Cupido avec sympathie, car il se débat parfois avec ce qu'il appelle les « problèmes d'engagement » de ce célibataire endurci qu'est Griessel. Ils traversent la rue en silence.

Mme Brenda Strydom, la responsable de la communication de Rovos Rail, a la cinquantaine ; elle est attirante et habillée avec goût. Elle tient un dossier à la main. Elle les invite à s'asseoir dans un coin du grand salon des départs, une belle pièce où règne une atmosphère à l'ancienne. Un serveur se tient discrètement dans un coin. Elle leur demande ce qu'ils veulent boire, passe la commande et vient s'asseoir en face d'eux. Elle pose le dossier sur la table basse.

« Merci d'être venus, commence-t-elle.

— C'est notre job », répond Cupido avec une pointe de sarcasme. Il devient suspicieux et agressif dès qu'il flaire le luxe et l'argent.

Griessel connaît cette réaction. Elle fait partie de leur dynamique d'équipe – au fil des ans, ils ont appris à la faire tourner à leur avantage. Quand Vaughn se montre effronté, Griessel adopte une posture plus accessible. Brenda Strydom ne se laisse pas démonter. Elle opine : « Je sais. Mais la mort de M. Johnson est une affaire grave pour nous, comme vous le comprenez certainement. Nous gérons le train le plus luxueux du monde. La majorité de nos clients viennent de l'étranger. Il est essentiel de protéger notre réputation, et que cette affaire soit résolue rapidement. Je suis ici pour vous aider par tous les moyens que vous jugerez utiles.

— Merci, madame, dit Benny.

— Appelez-moi Brenda. Je voudrais…

— C'est réellement le train le plus luxueux au monde ? » coupe Cupido.

Brenda Strydom hoche la tête, comme si ce n'était pas la première fois qu'on lui posait la question. « Oui, vraiment.

— Ah bon ? » Un peu sceptique.

Elle énonce les arguments en comptant sur ses doigts : « Pour commencer, nous avons une gare privée de vingt-trois hectares à Pretoria. Flanquée d'un musée et d'un atelier où nous restaurons nous-mêmes les voitures. Quelques antilopes se promènent autour. C'est un lieu unique. De tous les trains au monde, c'est nous qui avons les plus grands wagons-lits. Chaque compartiment possède une salle de bains, un quart plus vaste que celles de nos concurrents. Les suites royales, par exemple, disposent d'une baignoire et d'une douche. On compte onze tonnes par passager, là aussi un quart de plus que n'importe quel autre train. Tous nos hôtes prennent leurs repas en même temps – il n'y a qu'un seul service. Je peux continuer…

— C'est bon », dit Cupido, puis il ajoute avec une dose de fierté : « C'est cool. Qui pourrait penser ça ? Dans notre petit coin, tout au bout du continent noir… »

Elle sourit et montre le dossier. « J'ai préparé toutes les informations susceptibles de vous être utiles. Le carnet de bord complet, établi par le conducteur. Sont indiquées l'heure d'arrivée du train du 5 août à chaque étape, la durée de l'arrêt, etc. Voici les coordonnées de tous les membres de notre personnel qui ont travaillé sur ce train – à bord ou à la gare de Pretoria. Tous sont au courant de cette enquête et collaboreront entièrement avec vous. Nous employons, selon la régulation des trajets, des conducteurs de Transnet. Leurs coordonnées figurent aussi dans le dossier, mais nous ne pouvons garantir leur coopération.

— Merci, dit Griessel.

— Voici aussi la liste de tous nos passagers, avec leur formulaire de réservation, sur lequel sont indiquées leurs coordonnées et les mentions de leur passeport. La plupart ont rempli leur formulaire de bord après le voyage. Plusieurs sont des touristes étrangers, peut-être ont-ils déjà quitté le pays.

— Combien de passagers y avait-il ? demande Griessel.

— Dans ce train-là, soixante-cinq. Seuls sept d'entre eux étaient des citoyens sud-africains. »

Griessel et Cupido se regardent. Ils savent que ce sera long et difficile d'entrer en contact avec chacun pour recueillir des informations.

Brenda Strydom surprend cet échange. « Chaque voiture dispose d'un hôte ou d'une hôtesse à qui les passagers peuvent s'adresser. Les hôtes rencontrent leurs passagers ici, dans ce salon, avant le départ du train. Ils s'occupent de leurs bagages et veillent à leurs desiderata. Mme Scherpenzeel a pris une suite royale. Le nom de son hôtesse est Cathy Bing. M. Johnson était dans une suite Pullman. Son hôtesse était Sam… Samantha Albertyn. Ce sont elles qui pourront vous donner le plus de renseignements sur Mme Scherpenzeel et M. Johnson. J'ai souligné leur nom sur la liste.

— Ça nous sera très utile, merci, dit Griessel.

— Je vous en prie. Mais parlez d'abord avec Sam. Elle a quelques informations intéressantes.

— Ah bon ? »

Brenda Strydom hésite. « Je ne veux pas parler à sa place, car j'ai peut-être mal saisi certains détails. Elle sait que vous allez l'appeler… Autre chose qui peut vous intéresser : Mme Scherpenzeel avait réservé sa place depuis le mois de janvier. Le 3 août, elle nous a recontactés, nous demandant si nous pouvions accueillir en plus un compagnon de voyage…

— Johnson ?

— C'est bien ça. Elle a eu de la chance, car nous

venions de recevoir une annulation. Un couple d'Australie, dont la fille a accouché avec trois semaines d'avance. Nous avons pu mettre leur compartiment à disposition de M. Johnson. »

Ils prennent note.

« Très bien, dit Cupido. Commençons par le commencement. Par les employés qui s'occupent des réservations. »

Brenda Strydom leur explique que, chez Rovos, les réservations proviennent d'endroits différents – des agences de voyages locales ou internationales, de particuliers qui réservent eux-mêmes par Internet ou par téléphone.

La procédure est simple : on réserve, on paie, on voyage. Il y a un formulaire de réservation à remplir, sur lequel les passagers doivent inscrire leurs nom, adresse, coordonnées et numéro de passeport. C'est ce formulaire qui est inclus dans le dossier.

Le jour du départ, ils sont reçus dans le grand salon et conduits au train. Celui-là s'arrêtait officiellement à Matjiesfontein, pour un petit tour avec un guide local, et ensuite à Kimberley le dimanche matin. Les passagers ont fait une excursion au Big Hole, le symbole de la ville minière. Des minibus les ont emmenés depuis la gare.

D'habitude, le train s'arrête aussi les deux soirs, à Beaufort West d'abord et à Klerksdorp ensuite, pour offrir aux passagers une nuit paisible et pour réguler les horaires. L'heure et la durée des arrêts dépendent des ralentissements sur la voie. Et il y en a toujours.

« La grande question, dit Cupido, c'est de savoir s'il est difficile de monter dans le train quand on n'est pas passager. »

Brenda Strydom s'attendait à la question. « Capitaine, rien n'est impossible. Mais c'est difficile, très difficile. La sécurité est très stricte, ici à la gare centrale, ainsi qu'à Matjiesfontein et à Kimberley. Et si même l'on parvenait à monter à bord, il n'y aurait nulle part où se cacher.

— Sauf si on a un contact dans le train.

— Ce ne serait pas d'une grande utilité, car on prépare les compartiments pendant que les passagers sont à table. On dépose de petits cadeaux sur les oreillers. Il n'y a vraiment aucun endroit où se cacher…

— Comment votre personnel peut-il savoir si quelqu'un ne fait pas partie des passagers ?

— Chaque passager rencontre ses hôtes ici, dans le salon. Chacun leur serre la main.

— Je vois.

— Vos employés… Que savez-vous de leur passé ? demande Griessel.

— Avant qu'ils ne commencent à travailler pour nous ?

— Oui.

— Nous avons une agence de recrutement qui fait un bon travail de recherche…

— Ils vérifient les casiers judiciaires ?

— Autant que je sache. Pourquoi me demandez-vous ça ?

— Johnson venait de la police, dit Griessel. Nous allons examiner les arrestations qu'il a pu faire. Peut-être a-t-il reconnu quelqu'un, dans le train, qui ne voulait pas être reconnu. »

Elle réfléchit. « C'est très improbable…

— C'est facile d'ouvrir les fenêtres du train ? demande Cupido.

— De l'extérieur, c'est impossible. De l'intérieur, aucun problème. Toutes les fenêtres peuvent s'ouvrir. Ça fait partie de l'expérience du voyage. Du caractère unique.

— Il est donc facile de grimper à l'intérieur ? »

Elle hésite. « Non… les fenêtres sont trop hautes. Il faudrait une échelle. Quelque chose… Le train revient samedi matin de Pretoria. Pourquoi ne viendriez-vous pas vérifier par vous-mêmes ?

— Brenda, demande Cupido, il a été jeté du côté gauche de la voie. Ça veut dire de sa cabine ou du couloir ?

— Le côté gauche, c'est celui du compartiment. »

Ils regagnent leurs voitures.

« On ne balance pas un type d'un train à moins d'être très fâché, décrète Cupido. Et on ne peut pas être très remonté contre un mec qu'on ne connaît pas.

— Les photos de Johnson, chez lui… Il était en forme. Costaud. Il ne faut pas seulement être très fâché, mais aussi très fort, ajoute Griessel.

— Ou alors, on n'est pas tout seul.

— Il s'agit de quelqu'un qui était déjà dans le train, Vaughn.

— Comment tu vois les choses ?

— Disons que c'est une personne très fâchée contre Johnson et qui sait qu'il va prendre ce train. Il doit connaître le déroulement du trajet, les lieux où le train s'arrête, comment grimper à bord. Et ensuite trouver Johnson et l'attaquer. Ça fait beaucoup d'éléments à connaître, beaucoup de préparation. Mme Scherpenzeel n'a trouvé une place pour Johnson que deux jours avant le départ.

— Je te vois venir, Benny. »

Ils regardent la gare.

« On est bons pour le porte-à-porte, dit Griessel.

— Amen.

— Je te retrouve au bureau. Je dois d'abord aller chez ma psy.

— Quand est-ce que la vieille va enfin comprendre que ton cas est désespéré ? »

16

Août. Daniel Darret. Bordeaux.

Il ne dort presque pas. Ce n'est pas la canicule qui le tient éveillé, ce sont les souvenirs.

Il se tourne et se retourne dans son lit, peu disposé à sortir pour faire son circuit d'insomniaque, car la justice le recherche peut-être, en dépit des informations des médias.

Le soleil se lève à cinq heures et quart, il n'en peut plus d'attendre. Il se lave et s'habille. Des vêtements sombres, car ils se remarqueront moins dans la cohue de la rue. Toute la formation d'autrefois lui revient peu à peu.

Il prend sans réfléchir le Pont de pierre. Au milieu, il s'arrête pour vérifier que personne ne le suit. Il remonte l'avenue Thiers. Il lutte contre les fantômes dans sa tête, essaie de se concentrer sur Lonnie May. Que veut-il? Pourquoi est-il ici? Il n'aime pas l'une des réponses qui lui viennent à l'esprit.

Lonnie a choisi la cathédrale Saint-André. Bon choix pour quelqu'un qui ne connaît pas la ville. Il y a de meilleurs endroits. La librairie Mollat, par exemple, toujours en pleine activité. Ou l'énorme village Notre-Dame, le plus grand concurrent de Mme Lefèvre en matière d'antiquités. Des petits coins tranquilles où l'on peut facilement surveiller les entrées.

Que veut donc Lonnie ?

Pourquoi est-il suivi ?

Vingt minutes plus tard, il s'arrête. Il contemple le bâtiment moderne et rebutant de Pôle emploi. Il se dit qu'il n'a pas choisi par hasard, ce matin, cette direction. C'est ici, à la Bastide, qu'il a testé sa nouvelle identité face à un regard officiel. C'est ici que sa nouvelle vie a commencé, le jour où on lui a parlé d'un poste chez les Lefèvre.

Veut-il vraiment rencontrer Lonnie ?

Il ne tient pas à renoncer à son existence actuelle.

Lonnie va lui dire : « Tiny, cet endroit est un tombeau. »

Tiny, c'était son surnom, jadis.

Lonnie va lui dire : « Tiny, ce pays, cette ville t'ont anesthésié. Tu vas devoir t'affronter toi-même, faire face à ton histoire et à ton existence. Il va falloir que tu guérisses, que tu domptes tes démons. » Lonnie a toujours été la voix de la raison, un mentor responsable, une conscience. Honorable Lonnie, homme de devoir.

Il ne veut rien dompter. Il veut terminer sa table de ferme, et puis les chaises, une par une, continuer à apprendre à travailler les meubles. Un jour, dans quatre ans, peut-être six, quand Henry Lefèvre sera trop vieux pour travailler, il aimerait bien lui succéder, et quand lui-même sera trop vieux, enseigner le métier à un autre, toucher sa petite retraite et mourir ici. Embaumé dans son tombeau, anesthésié. Libéré de ses souvenirs.

Il reste planté là une demi-heure à regarder le va-et-vient des trams, avec leur forme effilée, comme celle des trains à grande vitesse.

Puis il retourne à son studio pour essayer de prendre un petit déjeuner avant sa rencontre avec Lonnie.

Il y a près de mille ans, un pape a béni cette église, la cathédrale Saint-André, que les habitants appellent la cathédrale de Bordeaux. Daniel y est déjà venu, mais elle est trop grande à son goût. Quand il a des velléités de s'asseoir pour demander la force d'oublier, il choisit la simplicité et l'atmosphère de déclin de la basilique Saint-Michel, ou l'intimité de l'église Sainte-Croix.

Il sait pourquoi Lonnie a choisi Saint-André. Son intérieur splendide et massif permet de repérer facilement les gens, même s'ils sont nombreux. La foule n'est jamais trop dense. Il n'y a qu'une entrée à surveiller qui donne sur la grande place Pey-Berland, où l'on peut facilement voir un poursuivant. La place possède quatre issues par lesquelles s'enfuir et l'une des stations de tram les plus fréquentées.

Daniel choisit la rue du Maréchal-Joffre, c'est la plus calme. Il s'assure que personne ne l'a suivi. Il ralentit l'allure pour ne pas arriver trop tôt, les portes de la cathédrale n'ouvrant qu'à dix heures.

Il entre en compagnie de quelques touristes, appareils photo autour du cou. Il fait mine d'être époustouflé par l'apparat de l'intérieur, leur laissant le temps de choisir leur parcours, afin de vérifier qu'ils ne s'intéressent nullement à lui.

Histoire de s'en assurer pour de bon, il pivote et sort rapidement de l'église. Personne ne réagit.

Il retourne à l'intérieur, prend à droite et avance le long des centaines de chaises bien alignées, en direction de l'espace vide sous l'orgue spectaculaire. Il ne voit Lonnie nulle part.

Il grimpe les dix marches qui mènent sous le balcon de l'orgue et, là, il sait que Lonnie se trouve à droite, dans le coin caché, avec son bedon, ses gros sourcils, ses lunettes et son crâne chauve, et il court vers son vieux camarade, ils s'étreignent, et Daniel Darret, jadis Tobela Mpayipheli, pleure en silence. La première personne de sa vie d'antan – Lonnie, le cher Lonnie May. C'est le désir de son pays natal et de ses amours perdues qui le submerge.

Lonnie, nettement plus petit, la tête contre la poitrine de Daniel, les lunettes de travers dans l'étreinte, chuchote : « Un agnostique. Et un Xhosa, fils d'un pasteur protestant. S'embrassant furtivement dans un coin, dans une église catholique. On n'invente pas un truc pareil, Tiny. »

Mais Lonnie s'essuie les yeux en douce.

Et ils se mettent à rire derrière leurs larmes.

Ils se tiennent de sorte que Lonnie puisse surveiller l'intérieur de l'église. « Deux bouffons sont sur mes traces, depuis Londres. Maigres, le regard affamé, ils ont cru que j'étais trop vieux pour ne pas les remarquer. Ils doivent courir tout Bordeaux à l'heure qu'il est pour me retrouver », souffle-t-il sur son célèbre rythme staccato, et il rit de son rire de Lonnie, mystérieux et doux. Mais il reste tendu.

« Qui sont-ils ? » Daniel s'est placé dans le coin, le dos au mur.

« Des Russes, je pense.

— Des Russes ?

— C'est une longue histoire.

— J'en suis sûr. »

Lonnie le regarde. « Tu as l'air en bonne forme.

— Je ne rajeunis pas.

— Ne me parle pas d'âge… Mon Dieu, Tiny, c'était un sacré job pour te retrouver.

— Tu sembles t'en être bien sorti. »

Des voix de touristes se rapprochent. « Je… Il faut trouver un meilleur endroit pour parler. Ici, ça ne marchera pas très longtemps. »

Daniel l'avait anticipé. Il a songé à un bon endroit. « Au Bistrot. Un restaurant place des Capucins, de l'autre côté du marché. Il y a un cellier, un seul escalier, une seule entrée. Je connais le propriétaire, François.

— Bonne cuisine ?

— La meilleure.

— Midi trente ?

— Oui.

— Ça me fait plaisir de te voir.

— Je réserve mon jugement tant que je ne saurai pas pourquoi tu es là. »

Il voit à l'expression de Lonnie qu'il n'apporte pas de bonnes nouvelles. Mais Lonnie hoche la tête et s'éclipse.

Daniel Darret attend dix minutes avant de sortir à son tour.

17

Lonnie porte un petit sac à dos qu'il dépose au pied de la table.

Ici, au sous-sol du Bistrot, ils parlent afrikaans. Parce que Lonnie dit qu'on ne saurait être trop prudent. Même s'ils sont seuls dans la salle.

Daniel précise : « La serveuse est néerlandaise.

— Alors nous nous tairons quand elle descendra. » Lonnie se penche sur la petite table, sa voix est douce mais pressante, tendue. « Tobela, je vois bien que mon apparition soudaine t'a déstabilisé. Je ne vais pas faire durer le suspense. Je vais te dire pourquoi je suis ici. »

Daniel se raidit. « Dis-moi, Lonnie.

— Nous ne pouvons plus supporter notre président. Les dommages sont trop graves. »

Daniel n'a pas besoin de demander de quel président il s'agit. Il lit tous les jours les mauvaises nouvelles de son pays natal.

« En quoi ça me concerne ?

— Nous voulons que tu le... » La langue habituelle de Lonnie, c'est l'anglais, il cherche en vain les mots en afrikaans. Il jette un coup d'œil du côté de l'escalier, puis articule très doucement : « Il faut que tu le dégages, Tiny. »

Cette brutalité et le rappel de ce qu'il était jadis lui secouent le corps. Il remue doucement la tête, pour tâcher de cacher le choc. « Non.

— Je comprends, Tiny, mais…

— Non, Lonnie. Vous devez prendre quelqu'un d'autre.

— Il n'y a personne d'autre.

— Mais si. »

Lonnie soupire. « Je me doutais que tu allais réagir comme ça. Je vais te donner plus de détails. Je vais même te servir le topo marketing complet. Tu n'as pas le choix. » Il prend le menu. « Il faut que tu me traduises, car je n'ai pas la moindre idée de ce qu'il y a là-dessus. »

II

18

Août. Benny Griessel. Stellenridge.

Alexa appelle le jeudi leur jour de guérison.

Griessel n'aime pas le terme. Il le trouve trop… féminin, pour prendre le qualificatif le plus aimable qu'il puisse trouver. Trop New Age, trop incitatif, trop mièvre, trop « regardez comme je souffre ». Il ne croit pas que ça lui permette de se rétablir complètement. Ni de se réconcilier avec son passé, son boulot.

La réalité ressemble plus au conseil de Vaughn : « Règle tes problèmes tout seul. » En atténuant le propos : « J'ai besoin de toi, Benny. Le service a besoin de toi. » Et parfois, quand Cupido se sent en forme : « L'univers a besoin de toi. »

Cupido gère facilement le stress de l'enquêteur. Sur le plan personnel et social, c'est une autre affaire. Mais les mécanismes qui lui permettent de régler les situations délicates sont plus efficaces que la boisson ne l'est pour Griessel. Afin d'évacuer une pression trop menaçante, Cupido explose, se met en colère et crie. Ensuite, il se montre moins courageux, se moque de tout, comme s'il tirait la langue au monde entier, « vous ne m'aurez pas ».

Griessel devine que ça vient de ses années d'enfance à Mitchell's Plain, une manière de compenser les privations et les difficultés.

Pour Griessel, le jeudi c'est « jour de la psy », et soirée chez les Alcooliques anonymes. Cette dernière en compagnie d'Alexa, quand ils le peuvent. Le jour de guérison, depuis qu'il a laissé tomber la bouteille, voilà huit mois.

Ça aide bien. Il ne peut pas le nier – la psy a fait la différence. Les soirées AA lui font penser à son impuissance face à la boisson, au fait qu'il faut se battre tous les jours. Qu'il n'est pas tout seul.

La psy est une femme attirante. Fin de la quarantaine, comme Griessel. Un ours en peluche dans son bureau. Grand, brun, rembourré, dont les yeux de verre le fixent. Avec reproche. Il abhorre l'objet. Il aimerait qu'elle le déplace, mais il n'a jamais trouvé le courage de lui en toucher un mot. Elle est l'unique raison pour laquelle, dans la maison de Johnson Johnson, il a pu regarder calmement les bouteilles dans le buffet. Le refermer ensuite et poursuivre son travail. Ça fait des lustres que son désir d'alcool n'avait pas été si faible.

La psy traite surtout des personnels de la police d'État. Elle a appris à Benny qu'il craint la douleur chez les autres. Elle affirme que c'est fréquent chez les policiers et les soldats qui font face au stress post-traumatique. Benny a été heurté par les quatre ailes du moulin de la peur : culpabilité du survivant, culpabilité du divorce, culpabilité face à sa responsabilité omnipotente et haine de soi.

Fondamentalement, cela tient au fait que son métier l'expose à toutes les choses affreuses que les gens infligent aux autres. Parce qu'il sait au fond de lui qu'il ne peut pas protéger les siens contre tout cela, il se laisse ronger par la peur et un sens exagéré du devoir.

La psy et lui analysent ensemble les événements traumatisants de sa vie professionnelle – meurtres et homicides involontaires, scènes de crimes atroces, méfaits commis de sang-froid. Afin qu'il comprenne qu'il n'est pas responsable des dommages causés, qu'il ne peut rien faire pour les prévenir. Même si, en tant que policier, il est censé le faire.

Elle l'encourage à parler avec ses proches de son travail et des conditions dans lesquelles il l'exerce.

C'est ce qu'il a fait hier soir avec Alexa, après une douche rapide. Il lui a décrit Johnson Johnson, les photos de son cadavre le long de la voie ferrée, pas très nettes car prises avec un portable, et l'effet que ça lui fait. Alexa a émis des sons pleins d'empathie, lui a servi du ragoût aux tomates et lui a dit : « Mange bien, tu vas avoir besoin de forces. »

En fait, Dieu merci, le ragoût n'était pas mauvais.

Il s'arrête devant la maison de Stellenridge. Le cabinet jouxte le domicile de la psy, avec une entrée séparée. Pour isoler les cinglés de la vie normale.

Il s'aperçoit qu'il a quelques minutes d'avance. Il rappelle le dernier numéro composé par Johnson Johnson avant sa mort. Toujours pas de réponse, ni de messagerie vocale.

Il respire un bon coup et se dirige vers la grille. Doit-il interroger la psy sur sa crainte de demander Alexa en mariage ?

Il contemple l'ours en peluche, qui le regarde fixement. Il raconte à la psy l'affaire Johnson Johnson. Il a bien utilisé les techniques qu'elle lui a apprises après avoir vu les photos. Il parle des bouteilles d'alcool dans le buffet, sa petite victoire.

Elle le félicite, avec précaution, parce qu'elle est intelligente et sait que les louanges le mettent mal à l'aise. C'est, selon ses mots, le « problème de haine de soi » de Griessel.

Ils parlent ensuite de ses enfants. Des bonnes relations qu'il entretient avec sa fille Carla, et des mauvais rapports avec son fils Fritz, qui n'arrive pas à croire que, cette fois-ci, son père a vraiment arrêté de boire.

Il n'aborde pas le sujet de la Grande Question qu'il veut poser à Alexa.

Il retourne ensuite à Bellville. Comme toujours, il se sent vide, fatigué, mais un tout petit peu mieux.

Arrivé au bureau, il va directement à l'IMC, l'Information Management Centre. Il s'agit d'une unité de la Direction des enquêtes criminelles prioritaires qui contribue aux investigations en utilisant un large éventail de technologies.

Il donne le mystérieux numéro de portable au responsable du centre, le capitaine Philip van Wyk, en lui demandant s'il peut en identifier le propriétaire. Il remet aussi la clé USB qu'il a trouvée sur le buffet de Johnson Johnson, à des fins d'analyse. Il passe chercher Cupido et ensemble ils se rendent au bureau de leur supérieure hiérarchique, Mbali Kaleni.

« Comment ça s'est passé, Benny ? aimerait savoir Cupido.

— Elle dit que ça ne vient pas de moi, mais des types bizarres avec qui je bosse.

— De tous les barges du monde, je crois que les psys sont les plus barges. »

Ils expliquent au colonel Kaleni que l'enquête s'annonce plus longue et plus complexe que prévu, insistant sur les soixante-cinq passagers, les près de trente employés du train et l'analyse de toutes les personnes arrêtées par Johnson Johnson.

Ils espèrent que, pour cette affaire, elle leur adjoindra d'autres membres du Groupe criminalité violente.

Ils lui demandent d'user, si possible, de son influence pour que les pathologistes accélèrent l'autopsie de Johnson.

« Je vais voir ce que je peux faire. Le capitaine Cloete passe ici toutes les cinq minutes. » John Cloete, dont elle prononce le nom « Cloutii », est l'officier en charge du contact avec les médias. « Cette affaire le rend fou. Un reporter de *Rapport* a déposé une demande officielle pour vous interviewer tous les deux. Mais je lui ai répondu que ce n'était pas possible. »

Meurtre dans le train le plus luxueux du monde,

songe Griessel, le cirque des médias doit être en pleine effervescence.

« On peut ménager un peu de temps pour une interview, colonel, dit Cupido.

— *Hayi** », lance-t-elle dans sa langue maternelle, et d'un signe de la main, elle les renvoie au travail.

Ils longent le couloir. Quand ils sont suffisamment éloignés, Cupido singe l'accent anglo-zoulou de Kaleni : « Peut-être devrais-je téléphoner moi-même au capitaine Cloutii.

— Tu te moques d'une femme qui est devenue plus maigre que toi. »

Vaughn le regarde, blessé : « Le poignard est déjà enfoncé, Benny, tu veux le retourner ? »

Petit sourire de Griessel.

« Je suis sérieux, Benny. Un bon article dans *Rapport* disant que l'homme qui suit l'affaire est le légendaire capitaine Vaughn Cupido des Hawks, ça m'aiderait à montrer au petit Donovan que je ne suis pas si mauvais.

— Je pense qu'il le sait déjà.

— Tu crois ?

— Comme dans la chanson d'Eddie Mack, "Everybody Loves a Fat Man".

— Qui ?

— Eddie Mack, le chanteur de blues. »

La musique préférée de Griessel, le blues traditionnel.

« Jamais entendu parler de lui. Merde à toi, merde à Eddie Mack, je ne suis pas si gros. Allons plutôt appeler la petite dame qui était hôtesse dans le wagon-lit de Johnson Johnson.

— ... *and, oh, how a fat man can love*. »

Benny Griessel conclut le refrain de Mack.

Dans son bureau, Cupido remarque : « Benny, chaque fois que tu reviens de chez ta psy, tu sembles un peu plus léger. »

Griessel sait que c'est vrai.

Du bureau de Cupido, ils appellent Samantha Albertyn, l'hôtesse de Johnson Johnson sur le train Rovos. Ils branchent le haut-parleur.

Au son de sa voix, ils comprennent qu'elle est nerveuse. Ils distinguent en arrière-fond le cliquetis d'un train en marche. « Je ne sais pas combien de temps on aura le signal, nous venons juste de passer Mafikeng…

— Mafikeng ? demande Cupido. Pourquoi Mafikeng ?

— C'est notre train qui va aux chutes Victoria.

— D'accord, fait Cupido. Cool. On vous rappellera si le signal disparaît. Peut-on parler de Johnson Johnson ?

— C'est tellement tragique. C'est… Tous nos passagers sont si gentils. Cela ne s'est jamais produit. C'est vraiment tragique.

— En effet, Sam, et à présent nous voudrions attraper celui qui a fait ça…

— C'est un homme ? » Sa voix est pleine de respect pour leurs compétences.

« On ne sait pas encore, Sam, c'est juste une façon de parler.

— Oh. » Déception. « Bon. Il y a, en fait, une chose dont je suis sûre.

— Oui ?

— Son lit. Il… Pendant que les passagers dînent, nous remettons de l'ordre dans les compartiments. Vers dix-neuf heures. C'est moi qui faisais son lit. M. Johnson voyageait dans une suite Pullman. Ça signifie qu'il y a un canapé que nous déployons le soir, il se transforme en lit double…

— OK, dit Cupido.

— Il faut que je vous explique… Nous avons une manière particulière de faire le lit, car la tête se trouve contre la cloison… Nous plions draps et couvertures avec grand soin, à notre façon.

— Vu, dit Cupido.

— Le lendemain matin… Quand ils vont prendre leur petit déjeuner, nous faisons le ménage dans leur compartiment. Là, j'ai vu que le lit était fait. Mais pas selon notre façon. C'est… Je ne voudrais pas… Mais il m'a semblé…

— C'est bien, Sam. Dites-nous le fond de votre pensée.

— Ça donnait l'impression qu'il… que quelqu'un avait essayé de refaire le lit comme avant. Mais j'ai pu voir que ce n'était pas de notre façon.

— Très bien.

— J'ai vu aussi… Je pense… Je pense qu'il n'a pas dormi dans son lit. Les oreillers… Ça se voit aux oreillers… »

19

« Excellent ! s'écrie Cupido. C'est très important, Sam. Il s'agissait du premier soir, n'est-ce pas ? Le samedi soir ?

— C'est exact. »

Griessel prend la parole, se présente et demande : « Vous l'avez rencontré ce matin-là au salon d'accueil à la gare du Cap ?

— C'est exact.

— Vous l'avez ensuite revu dans le train ?

— Oui. Je l'ai briefé dans son compartiment. On montre aux clients comment tout fonctionne…

— C'était la dernière fois ?

— Non, je l'ai revu dans le couloir, puis au moment du thé, ensuite quand ils sont allés dîner… On se croise souvent, dans ce train, il n'est pas si grand. Et tout le monde emprunte le même couloir…

— Nous savons que c'est difficile de se souvenir de tout, mais avez-vous remarqué quelque chose dans sa conduite… dans son humeur, quelque chose qui aurait changé ? S'il était… Si quelque chose l'avait contrarié ? »

Un instant de silence, seul le bruit du train est

audible. « Non, il a été très gentil chaque fois que je l'ai vu. C'est pourquoi c'est si tragique.

— Sam, Mme Strydom nous a dit que vous aviez quelques informations intéressantes. Autre chose que la couchette ? demande Cupido.

— La couchette ? Vous voulez dire le lit ?

— Oui.

— C'est tout ce dont je suis sûre.

— Y a-t-il des choses pour lesquelles vous êtes moins sûre ? demande Griessel.

— Je ne sais pas si je dois le dire. C'est peut-être une erreur…

— Nous gardons ça à l'esprit, mais il faut tout nous raconter.

— S'il vous plaît », ajoute Griessel.

Elle demeure silencieuse si longtemps qu'ils croient la communication coupée. Ils finissent par entendre inspirer profondément. « Quand j'ai déplié son lit… J'ai pensé qu'il y avait un ordinateur portable sur la… Dans le Pullman… il y a une tablette, on peut s'asseoir sur le canapé et travailler. Quand on ouvre le lit, on détache la petite table et on la range dans le placard… Je crois qu'il avait un portable, car je me rappelle avoir pensé qu'il ne fallait pas que je le cogne. Une fois, j'ai fait tomber l'iPad d'un passager de la tablette, et l'écran s'est brisé…

— C'est bien ça, Sam. Sa femme nous a dit qu'il avait un portable, et on ne l'a pas trouvé chez lui.

— Oh ! Alors, je… Ce n'est pas mon imagination.

— Que pouvez-vous nous dire du portable, Sam ? demande Griessel.

— J'ai retrouvé la housse, le lundi. Elle était poussée tout au fond sous le lit, pas fermée. Je… j'ai regardé dedans… À ce moment-là, on se disait encore qu'il… était descendu du train quelque part…

— Oui ?

— Eh bien, il n'y avait pas d'ordinateur ! »

Ils poursuivent la conversation jusqu'à ce que le signal s'interrompe, mais ils n'apprennent pas grand-chose de plus.

Griessel appelle immédiatement Brenda Strydom. « Nous aimerions savoir ce que sont devenus les bagages de M. Johnson.

— Ils sont chez vous.

— Chez nous ?

— Oui. Des gens de chez vous sont venus les chercher. La police de Pretoria.

— Savez-vous de quel poste ? Ou qui était le policier ?

— Je vais vous chercher ça. Quelqu'un a dû signer. »

Il la remercie et raccroche. Il rapporte à Cupido ce qu'elle a dit.

« C'est sûrement cet idiot du village de Beaufort West qui les a envoyé chercher. Aubrey-le-Génie. »

Griessel rigole.

On frappe au chambranle de la porte. Philip van Wyk de l'IMC entre, un formulaire rempli à la main.

« Le numéro de téléphone, Benny, dit-il en lui tendant le papier. Il appartient au sergent Kagiso Dimba de l'unité de protection des VIP.

— Notre unité de protection ?

— Ouaip. Police sud-africaine. Pretoria.

— C'est le mec que Johnson a appelé en dernier ?

demande Cupido. Celui dont le téléphone est à présent aussi muet qu'un dodo ?

— C'est lui, soupire Griessel.

— Et sur cette clé USB, complète van Wyk, il y a trois vidéos porno.

— Bricolées à la maison ? demande Cupido.

— Non. Du travail professionnel, certainement chargées sur Internet. »

Avant d'appeler, Cupido vérifie l'heure qu'il est aux Pays-Bas.

Un homme répond : « *Goedemorgen**. »

Le haut-parleur est branché.

« *Goedemorgen*, articule Cupido avec son meilleur accent néerlandais. S'il vous plaît, puis-je parler à Mme Thilini Scherpenzeel ?

— Je suis désolé. Mme Scherpenzeel n'est pas disponible.

— Ici le capitaine Cupido, de la police sud-africaine au Cap. Quand sera-t-elle disponible ?

— *Slechts een moment, alsjeblieft, kapitein.* »

Bruit d'un écouteur qu'on dépose.

« *Slechts een moment, alsjeblieft, kapitein*, chuchote Cupido d'une voix traînante. On dirait de l'afrikaans d'ivrogne. Dans ta période de cuites, tu aurais facilement parlé le hollandais, Benny. »

Griessel éclate de rire.

Trente secondes plus tard : « Merci d'avoir attendu, *kapitein*. Je vous transfère. »

Ils attendent de nouveau.

« *Kapitein*, fait Cupido, ça sonne bien. *Kapitein* Vaughn Cupido. Van der Valke[4].

— Van der Valke, ça ressemble plus à de l'allemand d'ivrogne.

— Vous, les gens du commun, n'avez aucun respect pour nous, les linguistes.

— *Oui ?* » Une voix féminine sévère résonne dans le haut-parleur.

« *Goedemorgen*. Ici le capitaine Vaughn Cupido. Des Hawks du Cap. Quel temps fait-il en Hollande ce matin ? »

Silence.

« Madame Scherpenzeel ?

— J'estime plus simple de parler anglais avec les Afrikaners, à cause des risques de mésinterprétation, surtout dans un cas aussi important que celui-ci. Je trouve en outre hautement irritant d'entendre parler des Pays-Bas en utilisant le mot "Hollande". La Hollande n'existe pas. Il y a deux provinces, la Hollande du Nord et la Hollande du Sud. Je ne me trouve dans aucune des deux. Je suis de la ville d'Utrecht, dans la province d'Utrecht. Maintenant, pourrions-nous parler du décès vraiment tragique de M. Johnson Johnson ? »

Le tout débité dans un anglais sans accent.

« Oui, m'dame, dit Cupido docilement.

— Bon. Si vous me communiquez une adresse e-mail, je vous enverrai la déclaration que j'ai préparée. Elle est notariée, approuvée par mon avocat, et devrait contenir toutes les informations dont vous

4. *Valke* signifie « faucon » en néerlandais. (*N. d. É.*)

avez besoin. Néanmoins, si cette démarche est insuffisante, n'hésitez pas à me rappeler.

— Entre neuf heures et midi ? demande Cupido.

— Non, je prendrai votre appel à n'importe quelle heure entre neuf heures du matin et neuf heures du soir. C'est un choix personnel et très important pour moi. »

Dans le silence qui suit la conversation, le téléphone de Griessel sonne. Il reconnaît le numéro. Il répond : « Professeur ?

— Comment ça va, Nikita ? » demande le professeur Phil Pagel, le pathologiste en chef. Ça fait quinze ans qu'il appelle Griessel « Nikita ». Lors de leur première rencontre, il avait déclaré, après avoir observé son visage : « Je suis certain que Khrouchtchev vous ressemblait quand il était jeune. » Griessel avait dû vérifier qui était Khrouchtchev.

« Bien, professeur, et vous ?

— Quand votre colonel Kaleni téléphone pour nous dire de nous remuer les fesses, on comprend qu'on a connu des jours meilleurs, Nikita. Mais je ne me plains pas. Et, vous serez heureux de l'apprendre, on va tous se bouger pour ce pauvre M. Johnson Johnson. Il n'y a qu'un petit problème. Comme vous le savez, je n'ai pas le droit de planter mon scalpel dans M. Johnson avant que le corps n'ait été identifié officiellement. Vous pourriez m'aider ?

— Bien sûr, professeur.

— Nikita, juste une mise en garde. Le cadavre est en état de décomposition avancée. Pouvez-vous avoir ça à l'esprit quand vous choisirez la personne qui va venir l'identifier ? »

20

Aucun enquêteur ne se rend de gaieté de cœur à la morgue de Durhamstraat à Soutrivier. Il s'agit d'un bâtiment quelconque, dans le style dépourvu d'imagination de l'architecture publique, briques brunes et toits rouges, derrière une clôture de poteaux en béton. L'intérieur est spartiate et déprimant : couloirs étroits, carrelage froid et nu, odeur de formol et de phénol, de désinfectant et de décomposition. De plus, quelle que soit votre expérience en la matière, une autopsie pratiquée sous vos yeux par un pathologiste demeure toujours un moment désagréable. Et quand il faut identifier une dépouille, les émotions déchirantes et la douleur à vif des proches bouleversent profondément les enquêteurs.

C'est pourquoi Cupido sort une pièce de cinq rands de son portefeuille en cuir noir et demande à Griessel de choisir.

« Pile », dit Griessel. Il sait qu'il va perdre. Il perd toujours quand Cupido tire à pile ou face, même quand Benny fournit la pièce de monnaie.

Cupido la lance adroitement, la rattrape et la

claque sur le dos de sa main gauche. « Désolé, Benny, c'est face.

— Laisse-moi voir. » Son collègue déteste les séances d'identification plus encore que lui.

« Homme de peu de foi », fait Cupido en montrant la pièce à Griessel.

Face.

« Merde.

— Qu'est-ce que j'y peux ? L'univers m'adore. »

Après un instant de réflexion, Griessel dit : « Je vais appeler Robyn et lui demander si elle voit un inconvénient à ce que l'officier de la police de Brackenfell identifie le corps. » Il sait les dommages durables que pourrait provoquer chez elle la vue de son ex-mari. Il tient aussi à ne pas être témoin de sa douleur.

« Bonne idée, dit Cupido. J'attends le mail de cette rude *auntie* hollandaise.

— Néerlandaise, Vaughn. Néerlandaise. »

17 Soestdijker Road
Den Dolder
Utrecht 3734
Pays-Bas

À qui de droit

Je soussignée, Thilini Scherpenzeel, citoyenne néerlandaise, résidant de façon permanente à l'adresse indiquée ci-dessus, quatre-vingt-onze ans, saine de corps et d'esprit, confirme que cette déclaration est l'expression de la vérité, autant que je le sache et le croie ; je fais ce rapport de mon plein gré, sachant que, s'il est présenté comme un témoignage, je serai susceptible de poursuites en cas d'affirmation délibérée de faits que je sais faux ou que je ne crois pas exacts.

Je n'ai aucun conflit d'intérêts dans cette affaire.

J'ai pris des vacances en Afrique du Sud du 19 juillet (date de mon vol de Schiphol à Johannesburg) au 8 août (date de mon vol de retour de Johannesburg à Schiphol).

Pendant cette période, j'ai passé sept (7) jours au Royal Malewane Safari Lodge dans le parc Kruger (20 au 27 juillet), et neuf (9) jours au Cap au Cape Grace Hotel (28 juillet-5 août).

Du 5 au 7 août, j'ai pris le train Rovos du Cap à Pretoria.

J'ai trouvé que l'Afrique du Sud était un beau pays, amical et hospitalier, et suis profondément attristée par les événements survenus durant ma visite. Je voudrais présenter toutes mes condoléances à la famille et aux amis de M. Johnson Johnson, et je souhaiterais que l'officier chargé de l'enquête me fournisse le numéro de téléphone ou l'adresse courriel de sa famille. J'aimerais présenter mes regrets à titre personnel.

Pendant mon séjour au Cap, j'ai eu des contacts quotidiens avec le concierge de jour de l'hôtel, un homme charmant au joli nom de Vinnie Adonis. M. Adonis m'a beaucoup aidée dans l'organisation de plusieurs excursions pendant mon séjour, notamment à Cape Point, à Stellenbosch, à Franschhoek et au sommet de Table Mountain. Il m'a toujours recommandé la prudence dans mes déplacements à travers la ville et la péninsule, comme le font souvent les hommes avec une femme de mon âge, je suppose. À plusieurs occasions, il a mentionné les services d'un expert en sécurité qu'il pouvait conseiller.

Je tiens à déclarer clairement que M. Adonis n'a jamais dépassé la mesure, ni insisté d'aucune façon. Il est demeuré, dans ses rapports avec moi, hautement courtois et professionnel.

Cependant, nonagénaire ayant beaucoup voyagé à travers le monde, j'ai supposé que cet expert en sécurité rapprochée était un ami de M. Adonis, et que M. Adonis cherchait à venir en aide à son ami en lui procurant du travail.

Je suis la veuve de feu Joop Scherpenzeel, homme d'affaires bien connu, fondateur des brasseries Sonnenborgh aux Pays-Bas. C'est pourquoi je suis particulièrement consciente des bienfaits de l'entreprise privée. En outre, j'ai la conviction que la création d'emploi est la pierre angulaire d'une économie saine et prospère. L'unique raison qui m'a poussée à employer cet expert en sécurité privée était donc de faire une petite contribution à l'économie en difficulté de ce merveilleux pays. J'en avais les moyens et l'occasion. Je n'ai demandé aucune protection. Je sais parfaitement prendre soin de moi.

J'ai rencontré M. Johnson Johnson dans le hall du Cape Grace Hotel, le 3 août au matin, à ma demande. Je me suis enquise de ses antécédents, de sa profession actuelle, de ses espoirs et de ses rêves. Il m'a laissé l'impression d'un individu profondément courtois, gentil et ambitieux. Il m'a montré des photos de ses jolies filles. Durant cette rencontre, j'ai pris la décision de lui demander de m'accompagner dans le train Rovos à destination de Pretoria, en tant que professionnel. Cette décision, je l'ai profondément regrettée depuis que j'ai appris le sort tragique de ce père de famille, car je me sens responsable de lui avoir fait prendre ce train, de l'avoir mis en danger, déclenchant des événements qui ont conduit à une fin effroyable.

Néanmoins, j'ai pris contact avec la compagnie, et j'ai eu la chance de pouvoir réserver une place pour M. Johnson, que j'ai retrouvé le 5 août au matin dans le salon de Rovos Rail.

Peu après notre départ, M. Johnson est venu me rejoindre sur la plateforme d'observation, dans la toute dernière voiture. Il m'a indiqué plusieurs monuments alors que nous quittions la ville, ainsi que le quartier autour de sa maison, à mesure que nous traversions la banlieue. Il a déploré le triste état du réseau ferroviaire dans la péninsule.

Je me suis plainte du vent frais, il m'a accompagnée au salon où nous avons passé l'essentiel de l'après-midi, profitant du goûter et de la vue splendide sur les vallées de la Breede et de la Hex, rencontrant d'autres passagers et conversant avec eux. C'était, à tout le moins, très agréable.

En fin d'après-midi – je n'ai pas fait d'effort particulier pour noter l'heure exacte –, le train s'est arrêté dans le délicieux village historique de Matjiesfontein, où M. Johnson m'a accompagnée lors de la visite guidée. Au bar de l'hôtel, un homme jouait du piano. M. Johnson m'a impressionnée par sa belle voix quand il a entonné des chants folkloriques en afrikaans.

Il m'a ensuite ramenée au train. Nous nous sommes retirés dans nos compartiments pour nous rafraîchir avant le dîner.

Vers dix-neuf heures environ, M. Johnson est venu me chercher et nous nous sommes dirigés vers le wagon-restaurant pour ce qui s'est révélé être un repas cinq étoiles. On nous a invités à partager une table pour quatre avec un charmant couple de Taunton, au Royaume-Uni, que nous avions rencontré lors du thé. Je suis une ancienne élève de Queen's College à Somerset, j'avais donc beaucoup de choses à leur dire. Malheureusement, M. Johnson a dû se sentir un peu exclu de cette conversation. Même s'il était silencieux, il semblait à l'aise et détendu.

Cela m'amène à la seule chose notable, survenue vers la fin du dîner. Je ne peux que la rapporter telle que je m'en souviens, car je dois admettre que j'étais distraite par l'intéressante conversation que nous avions à table. Ce qui suit est donc fondé sur une impression, plus que sur une certitude : M. Johnson a semblé reconnaître quelqu'un dans le wagon-restaurant. Je me rappelle clairement l'avoir vu lever la main, comme pour saluer, mais il s'agissait d'un geste incertain, comme s'il n'était pas complètement sûr que ce soit la bonne personne. Étant assis côte à côte, nous avions la même perspective : je me souviens d'avoir suivi son regard mais, comme plusieurs personnes quittaient le restaurant en même temps, je n'ai pas pu identifier celle à qui s'adressait son geste.

Ce moment passé, je n'ai jamais demandé qui il avait apparemment reconnu, et j'en suis toute désolée à présent.

Nous nous sommes retirés vers neuf heures moins dix, car je voulais téléphoner chez moi à neuf heures, depuis mon compartiment. M. Johnson m'a escortée comme un vrai gentleman jusqu'à ma porte et m'a souhaité une bonne nuit.

C'est la dernière fois que je l'ai vu.

21

« OK », dit Vaughn Cupido à voix haute dans son bureau vide, en terminant la lecture de la déclaration de Mme Scherpenzeel. « OK. Si Johnson Johnson a reconnu quelqu'un dans le train, ça signifie que l'enquête n'aura qu'à se concentrer sur les sept passagers sud-africains.

— Ce n'est pas bon signe de voir un homme parler tout seul », dit une voix près de la porte. Le capitaine Frankie Fillander, le vétéran du Groupe criminalité violente, pénètre dans la pièce. Derrière lui, deux autres membres de l'équipe, les capitaines Willem Liebenberg et Vusumuzi Ndabeni, dit Vusi.

« Avec qui d'autre pourrais-je avoir une conversation intelligente par ici, oncle Frankie ?

— Ne t'inquiète pas, la cavalerie est arrivée », dit Fillander avec un sourire, en prenant place en face de Cupido.

« Le colonel Mbali nous envoie, dit Liebenberg. Elle dit que Benny et toi êtes trop minables pour traiter ce dossier tout seuls.

— Ce n'est pas entièrement vrai », intervient Ndabeni,

qui craint toujours que l'humour de ses collègues soit blessant. « On est ici pour aider.

— Un nouveau costar, remarque Cupido. Classe !

— Merci, Vaughn. » Le petit Ndabeni est l'enquêteur le mieux habillé du Groupe, en dépit des efforts méritoires de Cupido.

« Bon, on bavarde ou on essaie d'élucider l'affaire du train ? demande Fillander.

— Le crime du Rovos Express, souffle Vusi. Un classique. »

L'ancien collègue de Johnson Johnson, l'adjudant Neville Bandjies, du poste de police de Brackenfell, se tient à côté de Griessel dans la salle d'identification de la morgue de Soutrivier. La pièce est exiguë, nue. Un petit banc a été poussé contre le mur, un rideau bleu délavé cache la vitre de séparation. À côté du banc, un seau.

Bandjies est pataud. Son uniforme bleu le serre au niveau du ventre.

« Je suis prêt », dit-il en prenant une profonde inspiration et redressant les épaules. Il a raconté à Benny que ce n'est tout de même pas la première fois qu'il identifie un cadavre.

Griessel frappe à la vitre. L'assistant du pathologiste tire le rideau. Le corps repose sur un chariot, recouvert d'un drap vert, seuls le cou et la tête sont visibles.

« *Jirre* », lâche Bandjies.

Griessel comprend. La scène est horrible.

Bandjies se penche soudain, attrape le seau et vomit.

Il se relève au bout d'un instant. « Désolé, capitaine. Mais à l'idée que c'est peut-être mon vieux pote…

— Tu n'as pas à t'excuser. C'est particulièrement moche.

— Il lui ressemble », dit Bandjies, le souffle court.

« Tu n'es pas certain ? »

Bandjies fait à contrecœur un pas vers la vitre, émet un bruit de fond de gorge et appelle l'assistant : « Vous pouvez dégager son bras ? Le droit ? »

L'assistant tire sur le drap.

« Tournez un peu le bras. »

L'assistant obtempère.

Griessel aperçoit le tatouage. Un mot à l'encre noire en lettres calligraphiées : *Robyn*.

« C'est J. J. », souffle Bandjies. Et il vomit de nouveau.

Cupido leur a raconté tout ce qu'il savait sur le dossier. Il répartit le travail entre les enquêteurs. À Frankie Fillander et à Willem Liebenberg – connu comme *l'arme de séduction massive* des Hawks en raison de l'attrait qu'il exerce sur les femmes – il demande de prendre contact avec les passagers étrangers. « Il y avait soixante-cinq voyageurs dans le train. Nous avons déjà interrogé l'employeuse néerlandaise de Johnson, Benny et moi nous occupons des sept passagers locaux. Il vous reste donc cinquante-sept personnes à joindre par mail ou par téléphone, comme ça vous chante. Nous voulons savoir s'ils ont vu Johnson ou s'ils le connaissaient. Nous voulons savoir s'ils ont remarqué quoi que ce soit d'ordinaire ou d'extraordinaire. En gros, je vous envoie à la pêche, selon la tradition. »

Puis il charge Vusi Ndabeni de se renseigner auprès du sergent Aubrey Verwey de Beaufort West pour savoir où se trouve le téléphone portable en miettes de Johnson, afin de demander à l'IMC de le remettre en marche et de l'analyser. Une photo, des messages WhatsApp, tout ce qu'on pourra trouver.

Ensuite, il se met en quête des passagers sud-africains.

Le professeur Pagel fait savoir à Benny qu'il aura fini son examen post-mortem vers quinze heures et qu'il vaut mieux que Benny n'y assiste pas, car c'est « un cas difficile ».

Pagel est au courant du stress post-traumatique de Griessel, qui lui avait demandé son avis quand le psychologue l'avait diagnostiqué. Pagel veut donc lui épargner le spectacle d'un corps mutilé.

Griessel ne tient pas à attendre à la morgue. Il sort par Durhamstraat et se dirige vers Alberta. Il aime bien cette partie-là de Soutrivier et de Woodstock, car ça lui fait penser au Parow de son enfance – cette énergie, le mélange des cultures, la variété des nouvelles et des anciennes entreprises, la pauvreté et le développement côte à côte. Ici, songe-t-il, subsiste un petit peu du vieux Cap, mais pas pour longtemps. Woodstock change à toute allure, les maisons sont achetées et rénovées par de jeunes cadres qui travaillent dans le centre-ville et ne veulent plus se taper les embouteillages cauchemardesques des banlieues.

Tout change. Sans cesse.

Il s'aperçoit qu'il est presque midi. Il entre dans

l'Old Biscuit Mill. Tous les restaurants semblent chers. Il va s'asseoir au Redemption Burger et commande un Straight Ace et un Coca Zero. Il sort son calepin et parcourt ses notes. Il faudrait qu'il appelle Pretoria, mais il n'a pas l'esprit à ça. Il est hanté par sa demande en mariage : pourquoi donc ne lui a-t-il pas parlé hier soir de leur dîner à l'Overture ?

Parce qu'il ne sait pas comment lui demander de l'épouser, voilà le problème.

Ils vont prendre la voiture, arriver au restaurant, déguster un des dix meilleurs repas gastronomiques du pays, boire une des dix meilleures eaux pétillantes du pays, parler… Quand doit-il faire sa demande – au début, au milieu ou à la fin du repas ?

Et comment procéder ? Il faut que ce soit romantique. Racontable. C'est une histoire qui suivra leur couple. Une histoire qu'Alexa racontera en détail à ses amies, ou dans l'hebdomadaire *Huisgenoot*, si celui-ci l'interviewe à nouveau.

Comment lui offrira-t-il la bague ?

Il y a cette manière qu'il a vue dans un film, la bague dans la flûte de champagne. Mais ils sont tous deux alcooliques. Il ne peut vraiment pas la lui apporter de la sorte. De surcroît, il a entendu parler de cette dame qui a tout avalé – le champagne et le reste. Il a fallu que le couple attende deux jours, conscient du voyage pas du tout romantique de la bague, pour se fiancer.

Et puis, on ne met pas une bague dans un verre d'eau pétillante, même si la marque est classée parmi les dix meilleures du pays.

Il va simplement la garder dans sa poche. Il la sortira de sa veste après les entrées, ouvrira l'écrin afin que le diamant scintille à la lumière. Pas énormément, car le diamant est petit.

Il va le déposer sur la table, devant elle, et puis poser la question. Ou bien fera-t-il sa demande et ne sortira la bague qu'ensuite ? Mais si elle ne commande pas d'entrée ?

Peut-être Vaughn aura-t-il des idées ? Cela signifie aussi de ne pas oublier d'emporter la bague. Il doit réfléchir à son petit discours. Il ne peut dire de but en blanc : « Alexa, voici une bague, épouse-moi. »

Il ne sait pas faire de discours.

C'est un grand pas à franchir. Et compliqué.

Il mange avec plaisir, le burger est bon. Il paie et s'en va. Dans la rue, il cherche le numéro de l'unité de protection des VIP à Pretoria. Il appelle et demande à parler au sergent Kagiso Dimba, l'homme qui a reçu le dernier appel de Johnson Johnson.

Un agent lui répond que Dimba est en service, injoignable, mais qu'elle peut prendre un message.

Il retourne à la morgue et va s'asseoir dans la salle d'attente.

L'assistant finit par venir le chercher et le conduit dans la salle où Pagel et sa petite scie infligent des sévices innommables au crâne de Johnson Johnson, dans un bruit aigu et irritant comme celui d'un insecte géant.

Pagel est l'homme le plus intelligent que Griessel connaisse. En dehors de la salle d'autopsie, il est toujours habillé de façon flamboyante, en pleine forme à plus de soixante ans, avec son long visage aristocratique bronzé. Mais là, Pagel est vêtu d'une blouse blanche de pathologiste, porte de grosses lunettes de protection en plastique, des gants, tout cela tacheté de sang sombre et de sciures, penché sur la table d'acier où gît le corps de Johnson Johnson.

C'est toujours l'odeur qui gêne le plus Griessel.

Pagel dépose l'instrument, le silence se fait.

« Nikita, tu as l'air en forme.

— Merci, prof.

— Tu as perdu du poids ?

— Un peu. Je fais du vélo.

— Excellent. J'ai entendu dire que la pompe à eau tournait toujours bien », glisse Pagel tandis qu'il saisit une petite tenaille et trifouille l'arrière de la tête de Johnson.

« Je tiens bon, prof, je tiens bon. » La communauté des défenseurs de la loi est petite.

L'information a fait le tour.

« Remarquable, Nikita. »

Et puis, d'un geste théâtral avec sa tenaille, produisant un petit bruit mouillé, Pagel extrait un objet du crâne, le lève à la lumière et l'examine.

« Voici la cause de la mort, Nikita. »

Il s'agit d'une pièce de métal luisante, ayant la forme d'une lame brisée, d'environ six centimètres de long, dont Pagel déchiffre la marque : « Okapi. *Made in South Africa.* »

Griessel se rapproche. Il ne regarde pas le cadavre, mais se concentre sur la lame. « Saturday Night Special[5], dit-il, le surnom d'Okapi.

5. Allusion aux bagarres les plus féroces, qui se déroulent le samedi soir dans les townships. (*N. d. T.*)

— En effet. Enfoncée juste sous l'occipital. A traversé le cervelet jusqu'à l'encéphale. Mort immédiate. Nikita, je serais très étonné s'il y avait du sang sur le lieu du crime. L'angle du coup : par-derrière et par en bas. En prenant son élan, car ce n'est pas facile d'introduire une lame à cet endroit. Surtout pas un Okapi ; il est fait pour couper, pas pour poignarder. Je n'aurais pas parié un rand sur une lame d'Okapi cassée... Le dommage frontal substantiel est survenu probablement après le décès.

— Il a heurté un pilier d'acier quand on l'a jeté hors du train, prof.

— Il était déjà mort, Nikita.

— Des blessures de défense, prof ?

— Pas à première vue, mais je vais y regarder de plus près. Notre problème, c'est que ce corps est resté à l'abandon dans le Karoo. Des oiseaux, des insectes et, je suppose, un ou deux chacals. Je t'épargne les détails, ce sera pour le rapport officiel... » Pagel glisse la lame Okapi dans une pochette en plastique qu'il remet à Griessel.

Benny la regarde et soupire.

« Tu ne t'attendais pas à ça ?

— Pas mal de difficultés en vue, prof. » Les couteaux Okapi sont l'arme blanche de prédilection des gangs des townships, dans la plaine du Cap. Indétectables, anonymes et communs.

Cela apporte une dimension nouvelle qui ne cadre vraiment pas dans l'affaire.

22

Tandis que le professeur poursuit son autopsie, Griessel remplit le bordereau de remise de preuve pour la lame Okapi afin que Pagel le signe.

Sur une inspiration, et parce que le pathologiste est un homme sage avec qui il a abordé beaucoup de questions personnelles, il se lance : « Prof, j'ai besoin d'un conseil…

— Bien sûr, Nikita.

— Supposons que vous vouliez épouser la femme de votre vie…

— Une hypothèse, bien sûr, dit Pagel avec un sourire.

— C'est ça. Vous l'avez invitée dans un restaurant classieux, un dimanche soir. À quel moment de la soirée faut-il lui faire la demande ? Le truc, c'est qu'elle peut répondre non, prof. Ce risque existe, et si vous lui posez la question trop tôt, tout le reste de la soirée est foutu. Si vous lui posez la question trop tard, il se peut que le moment romantique soit passé… »

Pagel opine tandis que ses mains continuent de s'affairer sur la tête écrasée : « Intéressant dilemme théorique, Nikita. Très intéressant… »

Il regarde Benny : « Voici mon idée, pour ce qu'elle vaut. Il faut que tu saches que ça ne m'est jamais arrivé. C'est pourquoi je me placerai sur un terrain philosophique plus large. Fais ta demande pendant le menuet.

— Professeur ?

— Comme beaucoup d'autres choses dans la vie, Nikita, un repas c'est comme une symphonie. Il ne faut rien entreprendre de grandiose pendant l'allegro, c'est prématuré. Le second mouvement, l'adagio, est trop grave. La troisième partie, le rondo, arrive trop tard. C'est pour cela qu'il faut attaquer au menuet. C'est léger, c'est enlevé, c'est joyeux.

— Prof, je n'ai aucune idée de ce que ça signifie. »

Pagel soupire. « Excuse-moi, Nikita, je me laisse parfois emporter. Pour être plus pragmatique, je dirais que le bon moment, c'est juste après le plat principal. »

Griessel est en route pour Plattekloof, où se trouve le laboratoire scientifique de la police. Il pleuviote. C'est ainsi qu'il pleut ces temps-ci au Cap. Un peu. Il se souvient des hivers, quand il allait en classe, des fronts froids qui avançaient deux semaines durant sur la péninsule, de la pluie incessante, et des vents violents au point qu'on en venait à détester la grisaille, l'humidité, le froid. Ça n'a plus cours.

Tout change.

Lui aussi. Lentement mais sûrement.

Ce devrait être le menuet de sa vie, alors qu'il continue à patauger dans l'adagio.

Son téléphone sonne alors qu'il aborde Plattekloofweg. Constatant qu'il s'agit de Mbali Kaleni, il se gare, car il sait qu'elle est très stricte en matière de téléphone au volant. Elle demande toujours d'emblée : « Vous utilisez le main-libre ? »

Il prend l'appel.

« Colonel ?

— Benny, je viens de recevoir un appel de l'officier commandant l'unité de protection des VIP à Pretoria. Le général laisse entendre que vous harcelez un membre de son équipe. J'ai répondu que je ne croyais pas que ce soit vrai. »

Il lui explique ce qui s'est passé.

Elle claque la langue en signe d'irritation, comme cela lui arrive souvent. « Ces gens-là se prennent pour des dieux parce qu'ils ignorent les limitations de vitesse avec leurs gyrophares quand ils convoient des ministres. Je m'en occupe. »

Elle raccroche.

Curieux, songe-t-il. Très curieux. Il s'agit d'un meurtre. La victime est un ancien de l'unité des VIP. On pourrait s'attendre à ce qu'ils se montrent compréhensifs et coopératifs. Drôle de réaction.

Mais il s'agit d'un autre monde, il a déjà entendu parler de cette unité, un petit royaume à elle toute seule. Il va falloir attendre de voir ce que Kaleni pourra en tirer.

Le portable de Vaughn Cupido sonne juste avant quinze heures. C'est Brenda Strydom de Rovos.

« Capitaine, je suis absolument désolée, mais la

signature du policier qui est venu chercher le bagage de M. Johnson est indéchiffrable. Je suis vraiment navrée. Notre employée à Pretoria dit que l'homme était en uniforme, avec des étoiles sur les épaules, et qu'il lui a montré sa carte d'identité. Il lui a dit qu'il était du poste central de Pretoria. J'ai devant les yeux le scan du formulaire qu'il a signé, et nous pensons qu'il s'agit d'un monsieur Sikhakha, ou Siknakna, ou Sukhakha, ou Sikhakhane, mais nous ne pouvons pas l'affirmer avec certitude.

— Pourriez-vous m'épeler ces noms, s'il vous plaît ? »

Ce qu'elle fait. Cupido prend note. « Pas de problème, madame. La date à laquelle le bagage a été remis est indiquée ?

— Mercredi, 16 août. À seize heures.

— Très bien. Super. Merci, madame. »

Il cherche le numéro du poste central de Pretoria. Il demande à parler à l'officier responsable. Il lui demande s'il est au courant qu'un de ses hommes est allé chercher le bagage de Johnson Johnson dans les locaux de Rovos.

« Qui ? »

Cupido explique.

« Jamais entendu parler de cet homme, capitaine.

— Avez-vous un officier du nom de Sikhakha, ou Siknakna, ou Sukhakha, ou Sikhakhane ? Ou quelque chose d'approchant ? »

Le colonel réfléchit. « Non, aucun des noms mentionnés. »

Cupido le remercie, et appelle à contrecœur le sergent Aubrey Verwey à Beaufort West.

« Ici le sergent enquêteur Verwey.

— Aubrey, c'est Vaughn Cupido des Hawks. J'aimerais juste savoir avec qui tu t'es arrangé pour récupérer la valise de Johnson à Pretoria. »

Le silence qui s'ensuit fournit un élément de réponse à Cupido.

Verwey articule : « Je ne sais rien de cette valise.

— Merci », dit Cupido, et il met fin à la conversation. Quel abruti, songe-t-il.

Il parcourt ses notes, examine le tableau blanc posé au mur, et remarque que la valise a été emportée quelques heures après qu'on a annoncé la découverte du cadavre de Johnson Johnson le long de la voie ferrée du côté de Drie Susters.

Le laboratoire scientifique des services forensiques de la police nationale au Cap se trouve sur Silwerboomlaan, dans le quartier de Plattekloof. C'est une impressionnante bâtisse en forme de C, haute de quatre étages, d'où partent cinq bras trapus qui abritent respectivement les sections balistique, analyse ADN, analyse scientifique, analyse documents et analyse chimique.

Griessel cherche spécifiquement deux membres de la PCSI, l'unité provinciale d'analyse des scènes de crime avec laquelle les Hawks travaillent habituellement. Arnold, le gros courtaud, et Jimmy, le grand filiforme, ont tendance à se prendre pour un duo comique et se trouvent d'une irrésistible drôlerie. Les Hawks les supportent surtout parce qu'ils font un excellent travail.

« Salut, Benny, lance Jimmy.

— T'es devenu bien maigre. Va falloir boire du café pour te refaire une ombre, constate Arnold.

— Un faucon maigre comme un coucou, ajoute Jimmy.

— Elle est bien bonne, celle-là, hi hi !

— *Ja*, *ja*, dit Griessel.

— Parlant d'oiseaux… Quel est l'oiseau qui peut porter le poids le plus lourd ?

— Je ne sais pas.

— La grue.

— Excellent, excellent », rigole Arnold.

Ils s'esclaffent à nouveau. Griessel grimace.

« Vous avez fini ?

— Il paraît que tu veux te marier, Benny. »

Les rumeurs vont vite, mais avec ces deux-là, elles courent. Il ne réagit pas.

« Attends, tu connais celle du masochiste qui se marie avec une sadique ? demande Jimmy.

— Non.

— Une sadique rencontre un type dans un bar. Il est maso. Ils discutent et se confient sur leurs tendances. Ils tombent amoureux et pensent qu'ils forment un couple parfait. Comment en serait-il autrement ? Ils décident cependant de ne pas s'envoyer en l'air avant le mariage. Ils se réservent pour une nuit de noces d'enfer, OK ?

— OK, confirme Griessel.

— Et donc, le fameux soir, quand le gars sort à poil de la salle de bains, la fille est assise sur une chaise en déshabillé sexy. Il se dit : c'est tout bon pour bibi. Il se jette en travers du lit et crie : "Fais-moi mal, fais-moi mal." Mais elle sourit et dit : "Non, je ne te ferai pas mal." »

Arnold et Jimmy éclatent de rire, comme s'ils entendaient la blague pour la première fois. Griessel se joint à eux.

Et puis, Arnold finit par demander : « Qu'est-ce qu'on peut faire pour toi ? »

Griessel leur remet la lame Okapi. Il en explique la provenance, leur demande de pratiquer tous les tests, mais il espère surtout trouver des empreintes digitales.

Ils poussent leurs hauts cris habituels : très difficile de travailler sur une surface soumise à un tel traitement.

« Et votre nouveau matériel ? » demande-t-il. Car ils ont beaucoup crâné quand on a installé les nouvelles technologies électrochromique et fluorescente, capables de déceler des empreintes digitales invisibles à l'œil nu et de les photographier.

« Nous ne pouvons rien promettre, dit Arnold.

— Nous ne faisons des miracles que le vendredi, précise Jimmy.

— Quand il pleut, ajoute Arnold.

— Ce qui n'arrive plus très souvent… »

Griessel sait comment ils travaillent. Ils douchent les attentes afin de pouvoir plastronner quand ils font une avancée. Il leur fait signer les formulaires nécessaires, afin que la chaîne de remise des pièces à conviction soit respectée, et file avant qu'ils ne se lancent dans des blagues sur les couteaux.

23

Griessel trouve Cupido au bureau, devant son ordinateur. Il s'assied face à lui et annonce : « Johnson Johnson a été poignardé derrière le cou avec un Okapi, avant d'être jeté du train. C'est la cause de son décès.

— Un Saturday Night Special ? » Moue incrédule.

« C'est bien ça.

— Et merde, Benny.

— C'est aussi ce que j'ai pensé. »

Cupido lève les yeux. « Cette affaire est bizarre, *pappie*. Très bizarre. Pour commencer, un membre de la police nationale est venu chercher la valise de Johnson chez Rovos Rail à Pretoria, à peine quelques heures après que nos services ont appris sa mort.

— J'ai même...

— Attends, ce n'est pas fini. La Fleur nous a dépêché la cavalerie. Oncle Frankie, Vusi et Mooiwillem[6]. Ils sont en train d'essayer de contacter les passagers étrangers, tandis que je m'occupe des passagers

6. « Le beau Willem ». En afrikaans, *mooi* signifie « beau », « grand », « excellent ». (*N. d. É.*)

locaux. Et voilà l'affaire. Je commence par entrer les noms dans la base de données pour voir s'ils ont un passé judiciaire. Oyez, braves gens, cinq d'entre eux ont un casier vierge. Mais les deux autres, écoute bien, sont des fantômes, *pappie*. Fausses identités. Des fantômes, disparus au combat, comme s'ils n'avaient jamais existé.

— Comment le sais-tu ? »

Cupido se saisit du dossier que Brenda Strydom leur a remis, en sort deux formulaires d'inscription. « OK, regarde-moi ça. Nous avons un M. Terrence Faku et un M. Oliver Green. Chacun dans un compartiment Pullman. Tous deux viennent du Cap, Faku de Kensington, Green de Newlands. Agés respectivement de soixante-douze et soixante et onze ans. Langue maternelle : xhosa pour l'un, anglais pour l'autre, c'est bien ça ? »

Griessel regarde les deux formulaires. « Exact.

— Parfait. Maintenant, voici notre petit problème, Benny. Aucun des deux numéros de passeport n'existe. Ils ne sont pas faux, c'est juste qu'ils n'existent pas. Ils ont l'air corrects, car il y a le bon nombre de chiffres. Mais le logiciel répond "non affecté". On ne trouve pas ces numéros. Je me dis : c'est le logiciel de la police, vérifions les adresses. Elles n'existent pas ! Ces rues n'existent pas, Benny. Des fantômes, disparus au combat, jamais existé. Deux vieux schnocks, septuagénaires. Faku et Green. Des imposteurs. Alors pourquoi, Benny, se munir d'une fausse carte d'identité, d'une fausse adresse, pour faire un voyage dans le train Rovos ? Pourquoi ? »

Benny secoue la tête. Puis il explique : « Le sergent de l'unité de protection des VIP, celui que Johnson a joint en dernier… Il ne m'a toujours pas rappelé, mais son chef a téléphoné à Kaleni pour dire que nous ne devions pas le harceler.

— Ne pas le harceler ?

— C'est ce qu'elle a dit.

— *Jissis* », souffle Vaughn Cupido.

Ils discutent de ce que la présence d'un couteau Okapi sur le train Rovos a d'incongru, quand Mbali Kaleni surgit et lance, une pointe de dégoût dans la voix : « Je suis venue vous dire que j'ai parlé au supérieur du sergent Kagiso Dimba, de l'unité des VIP. Cette fois-ci, il a promis que cet homme vous appellera. Un tas d'idiots qui se croient importants.

— Merci, colonel », dit Griessel. Son portable sonne, il reconnaît le numéro. Il répond.

« Ici Dimba, de l'unité de protection des VIP à Pretoria. Pourquoi cherchez-vous à me joindre ? » Aucun respect dans la voix, mais de l'irritation. Agacé, Griessel rétorque :

« Parce que vous êtes la dernière personne à avoir parlé au sergent Johnson Johnson. Il a été assassiné et je suis chargé de l'enquête. Vous pensez que c'est une bonne raison pour essayer de vous joindre ? »

Il entend le claquement de langue mécontent de Kaleni.

Dimba reste un moment interloqué. « Oui.

— Merci, répond Griessel. Selon nos enregistrements, il vous a appelé à 21 h 07, le samedi 5 août.

— Oui.

— Et la communication a duré une minute et vingt-trois secondes.

— Je ne sais pas.

— Pourquoi vous a-t-il appelé ?

— Nous avons travaillé ensemble, dans le temps. Il appelait pour dire bonjour.

— Pendant seulement une minute vingt-trois secondes ?

— Vous êtes en train de dire que je mens ?

— Je ne dis rien. Je demande. Il vous a téléphoné juste pour vous saluer pendant quatre-vingt-trois secondes ?

— J'étais occupé, je ne pouvais pas lui parler.

— Qu'est-ce que vous étiez en train de faire ?

— Je vous dis que j'étais occupé.

— J'ai bien compris que vous étiez occupé. À quoi ? »

Un soupir. « J'étais avec des gens. Nous étions en pleine conversation. Il y avait du bruit. J'ai dit que j'allais le rappeler.

— Vous l'avez fait ?

— Oui. Mais il n'a pas décroché.

— Vous pourriez me répéter exactement ce qu'il vous a dit ? »

Nouveau soupir, plus profond, plus irrité. « Il a dit "salut, comment vas-tu ?". Il a dit que l'unité lui manquait et a posé des questions sur d'autres amis.

— C'est tout ?

— Oui. J'ai dit que je ne pouvais vraiment pas parler, que je le rappellerais.

— Il a mentionné qu'il était dans un train ?

— Non.

— Il a mentionné qu'il avait vu une personne qu'il connaissait dans le train ?

— Je vous ai raconté ce qu'il a dit.

— À quelle fréquence est-ce qu'il vous appelait ?

— Ce soir-là ?

— Non, en général. Il vous appelait une fois par semaine ? Une fois par mois ? »

Nouvelle hésitation. « Peut-être une fois par mois. » Puis, aussitôt : « Peut-être moins.

— Pour dire bonjour.

— Oui.

— Il vous arrivait de l'appeler ? De temps en temps ?

— Pas vraiment…

— Merci, sergent Dimba. C'est tout pour le moment. »

Dimba met fin à l'entretien sans ajouter un mot.

Griessel regarde Cupido, puis Kaleni. « Curieux. Il ment. Effrontément.

— Colonel, dit Vaughn Cupido, ce *docket* est plus bizarre qu'un phacochère sur un manège, je vous assure. »

Le quartier général des Hawks est un grand bâtiment de Marketstraat, à Bellville. À l'origine, il était prévu pour les services fiscaux sud-africains, qui ont rapidement été déplacés deux rues plus loin, dans des locaux plus vastes et plus modernes de Teddingtonstraat. La DPCI, la Direction des enquêtes criminelles prioritaires, s'y est alors installée. Mais elle n'a jamais réussi à remplir tout le bâtiment. Ces dernières années, le nombre de ses employés a décru lentement, et le bâtiment, avec ses larges couloirs et ses nombreux bureaux, a pris une allure fantomatique, accentuée par la déplorable incapacité du ministère à l'entretenir.

Après dix-sept heures, quand le personnel des Hawks commence à quitter les lieux, il arrive que le building dégage un calme qui donne le frisson. C'est pourquoi, ce jour-là, la voix du colonel Mbali Kaleni porte loin dans le couloir lorsqu'elle convoque le groupe de Frankie Fillander pour une réunion.

L'écho des pas de Fillander, Liebenberg et Ndabeni sur le carrelage les précède avant qu'ils n'entrent dans le bureau de Cupido. Griessel et Kaleni sont assis en face de lui.

« Dites-leur, s'il vous plaît, ce que nous savons », dit Mbali Kaleni.

L'un après l'autre, Griessel et Cupido les informent des derniers développements.

« Il y a deux points importants, résume Kaleni. D'abord, pourquoi Johnson Johnson a-t-il appelé un ancien collègue de l'unité de protection des VIP ? Parmi toutes les personnes au monde, à ce moment-là, juste après vingt et une heures, ce samedi-là, du train ? Ensuite, pourquoi Dimba nous ment-il ? Pourquoi se plaint-il d'être harcelé alors qu'on l'appelle à propos d'une enquête criminelle ?

— Parce que c'est une bande de… » Cupido se retourne, car il sait que le colonel Kaleni ne supporte pas les grossièretés. « … d'idiots.

— Oui, répond-elle, mais d'habitude ce sont des idiots d'un genre différent. Là, c'est nouveau. »

Ils n'ont pas réponse à ça.

« Ensuite, poursuit-elle, il y a l'histoire du couteau

Okapi. Nous savons que c'est une arme des gangs des townships. Que vient-elle faire dans le cas Johnson ? Quel lien avec Dimba et l'unité des VIP ?

— Il a reconnu quelqu'un dans le train ce soir-là, colonel, intervient Griessel. Quelqu'un que connaît aussi Dimba. Il s'agit peut-être d'un serveur, d'un cuisinier… Il va falloir éplucher de près tout le personnel du train. Rovos a peut-être laissé passer un casier judiciaire…

— Johnson et Dimba étaient peut-être en affaires, un peu de cocaïne ou de *dagga** à destination des VIP, des hommes politiques dont ils assurent la protection. Si ça se trouve, ils se fournissaient auprès d'un gang des townships. Il y en a beaucoup, là-haut dans le Gauteng.

— Il va falloir se procurer les relevés bancaires de Johnson et remonter en arrière, propose Frankie Fillander.

— Il va falloir trouver les factures du téléphone portable de Dimba, ajoute Vusi Ndabeni.

— Il va falloir identifier les deux vieux schnocks, complète Cupido.

— C'est ce qu'il y a de plus curieux dans cette affaire. Deux vieux bonshommes. Ça ne cadre pas, affirme Kaleni.

— Ils cherchaient peut-être à prendre de la distance avec leurs épouses, dit Fillander. Ils n'ont peut-être rien à voir avec cette histoire.

— Si, c'est lié, je le sens très clairement, insiste Cupido.

— Mais ça reste des fantômes.

— Les photos », lance Mooiwillem Liebenberg. Tous le regardent.

« Que fait-on quand on est un touriste dans l le plus luxueux du monde ? On veut montrer à ses amis qu'on se trouve à bord. Donc on pren photos. On n'a qu'à appeler tous les passagers de leur demander de nous envoyer leurs photos. fantômes doivent figurer sur l'une d'elles, même arrière-plan.

— C'est une excellente idée, reconnaît Kaleni.

— Bien entendu, on ne leur demande que les photos montrant d'autres passagers, histoire de limiter le champ des recherches, ajoute Liebenberg.

— *Ja*. Vraiment, cet homme n'est pas qu'une belle gueule », ironise Frankie Fillander.

24

Du porte-à-porte.

Jadis, avant que toute la population mondiale ne laisse des traces avec les téléphones portables, les GPS et Internet, ce terme désignait le travail d'un enquêteur sur le terrain. De maison en maison. Du haut en bas de la rue. À la recherche de témoins, d'un fil conducteur, des pièces manquantes dans le puzzle d'une affaire. C'était une tâche profondément fastidieuse, frustrante, épuisante et chronophage, mais c'est ainsi qu'il fallait procéder pour trouver une aiguille dans une meule de foin.

Les membres des Hawks, le Groupe criminalité violente, parlent toujours de porte-à-porte, même s'il ne s'agit plus réellement de ça.

À dix-neuf heures passées, Griessel et Cupido sont devant leur ordinateur, essayant de relier des numéros de cartes d'identité à des casiers judiciaires. Un porte-à-porte du bout des doigts, pénible et mécanique. On doit entrer les coordonnées de chaque individu, attendre que le système réponde, après quoi on passe au suivant. La vitesse du système est dépendante de la capacité de la ligne de la DPCI et du trafic sur les serveurs centraux. Et de la précision des doigts des enquêteurs sur leur clavier, qui décroît régulièrement à mesure que la soirée avance.

Ils se sont réparti les employés du train. À vingt-trois heures quinze, ils ont terminé. Pas un seul résultat positif. Les salariés de chez Rovos sont aussi nets que la conscience d'un bébé.

Ce porte-à-porte fastidieux n'a rien donné.

Ils rentrent chez eux, découragés et fatigués.

Au centre-ville, au croisement de Strand et de Buitengracht, Griessel s'arrête au feu rouge. Une idée lui vient, il tourne à gauche et pique sur la gare du Cap. Il s'arrête devant le salon de réception de Rovos. Il descend de voiture et marche vers le parking derrière la gare, puis en direction d'Adderley Street, à la recherche de caméras de vidéosurveillance.

Les deux septuagénaires ont peut-être été filmés lors de leur arrivée à la gare. La police métropolitaine, si inefficace soit-elle, conserve au moins ce genre de données pendant quatre-vingt-dix jours. Si, du moins, toutes les caméras fonctionnent.

Il s'attarde le long du large boulevard. Il est presque minuit. Il se souvient de ses services de nuit, du temps où il était jeune agent au poste de Caledon Square, de ses patrouilles aux petites heures du matin dans ces rues désertes, ou de ses circuits dans un vieux fourgon Datsun.

Combien de fois il avait humé l'atmosphère de ce quartier, la brise qui monte du port, chargée d'iode et d'odeurs de poisson, la montagne derrière lui, telle une sentinelle trapue. Et le silence, comme si, la nuit, Le Cap reprenait sa respiration pour récupérer avant l'agitation du lendemain.

Il avait conscience d'être, d'une certaine manière, coresponsable de cet ordre-là.

Seigneur, à cette époque, sa vie était peu compliquée, si facile.

Il allume une cigarette et contemple le vaste rond-point. Avant la Grande Sécheresse, le jet d'eau agitait ses plumes. Le bassin est vide et sec à présent. Pratiquement pas de circulation. De temps à autre, un taxi-minibus ramène chez eux les travailleurs de la nuit.

Il n'aperçoit aucune caméra.

Il soupire. Alexa doit déjà être endormie. Rentrons à la maison.

Alexa est encore éveillée. Dans la cuisine, elle est assise devant son MacBook, concentrée sur des tableaux de chiffres, un verre de lait Horlicks à la main. Elle lui jette un regard, estime qu'il doit être fatigué. Elle demande s'il aimerait une boisson chaude, ou quelque chose à manger. Elle a préparé une soupe et s'est procuré du pain encore chaud à la boulangerie Knead. « Non, merci, répond-il, on a grignoté au bureau. »

Il hésite. Son cœur bat plus vite. Il faut faire ça bien, mentir en douceur, maîtriser son langage corporel. Ne pas s'asseoir avec elle, cela aurait l'air trop formel, du style « j'ai un truc important à te dire ».

Elle ne doit se douter de rien.

« Ce *docket* du train nous épuise…

— Aïe, je m'en doute bien, dit-elle en lui prenant la main.

— Mais nous l'aurons certainement bouclé la semaine prochaine. Vaughn m'a parlé d'un restaurant aux alentours de Stellenbosch qui devrait te plaire. Alors je me demandais…

— Benny ! Ce serait génial.

— Il leur a téléphoné. Ils ont une table, dimanche prochain. »

Il garde un ton léger, normal, et retient son souffle. Va-t-elle sentir qu'il y a anguille sous roche ? D'habitude, c'est elle qui organise les sorties et s'occupe des réservations.

« Juste histoire de changer d'air… », ajoute-t-il.

Alexa le regarde. Un instant, il pense qu'elle a compris, mais son visage s'éclaire. « Ah, ce Vaughn, il est adorable.

— C'est vrai… »

Il va s'asseoir, à moitié déçu que tout l'honneur revienne à Cupido, à moitié soulagé de s'en être sorti avec un mensonge. Et légèrement amusé de ce que dira son collègue du qualificatif « adorable ».

« Merci, mon enquêteur en chef, d'avoir eu cette gentille attention malgré ton travail. Viens, raconte-moi ta journée. » Elle ferme son ordinateur.

Couché, il la tient au creux de son bras. Elle dort avec tant de facilité. Il écoute sa respiration et s'étonne de l'aisance avec laquelle elle met sa journée de côté.

C'est que leurs mondes sont différents. Celui

d'Alexa est plein de musique et de chiffres ; le sien plein de meurtres et de destruction.

Sur le point de s'endormir, il comprend enfin pourquoi il a peur de la demander en mariage.

À cinq heures du matin, il part faire un tour à vélo, sur le vieux Giant noir et blanc qu'il a acheté chez Mohammed « Love Lips » Faizal, le prêteur sur gages de Goodwood.

Il fait nuit et froid. En hiver, il pédale en pantalon de jogging et T-shirt à manches longues, coupe-vent délavé et gants de cycliste. Il n'aime pas les vêtements serrés, chers et prétentieux que cherchent à fourguer les magasins de sport.

Très vite, il est en sueur car il a pris la montée de Kloofnek. Il tourne à gauche vers la station du téléphérique de Table Mountain, il suit le sentier qui contourne le flanc de la montagne jusqu'au panorama où l'on peut admirer les lumières de Parow et Bellville et, en contrebas, le monument dédié à Cecil Rhodes.

Tout au long du chemin, il songe à ce qu'il a découvert la veille. Il sait désormais où se niche sa peur du mariage : il a peur qu'Alexa dise non.

Car en dépit de son amour débordant… si elle avait encore plus peur que lui ? Elle a subi tant de blessures au cours de son premier mariage. Va-t-elle saisir la chance une seconde fois avec le risque – léger, mais qu'on ne saurait ignorer – d'un nouvel échec ? Peut-être leur mode de vie informel est-il plus acceptable pour elle ? *Si quelque chose n'est pas cassé, n'essaie pas de le réparer*, comme le répète Cupido.

Elle ne connaît que trop les dangers d'un mariage entre alcooliques. Et puis, il y a ce gouffre entre eux, l'argent. Alexa n'est pas riche au point d'acheter une Lamborghini ou un château à Hermanus mais, par comparaison avec un policier fauché, elle est vraiment très à l'aise. En outre, c'est une habile femme d'affaires. Elle a certainement réfléchi, un jour ou l'autre, à la manière dont un mariage affecterait ses biens. Comment lui faire comprendre qu'il ne veut pas son argent, ni même une partie ? Il ne peut pas sortir la bague et dire tout de go : « Alexa, épouse-moi, mais ne t'inquiète pas, on peut établir un contrat de mariage, je n'en ai pas après ton argent. »

Il sait qu'elle ne dira pas non. Elle contemplera la bague, lui ensuite, son visage se mettra à fondre, les larmes couleront sur ses joues, elle lui prendra la main avec une tendresse infinie, et lui soufflera : « Aïe, Benny, je suis vraiment désolée, mais je ne peux pas… »

Elle ne l'humiliera pas.

Mais si elle dit non, pourra-t-il encaisser comme un homme ?

Alors qu'il a tant de mal à rembourser ce que lui a coûté la bague ?

Et que fait-on, après un « non » ?

En roulant vers le bureau, l'esprit sur le dossier du train, il ressent comme un léger malaise, une gêne qui persiste dans sa tête, un truc qu'ils ont laissé passer.

Il se repasse toute l'histoire, au point d'en oublier

les travaux sur l'autoroute et la circulation sur la N1 du côté de Panorama.

Est-ce du côté de Robyn, l'ancienne épouse de la victime, que quelque chose le titille ?

Non. En dépit des statistiques qui la placent parmi les suspects.

Dimba, le sergent fourbe ?

Ce n'est pas ce qui le tracasse. Il sait que Dimba ment, ils trouveront bien pourquoi.

L'ordinateur perdu ? La valise manquante ? Le couteau Okapi ?

Il décide de laisser tomber alors qu'il se gare au sous-sol de la DPCI. Il sait que ça surgira de façon inattendue, il doit continuer à chercher.

25

Le couloir se transforme en galerie de portraits.

Les photos envoyées par les passagers du train sont imprimées par l'IMC, en noir et blanc par souci d'économie. Le capitaine Frankie Fillander les a fixées sur le mur, à gauche quand on sort du bureau de Mbali Kaleni. D'abord à hauteur d'homme, mais à mesure que le jour avance, les photos continuent d'affluer et le mur entier, entre les portes des enquêteurs, devient une chronique du trajet entre Le Cap et Johannesburg – des voyageurs détendus qui sourient cordialement, parlent, mangent, boivent, contemplent les splendides montagnes, vallées et plaines.

Fillander, Mooiwillem Liebenberg et Vusi Ndabeni essaient d'identifier chaque passager et inscrivent chaque nom correspondant au feutre noir sur les photos. C'est un procédé lent et astreignant : il faut vérifier la provenance de l'e-mail, étudier soigneusement le descriptif accompagnant chaque cliché, car parfois l'information n'est pas très claire. Les visages ne leur sont pas encore familiers, les angles de prise de vue varient, les vêtements changent selon l'heure du jour. De surcroît, tous les passagers sont des Blancs de plus de soixante ans. « Et », affirme Cupido quand le trio vient se plaindre de son sort, « les sexagénaires d'aujourd'hui sont les quinquagénaires d'hier, ça ne sert donc à rien de chercher deux croulants. Ils peuvent avoir l'air en pleine forme. Continuez, chers collègues. Continuez. »

Griessel et Cupido font du porte-à-porte à leur manière : après la cérémonie du drapeau, ils se rendent au tribunal afin d'obtenir trois assignations au titre de l'article 205 ; l'une concerne le compte bancaire de Johnson Johnson, les deux autres les relevés des téléphones portables de Kagiso Dimba et de Robyn Johnson.

« Dis-moi, Benny, tu l'as invitée à ton dîner sophistiqué ? demande Cupido.

— Oui.

— Et alors ?

— Elle est d'accord. Elle ne se doute de rien. Me semble-t-il.

— Je suis fier de toi, partenaire. »

Vient la question qui pèse lourd dans le cœur de Griessel : « Qu'est-ce que je fais, si elle répond non ? »

Cupido reste coi.

« Cette possibilité existe, Vaughn.

— *Jissis*, Benny, tu ne devrais même pas y penser. Ne songe pas à la poisse dès le départ.

— Il faut l'envisager, au contraire.

— Bien sûr qu'elle dira oui. Cette femme t'aime à la folie. Je l'ai vu de mes propres yeux.

— Je sais…

— Alors, ne viens pas me raconter des conneries.

— D'accord. »

Griessel réfléchit.

« Je ne sais toujours pas comment formuler ma demande. Comment fait un type pour… ?

— Alors ça, d'accord. Je peux t'aider sur ce point. La tchatche, c'est mon domaine. »

À dix heures et demie, ils remettent les assignations dûment signées à l'IMC et, quand il entend un des hommes du capitaine Philip van Wyk parler du compte en banque de Johnson, Griessel comprend ce qui le tracasse depuis le matin.

« Faut suivre l'argent, dit-il à Cupido.

— Tu veux dire ?

— Les deux fantômes. Faku et Green. Ils ont payé leurs billets de train.

— Bien vu. » Le visage de Cupido s'illumine. « Comment avons-nous pu négliger cette piste ? Nous ne sommes pas dans le match, Benny. »

Griessel songe qu'il est obnubilé par les questions de mariage et que Cupido se demande comment se comporter avec le fils de Desiree. Mais il ne le dit pas. Il téléphone à Brenda Strydom pour en savoir plus sur le mode de paiement des passagers mystérieux. Elle le prie de lui laisser dix minutes. Elle le rappelle pour expliquer que Faku et Green ont payé Rovos en liquide et lui communique les détails. Griessel masque sa déception et demande les coordonnées de l'hôtesse d'accueil de Faku et Green à bord du train.

« Ils ont payé en liquide, signale-t-il à Cupido.

— Quand ?

— Le 19 mai. Un dépôt au guichet de la First National Bank à Table View.

— Merde. »

Déception, car tous les guichets de banque sont équipés d'une caméra de surveillance qui capture l'image des clients quand ils entrent, quand ils sortent et quand ils procèdent à leurs transactions au comptoir. Mais ces enregistrements ne sont conservés en général que trente jours, parfois quarante. Quelques groupes bancaires vont jusqu'à soixante. Le 19 mai, c'est trop ancien.

Ils s'asseyent pour appeler Joanie Delport, l'hôtesse des deux fantômes, mais, après de nombreuses sonneries, aboutissent à une boîte vocale. Ils laissent un message, et, déçus, s'en vont dans le couloir où la galerie de photos de Fillander s'est encore agrandie.

La seule avancée de la journée survient juste après quinze heures, lorsque Philip van Wyk vient chercher Cupido et Griessel et les emmène dans le vaste bureau de l'IMC où la liste des appels du sergent Dimba, de l'unité de protection des VIP, est projetée sur grand écran par un vidéoprojecteur.

« La première chose que nous avons examinée, c'est la soirée du 5 août, la nuit du crime, explique van Wyk. L'appel de Johnson Johnson à Dimba a eu lieu à 21 h 07, pour une durée de quatre-vingt-trois secondes. La communication s'est donc achevée à 21 h 08 et des poussières. Comme vous pouvez le voir, Dimba a rappelé Johnson presque immédiatement, à 21 h 09. Et a recommencé six fois de suite, à trente ou quarante-cinq secondes d'intervalle. Johnson n'a répondu à aucun appel.

— Intéressant, commente Griessel.

— Pourquoi ? demande Cupido.

— Dimba a bien dit qu'il avait rappelé. Il savait que nous retrouverions la liste de ses appels, mais il s'est efforcé de nous donner l'impression qu'il n'était pas pressé.

— Or, il l'était.

— Ce n'est pas tout, reprend van Wyk. Dimba a passé un septième coup de fil. Juste après sa dernière tentative auprès de Johnson. À 21 h 15, à ce numéro-ci. » Van Wyk l'indique sur l'écran avec un laser. « C'est celui de l'officier responsable de l'unité de protection des VIP, le colonel Lucas Gwala. L'appel a duré neuf minutes et seize secondes.

— *Aitsa*!* lâche Cupido.

— Nous avons également étudié la position du portable de Dimba tout au long de la soirée. Quand Johnson l'appelle, il est connecté au relais 357801, dans le quartier de Sunnyside à Pretoria, qui se trouve à côté du poste de Sunnyside. Cela ne signifie pas que Dimba s'y trouvait. Juste après, il a commencé à bouger. À 21 h 21, il passe au relais 355301 de Parkstraat, et à 21 h 29, il est connecté au 354941 près d'Union Buildings.

— Là où travaille l'unité des VIP.

— Après, il n'a pas bougé d'Union Buildings pendant près d'une heure et demie, dit van Wyk.

— OK, grommelle Griessel en prenant des notes. Dimba a donc parlé à Johnson, et a cherché six fois de suite à le rappeler dans la foulée. N'y parvenant pas, il a appelé son chef et rejoint en toute hâte son unité à Union Buildings. Il y est resté plus d'une heure.

— C'est exact.

— Je sens comme un cadavre dans le placard, dit Cupido.

— Ça pue bien plus que tu ne crois, dit van Wyk. Voici encore des choses intéressantes que nous raconte la base de données. D'abord, nous disposons de six mois de données téléphoniques pour Johnson et Dimba. Pendant ce temps, ils ne se sont pas parlé une seule fois. Il me semble que l'on peut admettre qu'ils n'étaient pas des amis intimes.

— Johnson n'a donc pas téléphoné à Dimba pour lui dire "salut", constate Griessel.

— Tout juste.

— Un autre lézard, poursuit van Wyk, l'enquêteur de Beaufort West n'a pas été le premier à demander les relevés téléphoniques de Johnson.

— Comment ça ?

— Chez l'opérateur Vodacom, nous travaillons avec les mêmes personnes quand nous avons une demande 205. Vous savez comment ça marche, on finit par connaître les gens, on cause, on construit des relations… Lorsque mon sergent leur a parlé ce matin, un de leurs gars lui a signalé que c'était la première fois qu'il voyait une enquête pilotée de trois endroits différents, ça devait être une affaire importante. "Quoi ? Trois endroits ?" demande le sergent. "Oui, répond le gars, Pretoria, Beaufort West et vous, au Cap." Le sergent a demandé qui était l'enquêteur à Pretoria, et voilà le truc intéressant : le dimanche 6 août, le colonel Lucas Gwala, responsable de l'unité de protection des VIP, a obtenu une assignation 205 pour analyser les appels de Johnson. Avant même qu'on ait retrouvé son corps dans le Karoo. Avant même que quiconque sache que Johnson avait été assassiné. Un jour après qu'il a été balancé du train.

— Pince-moi avec ton laser ! dit Cupido.

— Le même type qui a appelé Mbali pour lui dire que nous ne devions pas harceler Dimba.

— Alors, comment sent ce cadavre ?

— Il pue, tranche Cupido. Une embrouille bien merdique. »

C'est à cet instant que Joanie Delport rappelle.

26

Durant l'échange, on sent dans la voix de Joanie Delport une méfiance non déguisée et un soupçon d'indignation. Elle n'est pas intimidée par les enquêteurs, une pointe de dédain est même perceptible dans sa voix, qui laisse entendre qu'ils ne sont pas les crayons les mieux taillés du tiroir.

« Les deux vieux messieurs ? demande-t-elle. Les deux *oupas**, vraiment ?

— C'est ça, répond Griessel. Terrence Faku et Oliver Green. Nous voulons…

— Mais c'étaient… des vieux messieurs. Des grands-pères adorables, inoffensifs. Comment auraient-ils… ? Non, ce n'est pas possible. »

Griessel ne veut pas lui lâcher trop d'informations, sachant qu'elles peuvent atterrir en un rien de temps sur les réseaux sociaux. « Mademoiselle, nous ne disons pas qu'ils ont tué Johnson. Nous nous renseignons simplement sur tous les passagers du train.

— Ah. Bon. Mais… vous perdez votre temps avec ces deux-là. »

Il lui demande de commencer par le début, le moment où elle les a rencontrés. Un instant, sa confiance en elle chancelle. « Il y a beaucoup de passagers, deux trains par semaine, je ne peux pas tout me rappeler.

— Je comprends. Racontez simplement ce dont vous vous souvenez. »

Elle se souvient de leur arrivée au salon de départ, en gare du Cap, car ils étaient un peu en retard, donc un peu gênés. Ils se sont présentés alors qu'elle terminait son topo de bienvenue, chacun tirant sa valise à roulettes. Elle a eu à peine le temps de les saluer, il a fallu se diriger vers le train. Elle souligne les points positifs des deux hommes, comme si elle était leur avocate. Ils étaient « adorables », ils se sont excusés pour leur retard, la circulation était infernale. « On a toute sorte de clients dans le train. Des gentils, des moins gentils, et des trop gentils. Nous appelons ceux qui ressemblent aux deux vieux messieurs des "passagers Boucle d'or" – ni trop froids, ni trop chauds, juste comme il faut. »

Terrence Faku lui donnait du « *my dear* ». Oliver Green lui a demandé la permission de l'appeler « Joanie ».

Elle les a conduits à leurs compartiments, deux Pullman contigus.

« Ont-ils demandé à avoir des compartiments voisins ?

— Vous devriez vous adresser au service des réservations. »

Griessel lui demande si elle a eu beaucoup de contacts avec eux à bord du train.

« Pas tellement. Ils restaient entre eux. Je les ai vus le matin et le soir. Je crois… Deux ou trois fois, je les ai vus discuter dans le compartiment du vieux monsieur blanc, un verre à la main. Ils parlaient beaucoup…

— Le Blanc, c'est Green.

— Évidemment.

— De quoi parlaient-ils ?

— Je ne suis pas une pipelette, capitaine », répond-elle, cassante. Et puis sur un mode plus doux : « Je… Je me souviens, je suis entrée une fois dans le compartiment de M. Green, ils étaient assis et bavardaient. Mais je n'espionne pas les conversations des passagers.

— Les avez-vous vus dans le salon ? demande Cupido. Ou dans la voiture d'observation ? »

Elle réfléchit. « Je n'arrive pas à m'en souvenir, je ne peux pas le dire précisément… Nous ne sommes pas présents tout le temps, il faut le comprendre, on a du travail à faire. Je sais que je les ai vus au wagon-restaurant…

— Vous les reconnaîtriez sur une photo ?

— Bien sûr.

— Quand retournez-vous au Cap ?

— Je suis dans le train en direction du Cap. Nous y serons demain au petit matin. »

Griessel se rend compte qu'on est vendredi. La semaine a filé à toute allure. « Pouvons-nous passer avec un ordinateur et des photos ? Demain matin ?

— Bien sûr. »

Cupido intervient. « Joanie, notre problème, c'est qu'on n'arrive pas à rencontrer les deux grands-pères. On voudrait savoir s'ils ont vu quelque chose. On a appelé, on a cherché leur adresse, mais on ne les trouve nulle part. C'est étrange, on voudrait savoir s'ils vont bien.

— Je comprends.

— Vous ont-ils dit où ils habitent, ce qu'ils font ? Quelque chose qui nous permettrait de les retrouver. »

Elle demeure silencieuse. « Ils ont dit qu'ils étaient retraités. Au Cap, il me semble…

— C'est tout ?

— C'était… Je ne me souviens plus, j'ai peut-être demandé… La plupart de nos passagers viennent de l'étranger. Quand ce sont des Sud-Africains, on a tendance à leur demander ce qu'ils font, d'où ils viennent. Je me souviens, je me figurais ces deux vieux messieurs assis à bavarder sur le *stoep* d'une maison de retraite, au Cap, deux vieux amis…

— Ils ont dit qu'ils vivaient dans une maison de retraite ?

— Je ne sais pas vraiment… Pour chaque passager, j'essaie de me faire une image dans ma tête, qui il est, d'où il est. Histoire de lui parler un peu… Je pose quelques questions, pas trop personnelles, beaucoup de ces gens sont discrets. Je… L'image que je me fais d'eux est celle d'une maison de retraite, mais je ne peux pas jurer qu'ils parlaient de ça.

— Autre chose dans cette image ? demande Cupido.

— Laissez-moi y réfléchir. Je vous dirai ça demain. »

La Direction des enquêtes criminelles prioritaires du Cap, comme ses frères et sœurs des autres grandes agglomérations, est une créature aux nombreux tentacules. Les différentes unités comprennent entre autres les CATS (crimes contre l'État), l'unité contre le crime organisé, le Groupe criminalité financière, l'IMC de Philip van Wyk et le Groupe criminalité violente de Mbali Kaleni.

C'est le général Musad Manie qui coiffe le tout, le

« big boss des Hawks du Cap », ainsi que Cupido désigne, avec une pointe de respect, son aîné métis. Musad – un des enquêteurs des Hawks l'a appris auprès d'un ami musulman – signifie « chameau libéré » en arabe. Les membres de la police sud-africaine aiment bien donner des surnoms à leurs collègues. Surtout quand il s'agit d'officiers supérieurs. C'est pourquoi la plupart du personnel de la DPCI l'appelle « le Chameau ».

Cela peut sembler étrange aux yeux des « lièvres ». C'est ainsi que les policiers appellent les quidams, parce que les gens qui ont besoin de la police s'adressent à elle comme des lièvres effrayés par la lumière des phares. En effet, Musad Manie ne ressemble pas à un chameau. C'est un homme trapu, large d'épaules et de torse, un visage taillé dans le granit avec une mâchoire déterminée. Comme issu d'un casting hollywoodien.

Si l'on croise le Chameau dans le couloir de l'IMC et qu'il vous demande de passer le voir un instant, on tourne les talons sans barguigner et on le suit. Tout en cherchant à toute vitesse ce qu'on a pu faire comme bêtise récente, car il y a de fortes chances qu'on s'expose à une soufflante. À propos d'une affaire sérieuse.

C'est ce qui arrive à Griessel et Cupido, ce vendredi à 16 h 17. Le Chameau les invite dans son bureau. Ils marchent derrière Manie, tout en se lançant, en toute solidarité, quelques regards inquiets.

Le colonel Mbali Kaleni se trouve déjà dans le bureau du général, assise à la table de conférence. Elle semble plus tracassée que furieuse.

Manie demande aux deux enquêteurs de prendre place à ses côtés. Il s'assied à son tour, forme une tente avec ses deux grandes mains et avance son solide menton. À cause de Mbali, il s'exprime en anglais. Il commence avec sa voix de stentor : « Messieurs, j'ai reçu un appel du directeur national. »

Ils ne pipent mot. Ils savent qu'il parle du directeur de la police nationale sud-africaine, et non du chef national des Hawks. Ils se doutent que cela signifie de gros ennuis en perspective.

« C'était un appel, pour le moins, intéressant. » Le ton de Manie est jovial, sans ironie, comme s'il voulait rapporter une expérience singulière.

« Le directeur de la police dit avoir d'abord parlé au procureur général, puis à M. le ministre de l'Intérieur, avant de m'appeler. Ces deux estimables personnes lui ont demandé de me transmettre leur soutien total dans l'affaire qui nous concerne. Le colonel Kaleni vient de me briefer sur le cas de feu Johnson Johnson. Et, pour dire le moins, je me sens un peu perplexe. Mais ne spéculons pas. Voici ce que m'a dit le directeur : il semblerait que Johnson ait appelé un certain sergent Kagiso Dimba la nuit du 5 août – Dimba étant un ancien collègue de Johnson dans l'unité de protection des VIP. Au cours de cet appel, Johnson a averti Dimba qu'il allait se suicider. »

Cupido émet un bruit, comme s'il s'étranglait. Manie lève la main, un rappel à l'ordre.

« Il a donné au sergent Dimba la raison de ce suicide programmé. Il voulait se supprimer car il ne se voyait plus d'avenir sans sa femme bien-aimée. » Pas une once de sarcasme dans la voix. « Dimba en a été profondément choqué, bien sûr, il a essayé de dissuader Johnson. Mais Johnson lui a juste dit au revoir, et bien que Dimba ait essayé de le rappeler plusieurs fois, Johnson n'a pas répondu. Dimba a donc joint son supérieur, le colonel Lucas Gwala, pour lui demander ce qu'il convenait de faire. Le bon colonel lui a dit de passer le voir, ce qu'il a fait. Ils se sont aperçus qu'il n'y avait rien à faire, car Johnson n'avait pas révélé où il se trouvait. Rien à faire, sinon obtenir une assignation 205 pour connaître la position de Johnson. C'est ce qu'ils ont fait le lendemain. Le directeur national m'a confié que le sergent Dimba était rongé par la culpabilité parce qu'il n'avait pas fourni à Benny tous les tenants et aboutissants de l'appel. C'était, a expliqué le directeur, parce qu'il voulait protéger la réputation de son ancien collègue et ami très cher, ainsi que la réputation de l'unité des VIP. »

Mbali Kaleni fait « *Hayi* » et claque de la langue.

Le Chameau lève à nouveau sa grande main. « Le sergent Dimba et le colonel Gwala me présentent leurs profondes excuses, ainsi qu'au colonel Kaleni et à Benny. Ils se rendent compte que leur loyauté envers un ami était déplacée, mais ils espèrent que nous comprendrons qu'ils ont agi avec l'idée de protéger la grande fraternité de la police.

— Ils ne savent rien de la lame Okapi à l'arrière du crâne de Johnson, dit Griessel.

— De toute évidence, approuve Kaleni.

— Et donc le directeur m'a demandé, à la lumière de cette information, de ne pas poursuivre notre enquête sur ce qui est manifestement un suicide, et de clore le dossier. »

27

« C'est ce que vous attendez de nous, général ? demande Cupido.

— C'est tout. Merci beaucoup, conclut Musad Manie.

— Merci, général », dit Kaleni en se levant.

Les deux enquêteurs suivent son exemple, saluent Manie et sortent à la suite de Mbali.

Dans le couloir, Cupido éclate : « Colonel, tout ça est absurde. L'homme a été poignardé. Il a été assassiné. »

Kaleni continue de marcher, ses talons cliquetant le long du couloir.

« Colonel, s'il vous plaît. » Une pointe de désespoir dans la voix de Cupido.

Mbali s'arrête. La petite dame zouloue lève les yeux vers lui. « Capitaine, est-ce que votre mère vous a lu du Dr Seuss ?

— Colonel ?

— Le Dr Seuss. Votre mère vous lisait-elle ses livres ?

— Non, je… euh… Nous étions une famille en très bonne santé.

— Le Dr Seuss écrivait des livres pour enfants, capitaine.

— Ah ! Je vois.

— Vous connaissez la citation du Dr Seuss que je préfère ?

— Non, colonel.

— “Plus on lit, plus on apprend de choses. Plus on apprend, plus on visite d’endroits.” Ma mère me l’a fait répéter, des dizaines de fois.

— Une bonne citation », estime Griessel, qui lui non plus n’a jamais entendu parler du Dr Seuss, mais il sait qu’elle fait passer un message caché. Il essaie de le déchiffrer.

« Nous allons donc nous rendre à la bibliothèque. Pour apprendre et pour visiter un endroit. »

Et les voilà qui la suivent sans dire un mot, quittent le bâtiment des Hawks, prennent tout de suite à droite Carl van Aswegenstraat en direction de la bibliothèque municipale de Bellville.

Il y a encore deux ans, le colonel Kaleni était une femme très corpulente. Cet euphémisme agaçait Vaughn Cupido : « La Fleur est grosse. Ça ne sert à rien d’utiliser une terminologie politiquement correcte, comme “enveloppée”, “hors catégorie”, “en surpoids”. Elle est grosse. Sacrément grosse. Un point c’est tout. » C’était une époque où ses relations avec elle étaient orageuses, à cause de leurs personnalités très différentes, et parce qu’il enviait sa promotion.

À la surprise de tous, Mbali avait perdu beaucoup de poids en suivant le régime *banting*, et sa relation avec Vaughn s’était apaisée dans le creuset de la lutte contre la criminalité violente. Pour finalement évoluer vers un respect mutuel empreint de prudence.

Quand elle pénètre dans la bibliothèque, deux pas devant eux, Cupido songe qu'elle n'est plus que l'ombre élancée de sa silhouette passée, même si elle continue à marcher comme une grosse femme. Ce dandinement persistant qui affirme « je suis grosse et je m'en moque ». Surtout quand elle est sur le sentier de la guerre. Comme maintenant.

Elle les mène dans un coin tranquille de la bibliothèque et leur indique une table. Ils prennent place. Elle aussi.

Elle regarde alentour avant de se pencher et de chuchoter avec des mines de conspirateur : « Vous savez combien j'aime ce pays.

— Oui, colonel, répondent-ils à voix basse.

— Vous savez que je suis une personne honnête. » Son visage est sérieux comme la mort.

« Oui, colonel, confirme Griessel.

— Péniblement honnête, parfois », ajoute Cupido. La remarque la laisse de marbre.

« Vous savez que j'aime faire les choses à la lettre. Même quand c'est difficile.

— Oui, colonel, disent-ils de concert.

— Il me faut vous dire à présent que je ne peux plus rester honnête et appliquer les choses à la lettre. »

Ils attendent ses explications. Elle regarde les fenêtres de la bibliothèque, se tourne vers eux et prend une grande inspiration. « Je n'ai pas à vous faire un dessin concernant la captation de l'État[7]. »

7. Expression désignant la corruption des gouvernants qui manipulent l'élaboration des politiques économiques et modèlent la loi à leur avantage. (*N.d.É.*)

Griessel regarde Cupido qui répond : « Non, colonel. Nous sommes au courant.

— Nous avons de très gros soucis. Tout le département du renseignement criminel de la police nationale est corrompu et compromis. Il ne fait pas de doute que le procureur général est un homme corrompu et compromis. Que notre ministre de l'Intérieur est un homme corrompu et compromis, et qu'il en va de même pour le président de la République. Corrompu et compromis par trois criminels indiens qui se font passer pour des hommes d'affaires. Je ne suis pas certaine au sujet du directeur général de la police, mais il suit les ordres de son ministre corrompu, il n'a plus aucune crédibilité.

— Mais nous, colonel, nous ne sommes pas compromis, souffle Cupido avec ardeur.

— C'est vrai, capitaine. Nous ne sommes pas compromis. Et c'est exactement pourquoi je ne peux plus à la fois être honnête et agir selon les ordres. Car les ordres sont ceux du directeur général. Et nous n'allons pas nous y plier. Parce que la nation traverse la période la plus sombre de son histoire depuis l'apartheid. Nous vivons une période désespérée. Ma mère et mon père étaient des activistes du temps de la Lutte. Lorsque je m'inquiétais des risques qu'ils prenaient, des actions qu'ils planifiaient, ils disaient : “Des temps désespérés appellent des mesures désespérées.” Voilà où je veux en venir. Je crois que l'unité de protection des VIP à Pretoria est corrompue et compromise. Ils essaient de nous cacher quelque chose et je pense qu'il s'agit d'une affaire très sérieuse. Et il me semble que cette affaire pourrait être préjudiciable à ces trois criminels indiens et à leur captation de l'État. Je pense que Johnson Johnson a vu ou entendu quelque chose dans le train qui rend nerveux tous ces corrompus, et c'est pourquoi le ministre et le procureur général mettent autant de pression sur le directeur général. Ils ont donc concocté cette ânerie de suicide, et appelé le général Manie. Mais le général ne nous a pas ordonné d'arrêter l'enquête. Comme l'a dit le Dr Seuss, plus on lit, plus on apprend de choses. Je lis entre les lignes des instructions du général. Entre les lignes, il nous a indiqué que nous devrions poursuivre l'enquête. Et que nous devrions être très, très prudents. Et c'est exactement ce que nous allons faire. Très prudents, très discrets et très rusés.

— Que voulez-vous dire ? » Cupido aimerait en savoir plus.

« Vous vous souvenez de l'affaire Kobra ? »

Ils opinent, ils s'en souviennent très bien : quelques années plus tôt, un scientifique anglais avait été enlevé près de Franshhoek, les Hawks avaient dû nettoyer le repaire des tueurs à gages. On avait tiré sur Griessel ; il avait flirté avec la mort. Dans le processus, ils avaient aussi été obligés de doubler l'agence du renseignement national.

« On va faire la même chose. Rester sous le radar. Mais il faudra être encore plus prudents. Cette fois-ci, nous ne savons pas à qui on peut faire confiance. Même parmi les nôtres.

— Êtes-vous en train de dire que certains Hawks du Cap sont… compromis ? »

Cupido paraissait incapable d'aligner tous ces mots dans la même phrase.

« Je dis que nous ne pouvons nous fier qu'à nous.

— *Jissis*, s'écrie Cupido, le gosse avait raison !

— *Hayi*, gronde Mbali. Tu n'invoqueras pas le nom du Seigneur en vain. De quel gosse parlez-vous ? »

Cupido explique qu'il s'agit du copain du fils de sa petite amie. Mbali secoue la tête : « Ce n'est pas pour ça que nous nous sommes battus.

— Même les enfants le savent… »

Le nombre des lecteurs augmentant progressivement en fin d'après-midi dans la bibliothèque, Mbali se penche de plus en plus au-dessus de la table afin que personne ne puisse entendre les mots qu'elle chuchote. À partir de maintenant, explique-t-elle, ils n'auront recours à aucun des services de la police nationale pour continuer leur enquête. Car les corrompus et les agents qui sont entre leurs mains ont des yeux partout. Ils vont surveiller les systèmes informatiques, aussi le dossier Johnson ne sera plus mentionné au cours des réunions de service du matin. Ils n'en parleront plus avec qui que ce soit.

« Mais quid de l'oncle Frankie, de Vusi, de Willem ? demande Griessel.

— Faites en sorte qu'ils lisent entre les lignes. Et je vais devoir leur confier d'autres dossiers.

— Mais nous leur faisons confiance, n'est-ce pas ?

— Bien sûr. »

Cupido lâche un soupir de soulagement.

« Cette affaire ne donnera rien, colonel, dit Griessel. Nous n'avons rien. Hormis la certitude que Dimba nous ment et que l'unité des VIP cherche à nous fourvoyer, c'est zéro.

— Que dalle, confirme Cupido.

— Vous avez épuisé toutes les pistes ?

— Non, colonel. »

Elle les gratifie du célèbre regard Mbali, intense et grave.

Sur le système informatique de la police nationale, ils ferment le *docket* Johnson en indiquant le suicide comme cause du décès. Griessel fait des copies de tous les documents qu'il contient avant de rendre l'original à Mbali pour qu'elle le signe.

Dans le couloir, Cupido commence à décrocher, une par une, les photos que Frankie Fillander avait collées avec tant de soin. Il les cache dans son bureau.

Ils s'en vont annoncer à Fillander, Ndabeni et Liebenberg que le dossier est clos. Et leur murmurent à l'oreille de les retrouver dans une demi-heure, à 18 h 15, dans l'appartement de feu Johnson Johnson, Olympusstraat à Springbokpark.

Fillander appelle sa femme pour lui dire qu'il rentrera tard. Une fois de plus.

Ils se rendent à Olympusstraat et déploient les photos dans le logement de la victime, dans la pièce à vivre, dans le couloir, dans les deux chambres à coucher, dans la salle de bains et la salle d'eau.

Ils travaillent jusqu'à minuit, recoupant toutes les informations concernant les personnes qui figurent sur les photos.

Ils ne trouvent aucune trace de Faku et de Green.

28

Benny Griessel rêve.

Il est assis en face d'Alexa dans un restaurant hors de prix, il palpe ses poches mais ne trouve pas la bague. Il se rend compte qu'elle est déjà sur la table, à côté de la bougie dont la flamme est d'un rouge profond, ce qui donne au visage d'Alexa une teinte rosée artificielle.

« Tu veux me demander quelque chose, Benny ? » Comme si elle s'impatientait.

Il se saisit de l'écrin. Ses doigts tremblent, il a du mal à l'ouvrir. Le diamant semble minuscule. Il se sent honteux, souhaite que la terre l'engloutisse. Sa voix est faible, nerveuse, suppliante : « Alexa, épouse-moi. S'il te plaît. »

Il la regarde intensément. Il voit son visage fondre lentement, les larmes couler sur ses joues. Elle tend la main, prend la sienne avec une immense tendresse. « Aïe, Benny, je suis vraiment désolée, mais je ne peux pas… »

Il se réveille en sursaut.

Samedi matin.

Le train Rovos est magnifique.

Dans la pénombre d'un quai de la gare du Cap, vert-de-gris et blanc argenté, élégant, il offre un contraste criant avec les voitures sales et délavées du Transnet ou celles, couvertes de graffitis, du Metrorail. Tel un visiteur plein de charme et du style d'une époque passée, il évoque des promesses de destinations exotiques.

Joanie Delport les accueille sur le quai. Elle leur remet un document protégé par une belle couverture siglée Rovos. « Il s'agit de la photocopie du *log* du train. Mme Strydom est désolée qu'il ne vous soit pas parvenu plus tôt, mais il n'est disponible qu'en version papier.

— Le *log* ? demande Cupido.

— Oui. C'est le carnet de bord tenu par le chef d'accueil du train. Il y inscrit tous les arrêts. L'heure. Le lieu. »

Ils la remercient.

Elle invite Griessel et Cupido à monter à bord.

Dans le long couloir, le bois ocre luit sous la lumière des lampes raffinées. De beaux tableaux, des originaux, ornent les panneaux, le tapis sous leurs pieds est épais, luxueux.

Même Cupido demeure coi.

Elle leur montre les compartiments. Chacun porte un nom de rivière. Près des grandes baies vitrées, les lits et les canapés. Des salles de bains intelligemment conçues. Des employés s'activent avec des aspirateurs et des éponges, apportent du linge propre, font les lits. Elle leur fait traverser la salle à manger avec les nappes immaculées, les verres en cristal et les couverts en argent, pour arriver tout au bout, dans le salon. Ils prennent place dans de profonds fauteuils et lui montrent les centaines de photos de passagers contenues dans leur ordinateur portable.

Au début, elle répond « non » pour chacune, car elle ne voit nulle part Terrence Faku ou Oliver Green. Ensuite, elle se contente de secouer la tête. Photo après photo, l'espoir de Griessel et Cupido décroît, et leur courage de même.

Et puis, quand la deux cent quatre-vingt-sixième photo surgit sur l'écran, elle s'écrie : « Attendez, revenez en arrière ! »

Cupido appuie sur une touche. La photo précédente réapparaît. Elle a été prise dans la salle à manger, pendant le déjeuner, car la lumière vient des fenêtres et un paysage du Karoo se profile à l'extérieur.

Delport se penche sur l'écran, le scrute longtemps, puis lève le doigt. « Ici. C'est... Je pense que c'est Green. »

La photo est prise au moyen d'un téléphone portable. Les fenêtres sont claires, les personnages sous-exposés. Et l'homme qu'elle désigne se trouve à quatre tables de l'objectif, si bien qu'on ne distingue que l'arrière de son crâne et un peu de son profil. Sa tête est légèrement tournée vers la droite, comme s'il s'apprêtait à regarder le paysage. Son bras droit est levé, il tient un objet en main. Un couvert, peut-être. En face de lui, l'esquisse d'un interlocuteur, le haut d'une chevelure grise. Peut-être noire.

Ils ne soupirent pas, ne grognent pas. Griessel demande seulement : « En êtes-vous sûre ?

— Je... Presque certaine... Oui, oui, c'est lui, ce doit être lui. »

Cupido coche la photo et passe à la suivante.

Au bout du compte, ce sera la seule sur laquelle Delport aura trouvé une trace des deux spectres.

Joanie Delport leur propose du café, mais ils déclinent avec courtoisie. Ils demandent à voir le compartiment où dormait Mme Scherpenzeel, et ceux de Faku, Green et Johnson. Elle met du temps à localiser la suite royale de Mme Scherpenzeel, après avoir retraversé le wagon-restaurant. Ils se dirigent ensuite vers la locomotive, vers le compartiment de Green puis, deux voitures plus loin, celui où aurait dû dormir Johnson. Elle fait coulisser la porte, et les voilà dans la suite Pullman où Johnson a été poignardé à l'arrière de la tête par une lame d'Okapi.

Griessel examine le loquet sur la porte. Petit, facile à manier, efficace.

« Certains passagers oublient parfois de fermer leur porte de l'intérieur, explique Delport, parce qu'il n'y a pas de clé à tourner. »

Griessel lui dit que, à ce qu'il a compris, le canapé de Johnson avait été transformé en lit avant qu'il ne revienne de la salle à manger. Elle confirme.

Il essaie de visualiser : le canapé déplié en lit double, la tablette rangée. Au sol, une bande mène de la porte à la fenêtre. Johnson s'y tient, debout, en train de téléphoner à Dimba. Dos à la porte ?

Sachant comment fonctionne son collègue, Cupido attend patiemment. Benny a le don de se représenter des scènes. Ce don, Vaughn sait aussi que Griessel en a payé le prix.

Benny fait coulisser plusieurs fois la porte. C'est relativement silencieux. Quand le train est en mouvement, il doit y avoir le bruit du vent et des boggies sur la voie. Le clac-clac sur les soudures des joints des rails. Johnson, concentré sur sa conversation, doit écouter Dimba dont la voix est peut-être forte, véhémente. Il n'aura pas entendu la porte s'ouvrir. La blessure est profonde et nette, un coup de couteau rapide, puissant, par-derrière.

Griessel jette un coup d'œil sur les stores en bois au-dessus des fenêtres. « Les stores sont-ils descendus le soir ?

— Oui, répond Joanie Delport, mais beaucoup de passagers les relèvent quand on se remet à rouler.

— Les fenêtres et les stores sont nettoyés à quelle fréquence ?

— Après chaque voyage. »

Trop tard pour les empreintes digitales.

Il se dirige vers la fenêtre. Elle cède facilement, il l'ouvre en grand. Deux personnes ramassent le corps et le balancent dehors. Johnson pèse dans les quatre-vingt-dix kilos. Cela exige un gros effort. Adrénaline de peur, d'urgence.

Deux septuagénaires vivaces et en bonne forme. Difficile, mais possible.

« Merci », dit-il, et il se retourne.

Dehors, à côté des voitures, Cupido annonce qu'il va confier la photo à Zézaie Davids. Il pourra peut-être en tirer quelque chose.

Le sergent Reginald « Zézaie » Davids travaille à

l'IMC de Philip van Wyk. Tout le monde estime que c'est un magicien de la technologie. Griessel rappelle que, pour l'heure, Davids essaie toujours d'activer le portable de Johnson.

« Mais nous n'avons rien, Benny.

— Il y a encore des photos qui doivent arriver.

— Si nous n'avons pas eu de coup de chance jusqu'à présent, qu'est-ce qu'on peut espérer ?

— Je sais. » Il partage ce sentiment qu'ils ne pourront pas avancer avec cette seule photo-là.

« On peut retourner parler à l'ex-épouse. Elle pourrait savoir quelque chose sur les hommes politiques corrompus, du temps où Johnson Johnson. travaillait à l'unité des VIP. Elle pourra peut-être reconnaître le dénommé Green sur la photo.

— Peut-être qu'il a parlé à l'agent Neville Bandjies, son vieux camarade du poste de Brackenfell.

— Mais à qui peut-on faire confiance ?

— Je ne sais pas. Robyn… c'est l'unité des VIP qui a flingué son mariage. Je pense qu'on peut lui faire confiance…

— T'as peut-être raison. Je te retrouve au bureau. »

Du bureau des Hawks, ils se rendent ensemble vers l'Arche de Robyn à Brackenfell. La circulation est dense, on n'avance pas.

Pendant que Griessel conduit, Cupido sort son portable et trouve ce qu'il recherche. « Écoute, Benny, hier soir j'ai fouiné sur le Web. J'ai trouvé le site weddingbells.com. Tout ce que vous avez toujours voulu savoir sur la bague au doigt sans jamais oser le demander. Y a un article sur la façon de poser la question, un mec qui conseille : “Le secret pour demander la main de sa bien-aimée, c’est de rester simple. Le moment risque d’être tendu, écrasant pour vous deux, les femmes ont de toute façon un sixième sens pour ce genre de choses. Donc, un flux de conscience à la James Joyce, ça ne fera pas l’affaire.”

— James qui ?

— Joyce. Je ne vais pas te mentir, je l’ai recherché sur Google. Un auteur irlandais qui a écrit un sacré roman. Un chef-d’œuvre, qu’ils disent, *Ulysse*. Sur un type, à Dublin. Tout le livre tourne autour de ce que pense ce mec. Tout le temps. Il pense, pense, pense. Un tissu de conneries, si tu veux mon avis. Bref, l’idée principale, c’est de rester simple. Et alors…

— Ça veut dire quoi “rester simple” ? On pose sa question de but en blanc ?

— Non, mon frère, ça veut dire qu’il ne faut pas broder. Ne pas sortir un long discours, ne pas se faire de mouron, ne pas tourner autour du pot.

— Mais qu’est-ce qu’il faut dire ?

— Eh bien, je vais t’aider. J’y ai longuement réfléchi. Je vois ça comme ça, tu la regardes… Tu commences : “Alexa, tu es l’amour de ma vie. Je veux passer le reste de mes jours avec toi. Je serai très honoré si tu acceptes de m’épouser.” C’est tout ce que tu dis. »

Griessel demeure un long moment silencieux : « C’est pas mal du tout, Vaughn…

— Pas mal ? Bien sûr que c’est pas mal. C’est parfait.

— Merci », dit Benny. Avec sincérité.

Mais son rêve du matin lui revient en mémoire et il a un frisson.

29

L'animalerie est une ruche en pleine activité. Dehors, dans le jardin, des enfants jouent avec des lapins ou donnent à manger aux poules, aux canards et aux oies. À l'intérieur, des clients se pressent près des chiots, des cages à oiseaux, des aquariums et au rayon des aliments pour animaux de compagnie.

Ils cherchent Robyn Johnson. C'est elle qui les aperçoit la première. « Dehors ! Quittez mon magasin, dit-elle en marchant vers eux.

— Pardon ? s'étonne Cupido.

— Dehors. Demi-tour. » Sa voix est calme, comme si elle ne voulait pas déranger les clients.

« Qu'est-ce qui ne va pas ? »

Elle s'arrête pile devant eux, pleine d'une colère contenue. « Un suicide ? Vous voulez me faire avaler ça ? Sortez de mon magasin. Immédiatement.

— D'où tenez-vous ça ? demande Griessel.

— Des journaux. C'est là que j'ai dû l'apprendre, car vous êtes trop lamentables pour venir me le dire en face. Maintenant, partez. » Elle désigne la porte du doigt.

Ils tournent les talons et vont se poster dehors.

« *Fok** », lâche Cupido.

Griessel appelle l'officier des Hawks en charge des relations avec les médias.

« Benny ? répond John Cloete.

— John, quand avons-nous dit à la presse que l'affaire Johnson Johnson était un suicide ?

— Ce n'est pas nous. J'ai entendu dire que ça venait de Pretoria. Du bureau du directeur de la police.

— Hier ?

— Oui. Hier soir. Trop tard pour le flash du soir, mais assez tôt pour les journaux du matin.

— Merci, John. » Il raccroche et transmet l'information à Cupido.

« Ils sont bien pressés, au bureau du directeur. Comme s'il y avait des pressions par là-bas.

— Oui.

— Que faisons-nous ? On va parler à Neville Bandjies ?

— Je ne sais pas, Vaughn, j'ai comme l'impression qu'il est…

— Corrompu ?

— Non. Mais qu'il prendra soin de sa carrière si on le place devant des choix difficiles.

— Je vois.

— Il faut attendre que le magasin se vide et essayer de reparler à Robyn. Tu ne veux pas donner à manger à quelques poules ?

— C'est toute l'histoire de ma vie. Je suis un faucon qui chasse en piqué, et voilà que je dois nourrir les poules. »

Ils attendent dehors, dans le faible soleil hivernal et son petit vent froid. Ils remarquent que Robyn Johnson les a à l'œil, mais elle ne sort pas pour les chasser.

Ils discutent du dossier. Ils passent en revue tout ce qu'ils savent, évaluent les éléments, élaborent des hypothèses, puis les détruisent.

À 11 h 11, Arnold, le petit gros de la PCSI, appelle Griessel.

« Un suicide ? Vous concluez qu'il s'agit d'un *suicide* ? Je voyage dans un train de luxe, je prends un Okapi et me le plante dans l'arrière de la tête, je casse la lame, puis je me jette par la fenêtre. Car je suis Superman et fatigué de la vie. Brillante enquête, Benny. Vous, les Hawks, n'avez plus besoin de nous. Vous n'avez plus besoin de la police nationale. Vous pouvez faire des BD et vous bourrer les poches de fric. Vous êtes certains que Johnson n'a pas mangé aussi de la kryptonite ? Soyez sympas : ne nous faites plus perdre notre temps. Nous avons d'autres affaires à traiter, des tas et des tas. Des semaines d'arriéré de travail. Des mois. Mais quand vous nous le demandez, on laisse tout tomber pour vous. Et maintenant, il s'agit d'un suicide. Alors, la lune de miel est terminée. Je tenais à vous le dire.

— Tu as fini ?

— Oui. Avec les Hawks, c'est fini.

— Vous avez trouvé quelque chose à la scientifique ? Sur la lame ?

— Tu ne vas pas le croire, mais on a trouvé les empreintes de Batman. On peut dire enfin avec certitude qu'il est vraiment Bruce Wayne. Maintenant la grande question : pourquoi Batman n'a-t-il pas retiré ses bat-gants ? Si vous l'apprenez, vous saurez immédiatement qui a commis le suicide. Oh, attends, c'était Johnson. Superman Johnson. Affaire classée.

— Avez-vous trouvé quelque chose, Arnold ?

— De la coriandre.

— De la coriandre ?

— Exactement. De la coriandre. Johnson Johnson s'est taillé un bout de *biltong** avant de se poignarder par-derrière. La dernière cène. Du *biltong*. Patriote jusqu'au bout.

— Tu es sérieux ?

— Qu'est-ce qui se passe, Benny ? Merde, qu'est-ce qu'il y a ?

— C'est le bureau du directeur de la police nationale qui a dit aux médias qu'il s'agissait d'un suicide. Et à nous, il a annoncé que l'affaire était close. »

Cela laisse Arnold sans voix. « Je vois, finit-il par dire. Que fait-on avec la lame ? Et notre rapport ?

— Envoie ça à Mbali. Tu es sérieux à propos de la coriandre ?

— Oui. De la coriandre et du vinaigre de vin. Des restes microscopiques. Assez pour spéculer que le couteau a servi pour débiter du *biltong*.

— Pas d'empreintes ?

— Rien sur quoi on puisse travailler.

— Merci, Arnold.

— Qu'allons-nous devenir, Benny ? »

Avant que Griessel ne lui réponde qu'il n'en sait rien, Arnold a déjà raccroché.

Il rappelle Joanie Delport. Elle ne peut pas lui parler, car elle s'occupe de passagers dans le salon d'accueil.

« Avez-vous vu Faku et Green manger du *biltong* ? »

Il entend des voix en arrière-fond, des gens qui rient et qui bavardent. « Je vous rappelle », dit-elle.

Pendant dix-sept minutes, ils regardent les enfants caresser et nourrir les animaux, les clients aller et venir, et enfin le téléphone sonne.

« Faku. Je ne l'ai pas vu manger du *biltong*, mais sur la tablette de son compartiment… il y avait… Vous savez bien, quand on découpe du *biltong*, on gaspille toujours des petits bouts, et on laisse des traces d'épices…

— De la coriandre ?

— Oui. J'ai nettoyé la tablette tous les soirs, car il se taillait du *biltong*. »

À midi passé, l'affluence se calme. Robyn Johnson sort et leur dit sèchement d'aller dans son bureau.

Elle les fait attendre plus d'un quart d'heure. Elle entre, ferme la porte et se met à pleurer. « J. J. ne s'est pas suicidé, hoquette-t-elle entre ses larmes.

— Robyn…, dit un Cupido apaisant.

— Qu'est-ce que je dis à mes filles ? Je leur dis quoi, hein ? Votre papa ne voulait plus de vous, il s'est suicidé. C'est impossible. Vous êtes nuls, ce n'est pas ce qui s'est passé.

— Nous le savons », lâche Cupido.

Elle se lève d'un bond. « Vous le savez ? s'écrie-t-elle. Vous savez que le père de mes enfants ne s'est pas suicidé, mais c'est ce que vous avez raconté aux journaux ? Mais vous êtes quoi, des dingues ? Des animaux cruels, sans cœur ? Vous pensez aux enfants ?

Vous pensez à la famille, aux amis, à l'image que va laisser un homme honnête ? Mes deux filles resteront marquées toute leur vie. Les gens murmureront derrière leur dos que leur père s'est suicidé. Vous avez pensé à tout ça ? »

Cupido lève la main pour tenter de l'apaiser mais elle ne se laisse pas démonter.

Elle finit par se rasseoir. Ses épaules tremblent, ses larmes coulent sur le bureau.

« Nous sommes profondément désolés…, risque Griessel.

— Fermez-la !

— Ce n'est pas nous qui avons dit ça aux journaux, affirme Cupido.

— Vous n'êtes pas de la police nationale ?

— Ça vient de Pretoria. Ils veulent couvrir quelque chose. Nous avons reçu l'ordre d'arrêter l'enquête. »

Elle lève sur eux ses yeux rougis. « *Jirre !* »

Ils lui confient qu'ils vont poursuivre l'enquête, mais qu'elle ne doit en parler à personne. Si pénible que ce soit. Elle refuse, invoque l'injustice et la douleur, mais quand ils lui racontent les grandes lignes de ce qu'ils savent, elle finit par acquiescer.

« C'est un nid de vipères, reconnaît-elle. Cette unité pour VIP. D'ailleurs, J. J. me l'avait dit, que c'était un nid de vipères. Des hommes politiques qui font des trucs sordides. Des filles jeunes. Des prostituées et des profiteurs. La boisson. Beaucoup d'alcool. La grande vie. Et c'est aux gardes du corps d'arranger ça, ils doivent couvrir leurs saletés. Certains récupèrent les restes, les miettes, c'est leur récompense. J. J. est resté discret, mais avec le temps il a laissé filtrer des choses. Jamais donné de noms. Jamais de détails. Ils se tiennent les coudes, dans toute la bande. Mais, je vous le dis aujourd'hui, cette unité, c'est elle qui a brisé mon mariage…

— Il n'a jamais parlé de corruption ? Quelque chose avec les Indiens ? De captation de l'État ? »

Elle essuie ses larmes. « Une fois… il a… Après avoir quitté l'unité, c'était il y a six mois… Les histoires des compromissions au sein de l'État avaient fuité dans les médias. Un soir, je suis allée chercher les filles chez lui, elles s'étaient endormies, alors il m'a dit : "Viens t'asseoir." Il a débouché une bouteille de vin, et on s'est mis à parler comme au bon vieux temps. Et puis, il a abordé ces histoires. Il n'a pas beaucoup parlé, il est resté vague. Je voyais bien qu'il était tiraillé entre son dégoût et sa loyauté à l'égard du groupe. Après, il m'a lâché que ces histoires de captation de l'État, il les avait vues venir. Des coups tordus. Des réunions à minuit, des sacs de billets, les Indiens qui les apportaient. Le Johnnie Walker coulait à flots, du Blue Label, l'argent en liasses sur la table, comme chez les dealers. Il a dit qu'il n'oublierait jamais, ils avaient des sourires sournois, ces magnats indiens. Du style "vous nous mangez dans la main, stupides indigènes"… Puis ils offraient aussi un verre aux gardes du corps, leur faisant croire qu'ils étaient les plus grands potes au monde, en leur tapant sur le ventre. Mais toujours avec ce sourire sournois…

— C'est tout ?

— C'est tout ce qu'il a dit. Mais je sentais bien qu'il y avait autre chose…

— Pour qui travaillait-il à l'époque ? Du temps où le Blue Label coulait à flots ?

— Dumisa. Le ministre de la Sécurité de l'État. »

30

Ils pénètrent dans le cagibi du sergent Reginald « Zézaie » Davids, derrière les locaux de l'IMC.

Davids porte un jean de marque déchiré, un T-shirt et des sandales. Sur le T-shirt est écrit : *L'univers est fait de protons, de neutrons, d'électrons et de petits cons.*

On a essayé de lui donner un autre surnom, « Sucette », à cause de sa coiffure afro massive plantée sur un corps long et mince, mais l'ancien sobriquet est resté – il zézayait fortement avant que la chirurgie ne rectifie sa diction.

« Tu n'as pas froid aux pieds avec ces sandales, Zézaie ? » demande Cupido. Les yeux de Davids ne quittent pas son écran. « Si je pouvais me balader dehors un samedi matin comme une personne normale, alors j'aurais froid aux pieds. Mais faut que j'essaie d'améliorer ces photos de croulants pour deux capitaines qui se cramponnent à un *docket* mort et enterré. Donc, non, mes pieds vont bien, mais c'est mon cœur qui est froid. À cause de vous deux.

— Tu sais que tu n'es que sergent, n'est-ce pas ?

— Tout le monde n'arrête pas de me le répéter. Une situation provisoire, remarquez.

— On peut regarder ? demande Cupido en désignant l'écran.

— Faites comme chez vous. »

Ils contournent le bureau et se plantent derrière lui. L'homme qui pourrait être Oliver Green est légèrement plus distinct, mieux éclairé, mais le grain de la photo demeure médiocre. Griessel est déçu. « Tu ne peux pas faire mieux ? »

Zézaie secoue la tête avec dédain. « Permettez-moi de vous parler franchement. Vous m'envoyez une photo sous-exposée, prise par un iPhone 6 Plus vieux de cinq ans. Huit mégapixels, grâce au Ciel. En plus, un idiot l'a compressée. Et vous me demandez, capitaine, si c'est le mieux qu'on puisse faire ?

Griessel comprend qu'il a heurté une zone sensible. « Mes excuses, Zézaie, je sais que tu fais de ton mieux. Je demandais ça comme ça…

— *Cappie*, ce que vous voyez là est déjà un miracle, grâce à moi, et aux meilleurs logiciels que la police nationale puisse s'offrir. Sauf si vous voulez envoyer la photo au FBI ou claquer un paquet de thunes dans un labo privé, voici ce qu'on peut en tirer de mieux.

— Et si nous te fournissons la photo originale, non compressée ? demande Cupido.

— On aura un chouia moins de flou, mais pas des masses. Je pourrais vous donner une version moins ratissée, avec l'homme légèrement plus petit. Il y aura moins de grain.

— Montre-nous quelques échantillons. Ce que tu as.

— OK. » Il manipule sa souris. « J'imprime la première…

— Et le téléphone portable de Johnson ?

— Je l'ai réparé. Les nouvelles ne sont pas bonnes. Quelques SMS, quelques WhatsApp, principalement à son ex, et à quelques contacts dans le monde du tourisme. Il était sur Instagram et sur Facebook, mais il n'a pas posté grand-chose. Il était du genre *lurker*, ceux qui matent sans participer. Il aimait les puzzles. Aucun indice déterminant. » Il montre le portable posé au milieu de son matériel sur son plan de travail. « Fouillez à votre aise. Oh, et puis mon capitaine a dit que les relevés bancaires du gars Johnson se trouvaient sur son bureau. Sont arrivés tard. »

Les relevés bancaires de Johnson Johnson racontent l'histoire héroïque d'un homme qui se débat pour garder la tête hors de l'eau, et qui y parvient tout juste. Aucune rentrée d'argent sensationnelle, aucune transaction bizarre. Tout simplement un policier, puis un ancien policier, essayant de joindre les deux bouts, avec une amélioration progressive les derniers mois de sa vie, comme l'a indiqué son ex.

Ils retournent au magasin pour montrer à Robyn Johnson les trois photos que Davids a imprimées.

Elle secoue la tête. Elle ne connaît pas Oliver Green.

« C'est lui qui… a tué J. J. ? »

Ils répondent qu'ils ne savent pas.

« Je me trompe ou il a l'air rangé ? »

Ils la regardent.

« C'est tout ce que vous avez ? Ce vieil homme ? » Une pointe de révolte dans la voix.

Ils n'ont rien à produire pour leur défense. Pendant qu'ils lui parlent, le portable de Griessel sonne. C'est le professeur Phil Pagel. Griessel le laisse aller sur la messagerie.

Il l'écoute ensuite, quand ils se dirigent vers la voiture.

« Nikita, j'ai lu les journaux. Je suppose que vous avez vos raisons. »

Griessel est submergé par la honte.

Nous revoilà au temps de l'apartheid : mensonges et trahisons.

Ils téléphonent pour prévenir de leur visite avant de faire route vers Oakglen, à Bellville, où se trouve le pavillon du colonel Mbali Kaleni.

Dès la porte d'entrée, ils sentent les bonnes odeurs. Kaleni leur ouvre. Elle porte un tablier blanc. « Vous arrivez juste à temps pour le cake à la courgette tout chaud. Sans glucides. » Cupido jurerait qu'elle le regarde.

Ils vont s'asseoir dans le coin du petit déjeuner. Elle leur demande s'ils veulent du café. Oui, merci. Elle met la bouilloire à chauffer, sort un morceau de vieux cheddar du frigidaire et commence à le râper.

Griessel ouvre le *docket* et sort les trois photos procurées par Zézaie Davids. Il les étale sur le plan de travail afin qu'elle les voie. « C'est la seule photo d'un des suspects que nous ayons. »

Elle les examine tout en continuant à râper. « Ça

suffirait peut-être pour que quelqu'un le reconnaisse, si nous avions la latitude de solliciter l'aide des médias.

— Nous voudrions vous exposer nos hypothèses, dit Griessel en sortant son calepin. Ça repose sur pas mal de spéculations, mais c'est ce que nous avons de mieux.

— Allez-y. » Elle dépose la râpe sur l'égouttoir et prépare le café.

« Nos deux suspects, Terrence Faku et Oliver Green, ont réservé leurs places dans le train Rovos entre Le Cap et Pretoria en utilisant de fausses identités. Trois mois à l'avance. Ils ont réservé des compartiments contigus. Ils devaient avoir leurs raisons pour prendre de faux noms et de faux numéros de passeport et pour être proches l'un de l'autre, mais nous n'avons aucune idée de qui ils sont. Ce que nous savons, c'est que les fausses cartes d'identité n'ont pas été fabriquées avec l'intention de commettre ce crime. Car lorsqu'ils ont réservé leurs places, Johnson Johnson ignorait qu'il ferait ce voyage. Nous pensons que c'est important. J'y reviendrai dans un instant…

— OK », fait Kaleni. Elle place les mugs de café sur le comptoir, à côté de l'édulcorant et du lait. « Servez-vous. » Elle va chercher de la confiture dans le frigidaire. « Confiture sans sucre », dit-elle en regardant à nouveau Cupido.

Vaughn se demande si elle sait qu'il suit un régime *banting*. Qui aurait bien pu le lui raconter ? On ne peut se fier à personne.

Kaleni sort du four le cake à la courgette. Ça sent très bon. Elle le dépose sur une étagère. « Désolée, Benny, poursuivez.

— Le 5 août, nos deux fantômes montent à bord

du train, où ils restent ensemble la plupart du temps. Il n'y a aucune photo d'eux au salon, ni dans la voiture d'observation. La seule où ils figurent a été prise dans la salle à manger. Si on s'en tient à l'histoire des fausses identités, on peut avancer qu'ils ne souhaitaient pas être vus, et surtout pas ensemble. Ils voulaient voyager incognito. Ils ont cependant partagé leurs repas. Ils n'étaient donc pas si inquiets de prendre ce risque. Ce qui est un peu étrange : pourquoi, alors, utiliser de fausses identités ?

— Eh bien, peut-être parce que c'était facile ! suggère Cupido. Rovos ne demande pas à ses passagers de présenter leur passeport avant de monter à bord.

— Nous avons donc, reprend Griessel, établi un horaire pour la nuit du 5 août.

— Tout le monde vient dîner à partir de dix-neuf heures, précise Cupido.

— Johnson est assis à côté de Mme Scherpenzeel, et nous supposons que Faku et Green sont attablés ensemble.

— À partir de vingt heures quarante-cinq, les passagers commencent à se lever et à quitter la salle à manger. Johnson reconnaît un des deux fantômes. C'est la première fois qu'il le repère. Mais il ne se lève pas, il ne dit rien.

— À vingt heures cinquante, Mme Scherpenzeel dit à Johnson qu'elle veut passer un coup de fil chez elle, il l'accompagne à son compartiment. Nous pensons que Johnson a été tué à vingt et une heures, huit minutes et vingt-trois secondes. Voilà la fourchette horaire.

— Benny et moi avons examiné le train ce matin, explique Cupido. Pour quitter la salle à manger, raccompagner la vieille dame et prendre congé, Johnson a mis cinq minutes au maximum.

— Il souhaite donc une bonne nuit à Mme Scherpenzeel et il se dirige vers son compartiment à l'avant du train. Ça le conduit à passer devant ceux de Faku et de Green.

— Johnson a appelé Kagiso Dimba à 21 h 07.

— Nous avons donc douze minutes pendant lesquelles il s'est produit quelque chose qui relie Johnson, Faku et Green.

— Un lien qui a deux conséquences, poursuit Cupido. La première, c'est que Johnson appelle Dimba, un homme à qui il n'a pas parlé depuis des mois, mais avec qui il a travaillé auparavant. La seconde, c'est que Faku et Green se sont sentis obligés de tuer Johnson Johnson.

— Nous pensons qu'ils ont agi de concert, car Johnson était jeune et en bonne forme.

— Notre équipe a contacté pratiquement tous les passagers du train. Personne n'a entendu de dispute ou de bagarre. Johnson est passé devant les compartiments de Faku et de Green, s'est peut-être arrêté pour échanger trois mots. Ou il a aperçu quelque chose. Ou bien les deux fantômes ont décidé qu'il présentait un danger, ou…

— Ça nous a pris quatre bonnes minutes pour aller du compartiment de Mme Scherpenzeel à celui où Johnson aurait dû dormir, en passant devant celui de Faku. Disons qu'en tenant compte des passagers dans le couloir, on peut étendre ce temps à cinq bonnes minutes…

— Et, dit Cupido, ajoutons encore une minute. Le temps que Johnson entre dans son compartiment, sorte son portable, retrouve le numéro, passe l'appel, il nous reste quatre minutes inexpliquées.

— Peut-être Johnson se trouvait-il dans le couloir, à regarder par la fenêtre. Ou dans sa salle de bains en train de pisser. Mais il n'a pas retiré sa veste. Ni fermé sa porte. Ce qui nous incite à penser qu'il a passé son coup de fil juste en entrant dans son compartiment.

— Il parle donc à Dimba, reprend Griessel. La porte coulissante est silencieuse, il est en pleine conversation, le train fait du bruit sur les rails, il ne les entend pas venir…

— Ils ont dû le suivre, sinon comment auraient-ils pu savoir quel était son compartiment ? Il s'est produit quelque chose pour qu'ils le suivent. Quelque chose de plus grave que juste trois mots échangés…

— Ils entrent, le frappent avec une force inouïe derrière la tête.

— Une force inouïe. Quelque chose les a donc mis très en colère, pour qu'ils emploient un couteau à *biltong* Okapi d'une telle façon. Ou les a acculés au pied du mur.

— Nous avons cette petite preuve matérielle qui relie Faku au couteau Okapi, dit Griessel. Les experts forensiques ont trouvé des traces de coriandre et de vinaigre de vin sur la lame. L'hôtesse responsable du compartiment de Faku a confirmé qu'il coupait du *biltong* sur sa tablette.

— Si l'on prend en considération les fausses identités, leur comportement et le *biltong*, il semble probable que ce soient eux qui aient fait le coup. »

31

« Et puis, il y a un autre point intéressant, annonce Griessel en feuilletant son calepin. Nous avons obtenu le *log*, le carnet de bord du train. Les arrêts y sont inscrits : heure, lieu, durée. Au moment du crime, le train était environ à soixante-dix kilomètres au sud de Beaufort West. Mais il s'est arrêté à 21 h 34 en gare de Beaufort West et il y est resté jusqu'à 4 h 05 le lendemain matin…

— Ça veut dire que ces deux types, ces deux fantômes, conscients d'avoir un cadavre dans un compartiment, ont cogité pendant six heures sur la façon de s'en débarrasser, complète Cupido.

— Ils savaient qu'une enquête les relierait à Johnson. D'une façon ou d'une autre. Ne serait-ce que leurs fausses identités, qui les rendraient suspects. Mais le seul fait qu'ils soient restés six heures avec le corps, avant de décider de le balancer par la fenêtre, avec le téléphone portable, et de conserver peut-être l'ordinateur, ça signifie quelque chose… »

Mbali écoute avec attention. Elle opine, sort trois assiettes et met le couvert sur le comptoir.

« L'ancienne épouse de Johnson raconte qu'il avait

fait mention d'hommes d'affaires indiens, aujourd'hui soupçonnés de corruption et de captation d'activités étatiques. Il a été témoin de magouilles nocturnes avec des hommes politiques. Johnson était le garde du corps du ministre de la Sécurité de l'époque, M. Dumisa. »

Mbali Kaleni claque la langue. « C'est un Zoulou, celui-là. Il devrait avoir honte. » Elle pose le cake sur un napperon, prend un couteau et coupe des tranches avec prudence et dextérité.

« Nous savons que l'unité des VIP s'est donné du mal pour découvrir où était Johnson. Cela nous dit que l'appel passé à Dimba a été interrompu, probablement par le meurtre, explique Griessel. Je suis certain que, s'il avait eu le temps, Johnson aurait dit à Dimba où il se trouvait. Et s'il l'avait fait, quelqu'un l'aurait attendu au terminus du Rovos à Pretoria. Ils – je pense qu'il s'agit de l'unité des VIP – n'ont été chercher la valise de Johnson que lorsqu'il a été déclaré disparu puis identifié. Ils ont agi en hâte, c'est donc qu'ils craignaient que quelque chose puisse impliquer un homme politique. Ou l'unité des VIP. Ou quelqu'un de cet ordre. C'était peut-être lié à l'ordinateur de Johnson qui n'a pas été retrouvé dans le train. Il pouvait contenir des photos…

— … apportant la preuve de magouilles politiques, ajoute Cupido. Des photos ou d'autres éléments compromettants.

— Je vous suis », dit Mbali. Elle dépose les tranches de cake sur une assiette qu'elle pousse vers eux.

« Johnson a reconnu ou Faku ou Green…, commence Griessel.

— Ou les deux, dit Cupido.

— … car il les connaissait du temps où il travaillait

à l'unité des VIP. Comment nous le savons ? Parce qu'il a appelé Dimba. Lui, et personne d'autre. Ce qui peut signifier que Faku et Green travaillent pour l'État, ou peut-être pour un organisme anticorruption.

— On s'est demandé si la raison de son appel ne serait pas précisément qu'il avait vu ces deux hommes ensemble. C'est peut-être cette association qui l'a alerté.

— Drôle de duo, remarque Kaleni.

— Oui. Il peut n'avoir reconnu qu'un seul des compères dans la salle à manger, puis il les aura aperçus ensemble, et ça a fait tilt. Comme je viens de le dire, ces deux fantômes ignoraient que Johnson serait à bord de ce train, puisqu'ils avaient réservé des mois avant que Mme Scherpenzeel l'embauche comme garde du corps. D'une façon ou d'une autre, ce devait être une coïncidence. Pas de chance…

— Allez, mangez », dit-elle en s'asseyant en face d'eux.

Ils la remercient.

« Pourquoi fallait-il qu'ils le tuent ? C'est la grosse question. Ça n'a aucun sens. Ils utilisaient de fausses identités, mais ils sont arrivés ensemble à la gare du Cap, et ont dîné ensemble dans le train. Ils devaient savoir qu'ils couraient le risque d'être reconnus.

— Ils pensaient peut-être qu'il n'y aurait que des étrangers à bord, avance Cupido. Mais c'est un peu idiot et je ne pense pas que ces gars-là soient stupides. Si l'on considère la façon dont ils ont payé le voyage, leurs passeports… Je ne pense pas qu'ils soient stupides.

— Quelque chose s'est produit quand Johnson est allé vers son compartiment.

— Et trois personnes seulement savent ce que c'était, conclut Cupido.

— Si nous ne pouvons pas interroger Dimba, nous n'avons rien.

— Si nous ne pouvons pas utiliser cette photo pour identifier Green, nous n'avons rien.

— Il y a vraiment trop de "peut-être".

— Nous n'avons rien, en fait.

— Non, dit Mbali Kaleni, c'est vrai. Mais il faut jeter les osselets dans trois endroits différents. »

Ils la regardent.

« C'est un vieux proverbe zoulou. Il faut jeter les osselets dans trois endroits différents avant d'accepter le message. Cela signifie qu'il faut soupeser plusieurs fois un problème avant de parvenir à une conclusion.

— Mais nous n'avons plus le droit de chercher nulle part, rétorque Cupido.

— Pour l'instant », dit Mbali Kaleni, en beurrant les tranches. Le beurre fond. « Pour l'instant. Mais nous saurons attendre. Et nous resterons attentifs… »

III

32

Août. Daniel Darret. Bordeaux.

En pleine nuit, dans l'atelier. Il a retiré sa chemise. Son torse en sueur luit tandis qu'il ponce la table à la main, sans cesse. Il ne remarque plus l'odeur subtile de la poussière de bois, tant il est préoccupé par Lonnie May et leur conversation, qui s'est poursuivie jusqu'à dix heures du soir.

Quand ils ont remonté l'escalier du Bistrot, quittant l'atmosphère tendue, isolée, émergeant de leur conversation intense, ils ont été happés par le tumulte et la convivialité du restaurant, comme s'ils avaient basculé dans un autre univers.

Lonnie va d'abord trouver François pour le féliciter de ce repas succulent, lui dire qu'il reviendra bientôt. À la sortie, Lonnie entoure Daniel de ses bras, pleurant à sa façon empruntée, essuyant ses larmes sur sa manche d'un air irrité, comme s'il y avait lieu d'en avoir honte.

« Pourquoi pleures-tu, Lonnie ?

— Je ne te reverrai plus.

— Mais si, tu me reverras, bien sûr.

— Ils vont me choper, Tiny. À moins que j'arrive à me planquer quelque part en Europe. Et ça, je n'y parviendrai pas. J'aime trop mon putain de pays. »

Il soupçonne Lonnie de le manipuler gentiment. « Le système judiciaire, les tribunaux, Lonnie. Tout n'est pas pourri.

— Notre système judiciaire. Nos tribunaux. Tu es vraiment resté un Sud-Africain. Il s'agit des Russes, Tiny. Des Russes ! Tu les connais. Ils ne plaisantent pas. Surtout s'il y a beaucoup à perdre. »

Daniel ne sait pas quoi dire.

Lonnie lui met alors un petit sac à dos dans les mains : « Réfléchis. Réfléchis bien. Tu es notre seul espoir. »

Lonnie s'en va, direction la basilique, la tour, cette flèche imposante qui a l'air d'un doigt réprobateur dans le ciel.

Daniel reste seul, immobile. À cet instant, il pense à l'Africain. Son frère issu du temps jadis. Précisément sur le chemin que prend Lonnie, on a dégagé jadis un cimetière le long de l'église Saint-Michel, pour des raisons d'urbanisation, de développement, de progrès. Et on a trouvé des corps. Plus de soixante-dix cadavres étonnamment bien conservés après des siècles sous terre, momifiés grâce à la conjonction étrange du climat et d'un sol particulier. Les défunts, nus, avaient été exposés pendant presque deux siècles dans la crypte de l'église. Debout, en rang d'oignons, une attraction touristique bien macabre. On leur a donné des noms : « la famille empoisonnée aux champignons », « l'enterré vivant », « le général tué lors d'un duel ».

Et « l'Africain ».

Un Noir, enterré ici. Dix mille esclaves ont été vendus dans le port, acheminés ailleurs par bateau, mais un seul Noir de cette époque a trouvé ici sa dernière demeure. Quand Daniel a entendu cette histoire pour la première fois, il a senti comme un lien, une relation, une fraternité.

Il s'est interrogé sur l'histoire de l'Africain. Ce n'était pas un esclave. Il n'aurait pas été enterré là. Avait-il fui sa terre natale, lui aussi ? Fui la justice ? Au XVIe siècle, au XVIIe ? Personne ne sait exactement quand il est mort. A-t-il marché dans ces rues pavées, ressenti le douloureux désir de revoir les plaines, les montagnes, les vallées de sa patrie, de retrouver ses odeurs, ses couleurs, ses voix et ses sons ?

Daniel a suivi Lonnie du regard jusqu'à ce qu'il disparaisse au coin de l'église, et se dit qu'il se souvient de l'Africain parce qu'il se sent tout d'un coup profondément seul.

Lonnie est venu avec une requête d'assassinat. Mais le reste, il l'a remporté avec lui.

Daniel rentre chez lui. Plein de frustrations remâchées. Et de fureur. Contre Lonnie qui est venu l'accabler. Qui est venu polluer son petit paradis avec ses histoires de décadence du pays natal. Qui est venu le mettre face à un choix crucial.

Il a fait ce qu'il avait à faire, pendant tant d'années. Il s'est battu pour le droit et la morale, il a donné la majeure partie de sa vie pour cette cause et pour son pays, et n'a rien reçu en retour. Tout perdu. Une perte massive, déchirante.

Ils n'ont qu'à régler seuls leurs problèmes.

Dans son entrée, il tourne en rond en ressassant l'affaire.

Il ouvre le petit sac à dos.

Deux cent cinquante mille euros.

Une lettre. Il ne la lit pas.

Il sort en direction des Chartrons pour poncer la table, car il sait qu'il ne trouvera pas le sommeil cette nuit.

Poncer. Sans cesse.

La conversation avec Lonnie tourne en boucle.

Les détails de la trahison. Le président a systématiquement poignardé dans le dos de bons, de fidèles, d'honnêtes vétérans de la Lutte, des camarades, des amis, des frères. Il les a éjectés de postes importants pour les remplacer par ses laquais. Un coup d'État bien planifié, sans la moindre goutte de sang, avec un seul but : voler. Avec la collaboration des trois Indiens. Et pour s'en sortir, il a corrompu des membres du parquet national, de la police, du Trésor, de l'Agence de sécurité nationale, la SSA, et beaucoup de membres de son parti avec de l'argent, de l'argent volé, et des promesses de plus d'argent encore. De sorte qu'il se sent protégé, même contre les coups de boutoir de la démocratie.

« Il m'a manœuvré, Tiny. D'abord il m'a critiqué. Il a démoli ma réputation. Complètement. Et puis, il m'a travaillé au corps. Moi, et tout ce que j'avais fait pour la cause. Par pure cupidité. Je vois bien que tu penses : "Lonnie est blessé. Lonnie veut se venger." Mais ce n'est pas vrai. Je peux surmonter ça. »

Lonnie raconte comment le président et sa racaille ont pillé. Des milliards et des milliards. Des milliers de milliards. Dépouillé les institutions étatiques. Blanchi à l'étranger les sommes détournées. Avec l'aide de ceux qui prétendaient ne rien voir, ou en soudoyant des maisons d'audit internationales, connues et respectées, des fournisseurs de logiciels, des conseillers en communication, des banques. Des institutions britanniques, allemandes, américaines. Âpres au gain. De l'argent avec lequel on aurait pu améliorer la condition des populations opprimées, des fonds qui auraient pu créer des emplois, bâtir de nouvelles structures, rétablir l'économie. De l'argent qui aurait allégé le sort des plus pauvres. L'Afrique, une fois de plus volée, violée.

Il s'est dit : Lonnie essaie de me manipuler, et il a demandé : « Le mandat du président s'achève dans un an, n'est-ce pas ? » Lonnie a levé les bras au ciel. Son visage a rosi, sa voix est montée d'un cran : « Tu crois que ça va nous sauver ? Tu crois que tout va s'arranger quand il partira ? Tu crois qu'il n'a pas pris ses précautions ? Échafaudé des plans ? Lui et les siens sauront déstabiliser le pays, provoquer à nouveau la guerre civile au KwaZulu. Ils vont… Ces types, c'est un vrai cancer, Tiny. Tu l'opères d'un côté, il revient par un autre. Une hydre, on ne peut pas couper toutes les têtes du serpent. C'est endémique, indélébile, on ne peut pas mener une guerre conventionnelle contre ça. »

Lonnie s'est bien préparé pour la conversation.

« Qu'est-ce que ça amènerait de le liquider ? demande Daniel.

— Nous faisons une déclaration de principes ferme : dans ce pays, on ne vole pas, on ne trompe pas les gens, on ne poignarde pas un camarade dans le dos. C'est tout ce qu'il nous reste, tout ce qui fait peur à cette clique pourrie. La mort. Un exemple, Tiny. De ce type, on va faire un exemple. Nos plans sont en place. Nous diffuserons une déclaration dans les médias pour dire qu'il est le premier sur la liste. D'autres suivront.

— Qui ça, nous?

— MK43, murmure Lonnie en anglais.

— Vous êtes quarante-trois anciens membres d'Umkhonto?» devine Daniel, tellement ça lui semble évident. Lonnie faisait partie jadis de la branche militaire de l'ANC, Umkhonto we Sizwe, le Fer de lance de la Nation. Dit aussi MK.

Lonnie hoche la tête.

«C'est du terrorisme. Abattre le président est un acte de terrorisme. De la haute trahison.»

Lonnie le regarde. Déçu, comme s'il s'était attendu à ce que Daniel soit moins candide.

«C'est un combat pour la liberté, Tiny. C'est la poursuite de la Lutte. Il s'agit d'un tyran, un tyran kleptocrate. Nous ne sommes pas libres. Pas tant qu'on ne les aura pas tous remis à leur place.

— Tous? Vous voulez que je liquide les autres aussi?

— Non. Seulement lui. Nous avons d'autres gens à nous, mais on veut s'en servir plus tard.

— Pourquoi ne les utilisez-vous pas pour descendre le président?

— Nous y avons songé. Nous avons tout étudié. Tout soupesé. Mais le président et sa clique… Ils ne sont pas stupides. Ils sont paranoïaques. Il est très protégé. Ils ont tendu un filet infranchissable autour de sa maison. On ne peut pas s'approcher. Mais voilà qu'il se rend à Paris. Dans un peu plus d'une semaine. Le 1er septembre.

— Dans une semaine ? Il arrive dans une semaine et vous ne commencez les préparatifs que maintenant ?

— Nous voulions... La date initiale tombait dans trois semaines, mais elle a été avancée. Et nous avons... Il y a eu des complications. De notre côté. De toute façon, quand il sera ici... Ils ne pourront plus le protéger intégralement. Il y a le protocole – ils doivent s'en remettre à la sécurité française. Ça nous fournit une occasion. De plus, tu habites ici, en France, tu connais Paris, tu parles la langue, tu... Tu étais le meilleur. Le meilleur des meilleurs. Jadis, on disait que tu étais le meilleur du monde.

— La flatterie ne te fera pas parvenir à tes fins, Lonnie. Je ne marche pas. »

« Pourquoi les Russes sont-ils à tes trousses ? »

Lonnie rit jaune. « Tu connais les penchants du président ? »

Daniel a entendu les rumeurs. L'homme a une prédilection pour les femmes jeunes. Il opine.

« Le président et ses amis indiens ont vu comme il était facile de voler les institutions de l'État. Ils ont noyauté Eskom, et les fournitures en charbon d'Eskom. Ils ont pompé les nouvelles centrales, mais ça ne leur suffisait pas. Et puis ce n'est pas une source d'énergie inépuisable. Alors ils ont élaboré un plan. Construisons encore une centrale nucléaire. Plus de mille milliards de rands sur la table, on les voyait baver. Le monde entier a rappliqué pour remporter le contrat – les Chinois, les Français, les Russes. Mais Poutine est malin. Il y a deux ans, notre président s'est rendu à Moscou. Poutine connaît les faiblesses du vieil homme. Il envoie quatre belles blondes, blanches comme l'ivoire, dans sa chambre d'hôtel, au Ritz-Carlton de Moscou. Les caméras cachées filment le tout. Ce n'est pas le fait de se vautrer avec quatre Blanches, Tobela. C'est ce qu'il a fait avec elles. Des choses scandaleuses. Limite psychopathe. Qui, crois-tu, va remporter le contrat nucléaire ?

— Le *kompromat*. Un vieux truc du KGB à l'époque.

— Exactement. Poutine et ses acolytes vont tirer profit de la transaction. Notre pays ne peut plus se le payer, Tiny. C'est la goutte d'eau…

— Et si vous liquidez le président, le *kompromat* tombe à l'eau.

— Exactement.

— Comment les Russes ont-ils appris ce que vous projetiez ?

— J'y viens. »

Il regarde manger Lonnie. D'abord les huîtres.

« *Jeez*, c'est bon. »

Puis le « cul-de-poule ». Quand Daniel le lui a recommandé, Lonnie a voulu savoir ce que cela signifiait.

« Littéralement, le derrière d'une poule.

— Le cul d'une poule ? » Petit rire.

« En fait, c'est un récipient en forme de bol qu'on utilise en cuisine. Mais là, c'est un jeu de mots, c'est de la salade au poulet. François veut simplement faire sourire ses clients.

— Je pige. » Lonnie goûte. « *Jeez*, c'est fantastique.

— Tu devrais revenir en hiver, quand il prépare des joues de porc. »

Une ombre passe sur le visage de Lonnie. « J'aurais aimé pouvoir. »

Il déguste avec autant d'enthousiasme et de concentration que plusieurs décennies plus tôt, quand Daniel l'a rencontré, à côté d'une casserole de bouillie sur le feu, dans un camp d'entraînement en Angola. Avec la même satisfaction.

•

33

Lonnie en Angola. L'affairé, le dévoué Lonnie. Un bail !

Le camp d'entraînement de MK, c'était le far west. Une fourmilière, un chaos organisé, toujours en mouvement. L'adrénaline générée par la peur et l'urgence. La testostérone, un millier de jeunes hommes cohabitant en pleine brousse africaine, avec leur maigre paquetage. Une mer de visages noirs, un raffut de langues africaines. Et puis il y avait Lonnie. Blanc, anglophone, un avocat de Parkhurst, une banlieue de Johannesburg. Pas très performant, d'après la légende.

Son surnom, c'était Ubu, d'après *ububhibhi*. Le Suricate.

Lonnie ne s'arrêtait jamais. Il était l'organisateur des chahuts, l'infirmier, la figure maternelle du style « tu ne manges pas assez, tu es trop mince ». Il parlait, il conversait avec tout le monde. Il aidait partout. À la cuisine, à l'infirmerie, à l'accueil et à l'affectation des nouveaux arrivants. Les quelques Blancs avaient tendance à se terrer dans une attitude soumise, un complexe de culpabilité, mais pas Lonnie. Il soutenait la Lutte de tout son cœur. Il annonçait qu'il ne suivait ni religion, ni aucune doctrine en «isme». Son seul objectif, son seul désir : que tout le monde soit égal dans sa patrie. Ce n'était pas un meneur. Mais c'était un disciple dévoué, enthousiaste, loyal.

Lonnie fut affecté au renseignement car il était sobre et futé. Et parce qu'il n'avait aucune disposition pour faire la guerre. Il avait servi avec discernement, ce n'était pas une étoile, ni la bougie la plus lumineuse du chandelier. Il était Ubu, tout simplement, l'affairé.

Par-dessus tout, on savait qu'on pouvait compter sur Lonnie, à la vie à la mort.

Ils ont discuté plus de neuf heures dans la cave du Bistrot. Lonnie, toujours aussi verbeux.

«Lonnie, tu es un Blanc. Pourquoi est-ce toi le messager?» demande Daniel. Sous-entendant que Lonnie ne serait jamais parmi les têtes pensantes, ni dans le cercle des véritables instigateurs.

Lonnie se doutait que la question allait surgir, avec tout ce que cela comporte, car il connaît les structures, les usages, les traditions, les règles non écrites.

«Parce que je le pouvais.»

Il avale une gorgée de vin, regarde Daniel. «Parce que je suis le seul qui ne soit pas terriblement observé. Tu n'as pas idée de la façon dont les choses se passent à la maison. C'est du Staline, Tiny, sans les assassinats. C'est la mort par mille mensonges, la trahison par mille espions. Ils savent bien que la seule façon de maintenir une kleptocratie, c'est d'acheter ou de soudoyer encore plus de gens. On ne peut se fier à personne. Nous devons être terriblement prudents. Car ils se doutent… Ils s'attendent à quelque chose, ils savent que certains d'entre nous ont mené un rude combat, et veulent un pays différent. Ils savent qu'un jour ou l'autre nous cesserons de nous… tourner les pouces. Ils ont à l'œil les plus dangereux. Moi, on ne m'a jamais considéré comme ça. »

L'honnêteté de Lonnie le touche.

34

Minuit et demi. Daniel est assis à la table, bras croisés, tête baissée, courbatu, éreinté, lessivé, exténué. Son portable bon marché sonne – celui que lui a donné Mme Lefèvre. Elle seule connaît ce numéro, nécessaire pour les livraisons. Mais désormais Lonnie l'a aussi. Il le lui a confié à contrecœur au restaurant, quand Lonnie lui a dit : « Je vais t'appeler une seule fois, demain ou après-demain. Juste une dernière fois, Tobela. Pour savoir si tu n'as pas changé de position. »

Sa *position*.

Il est resté silencieux. Lonnie l'a mal interprété.

« Je vais t'appeler avec un téléphone jetable, Tiny. C'est indétectable, je ne veux pas mettre en danger toute l'opération. Fais-moi confiance. Tu sais que tu peux me faire confiance. »

Il ne se sert jamais de ce téléphone, en dehors des appels de Madame. À la maison, il a une tablette d'occasion sur laquelle il lit les nouvelles sur Internet. Il veut rester injoignable, que personne ne puisse remonter sa trace. D'où sa réticence.

Le téléphone sonne, et ce n'est pas le numéro de Madame. C'est Lonnie, ce ne peut être que lui.

Il n'a aucune envie de répondre.

« Lonnie.

— Je suis dans le pétrin, Tiny. Ils m'ont coincé. Ils sont postés à chaque sortie.

— Où es-tu ?

— Au Novotel, près du barrage. »

Il lui faut quelques instants pour comprendre ce qu'il entend par barrage. « Bordeaux-Lac ? » L'hôtel près de l'eau, de l'autre côté du gigantesque Parc des expositions.

« Oui.

— Combien sont-ils ?

— Six. Je suis désolé, vraiment désolé, mais ils m'attendent. Ils veulent me coincer, Tiny… »

Il essaie de visualiser l'endroit. Il a fait des livraisons dans les environs, il est allé se promener au bord du lac. Le Novotel est un des hôtels qui desservent le Parc des expositions. Un bon endroit pour échapper à des poursuivants lors de grandes manifestations. Mais en août, ce n'est peut-être pas le plus judicieux. Entre l'eau et l'hôtel, il y a une route latérale. Il n'arrive pas à se souvenir précisément de la configuration.

« Est-ce que le terrain autour de l'hôtel est ouvert ?

— Non. » Le côté bravache et volubile de Lonnie a disparu. « Il y a une grande clôture métallique tout autour, le long des buissons.

— Combien d'entrées ?

— Il y a un chemin privé pour les voitures avec une entrée, et une sortie séparée.

— Où se trouve l'entrée ?

— Du côté du barrage. La sortie est au nord.

— C'est tout ?

— Oui.

— Où sont les Russes ?

— Deux dans une voiture en face de l'entrée, deux à la sortie de l'autre côté de la rue et deux dans le hall de l'hôtel.

— Ta chambre donne sur quoi ?

— Sur le barrage. »

Daniel réfléchit si longtemps que Lonnie prend peur. « Tu es toujours là ?

— L'arrière de l'hôtel… Il borde la voie du tram, si je me souviens bien.

— Oui, Tiny, mais la haie est faite de buissons et il y a une clôture métallique tout du long. J'ai exploré les lieux, au cas où. Je ne pensais pas qu'ils me trouveraient. Les quatre premières nuits, je suis resté en ville, changeant d'endroit tous les soirs, puis je suis arrivé ici, parce que c'est… Je croyais… » Ses excuses s'épuisent.

Daniel n'écoute pas, il essaie de réfléchir à la façon de tirer Lonnie de là.

« Lonnie, écoute-moi bien… Tu as combien de bagages ?

— Deux valises, une de taille moyenne et une petite.

— Tu peux laisser la grande ?

— Oui.

— Je vais venir te chercher derrière la clôture…

— Je ne suis plus un jeune homme, Tiny, je ne pourrai pas l'escalader.

— Lonnie, écoute. Tu peux arriver à la clôture sans être vu par le personnel de la réception ?

— Oui, je peux passer par le restaurant, il y a une porte qui mène au jardin.

— Attends dans ta chambre. J'arrive. Prépare vite

ta valise. La petite, il va falloir que tu fonces. Je t'appelle dans quinze minutes. »

Il raccroche et jure à voix haute. Sa voix résonne dans l'atelier silencieux.

Ils sont six. Un effectif conséquent. Dans un pays étranger, avec ce climat politique international. Les Russes sont déterminés à empêcher Lonnie d'agir. Mais ils seront certainement plus de six. Ils n'ont évidemment pas étalé tout leur jeu. Il faut d'abord aller repérer où se cachent les autres.

Il n'a pas d'armes.

Il prend une nappe au magasin, quelques outils, fourre une poignée d'attaches de câbles dans sa poche et ouvre la porte à l'arrière de l'atelier. Il monte dans la Peugeot, c'est tout ce dont il dispose – une camionnette J5, vingt-cinq ans d'âge, plus de trois cent mille kilomètres au compteur. Sa couleur blanche a depuis longtemps viré au jaune sale, sur les flancs on lit encore vaguement, *Mme Lefèvre, Antiquités-Brocante*.

Il remonte le fleuve vers le nord, par le quai des Chartrons, puis à l'est par la rue Lucien-Faure. La ville est calme. Il s'inquiète de se sentir aussi visible ; un des rares véhicules à défiler devant les caméras de la police. S'il y a du grabuge, si l'on tire, si le sang coule, on retrouvera facilement sa trace.

Dans sa tête, il élabore des scénarios, évalue les possibilités, rejette ses plans. Il faut qu'il protège son identité. Son existence, son anonymat.

Il passe devant Décathlon et le grand centre

commercial de Bordeaux-Lac, au-dessus de l'autoroute E5, puis prend à gauche dans la rue du Grand-Barail. Il guette ceux qui sont planqués, l'équipe qui ne s'est pas montrée à Lonnie.

S'il s'agit de professionnels, ils devraient se trouver derrière l'hôtel.

Ils y sont.

Il repère la Mercedes Sprinter à vingt mètres du carrefour, juste devant le portail de l'hôtel Le Provençal. Deux hommes à l'avant, la vitre côté passager baissée, une fumée de cigarette qui s'en échappe.

Il les dépasse, jette un coup d'œil furtif à l'hôtel de Lonnie sur la gauche, de l'autre côté de la voie du tram. Les hommes dans la Sprinter ont une vue parfaite sur l'arrière du bâtiment, le chemin par lequel il voudrait exfiltrer Lonnie.

Il va falloir les neutraliser sans attirer l'attention.

Ses yeux cherchent les caméras. Les hôtels disent qu'ils en ont tous, surtout aux entrées, mais il ne voit aucun équipement de la police municipale. Ça va le servir.

Il contourne le pâté de maisons. Arrivé à l'hôtel Mercure, il coupe les lumières de la Peugeot. Il s'arrête devant l'Hippopotamus, avec son grand panneau publicitaire sur lequel un hippopotame dansant proclame : *Laissez vos envies de viande s'exprimer*.

Il se retourne vers le siège arrière, saisit la nappe bleu foncé, et la drape autour de sa tête comme un keffieh, dissimulant tout sauf les yeux. Il prend le lourd marteau fendu. Il respire un bon coup et appelle Lonnie.

« Tiny, tu avais dit quinze minutes.

— Ça va, Lonnie ?

— Oui. Qu'est-ce que je dois faire ?

— Descends au restaurant et poste-toi près de la porte. Dès que je t'appellerai, cours vers la clôture. Tu m'y verras. Mais surtout, attends que je t'appelle. Tu as compris ?

— Ça va prendre combien de temps ?

— Entre cinq et dix minutes. Si je ne t'ai pas appelé dans vingt minutes, appelle la police et demande une escorte. Qu'ils te mettent en sécurité.

— Non ! hurle Lonnie d'une voix stridente, paniquée. Comment est-ce… ? »

Daniel poursuit d'un ton calme et rassurant.

« Lonnie, il y a une autre équipe, deux types dans une camionnette à l'arrière de l'hôtel. Je vais essayer de les neutraliser, mais tout peut arriver. Je suis rouillé, j'ai cinquante-cinq ans, ils sont jeunes et professionnels…

— Mon Dieu, Tiny…

— Va attendre à la porte. Et croise les doigts. »

Un silence. Puis : « D'accord. À tout de suite. »

La Mercedes Sprinter est garée en terrain ouvert. Il n'y a pas d'abri pour épier, aucun espace pour des ruses ou des finasseries. Il n'y a qu'une solution : la rapidité, la surprise, la force écrasante.

Il sort, marteau en main, nappe sur la tête, tenailles et attaches de câbles dans une poche de pantalon. Il ferme la Peugeot, glisse la clé dans l'autre poche. Il prend une longue inspiration. La nuit est tranquille, la brise sur le lac fraîche, les rues sont désertes. Bordeaux dort.

Il reste immobile. Des pensées plein la tête.

La violence attire la violence, la violence est imminente. Elle va libérer des choses, faire tomber des dominos.

Marteau en main, il se sent pourtant nu. Il aimerait sentir sur son dos le poids de son *assegai*, sa sagaie d'assaut, l'arme qu'il portait dans les temps anciens.

C'est la fin d'une ère. C'est la fin d'une vie qu'il a construite avec tant de difficulté, de douleur et de solitude. Il éprouve cette perte comme une douleur physique. Que fais-tu, Daniel Darret ? pense-t-il. Que fais-tu ?

Il ressent le picotement.

Il bondit, à toute vitesse.

35

Ses baskets légères volant sur le goudron, il fonce vers l'arrière de la Sprinter. Il prie pour qu'aucun des deux types ne regarde dans les rétroviseurs, pour que leur attention soit fixée sur l'hôtel, pour qu'ils soient à moitié assoupis à force de s'ennuyer.

La distance se réduit, l'adrénaline afflue.

Il doit atteindre la portière gauche, celle du conducteur, des clés, des lumières, du klaxon, la place qui, derrière le volant, présente le moins d'espace pour bouger, et est très probablement occupée par le plus capé du binôme.

Il atteint la Mercedes, longe le côté, constate que la vitre est fermée. Il lève le marteau et brise la vitre en mille morceaux. Le conducteur esquive instinctivement et Daniel frappe à nouveau avec la penne du marteau. Il touche l'homme au front, os qui craque, sang qui jaillit. La tête tombe en avant.

L'autre passager se ressaisit, cherche son arme sous son bras. Daniel aperçoit celle du conducteur sur le tableau de bord, un MP-443 Grach muni d'un silencieux, à côté d'une petite radio bidirectionnelle. Il comprend qu'ils ont l'intention d'abattre Lonnie.

Il laisse tomber le marteau, saisit l'arme de sa main gauche, enserre du bras droit le cou du conducteur. Il maintient l'homme entre le passager et lui, dégage la sécurité, colle le canon du pistolet contre la tempe du conducteur.

« *Polojite pistolet !*, crache-t-il, un peu de russe lui revenant. Pose ton arme. »

Le passager le regarde, sort son pistolet et le dirige sur Daniel. Il est jeune, la vingtaine, un visage de prédateur, encore étonné par cette violence inattendue.

Daniel enfonce encore plus le Grach contre la tête du conducteur.

« *Polojite !* » Mais sa main tremble sous l'effet de l'adrénaline et de la peur, il a franchi un cap.

Le conducteur émet un bruit bref, stupéfait, son regard est vide.

Le pistolet du passager ne bouge plus, la peur reflue, ses réflexes reviennent. Il regarde la main de Daniel ; il va remarquer qu'elle tremble.

Daniel déplace le Grach de quelques millimètres et tire un coup dans le tableau de bord, juste à droite du genou du passager, un petit plouf.

L'homme baisse lentement sa main entre ses jambes et pose le pistolet par terre. Il regarde Daniel à nouveau.

Daniel lâche le cou du conducteur, sort une poignée de câbles de sa poche. « Attache-le au volant », dit-il en anglais. Il jette les câbles sur les genoux du passager, agrippe de nouveau le cou du conducteur.

Les yeux du passager le jaugent rapidement, il évalue les risques.

« Il paraît que l'avenir des agents du SVR avec un

genou en bouillie n'est pas terrible», siffle Daniel en dirigeant son Grach vers les jambes du type.

Aucune réaction qui indiquerait que l'homme travaille pour le Sluzhba Vneshney Razvedki, les services russes du renseignement extérieur. Cependant, il prend les attaches, se penche pour saisir le poignet droit de son camarade. Lentement, calmement, il l'attache au volant. Le conducteur raidit le bras. Daniel renforce sa prise autour de son cou, lui coupe le souffle. Le bras se détend.

«Plus serré.»

Le passager tire sur le câble, prend l'autre main, l'attache également. Regarde Daniel.

«Maintenant, ta main droite.»

Le passager hésite, jette un regard furtif vers l'hôtel, la radio sur le tableau de bord, et regarde à nouveau Daniel. Beaucoup d'intelligence derrière ces yeux vigilants.

Daniel sait que l'homme se demande pourquoi il ne les a pas tout simplement descendus. C'est ce que le SVR aurait fait. Il va procéder à des déductions : l'assaillant cache son visage, afin qu'on ne puisse pas l'identifier par la suite. Ça signifie qu'il ne veut pas les éliminer. Peut-être pour éviter le scandale, l'incident international, la traque intense du tireur qui s'ensuivraient. Le Russe va donc se dire qu'il lui reste une chance.

«*Fuck you*», dit le passager.

La radio fait soudain du raffut, une voix inquisitrice, en russe.

Daniel appuie sur la détente. La radio éclate avec un bruit de gifle, le passager sursaute.

« Tu as dix secondes pour attacher ta main droite au volant, ou c'est la fin de ta carrière. »

Plus tard, il se demandera s'il visait vraiment l'ambition et l'ego du jeune homme. La peur d'une grosse tache dans son dossier, si tôt dans sa carrière ?

Le passager se saisit de son pistolet.

Daniel tire, le touche au coude droit, un dommage de neuf millimètres de diamètre, mais plein de sang et de bouts d'os sur la portière. L'homme hurle de douleur sous le choc. Daniel glisse l'arme dans sa ceinture, arrache la portière, projette son torse au-dessus des mains attachées du conducteur. Il attrape le bras gauche du passager et prend une attache sur ses genoux.

Le Russe essaie de récupérer son arme au sol avec la main droite mal en point, mugissant dans son effort.

Daniel jure en xhosa, instinctivement. Il lâche le bras valide, saisit l'autre main, il lui faut l'arme. Le visage du conducteur est contre le sien, l'homme le mord dans le cou à travers le tissu. Daniel se concentre sur le pistolet, lui fait lâcher prise et frappe le conducteur du coude. Il jette le pistolet du passager hors de la voiture, l'entend cliqueter sur le macadam. Du poing, il frappe l'homme de toutes ses forces au visage. L'autre s'accroche. Il frappe et frappe encore, le passager pare avec son avant-bras droit, le conducteur gémit. Daniel agrippe le bras valide, le plaque sur le volant, le coude levé, prêt à frapper, se débat avec le poignet et l'attache, ses mains glissent à cause du sang. Il tire fermement sur l'attache, conscient que la voix dans la radio doit attendre une réponse. Il sait qu'il n'a plus beaucoup de temps.

Le passager tire sur l'attache. Daniel, le torse à

l'intérieur de l'habitacle, cogne fortement sur le bras blessé et l'homme hurle de douleur. Daniel trouve une attache tombée entre les deux Russes et ligote le dernier bras.

Il fouille rapidement les poches des deux hommes, récupère deux portables qu'il tasse dans ses poches arrière.

Il va récupérer le pistolet resté sur le macadam. Il court, franchit les voies du tram en sortant son propre portable pour appeler Lonnie.

« Allez, Lonnie, cours. »

Il remet le téléphone dans sa poche, sort ses tenailles.

Au pied de la clôture. Il commence à couper, du haut jusqu'en bas. Il entend la course de Lonnie.

« Tobela ! » La voix est proche de la panique.

« Ici. » Il coupe, pousse le fil de fer sur le côté, s'engage dans la haie. Lonnie l'attend, valise à la main, la peur lisible sur son visage.

« Viens ! »

Lonnie arrive. Il l'aide à passer à travers le feuillage, puis l'ouverture à travers la clôture.

Lonnie voit ses mains et ses bras. « Tu saignes. »

Tobela rigole. « Ce n'est pas mon sang. Allez, Lonnie. »

Ils courent vers la camionnette Peugeot garée au coin de la rue. Au passage, Lonnie aperçoit les deux types dans la Sprinter. Il détourne le regard.

Ils roulent. Daniel ôte le tissu de sa tête, regarde dans le rétro.

« Lonnie, tu as un visa pour le Royaume-Uni ? » Il lui faut hausser la voix, tellement la Peugeot brinquebale.

Lonnie est hors d'haleine. « Pourquoi tu me demandes ça ?

— Ils vont surveiller l'aéroport de Bordeaux-Mérignac et la gare ferroviaire. Il faut que tu prennes un avion à Bergerac. C'est un petit aéroport, la plupart des vols sont en direction de Southampton, Stansted ou Amsterdam. »

Lonnie réfléchit. « Amsterdam. Merci, Tiny, ajoute-t-il.

— Leurs pistolets », dit Daniel en montrant les armes. Lonnie l'a vu en train de les ranger dans la boîte à outils. « Ils avaient l'intention de te descendre. »

Lonnie plisse les paupières. « Je t'ai dit qu'ils voulaient ma peau.

— Et ils n'ont pas peur d'un incident international.

— Non.

— Il ne s'agit pas seulement des pots-de-vin à propos du réacteur nucléaire, hein, Lonnie ? »

Lonnie remue la tête lentement. « Il faut que tu comprennes, il y a de grandes puissances en jeu. La Chine qui monte, l'Amérique qui décline. Au milieu, un vide qui ne demande qu'à se remplir. Un nouvel ordre mondial est en route. Et Poutine… Tu peux dire de lui ce que tu veux, il est malin. Il joue sur le long terme, il se positionne, il place son pays. Tu sais à quoi il s'occupe en Afrique centrale ?

— Non.

— Au Congo, dans un tas de pays… Ils ont des présidents élus sans mandat démocratique. Poutine a mis à leur disposition deux cent cinquante mille hommes hautement entraînés, pour leur servir de garde personnelle. Afin qu'ils se maintiennent au pouvoir. Pourquoi, à ton avis ? Parce que c'est une bonne âme? Non, Tiny, il s'agit d'influence, de pouvoir, de haute main sur les minerais et les diamants. L'approche de la Chine est différente. La Chine achète la dette des pays, et les contrôle comme ça. Regarde le Venezuela, le pays le plus riche en pétrole de la planète… Mais Poutine joue un jeu différent. La Russie est la plus grande kleptocratie de l'Histoire. Son gouvernement est en association quasi officielle avec le crime organisé. Ce qui est bon pour l'un est bon pour les autres. Politiquement, l'Afrique du Sud lui permet de prendre pied sur le continent. La porte d'entrée. Poutine ambitionne de faire à nouveau de son pays une superpuissance. Sa Nouvelle Russie. Nous sommes toujours le joyau de la couronne, le plus gros, le plus sucré, le plus juteux des fruits de l'Afrique, même si ça ne tourne pas bien chez nous. Il veut nous occuper avant que la Chine ne le fasse. Il a notre président dans sa poche, son meilleur levier. Il ne tient pas à le perdre. Il est prêt à tout. Et voilà qu'arrive, de concert avec les contrats nucléaires, la mafia… »

Ils traversent en silence la Garonne par le pont d'Aquitaine, puis passent sur la N230.

« Pourquoi as-tu ri quand j'ai dit que tu saignais ? »

Daniel rit de nouveau. « J'ai vu *Predator* il y a quelques semaines. »

Il remarque que Lonnie ne comprend pas.

« *Predator*. Le film où Schwarzenegger doit tuer des aliens dans la jungle…

— Ah ! oui.

— Il y a une scène au début avec un soldat grand et costaud, on le croirait invincible. Après un combat avec des rebelles, le gars est blessé. Son camarade lui dit : “Tu saignes.” Et l’autre répond : “J’ai pas le temps de saigner.” Un vrai cliché de soldat d’Hollywood. J’ai ri, car… c’est l’euphorie, après la montée d’adrénaline, qui laisse croire parfois qu’on est invincible. Mais je ne le suis pas. »

Lonnie ne rit pas. Il regarde droit devant lui.

Finalement le Suricate lâche : « Et moi, je suis le poussin que tu as sauvé. »

36

Au cours des longues heures passées au Bistrot, tandis que Lonnie essayait de le convaincre de devenir tueur à gages, il a persisté dans son refus.

Lonnie a présenté beaucoup d'arguments, a plaidé, un beau travail d'ancien avocat. Daniel était à bout de forces. Il a tenu à lui parler des poussins.

Lonnie a froncé les sourcils, désapprobateur, car la conversation et le sujet étaient graves.

Daniel s'est mis à raconter : le premier boulot qu'il avait dégotté en France, c'était dans un grand élevage de poulets en Bretagne, près de la charmante ville de Morlaix. Moyennant une rémunération minime, car encore dépourvu de titre de séjour à l'époque, il était employé illégalement.

Sa responsabilité était de sauver les derniers poussins. C'était la tâche dont personne ne voulait, c'est pourquoi on la lui avait confiée.

Un tapis roulant partait de l'incubateur. Des mains se chargeaient de prélever les poussins à peine éclos, en vue de les trier et de les déplacer.

Lui, il se trouvait en bout de chaîne, là où les poussins les plus faibles, les derniers, se débattaient pour sortir de leur coquille, le tapis était jaune à cause des œufs cassés, un jaune comparable à de la colle. Les poussins faibles restaient pris dedans.

Quand le tapis roulant se mettait en marche, il arrivait à suivre le rythme, car quelques poussins seulement atteignaient son poste de travail. Mais quand le rythme s'accélérait, leur nombre ne cessait d'augmenter. De plus en plus d'oisillons qui se débattaient, et il fallait qu'il les retire à la main des déchets et qu'il les dépose sur le côté.

Il travaillait aussi vite qu'il le pouvait. Les poussins, si petits, délicats, fragiles, jolis… Mais chaque fois arrivait un moment où il ne tenait plus la cadence. Alors, il lui fallait choisir. Ceux des poussins qui allaient vivre, ceux qui allaient crever. Car ceux qui lui échappaient tombaient dans une broyeuse, destinés à faire de la farine d'os, de l'engrais, ou de la nourriture pour animaux.

Ce travail le minait. Le minait profondément.

Ça lui faisait penser à sa dernière année en Afrique du Sud. La voix de Daniel s'est soudain faite rauque, car il n'avait pas envie de s'en souvenir. Là, dans le restaurant, alors qu'il regardait le mur et les joints blanc-jaune entre les grosses pierres en grès, son esprit est reparti dans l'Eastern Cape. À cette époque, il venait de perdre son beau-fils, Pakamile, huit ans, abattu lors d'un hold-up dans une station-service à Cathcart. Une seconde perte énorme, après Miriam, le grand amour de sa vie, décédée deux ans plus tôt. Il était alors devenu fou. Il voulait sauver tous les enfants. Il voulait les protéger. Il voulait les venger. Il se mit à traquer et tuer des gens qui avaient violé ou maltraité des enfants. Il voulait les sauver tous.

Lonnie a posé une main sur son bras. « Je sais. »

Daniel se rend compte qu'il a les yeux humides.

Il se redresse.

Les poussins, dit-il, lui ont appris une chose. On ne peut pas sauver tout le monde. Peu importe qu'on s'y emploie sérieusement, que les motifs soient purs, on ne peut pas sauver tout le monde.

Il n'a plus envie de se faire procureur, juge, et encore moins bourreau. Il ne veut plus être celui qui essaie de sauver tout le monde. Il faut qu'ils trouvent quelqu'un d'autre pour éliminer le président.

37

Il n'y a que cent vingt kilomètres entre Bordeaux et le petit aéroport de Bergerac, mais dans la guimbarde, sur les départementales choisies par Daniel, le trajet prend deux heures au moins.

Aux alentours de Castillon-la-Bataille, Lonnie se met en quête d'un vol sur son portable.

Daniel pose la question qui le taraude : « Comment ont-ils pu te coincer au Novotel ? Ton téléphone portable ?

— Non. J'ai fait une erreur, Tiny. Le Novotel n'a pas voulu accepter de paiement en liquide. Et je ne suis pas parvenu à me rappeler quelle carte de crédit… À la réception, j'étais pressé… Je ne voulais pas éveiller les soupçons. La journée avait été longue, j'avais peut-être pris un verre de trop chez François. J'ai probablement utilisé la même carte de crédit que pour le vol de Dublin à Bordeaux. C'est la seule chose qui me vient à l'esprit. Je suis vraiment désolé… »

Lonnie. Jamais le plus futé de la classe. Mais Daniel ne dit rien.

« Le premier vol pour Amsterdam est à 9 h 25, annonce Lonnie.

— Quelle heure est-il ?» L'horloge de la Peugeot ne fonctionne plus depuis longtemps.

« À peine plus de quatre heures.

— Les Russes savent sous quelle identité tu voyages ?

— J'ai quatre passeports. Ils en connaissent trois. Il faut que je me serve du dernier.

— Tous ces passeports, comment les as-tu… » Puis il se souvient que Lonnie fut jadis directeur général adjoint des services secrets, qu'il a ensuite occupé un poste important à la nouvelle Agence de sécurité nationale, la SSA, avant que le président le poignarde dans le dos. « Tu as pris des précautions ?

— Nous avons tous pris des précautions. On voyait venir les choses.

— Je suppose que tu as d'autres cartes de crédit ?

— Oui, et je sais desquelles je ne me suis pas encore servi. Je ne commettrai pas une seconde fois la même erreur.

— Lonnie, l'argent dans le sac à dos. D'où vient-il ?»

Lonnie grimace dans l'ombre. « Nous avons détourné vingt-cinq millions. Le directeur général de la SSA et ses acolytes avaient tellement de caisses noires, ils avaient détourné tellement d'argent, l'avaient caché de tellement de manières que personne n'en tenait plus la comptabilité. Les dés étaient déjà jetés. Nous l'avons canalisé juste à temps.

— Je vais te rendre l'argent. Il faut que tu me dises comment te le faire parvenir.

— Plus tard. » Lonnie fait un geste désinvolte de la main. « Je suppose que tu n'as pas encore lu la lettre qui se trouvait dans le sac à dos ?

— Non. »

Lonnie opine, comme s'il s'y attendait.

« À partir d'Amsterdam, tu rentres en Afrique du Sud ? »

Lonnie hoche la tête. « Nous avons une planque sûre à McGregor. C'est là que j'attendrai… » Il regarde Daniel et conclut d'une voix chargée d'espoir : « … jusqu'à ce que tu sois prêt. »

Il soupire. Cet homme ne se décourage jamais. « Lonnie, je ne marche pas dans l'affaire.

— Tu es… Je suis désolé de t'avoir entraîné dans cette histoire, cette nuit. Je te suis très reconnaissant de m'avoir sauvé la vie. Tiny, je sais que je me suis servi de toi mais, maintenant, tu es dans le coup. Tu en fais partie. »

Daniel rit doucement. « Belle tentative, Lonnie.

— Tu es impliqué dorénavant. Réfléchis bien. Tu es désormais un des nôtres.

— Non. Je ne me suis impliqué que pour te sortir de l'hôtel, car tu es mon ami. Ils ne savent pas qui je suis. Je continue mon chemin, Lonnie. J'ai beaucoup travaillé pour me fabriquer cette vie. » Il est gagné par la fatigue, il ne veut plus ressasser le sujet, l'après-midi et la soirée au Bistrot ont déjà été assez épuisants comme ça.

Lonnie soupire profondément. Il tapote sur son portable, il examine soigneusement ses cartes de crédit. Il en choisit une, fait sa réservation.

Ils prennent un café et avalent des croissants de la veille dans une station-service près de Bergerac. La conversation tourne autour de ce que sont devenus de vieux camarades. Le soleil se lève, apportant de la couleur au paysage, un joli patchwork de céréales, d'arbres fruitiers et de légumes.

Juste avant six heures, Daniel dépose Lonnie et sa petite valise à l'aéroport.

À côté de la camionnette, Lonnie lui donne l'accolade avec un désespoir maîtrisé.

« Je suis désolé, Lonnie.

— Moi aussi. Mais c'est ton droit. Nous faisons nos choix, nous devons vivre avec leurs conséquences. »

Lonnie recule. Il regarde Daniel avec un regard de chien battu. Ses yeux disent que Daniel ne le reverra plus, c'est un homme marqué.

« Envoie-moi un SMS quand tu seras arrivé. À partir d'un téléphone sûr.

— Je peux te dire une chose, Umzingeli ? »

Daniel sait qu'en utilisant ce nom de code, Lonnie fait une ultime tentative pour le convaincre.

« Je comprends l'histoire des poussins que tu n'as pas pu sauver. C'est vrai. C'est impossible de les sauver tous. Vouloir essayer, c'est prendre le chemin de l'abîme. Mais il y a une chose que tu as oubliée : tous ces poussins que tu as sauvés. Que sont-ils devenus ? Ils ne comptent pas ? N'en valaient-ils pas la peine ? »

Lonnie tourne les talons et se dirige vers l'entrée de l'aéroport, les épaules bien redressées, comme pour se donner la force d'affronter ce qui l'attend.

Le soleil derrière lui, Daniel rentre à Bordeaux, son humeur belliqueuse apaisée, fatigué jusqu'à la moelle.

À présent, la journée et la nuit passées ne sont plus que des fragments, des images, des sensations, des émotions et des conversations qui moulinent dans sa tête. Un mécontentement, un malaise, un agacement qu'il ne parvient pas à formuler, sur lesquels il n'a pas prise.

Ils ont envoyé Lonnie. Les conjurés, le prétendu MK43. Le mieux qu'ils ont trouvé, c'est d'envoyer Lonnie May. Lonnie le Blanc. Le Suricate.

Tu es impliqué dorénavant. Comme si le coup de marteau dans le crâne et le coude en compote dont il est responsable le liaient irrémédiablement au groupe de comploteurs. C'est une ruse de bas étage, c'est une insulte, c'est de la manipulation. Il vaut mieux que cela. Mais c'est ce qu'on obtient, si l'on envoie Lonnie May.

Que veulent les dieux ? Le sort ? D'abord Mme Lecomte en pleine nuit, et maintenant cette affaire. À deux semaines d'écart. N'a-t-il pas payé cher le droit d'avoir une vie tranquille ? Ne mérite-t-il pas la paix ? Après tout ce qui s'est passé. Après Miriam et Pakamile, et tous ces assassinats, ces morts involontaires, ces trahisons, tout ce chaos.

Mécontentement, malaise, agacement, car Lonnie a libéré les souvenirs. Sur près de quarante ans. Depuis qu'il a quitté le pays pour la Lutte. Le Swaziland, le Mozambique, l'Angola, la Tanzanie. Il a donné sa jeunesse, sa vie d'adulte, ses meilleures années.

Souvenirs de Saraktash dans l'Oural, souvenirs de Moscou, de Berlin-Est, du Mur. Des années de guerre. Des victimes au bout de son viseur de tireur isolé, à Munich, Barcelone, Hambourg, Maastricht. Il a appuyé sur la détente avec tant de conviction idéologique, si peu conscient du mal qu'il s'infligeait lentement. Déployé en Europe pour le compte de MK, ses rencontres avec le KGB et la Stasi, camarades de combat qui louaient ses services. Un exercice en relations publiques, son nom de code Umzingeli, « le Chasseur ». Seigneur, il avait vraiment aimé ça. Ça flattait son ego de jeune homme.

À présent, l'ordre bipolaire de la guerre froide est presque oublié. Les enfants d'aujourd'hui le perçoivent comme de l'histoire ancienne, ils sont incapables de se le représenter, de le comprendre.

Tant de sacrifices. Si peu en retour.

Ce sont surtout les souvenirs de Miriam et de Pakamile qui remontent à la surface, au point que la douleur physique le pénètre à nouveau, une décennie après avoir essayé quotidiennement de l'étouffer un tant soit peu.

Tous ces poussins que tu as sauvés. Que sont-ils devenus ? Ils ne comptent pas ? N'en valaient-ils pas la peine ?

Non, Lonnie, ils ne comptent pas, songe-t-il. Car ils sont de toute façon condamnés soit à devenir des pondeuses en batterie, soit à finir à l'abattoir. Ce qu'il ne faisait ne changeait rien au final. C'est l'histoire de sa vie. Il ne changeait rien au final. Il s'est battu pour la démocratie, il a obtenu une kleptocratie. Il s'est battu en faveur de la justice pour les enfants et il a dû fuir son pays natal, stigmatisé comme étant un nervi, un assassin. Il a réussi à faire sortir Lonnie de son hôtel mais il ne peut pas le protéger plus longtemps. Ce complot n'est pas le sien, son aide n'a plus lieu d'être. Il a pu sauver le poussin Lonnie cette nuit, mais la broyeuse continue de tourner.

Plus jamais ça. Ce n'est plus son combat. Il veut vivre en paix. Fabriquer de belles choses. Oublier.

Daniel Darret retourne à l'hôtel au bord du lac. Il ne voit aucune présence policière, aucune trace de bagarre avec les Russes. Juste le trou dans la clôture, que personne n'a remarqué.

Quelle ironie ! Il y a trente ans, les Russes étaient ses frères de combat.

Aux aguets, un œil sur le rétroviseur, il finit par garer la Peugeot à deux rues de chez lui. Il ne remarque rien de suspect.

À l'entrée, Wackett miaule d'un ton profond, plaintif, chargé de reproches. Elle se frotte contre le chambranle et implore, comme si elle n'avait pas mangé de la semaine. Il la nourrit. Elle dévore, tout en lui jetant des regards furieux.

Il se douche, frotte le sang, la sueur et les souvenirs.

Dans son salon se trouve le sac à dos avec l'argent. Et la lettre.

Il les laisse. Il faudra bien en faire quelque chose plus tard.

Il marche vers la boulangerie de la rue des Faures. La belle Marla est au comptoir. Elle le salue d'un grand sourire, lui dit : « Daniel, tu as du retard ce matin », et glisse dans une poche en papier sa commande habituelle.

« Oui, oui, un peu. » Il respire l'odeur des viennoiseries, paie les croissants chauds et les chocolatines, ses favorites. En se dirigeant vers la Peugeot, il songe que c’est ici qu’il veut rester. En ces lieux où les humbles artisans le connaissent. Où on l’appelle par son nom français, avec un sourire.

Il ne fera rien pour mettre en danger cette vie-là.

38

Dans la cave du Bistrot, après le repas, face à Lonnie, un verre de la réserve de François à la main, les joues roses de satisfaction.

« Comment m'avez-vous retrouvé ? » a demandé Daniel.

Lonnie a souri. « Nous ne sommes pas stupides, tu sais.

— Je sais.

— Première règle du renseignement. Suivre l'argent… »

Il a opiné. Il a toujours pensé que ce serait la meilleure façon de remonter sa trace. Si on le voulait vraiment.

« C'est moi qui t'ai retrouvé, a dit Lonnie avec une pointe de fierté. L'argent de ta ferme. »

La ferme le long de la rivière Cata. Cata signifie « ajoute un peu », car la rivière est issue de la confluence d'une centaine de ruisseaux, chacun apportant sa contribution. Il avait acheté cette ferme deux ans avant la mort de Pakamile. Elle était délabrée, à l'abandon, mais ils l'avaient retapée, à l'image de la rivière, petit à petit.

Ils possédaient un peu de bétail, une vache laitière. Quelques poules. Un potager près de la porte de derrière, un carré de luzerne à côté de la berge. Chaque matin, il conduisait Pakamile en voiture à l'école, allait le chercher chaque après-midi. Entre les devoirs, ils s'occupaient de la ferme. Ils nageaient, chassaient du petit gibier, jouaient au *kleilat** et se couchaient sur l'herbe le soir pour regarder les étoiles. L'enfant aimait cette vie intensément. Lui aussi. Deux années de paix. Deux années sans perte.

Pakamile n'était pas de son sang. C'était le fils de la femme qu'il avait aimée, la femme qu'on avait tuée. Son fils est devenu son sang. Plus tard, son héritier légal.

Mais Pakamile est mort brusquement, et lui est devenu un fugitif, à cause de tous ceux qu'il avait pourchassés et punis. C'est à partir de l'Europe qu'il a dû se séparer de la ferme, par l'intermédiaire d'un avocat de King William's Town. Il a largement payé l'homme pour son silence et pour sa gestion du bien, car il semblait que Tobela Mpayipheli fût mort.

L'avocat lui a fait parvenir l'argent. Comme la rivière Cara, petit à petit. Des petites affaires, des trusts, des sommes suffisamment basses pour les faire sortir du pays, déposées sur cinq comptes bancaires différents en France. Qu'il a, plus tard, consolidés sous le nom de Daniel Darret.

« Ça a été difficile. Ton avocat était malin. Mais pas assez.

— Comment avez-vous su que je vivais encore ?

— Tu es Umzingeli.

— C'est-à-dire, Lonnie ?

— On n'a jamais retrouvé ton corps… Il y avait des

rumeurs, Tiny, toujours des rumeurs. Et quand on a commencé à réfléchir à la façon de se débarrasser du président, c'est ton nom qui est arrivé en tête de liste. Au moins, ils ont pensé, il faudrait être sûrs que tu ne vivais pas quelque part… Alors j'ai dit : “Laissez-moi faire.” J'ai été avocat, je sais le genre de traces que laissent les gens qui disparaissent. Ça a toujours été mon point fort. Toi et moi, nous savons que c'est finalement mon seul point fort… »

39

Il roule jusqu'aux Chartrons, car il doit garer la camionnette sur son lieu de travail et il sait qu'il n'arrivera pas à dormir.

Il nettoie l'atelier à fond. Son corps épuisé proteste, mais il s'y adonne lentement, systématiquement. Il s'assure que la table soit impeccable. Il a appris auprès de M. Lefèvre qu'on ne doit jamais vernir le bois s'il y a de la poussière, des copeaux ou des débris autour.

Il dilue le vernis avec de l'huile de tung jusqu'à ce que le mélange lui convienne et se saisit du pinceau approprié. Il le passe méticuleusement, d'abord sur le plateau de la table, la première couche toujours sur le plateau. Il se concentre sur son travail, le rythme du va-et-vient du pinceau, l'odeur de vernis, de térébenthine, de bois.

Une pensée domine tout : Lonnie doit être à Amsterdam.

Il ne veut pas l'admettre. Une partie de son mécontentement, de son malaise, de son agacement, c'est que Lonnie lui manque. Lonnie, l'Afrique du Sud et tout ce qui lui était cher. Dans la vie d'avant. Il avait un lien fort avec Lonnie. Hier au restaurant, malgré la longue discussion et la manipulation, il a renoué avec un ancien camarade. Une connaissance. Un membre de la famille. Avec son passé.

Et maintenant, il lui manque. Il lui manque fortement.

Et ça, il ne le veut pas.

Il dort dix heures d'affilée. Le lendemain matin, il se réveille soulagé, de bonne humeur, comme s'il avait survécu à un accident, à l'adversité. Il nourrit Wackett, prend le sac à dos contenant l'argent et la lettre, et le range dans un meuble de cuisine, derrière la poubelle.

Il se rend au travail. Il y a beaucoup à faire, car on est vendredi, et les Lefèvre vont rentrer d'Arcachon. Lundi, il se retrouvera avec le Génie, pris dans la routine qui lui plaît tant. Lundi, tout reviendra à la normale, cet été de tourmente et de violence sera passé.

Il fait la poussière dans tout le magasin, sur tous les meubles. Il passe l'aspirateur sur les tapis. S'active à polir l'argenterie et les cuivres, lave les objets en verre des vitrines.

De temps en temps, il va jeter un coup d'œil sur son portable. Pas encore de message de Lonnie.

Il songe au week-end. Demain midi, il s'offrira des tapas au marché des Capucins, à la Maison du Pata Negra de Mme Dupuy. Il n'y va pas régulièrement, il réserve ça pour les occasions spéciales. Le foie gras de M. Dupuy est incomparable, le meilleur mets du monde.

Dimanche, il prendra sa moto. Les Néerlandais et

les Allemands qui campent en été dans le Périgord devraient être rentrés chez eux. Chemins calmes, paysages admirables. Il va se nettoyer la tête, détourner ses pensées de toute la pagaille que Lonnie est venu semer.

À seize heures, il a fini. Il se rend au Carrefour du cours Victor-Hugo pour acheter du lait et de la nourriture pour chat. Il rentre chez lui. Il se douche à nouveau, va s'asseoir en short dans sa cuisine, ouvre une boîte de thon en lisant les nouvelles sur sa tablette.

L'annonce de la mort de Lonnie figure plus bas, sur la page d'ouverture de News24. *Mort d'un ancien patron des renseignements à l'aéroport*. Il voit le nom de Lonnie et ne veut pas continuer à lire, il n'arrive pas à y croire. M. May débarquait d'Amsterdam : une crise cardiaque, probablement. Les tentatives pour le réanimer à la sortie de l'aéroport international du Cap n'ont rien donné.

Il relit sans cesse l'article, tellement cela lui semble irréel, un mauvais rêve.

Il faut qu'il sorte. Il s'habille et part.

Il n'y pouvait rien. Ce n'est pas sa faute.

Crise cardiaque. Certainement pas. Ils attendaient Lonnie à l'aéroport du Cap. Ils devaient connaître son numéro de vol. Ils ont des yeux et des oreilles sur tous les systèmes informatiques du monde, des informateurs partout. Le MK43 n'a pas été suffisamment vigilant. Une trahison, peut-être ?

Il sent brusquement monter une rage contre les gens qui ont assassiné Lonnie, ceux qui ont braqué sur lui une arme pharmaceutique ou chimique, du poison – les Russes ont leurs méthodes sournoises, misérables, ils sont trop lâches pour se placer devant toi, te regarder dans les yeux et se battre comme des hommes.

Dans la lumière de fin d'après-midi, il se rend à l'église Sainte-Croix. À l'intérieur règnent le silence et la pénombre. Il s'assied et pleure, l'émotion lui prend la poitrine comme une douleur. Il se rappelle le départ de Lonnie à l'aéroport de Bergerac, les épaules droites. Vaillant petit Lonnie. Il en ressent le poids, il se sent coupable. Il n'y pouvait rien, songe-t-il, ce sentiment de culpabilité n'a pas de sens. *Nous faisons nos choix, nous devons vivre avec leurs conséquences.* Lonnie savait à quoi il jouait, il avait bien mesuré les risques. Lui, Daniel, a sauvé Lonnie, il l'a aidé, il ne pouvait tout de même pas le retenir ici. Ni l'accompagner. C'était à eux de le protéger. À eux.

Il reste plus d'une heure les bras croisés, la tête baissée, rempli de douleur et de colère, à se faire des reproches. Puis il se lève, sort quelques pièces de monnaie de sa poche et les glisse solennellement dans le tronc.

Il allume un grand cierge pour Lonnie.

Il va sonner à la porte d'Élodie Lecomte. Une décision spontanée. Plus tard, il comprendra qu'il avait besoin d'expérimenter et d'approcher quelque chose de beau, de pur, de non pollué, d'humain.

Elle vient lui ouvrir, pieds nus comme toujours. Elle le fixe d'un regard doux.

« Je ne suis pas venu voir mon tableau. J'aimerais voir les autres. »

Elle sent qu'il est déstabilisé. Il le voit à sa main qui

se lève pour le consoler, puis qui retombe de façon incertaine. « Bien sûr », répond-elle avec douceur, puis elle le conduit dans la grande pièce. Le voilà, face à toutes ces personnes représentées sur le mur. De bonnes âmes. Des gens bien, naturels. Chez chacun, elle a su capter une humanité. Comme si elle voulait signifier : « Nous sommes en miettes, nous sommes fragiles, mais nous sommes fondamentalement bons. »

Il se rend compte qu'elle s'est éclipsée.

Il contemple longtemps ces visages, cherchant un lien, une absolution.

Il va la rejoindre pour la remercier, avant de s'enfoncer dans la ville et l'obscurité.

« Permettez-moi de vous offrir du thé.

— Oui, merci. »

Ils sont assis dans le salon, savourant le thé sans dire un mot. Il finit par lâcher : « Un de mes amis est décédé.

— J'en suis désolée. »

Il sait qu'elle le comprend. Qu'il s'agit de bien plus que la mort d'un ami.

Un peu plus tard, elle se relève et s'approche de lui. Debout, elle lui tient la main. Alors il se met à pleurer ; ses larges épaules tressautent un moment, avant de s'apaiser.

Après minuit, il sort le sac à dos du meuble de cuisine. Il défait les boucles, sort la lettre et va s'asseoir sur le petit canapé. Wackett lui saute sur les genoux, comme si elle captait son humeur.

Il ouvre l'enveloppe. De l'encre bleue, une écriture fine et tremblotante.

Il déplie la lettre. Une photo s'en échappe ; la chatte, curieuse, regarde l'endroit du canapé où elle a atterri. Il la ramasse. Il s'agit d'un portrait de jeune femme. Elle sourit à l'objectif. Elle est belle, sa peau est lisse et brillante. Elle rayonne de joie de vivre.

Il la retourne. Au verso est écrit *Gugu*. Il ne la connaît pas. Il prend la lettre et lit.

Mon vieil ami,

J'ai longuement réfléchi avant de t'écrire cette lettre. Je sais que sa lecture te sera difficile. Mais il s'agit de mon devoir et, tu le sais, j'ai toujours fait mon devoir.

Daniel saute à la dernière des trois pages pour savoir qui lui écrit.

Au-dessus du post-scriptum, le texte est signé Mandla Masondo.

Il sursaute, une voix lui vient du passé. Il sait que Mandla est capable de le convaincre. Parmi tous ceux qu'on aurait pu choisir, seul Mandla peut le faire changer d'avis.

Les souvenirs affluent. Il y a trente-cinq ans. Mandla qui subtilisait de la nourriture et des médicaments pour lui, à Saraktash, dans ce camp de formation oublié du Ciel, au sud de la Russie. Du temps où Daniel était encore Tobela Mpayipheli, mais au cachot, car il s'était battu avec un Ouzbek. Une bagarre sanglante avec un sergent de l'Armée rouge. L'homme aux épaules d'ours, le cou telle une souche qui traitait Tobela et ses camarades noirs comme des rebuts. Jusqu'au jour où Tobela ne l'a plus supporté et a pris l'homme au collet dans le mess des sous-officiers. Comme punition pour sa victoire, et pour les terribles dommages causés dans sa fureur à l'Ouzbek, on a enfermé Tobela.

Mandla s'était glissé chaque nuit jusqu'au cachot pour lui apporter de la nourriture, de la soupe, du pain. Et de la pommade pour ses plaies, et des cachets contre la douleur. Mandla le maigrichon, le gars humble, plein de patience, de sagesse du terroir, son sourire tranquille et sa petite toux, toujours une toux dans les frimas russes. Il avait dix ans de plus que les autres recrues d'Umkhonto, ils l'appelaient *uBaba**, d'abord avec ironie, ensuite avec affection. Un père. C'est un peu ce qu'il était pour la plupart d'entre eux.

Mandla Masondo. Un homme simple, le gardien de bovins de Babanango, le docker puis le syndicaliste de Richard's Bay. N'a jamais atteint les sommets, à l'instar de Lonnie May, un disciple plutôt qu'un leader. Après 1994, dans la nouvelle Afrique du Sud, il est devenu officier dans une base militaire à Bloemfontein. Colonel. Il ne désirait rien de plus que l'*isithunzi**.

Mandla, qui lui apportait de la pommade et de la soupe, du pain aussi, ce pain bon marché pour militaires russes au goût de sciure cuite. Il s'asseyait à la porte de la cellule, et il parlait à Tobela, vingt ans à peine, plein de feu, de colère, de haine, d'impulsivité. Alors Tobela lui disait : « S'ils t'attrapent ici, ils vont aussi te boucler, *uBaba*. Et là, tu vas tousser encore plus, car il fait froid et humide dans cette prison, et tu tomberas gravement malade. »

Mandla souriait en silence et continuait à parler de sa voix douce.

« Comment tu t'es retrouvé dans cet endroit sinistre, *uBaba* ? Pourquoi tu n'es pas resté garder tes vaches dans les collines du KwaZulu ?

— Je cherche l'*isithunzi*. Pour mes enfants. »

Tobela savait que Mandla entendait par là : la dignité. Car *isithunzi*, en zoulou, veut aussi dire « statut social » ou « considération ».

« C'est tout, *uBaba* ?

— C'est tout ce dont on a besoin, Tobela. *Isithunzi*. Le reste vient de lui-même. »

Daniel Darret sort du passé, rassemble les minces feuillets de la lettre, afin de reprendre la lecture.

40

Mon vieil ami,

J'ai longuement réfléchi avant de t'écrire cette lettre. Je sais que sa lecture te sera difficile. Mais il s'agit de mon devoir et, tu le sais, j'ai toujours fait mon devoir.

Je veux te raconter une histoire. Cette histoire, je sais que tu la comprendras, car je suis au courant de ton deuil. J'ai été profondément désolé de l'apprendre.

Il s'agit de l'histoire de ma fille. Elle s'appelle Gugu. Elle est très belle. Elle a maintenant trente-deux ans. Elle est née à Londres quand j'étais en exil. C'est mon seul enfant.

Elle avait huit ans quand je l'ai amenée en Afrique du Sud, en 1994, pour la grande libération. J'étais heureux, Tobela, et si fier. Parce que je pouvais lui dire que j'avais pris part à la Lutte. En 1997, je l'ai emmenée au bureau, car notre Nelson Mandela bien-aimé rendait visite au 1er bataillon d'infanterie. Madiba lui a pris la main et lui a dit que moi, son père, j'étais un grand héros de ce pays. Je n'oublierai jamais ce jour-là, ni la fierté que j'ai lue dans les yeux de Gugu. C'est le jour où j'ai retrouvé mon isithunzi, *Tobela. Tu te souviens du temps où nous parlions la nuit durant d'*isithunzi *?*

J'ai raconté à Gugu tout ce que nous avions enduré, tous les gens qui combattaient à nos côtés. Je lui ai parlé de toi, de Rudewaan Moosa, de notre chef Moses Morape qui ne craignait rien, et du match de rugby que nous avons joué contre l'armée russe. Nous avions gagné ! Tu te rappelles ?

Ce fut un jour merveilleux. J'aimerais bien le raconter à l'un de mes petits-enfants, mais je risque à présent de n'en avoir jamais l'occasion.

J'ai aussi raconté à Gugu l'histoire de l'homme qui est aujourd'hui notre président. Il était courageux au combat, il a aidé de nombreuses personnes à quitter le pays pour rejoindre Umkhonto. T'ai-je jamais dit comment il m'a recruté ? Notre président. Il est venu à Babanango. Il a parlé à mon père. Il m'a parlé. Il m'a escorté au Swaziland, puis au Mozambique. Je le respectais beaucoup. J'étais très fier quand il est devenu président. Je n'ai pas trop suivi tout ce qui se passait, car je travaillais dur à Bloemfontein.

Gugu a fait des études pour devenir institutrice. Elle est allée à l'université du Free State, a décroché son diplôme. J'aurais tant aimé que son grand-père soit en vie pour voir ça : sa petite-fille recevant son diplôme. Il n'a pas été à l'école, mon père, il ne savait ni lire ni écrire. Et voilà sa petite-fille qui obtient un diplôme, avec mention de surcroît ! C'est dans ces moments-là qu'on réalise que nos sacrifices n'ont pas été vains.

Tobela, c'est difficile de te raconter cette histoire, c'est pourquoi je t'écris d'autres choses qui sont moins importantes. Permets-moi de t'écrire ce que j'ai à dire.

Il y a deux ans, Gugu enseignait à Brandfort lorsque notre président est venu pour les festivités autour de Winnie Mandela. La chorale qui devait chanter devant le président, c'étaient les élèves de Gugu. Le président est venu les féliciter après la cérémonie. Elle lui a dit qu'elle était ma fille. Elle lui a confié qu'elle avait entendu plein d'histoires dans son enfance, qu'il était un de ses héros. Il lui a répondu qu'il se souvenait de moi.

Le président l'a invitée à lui rendre visite. Il a ordonné à ses assistants de prendre son nom, son numéro de téléphone, et de lui organiser une visite à Mahlamba Ndlopfu, la grande maison blanche sur la colline de Pretoria où se trouve à présent sa résidence officielle.

Quand on l'a appelée, elle était très excitée. On lui a proposé de venir un week-end, en tant qu'invitée de notre président. Elle a expliqué à tous ses élèves qu'elle allait dîner à la table du président et de ses femmes, car elle était la fille d'un héros de la Lutte. Mais ce n'est pas ce qui s'est passé.

Ce vendredi-là, elle a roulé jusqu'à Pretoria. On lui a donné une chambre dans la résidence, et déclaré que le président était très occupé, mais qu'il viendrait plus tard dîner avec elle. Ses épouses n'étaient pas là. Seulement des gardes du corps et des serviteurs.

Il est arrivé après huit heures, seul. Très charmant. Tu te souviens, comme il pouvait se montrer charmant ?

Il lui a proposé du vin et de la nourriture, les gardes du corps et les serviteurs se sont retirés. Et alors, il a changé. Tout d'un coup, il n'était plus charmant. Il lui a fait des avances, elle ne savait plus quoi faire. Elle s'est efforcée de rester respectueuse, de lui faire comprendre qu'elle ne souhaitait pas ce genre de chose. Mais il l'a forcée, Tobela. Il a violé ma fille.

Pourquoi ne s'est-elle pas enfuie ? Pourquoi ne s'est-elle pas débattue ? Pourquoi n'a-t-elle pas crié, hurlé, ne s'est-elle pas réfugiée dans les toilettes ? Voilà les questions que je me suis posées si souvent ces deux dernières années. Quand elle m'en a parlé, elle m'a avoué qu'elle était paralysée. Elle souhaite tous les jours pouvoir revenir à cette nuit-là et changer le cours des événements. Mais elle ne le peut pas. Elle est différente à présent. Elle est tout le temps triste. Elle a honte d'elle-même. Je t'envoie une photo de Gugu pour te montrer à quoi elle ressemblait. Regarde-la, Tobela. Le beau sourire que tu vois a disparu. Elle a perdu son travail. Elle a perdu le respect d'elle-même. Elle vit chez moi et ne veut pas sortir.

*Je ne te demande pas de venger ma fille. Je ne te demande pas de tuer cet homme parce qu'il a détruit la vie de ma fille. Je te demande : est-ce cela l'*isithunzi*? Si cet homme est notre président, gardons-nous notre* isithunzi*? En tant que Sud-Africains, soldats, pères, filles? Est-ce pour cela que nous avons donné les meilleures années de nos vies?*

Je te demande de rejoindre à nouveau la Lutte. S'il te plaît.

Ton camarade, ton ami, ton uBaba.

Mandla Masondo.

Il y a un post-scriptum sous le nom de Mandla, des instructions que Daniel ne souhaite pas lire pour le moment.

Il pose la lettre à côté de lui et reprend la photo. Il la contemple, la pose également. Il caresse la nuque de la chatte.

Peu après, il se lève et va s'allonger sur son lit, les mains sous la tête. Il fixe les motifs du vieux plafond.

La fatigue le terrasse, un épuisement dû aux émotions ; il finit par plonger dans un sommeil agité. Il se réveille avec le lever du soleil. Il va se laver, nourrir la chatte, prendre son petit déjeuner.

Avant de sortir, il aperçoit la lettre et la photo sur le canapé. Il hésite un moment, vaguement mal à l'aise. Il reprend les feuillets, les replie, les range dans l'enveloppe et remet le tout dans le sac à dos. Il ne veut plus s'en séparer, après Lonnie, après tout ça. Il emporte le sac à dos en sortant.

Ça lui fait penser aux pistolets. Il s'en veut, tout d'un coup, comment a-t-il pu oublier les pistolets dans la boîte à outils ? La tristesse l'envahit, il est l'ombre de celui qu'il était.

Il marche jusqu'au garage de la rue Permentade. Il enfile sa tenue de motard, ajuste son casque et enfourche l'engin. Il roule. D'abord en direction des Chartrons. Il ouvre l'atelier, se dirige vers la camionnette Peugeot et récupère les pistolets. Il les enveloppe dans de la gaze, les glisse dans le sac à dos. Il ira les balancer quelque part.

Il s'élance sur la route. Maintenant plein sud le long de la Garonne, direction Langon et Marmande. À Aiguillon, il tourne vers le nord-est, sans réfléchir. Il se concentre sur la conduite ; embrayage, vitesses, accélérateur, freins, virages, suit les embranchements de la route sans penser à une destination.

Sur une portion droite de la D676, avant Villeréal, il a subitement conscience de rouler trop vite, à près de cent quatre-vingts kilomètres à l'heure. Il a la sensation que c'est dangereux sur une route étroite. Ce comportement lui est familier. Il l'a déjà expérimenté par le passé.

Il s'arrête à un carrefour en T, un panneau signale *Envals 3,3 km*. Son cœur bat vite. Il respire profondément, essaie de retrouver son calme, son contrôle. Il descend, place la moto sur sa béquille, ôte son casque. Il se sent apeuré, encagé. Il se souvient de la dernière fois qu'il a connu cette sensation. C'était il y a dix ans au Soudan. Il remontait l'Afrique à moto depuis Johannesburg. Du lever au coucher du soleil. Jour après jour. Sa tête filait dans une autre dimension. Il ne parlait que lorsque c'était nécessaire, pour se nourrir, pour trouver un gîte, pour prendre du carburant, pour la réparation d'un pneu, une soudure au cadre. Zimbabwe, Zambie, Tanzanie, Kenya, Éthiopie. Et puis, dans le nord du Soudan, sur une piste désertique entre Khartoum et Méroé, à plus de deux cents kilomètres à l'heure, sur cette route droite qui piquait vers l'horizon, il a compris ce qu'il essayait d'atteindre. Il voulait se débarrasser de tous ses souvenirs, ses traumatismes, ses douleurs. Il voulait les distancer, ces fantômes qui le suivaient. Il s'est arrêté dans la chaleur étouffante et il a compris qu'un jour ou l'autre il lui faudrait les affronter.

Il a essayé. Depuis Alexandrie, en passant par la Sicile, jusqu'à Marseille. À travers l'Europe. Chaque jour, regarder en face un bout de son histoire, un bout de lui-même. Jusqu'à ce qu'il ressente une once de paix, juste assez pour ne plus être un fugitif.

Voilà que c'est revenu. Cette fois-ci, il fuit la chose que Mandla Masondo et Lonnie May ont déposée à ses pieds. Cette histoire de responsabilité, de retour à ce qu'il était, à ce qu'il a fait.

À Cadouin, un petit village médiéval, il prend sa décision. Il est le seul client à la terrasse du Triskel, à l'ombre d'un auvent où il sirote son café en regardant l'église et le cloître, bâtis il y a près de mille ans. Il regarde autour de lui le petit village, le calme, l'ordre, le mode de vie, la simplicité de l'existence, *l'égalité*, l'absence de misère. C'est ce qu'il voulait pour son pays. Cette dignité, cette prospérité, cette fierté. Que tout ce sang versé au cours de l'Histoire, tous ces sacrifices permettent de le stabiliser, de le façonner. Avec la certitude que c'était juste et bon.

Il veut une approche rationnelle pour tout. Il essaie de trouver un sens au-delà de l'émotion suscitée par la lettre de Mandla Masondo, et la mort de Lonnie May. Systématiquement, petit à petit, comme la rivière Cata. Il n'y parvient qu'en partie, cela se sédimente au fond de son esprit, comme du plomb.

Il soupèse tous les éléments. Son existence ici. Il sait que sa vie à Bordeaux n'est qu'un refuge, une échappatoire, un baume sur de vieilles plaies. Il sait que cette vie ne débouche pas sur une communauté, elle ne pèse d'aucune façon sur le monde, elle a peu de signification. Mais c'est sa vie. C'est le peu de bonheur qu'il a, probablement le plus qu'il puisse jamais en obtenir.

Il va falloir y renoncer. Le fait de tuer le chef d'État d'un autre pays fera de lui l'homme le plus recherché d'Europe. Il ne connaîtra aucun repos tant qu'on ne l'aura pas capturé. Ils finiront par savoir, un jour ou l'autre, qui il est. S'il survit, s'il leur échappe, il sera un fugitif. À vie.

Il faut y opposer l'impact qu'aura l'élimination du président. Au mieux, un acte symbolique. Il signifie que l'on peut riposter à la corruption, à la trahison. *C'est un vrai cancer*, selon les mots de Lonnie. *Tu l'opères d'un côté, il revient par un autre. Une hydre, on ne peut pas couper toutes les têtes du serpent.*

Peut-il croire ce qu'a dit Lonnie ? *Nous diffuserons une déclaration dans les médias pour dire qu'il est le premier sur la liste. D'autres suivront*. Y en aura-t-il vraiment d'autres ? Le groupe des 43 est-il vraiment prêt à cela ? Ont-ils d'autres objectifs ?

Il va falloir leur faire confiance, à ses anciens camarades. Lonnie a sacrifié sa vie pour cette cause, cette stratégie. Mandla a été capable de signer de son nom au bas d'une lettre, susceptible d'être interceptée, qui peut signifier sa fin.

Sa décision ne vient pas comme un éclair lumineux, un embrasement émotionnel. Il s'agit d'une décision intellectuelle, lente, prise à contrecœur, en pleine connaissance des conséquences.

Il est assis là, au bord de la place, en face de l'antique église, et sort son portable de son blouson. Il appelle Sandrine Lefèvre.

Elle répond sur-le-champ, le salue chaleureusement, c'est la première fois qu'ils se parlent depuis près d'un mois.

Elle lui demande comment il va.

« Bien, merci madame, répond-il. Puis-je venir vous voir ?

— Tu nous quittes ? » Une grosse déception, il n'en peut sans doute plus de travailler avec Monsieur, comme ses prédécesseurs.

« Non, je ne veux pas démissionner. Je voudrais seulement prendre trois semaines pour régler une affaire personnelle. »

Il sait qu'il s'agit d'une demi-vérité. Il ne la reverra plus jamais.

41

« Je l'ai connu, mon vieux Lonnie », a-t-il dit, au Bistrot, lors d'une de ses nombreuses protestations pour ne pas passer à l'acte. « J'ai connu le président.

— Nous avons tous pensé le connaître, jadis. Mais il était déjà dans le grenouillage, je te le dis. Il planifiait son coup d'État depuis des lustres. C'est un salaud sournois. »

Daniel a secoué la tête. « Il a été bon pour moi. Il a… J'étais encore un enfant…

— Toi ? a grimacé Lonnie. Tu n'as jamais été un enfant. Je me souviens, en Angola. Tu avais dix-huit ans, à peu près, et tu étais déjà un homme. Bien plus que la plupart de ceux qui avaient deux fois ton âge. »

Il ne s'est pas laissé démonter. « J'avais dix-sept ans quand on m'a fait passer au Swaziland. Il y avait une maison sûre à Goba, au Mozambique, où nous avons dormi…

— Je m'en souviens. La brave dame faisait une excellente cuisine…

— Un soir, il est venu s'asseoir à côté de moi. Il était en chemin, je ne sais vers où, mais il était pressé, il avait beaucoup à faire. Il est quand même venu s'asseoir à la table de la cuisine, presque une heure durant. Il m'a dit que lui aussi avait eu peur, la première fois. Car on ne sait pas à quoi s'attendre. On aspire à être avec sa famille à cet âge-là. Son père, sa mère. Il m'a dit que sa mère lui avait terriblement manqué. Il m'a demandé ce que faisait mon père. Je lui ai répondu qu'il était missionnaire, et qu'il n'avait pas su que j'étais parti suivre la Lutte, mais qu'un oncle devait le lui avoir dit à présent. Mon père était un homme bon, je me sentais très coupable. Il méritait mieux. Alors le président a déclaré que mon père serait très fier de moi. Et que j'étais "un vaillant jeune homme".

— Il l'a dit à tout le monde, Tiny.

— Sa mère lui manquait.

— Et alors ?

— Il m'a dit que mon père serait fier de moi. Au moment où j'avais besoin de l'entendre. Et maintenant, tu veux que j'aille le regarder dans les yeux et le tuer ? »

42

Il va chercher le sac à dos dans la sacoche de la moto, afin de lire le post-scriptum de Mandla Masondo.

Les pistolets sont sur le dessus. Il les enfouit au fond du sac. Il vaut mieux les conserver un moment.

Il va se rasseoir, commande encore un café et réfléchit à la région dans laquelle il se trouve avant de commander des chocolatines.

Ensuite, il lit le post-scriptum de Mandla.

Longtemps tu as été agent secret, tu sais donc que le mieux est de détruire cette lettre une fois lue. Je ne crains pour ma sécurité que dans la mesure où je m'occupe de Gugu. J'ai pris un gros risque en te l'envoyant. Mais il le fallait.

Si tu décides qu'il ne s'agit plus de ton combat, nous comprendrons, bien sûr. Tu en as beaucoup bavé. Mais nous avons besoin de ta réponse, pour des raisons évidentes. On m'a remis ces instructions, je te les transmets telles quelles.

Rends-toi dans un cybercafé, et crée-toi une adresse chez protonmail.com. Il s'agit d'un service suisse qui délivre des messages cryptés de bout en bout, il est particulièrement sûr. N'utilise pas ton téléphone, ni ton ordinateur, ni ta connexion personnelle. Quand tu auras ton adresse Proton, connecte-toi sur gumtree.co.za. C'est un site sur lequel on poste un tas de messages publicitaires. Place une réclame dans la rubrique « Soins et santé », sous le nom de « Dr. Inhlanhla, guérisseur traditionnel, jeteur de sorts », que tu domicilieras dans la région Pretoria-Tshwane. Ajoute ton adresse Proton. Si tu décides de ne pas rejoindre le combat, c'est tout ce que tu as à faire.

Nous espérons de tout cœur que tu accepteras cette dernière mission. Si tu le fais, ajoute simplement « Philtres d'amour » au titre de la publicité. Nous répondrons par un message qui commencera par « Il n'y a jamais assez de philtres d'amour ». Ce message sera accompagné d'une méthode pour nous contacter.

Assure-toi que tu n'es pas suivi jusqu'au cybercafé. Si tu sais comment faire, active la fonction « privée » sur le navigateur quand tu te connecteras sur Proton, et efface l'historique de ta navigation avant de te déconnecter.

Bonne chance !

Il sourit silencieusement en voyant « Dr Inhlanhla », car cela signifie « Dr Chance » en zoulou. C'est un nom judicieux pour un guérisseur traditionnel.

Il relit les instructions une fois encore, mémorise le contenu et finit par brûler la lettre. Il paie ensuite son café avec un billet prélevé dans le sac à dos, grimpe sur sa bécane et prend la route de Sarlat-la-Canéda. C'est le bourg le plus proche, connu pour ses nombreux habitants britanniques. On doit y trouver des cybercafés.

Il roule en liberté sur les routes étroites et tortueuses du Périgord noir, jusqu'à Sarlat. À 14 h 40, il s'arrête au Resto Cybercafé de l'avenue Thiers.

Il paie pour un mot de passe, choisit un ordinateur tout au fond, et suit les instructions de la lettre. Il crée une adresse Internet, inhlanhla@protonmail.com, et place la publicité sur Gumtree. Il inclut les mots « Philtres d'amour ». Il attend quarante minutes pour voir s'il y a une réaction.

Il ne reçoit aucun e-mail.

Il rentre lentement à Bordeaux, trois heures de route.

Daniel ne veut pas chercher un cybercafé proche de son appartement. Il sait qu'il y en a un près de la gare principale, la gare Saint-Jean. Il veut savoir s'il a reçu un e-mail. Quand il aperçoit le message, son cœur bat plus vite. Il se penche en avant pour cacher l'écran, alors que personne ne regarde dans sa direction.

De : vula@protonmail.com

Objet : Soins et santé

À : inhlanhla@protonmail.com

Il n'y a jamais assez de philtres d'amour.

Bienvenue à bord !

Le Traiteur marocain, marché des Enfants-Rouges, Paris.

Lundi 12.00.

C'est tout. Trois lignes.

Il les relit, efface le message.

Lundi midi à Paris. Après-demain.

La façon la plus rapide et la plus simple d'accéder à la capitale depuis Bordeaux est de sauter dans le nouveau TGV qui arrive deux heures plus tard gare Montparnasse. Il en prendra un en fin d'après-midi, et passera la nuit dans un hôtel quelconque à Paris. Il tape « marché des Enfants-Rouges » sur Google : le plus vieux marché couvert de la ville, ainsi nommé en mémoire des orphelins en uniforme rouge qui habitaient à côté, rue de Bretagne, dans le Marais. Le Traiteur marocain est un restaurant au sein du marché.

Il efface l'historique du navigateur.

Le plus court chemin vers son garage passe par le marché des Capucins, fermé le samedi. Rue des Douves, il aperçoit Mamadou Ali, à l'angle de la place des Capucins, au milieu d'un groupe d'amis. Il lève les yeux en entendant la moto, et agite le bras frénétiquement pour attirer son attention.

Daniel arrête la moto, relève la visière de son casque.

« Je t'attendais, Daniel. Tu as un pépin ? » La voix d'Ali est assourdie, ses yeux surveillent les rues alentour.

« Pourquoi ?

— Il y a des types… Ils demandent partout si l'on connaît un grand Noir, un mètre quatre-vingt-dix au moins, qui habite ou travaille par ici.

— Quel genre, les types ?

— Deux Blancs. Ressemblent à des flics. Mais ils n'en sont pas. Ils parlent français avec un accent. L'un est un immense gaillard, avec une oreille endommagée. L'autre a un bras abîmé…

— Comment sais-tu qu'il a mal au bras ?

— Il a un gros pansement…, dit Ali en désignant son bras droit. Le problème, c'est que Sansan Adjoumani, tu sais, le grand Ivoirien du magasin de cycles rue Magendie…

— Je ne le connais pas.

— Eh bien, ce crétin a dit qu'il s'agissait peut-être de toi. Il a peur qu'on l'arrête car il n'a pas de papiers. Sansan leur a dit que tu habites place Camille-Pelletan. Tu as des ennuis ? On peut t'aider ?

— Merci, Ali. Je fuis les ennuis comme la peste.

— D'accord. S'ils reviennent nous questionner, on dit qu'on ne sait rien. Faut se serrer les coudes, ça a l'air d'être des types difficiles… »

Daniel hausse les épaules. « Je ne connais pas d'autre grand Noir, par ici. Ils ont dit pourquoi ils le cherchaient ?

— Une histoire de grosse somme qu'ils lui doivent, ça sentait la merde à plein nez. En tout cas, je me suis dit qu'il fallait te prévenir. Tu es le seul grand Noir que je connaisse.

— Merci, Ali. »

Il salue, et repart. Sur ses gardes, considérant avec suspicion tout le monde dans la rue.

Il roule d'abord en direction de son garage, tourne vers la place de la Victoire, revient. Ne remarque personne. S'arrête devant la porte du garage, retire ses gants, dégage le sac à dos de la sacoche, fouille pour sortir un pistolet du morceau de gaze. Il finit par sentir une crosse, pousse le cran de sécurité. Ouvre la porte du garage, entre.

Retire son casque, tient le pistolet derrière son dos tout en jetant des regards rapides, à gauche et à droite de la porte. Un samedi après-midi, la rue est calme.

Il glisse le pistolet dans la ceinture cachée par son blouson, sort vite, et pousse la moto à l'intérieur. Seulement alors, il referme la porte. À côté de sa moto, il essaie de faire le point.

Que savent les Russes ?

Ils ont suivi Lonnie May quand il était en chemin vers l'appartement de Daniel.

Ils ont dû comprendre que le quartier Saint-Michel abritait une forte concentration d'Africains.

Ils savent qu'il est noir, car ils ont vu sa main et une partie de son visage, la nuit où il les a neutralisés.

Ils savent qu'il est grand, d'où la précision de leurs questions dans le quartier.

Très peu de personnes savent où il habite, encore moins où il travaille. Sansan ne doit pas le savoir.

Il garde son blouson de cuir afin de couvrir le pistolet. Referme le garage et s'engage dans la rue Marengo, à l'affût, balayant du regard les toits des immeubles à trois étages, les fenêtres, les portes, les coins de rue.

Un scooter arrive d'en face. Daniel pose la main sur la crosse du pistolet. Le deux-roues passe, conduit par un étudiant en short.

Sur la place Camille-Pelletan, il n'y a personne. Il entre dans son immeuble, monte quatre à quatre l'escalier.

Sa porte d'entrée est légèrement ouverte, à côté de la serrure, des échardes dues à un pied-de-biche.

Il empoigne son pistolet et entre.

43

Tout est sens dessus dessous. Les coussins du canapé sont éventrés, une chaise est renversée. Sa tablette est à terre, l'écran brisé.

Il ne fait pas un geste, il écoute.

Wackett, roulée en boule sur le rebord de la fenêtre, lui jette un regard noir, comme si tout ça était sa faute.

Il devine que l'appartement est vide, les visiteurs ont filé. Mais il garde le pistolet armé à la main. Il sent monter l'outrage, la fureur, car on a pénétré son espace, violé son domicile, son intimité, sa paix.

La cuisine. Sucre, farine et flocons d'avoine sont répandus sur la table, les boîtes en plastique et les conserves par terre, de même que les produits d'entretien et les torchons. Le frigo est ouvert.

Sa chambre est en pagaille : vêtements et literie éparpillés. Il se dirige droit vers la cachette où il conserve ses papiers d'identité au nom de Daniel Darret, derrière la plinthe près de son lit. Le petit bloc de bois qu'il a délicatement découpé dans la plinthe est intact. Il le retire. Tous les documents sont là, l'acte de naissance qu'il a acheté au véritable Daniel Darret, un homme rencontré sept ans plus tôt chez un coiffeur du quartier Château-d'Eau à Paris. Ce Darret avait un besoin immédiat d'argent afin de rentrer en Côte d'Ivoire, pour d'obscures raisons personnelles. Tobela Mpayipheli avait de l'argent – celui de sa ferme – et l'envie de devenir quelqu'un d'autre.

L'acte de naissance est en sécurité dans la niche, avec son passeport. Il garde sa carte nationale d'identité dans son portefeuille, avec son permis de conduire. Des documents qu'il a obtenus grâce à l'acte de naissance. Sa photo, ses empreintes digitales : preuves officielles d'une nouvelle vie.

Il laisse les documents dans leur cachette, replace prudemment le bloc de bois.

Il va inspecter la porte d'entrée. Il faut qu'il la répare, renforcer sa première ligne de défense. Il dépose le pistolet sur la table de la cuisine, ôte son blouson, va chercher ses outils dans une boîte en carton sous l'évier, elle aussi renversée, son contenu éparpillé.

Il s'active sur la porte ; il ne pourra la réparer que partiellement. Il faudrait poser un gros verrou, mais où peut-il en acheter un samedi à pareille heure ? Il se demande ce que les types cherchaient. Ses papiers d'identité ? Une photo ? Une preuve que Lonnie était venu ici ou que c'était bien Daniel qui les avait attaqués ? Des documents concernant un complot ?

Il n'y a pourtant rien ici. Quelque chose le tarabuste. Une preuve, un fil conducteur qui lui échappent pour l'instant.

Il y songe en travaillant. Sur la tablette, il avait une application pour recevoir les informations sud-africaines. En soi, ce n'est qu'une indication vague, au cas où ils l'aient vue. Mais il n'a jamais utilisé d'e-mails ni de réseaux sociaux, il n'y a donc pas d'éléments personnels permettant de l'identifier. Ses bulletins de salaire, il les cache au travail. Rien dans son appartement ne permet de faire le lien, mais pourquoi n'arrive-t-il pas à se débarrasser de cette inquiétude sourde ? Le tissu qu'il a enroulé sur sa tête se trouve à l'atelier ; le sac à dos et les pistolets, il les a emportés avec lui à moto.

Sa chemise. Sa chemise ensanglantée qui était dans le panier à linge sale.

Il se précipite vers la petite salle de bains. La chemise se trouve au-dessus du linge en vrac. Celui qui a une figure de prédateur, celui dont il a fait exploser le bras a dû se souvenir de la couleur, des motifs et des taches de sang.

Daniel jure à voix haute.

Ils savent qu'il est leur assaillant. Ils savent où il habite.

Il court vers la porte d'entrée, qu'il a bricolée de son mieux. Il achètera un verrou demain matin. Et même deux – un extérieur, un intérieur. Cela n'empêchera pas quelqu'un de déterminé de s'introduire chez lui, quitte à faire du bruit. Mais ce sera déjà ça. Avant d'aller à Paris.

Il faut qu'il trouve un hôtel à Bordeaux pour la nuit car ils reviendront. Boucler une valise, chercher un hôtel, prendre un train demain. Au plus tôt.

Faire vite.

Pressé par l'urgence, il va ranger les outils dans la cuisine. Il réfléchit à ce qu'il doit emporter. Le sac à dos, l'argent. Les pistolets, non, car on scanne les passagers à la gare.

Les outils en place, il prend un balai pour enlever

le sucre, la farine et les flocons d'avoine. Une idée le frappe soudain et l'inquiétude s'empare de lui. Il lâche le balai et file vers le salon, examine le désordre qu'ils ont laissé derrière eux.

La boîte. La petite boîte verte en argile sur la cheminée est vide.

Elle contenait la lettre d'Élodie Lecomte. Son adresse y figurait. Il essaie de réprimer un sentiment de panique, soulève les coussins, regarde sous le canapé, ne la trouve nulle part.

Il se met à courir.

D'abord en direction du cours Victor-Hugo, puis vers l'est. Le pistolet lui racle le dos. Il cherche un taxi désespérément. Un samedi soir, il devrait y en avoir, par ici.

Il en voit un mais il roule dans le mauvais sens, il doit traverser la rue au milieu d'une circulation dense, des voitures qui klaxonnent. Il parvient à temps à attirer l'attention du chauffeur. Il lui donne l'adresse d'Élodie Lecomte et ajoute : « Vite, très vite, s'il vous plaît. » L'urgence dans sa voix est telle que le taxi fait demi-tour dans un crissement de pneus et fonce en changeant constamment de file, sous les protestations véhémentes des automobilistes.

Ça lui paraît durer une éternité, tandis que l'inquiétude le ronge. Les reproches aussi – il aurait dû jeter la lettre sitôt qu'il avait aperçu Lonnie. Dès ce moment-là, il avait su qu'il apportait des problèmes.

Le taxi dépose Daniel sur le cours Georges-Clémenceau, au plus près de chez elle. Il tend un billet de cinquante euros au chauffeur. « Gardez la monnaie, merci. » Il longe les deux pâtés de maisons suivants au pas de course, ses bottes de motard résonnant sur le pavé.

En arrivant au coin de la rue Montesquieu, il aperçoit l'ambulance et la voiture de police, une foule de badauds : il sait qu'il est arrivé trop tard.

Il se fraie un chemin parmi les curieux, est arrêté par un cordon. Il veut avancer mais un agent de police l'en empêche.

« Que s'est-il passé ? »

Le flic ne répond pas.

« Un cambriolage, dit une femme derrière lui.

— Des voleurs, renchérit un homme à côté d'elle. Ils cherchaient des bijoux. C'est un quartier de riches, par ici.

— Quelqu'un est blessé ? » demande Daniel au policier, qui finit par le regarder à cause de l'urgence dans sa voix.

On sort un brancard de l'immeuble d'Élodie Lecomte. Il la reconnaît malgré le masque à oxygène. Il voit le sang presque sec qui a perlé sur ses cheveux, sur sa tempe. Il aperçoit sa main qui pend sous la couverture, recouverte de sang rouge-noir.

Il en appelle à Dieu, *Bo* en xhosa, et pour la première fois, la fureur contre ce président, l'homme qu'il va tuer, s'empare de lui. Pour la première fois, il a envie de le faire, absolument.

Il sent un regard posé sur lui, une intuition ancestrale, et quand il lève les yeux, il aperçoit le visage du Prédateur, celui qui a le bras en bouillie, en face, de l'autre côté du cordon. L'homme le fixe avec intensité, il perçoit son anxiété, son urgence, la suspicion qui se transforme en reconnaissance. À ses côtés se tient un homme aussi massif qu'un ours, celui que Mamadou Ali a décrit, son oreille gauche déformée par une grosse cicatrice, comme si on en avait arraché un bout.

Le Prédateur donne un coup de coude à l'Ours et désigne Daniel du doigt. Appelle sur sa gauche. Deux autres types sont postés, souples et aux aguets. Il pointe encore, et appelle sur sa droite. Il y en a d'autres.

Ils bougent dans sa direction, six au moins.

Daniel se retourne, se cogne contre la dame qui a parlé de cambriolage. Elle proteste. Le policier lance un avertissement à Daniel. Il trace son chemin parmi la foule qui le dévisage et qui s'ouvre devant sa hâte. Il ne regarde pas alentour, il se met à courir, coupe vers l'est, vers la vieille ville. C'est sa meilleure chance, ce labyrinthe de rues étroites. Il le connaît bien, il peut leur échapper, profiter de son avance, car ils en sont encore à fendre la foule.

Dans le silence de l'impasse Fauré, à l'abri d'un porche en retrait, il sort le pistolet. Il a le souffle court, la poitrine en feu d'avoir couru un quart d'heure à travers les petites rues. Il ne peut plus tenir cette allure. À cause de l'étroitesse de la voie, ils vont arriver en rangs serrés, il attend le bruit de leurs pas, il sortira de l'ombre et tirera.

Il essaie de contrôler sa respiration, afin de mieux écouter.

Des sirènes résonnent au loin.

À présent, il a dû être filmé par les caméras de

sécurité, un grand Noir qui s'est enfui en courant de la scène du crime.

Il n'entend aucun pas. Il attend une, deux, trois minutes.

Rien.

Respirer profondément.

Il ne peut pas rentrer chez lui. Ils savent où il habite.

Il doit filer à Paris. Ils surveillent certainement la gare et l'aéroport. La moto est immatriculée au nom de Daniel Darret. Ils s'en rendront compte à un moment ou un autre, au cours des vingt-quatre heures à venir. Ils doivent savoir s'introduire dans les bases de données françaises, dans les circuits de caméras de surveillance qui quadrillent les rues. Il doit bien réfléchir.

Il récapitule. Il a son portefeuille dans sa poche. Son permis de conduire et sa carte d'identité. Le sac à dos et l'argent se trouvent dans la sacoche de la moto. Son casque aussi, mais il a laissé son blouson à la maison. Un hôtel à Bordeaux, ce n'est pas une bonne idée. Il faut qu'il sorte de la ville. Prendre une direction qui ne révèle rien de ses plans.

Il attend encore cinq minutes, jusqu'à ce qu'il soit absolument certain de les avoir semés.

Il marche jusqu'au quai Richelieu, pour jeter son portable dans le fleuve car ils peuvent retrouver son numéro dans une base de données. Il est à son nom. Et s'ils le découvrent, ils seront vite sur sa trace.

44

Lonnie May, dans le restaurant, lui avait demandé : « Pourquoi Bordeaux ?

— Qu'est-ce que tu veux dire ?

— C'est… Eh bien, pourquoi n'as-tu pas choisi de vivre à Paris ? C'est Paris. Grand. Trépidant. Magnifique. Et les femmes, *oh là là* ! Ou au moins, le ciel bleu et le soleil de Nice ? Ou la Provence, les champs de lavande, les tournesols, les vieux mas… Tout un style de vie… Ça ne me gênerait pas de disparaître par là-bas. »

Daniel lui avait répondu que ce n'était pas facile à expliquer.

« Allez, vas-y. Fais-moi plaisir. »

Daniel a posé le poing sur son cœur. « C'est là-dedans. »

Lonnie a levé les sourcils d'un air sceptique.

Daniel lui a décrit Paris comme une maîtresse. Splendide, exotique, stimulante, extravagante. Elle enchante, elle séduit et, pendant ces instants de ravissement, on aimerait la posséder de tout son cœur. Mais elle ne le permet pas. À moins qu'on soit un autochtone. Daniel y a séjourné il y a plusieurs décennies pour le compte de la Stasi et du KGB, quand il était jeune et n'avait peur de rien. À l'époque il flirtait avec elle. En y retournant il y a dix ans, il a essayé de rallumer l'étincelle de cette ancienne passion. Mais elle avait changé. Non, en fait c'est lui qui avait changé, lui et ce qu'il recherchait. Il a poussé plus loin, à moto, sans plan déterminé, s'arrêtant ici ou là. À Bordeaux, finalement. Pour la première fois. Sans attente, sans présage. En fin d'après-midi, il a pris une chambre dans un hôtel d'une grande chaîne rue Martignac et a déambulé dans la vieille ville en quête d'un endroit pour dîner. Place Saint-Pierre, sous les branches joyeusement éclairées d'un arbre géant, attablé devant l'église ancienne, son cœur a fondu. De façon inexplicable, inattendue, comme il convient à un amour véritable. « J'ai trouvé une épouse, a-t-il dit avec un sourire à Lonnie, qui pouvait m'aimer en retour, en dépit de mes origines. »

Lonnie a rigolé : « Je ne t'aurais jamais cru romantique. »

Daniel a secoué la tête. « Non, je suis un vieux pragmatique. C'est toi qui sous-estimes le charme de cette ville. Il y a des nouveaux venus partout. Aux Chartrons, toute une horde d'expatriés britanniques. Bordeaux sait attirer les étrangers. Tu connais l'histoire de Stahlschmidt ?

— Non », a répondu Lonnie.

Daniel lui a parlé de ce jeune soldat de la marine allemande. « Au début de la Seconde Guerre mondiale, Heinz Stahlschmidt a été formé au déminage des mines flottantes anglaises – un travail dangereux : en deux ans, les trois navires sur lesquels il travaillait ont tous coulé. Chaque fois, il a survécu. On l'a envoyé fin 1941 à Bordeaux pour servir à terre. Peut-être avait-on estimé qu'il méritait un poste moins exposé, les matelots sont souvent superstitieux, et Stahlschmidt n'avait visiblement pas la chance de son côté. Il est resté trois ans ici, a arpenté ces rues, respiré cette atmosphère. Et Bordeaux a ravi son cœur. Quand les nazis ont dû quitter la ville en août 1944 – il faisait peut-être aussi chaud et étouffant que ce soir –, ses chefs ont donné l'ordre à Stahlschmidt de faire sauter les docks. Pendant la guerre, le port s'étendait sur sept kilomètres le long du fleuve. L'explosion aurait causé la mort de milliers d'habitants. Et sa ville chérie aurait été gravement endommagée, tous ces splendides vieux bâtiments, ces rues et ces ruelles, ces placettes, le cœur chaud de cette ville historique. Stahlschmidt ne pouvait s'y résoudre, tant son amour pour elle était grand. Alors il a fait sauter le dépôt d'explosifs des Allemands. Il paraît que toute la ville a tremblé ; on a vu les flammes et la fumée sur des dizaines de kilomètres à la ronde.

« Il est resté ici après la guerre. A épousé une Française et a même fait changer son nom : Henri Salmide. Il est mort ici en 2010. Voilà l'effet que cette ville peut avoir sur les esprits. »

Le Suricate est resté silencieux un bon moment.

45

Il roule à moto jusqu'à Arcachon sur la côte Atlantique. Sans blouson, l'air de la nuit est dès le départ suffisamment frais pour rendre le trajet désagréable, malgré le pare-vent dont la BMW est équipée. Il s'engage sur l'E5, la route principale en direction de l'Espagne, toujours très fréquentée, et observe scrupuleusement les limitations de vitesse. Puis l'A660, plus calme, où pour la première fois il a la certitude de ne pas être suivi.

Il pense à Élodie Lecomte. Ils ont dû sonner en bas et raconter un bobard à son sujet, un coup de bluff. Peut-être : « Nous avons une information sur Daniel Darret, une information urgente. » Elle a cru bon d'ouvrir la porte.

Il ne tient pas à savoir ce qu'ils lui ont fait, mais il est certain que ce sont le Prédateur et l'Ours qui ont agi, leur langage corporel ne laissait aucun doute lorsqu'ils se sont trouvés face à lui, de l'autre côté du brancard où gisait la femme sans défense, douce, timide.

Il les aura. Quand tout ça sera fini, il les aura.

Daniel sait où se trouve la résidence secondaire des Lefèvre à Arcachon, sur l'avenue Sainte-Marie. Il s'y est déjà rendu deux fois à la demande de Madame, pour effectuer de menus travaux de peinture et des réparations. Il connaît le code de l'alarme de la maison. C'est le même que celui du magasin, car le Génie apprécie que Madame facilite les choses.

La rue, joliment plantée d'arbres, est calme, la plupart des habitants étant repartis en ville à l'issue des vacances. Il ouvre le portail, roule jusque derrière la maison où il gare la moto, loin de la rue. Cela prendra peut-être des semaines avant qu'on ne la repère, tout comme la petite vitre de la porte de derrière qu'il va devoir casser pour entrer. Il se sent affamé, sale, fatigué, frigorifié. La brise de l'Atlantique s'est faite mordante durant les derniers kilomètres.

Il ferme le portail, récupère le sac à dos, brise la fenêtre, pénètre dans la maison. Il compose le code de l'alarme, n'allume pas la lumière. Si les voisins sont encore là, ils doivent savoir que les Lefèvre sont rentrés le jour même à Bordeaux.

Il attend que ses yeux s'habituent à l'obscurité relative de la cuisine, déniche des galettes de maïs et un bocal de confit de canard dans le garde-manger, prépare du café et mange. Il lave soigneusement la vaisselle avant d'aller se doucher.

Jugeant trop intrusif de dormir dans un lit, il s'installe sur le canapé.

Il est fatigué, mais il sait que le sommeil mettra du temps à venir. Ses pensées vont vers Élodie Lecomte. Ses blessures sont-elles graves ? Quel mauvais traitement lui ont-ils infligé ? La femme qui lui a tenu la main pendant qu'il pleurait la mort de Lonnie.

Il fut une époque où il ne se souciait guère des dommages collatéraux. Du temps où il était un guerrier, un chasseur passionné, concentré. Il les voyait comme le prix à payer pour équilibrer la balance de la justice. Le but justifiait tout. Cette certitude l'a abandonné à présent, cette idéologie, cette différence facile entre le bien et le mal, le noir et le blanc. Dans sa colère, il aimerait pouvoir imputer ce qui est arrivé à Élodie Lecomte, au président, aux Russes, mais ce n'est pas si simple. Il a sa part de responsabilité. Il a contribué à faire tomber le premier domino, le matin où il est allé à la rencontre de Lonnie dans la cathédrale. Car il savait que Lonnie n'apportait que des ennuis, avec ses poursuivants et ses rencontres secrètes.

Il doit admettre qu'il est un peu responsable. Et cesser de causer du tort aux autres. Il le faut. À tout prix.

Les dommages dont il est victime, il les accepte, comme jadis. La perte, une fois de plus, d'une vie, d'un avenir, d'un chez-soi. La perte de Bordeaux.

Il aurait bien aimé répondre à Mandla Masondo que cette ville, cet endroit lui ont redonné son *isithunzi*. Maintenant, il s'apprête à perdre l'une et l'autre.

Il pense à la chatte. Wackett va devoir se débrouiller toute seule ; l'animal était sans domicile fixe avant de venir loger chez lui. Elle ira vite se laisser caresser par les enfants des voisins pour obtenir de la nourriture. Ou bien, elle ira s'incruster chez quelqu'un d'autre. Wackett survivra.

Il pense à la tâche qui se profile. Au moment où il haletait, debout dans la ruelle de l'impasse Fauré. À peine quinze minutes de course, et il était épuisé. À cause de la tension, de l'adrénaline, de l'effort. Comment parviendra-t-il à réaliser une telle opération ? À cinquante-cinq ans ? Il est trop vieux pour jouer les tueurs à gages.

Au bord du sommeil, à près de deux heures du matin, il se demande qui il va rencontrer à Paris. Un ancien camarade ? Lequel ? Qui oserait se rendre à Paris, surveillé comme doivent l'être les membres de MK43 maintenant que l'on sait Lonnie mort, et lui en fuite.

Il se lève en sursaut juste avant neuf heures. À travers les volets, le soleil dessine de longs motifs linéaires. Daniel se redresse, écoute, ne perçoit que les oiseaux au-dehors. Étonné d'avoir dormi bien après le lever du jour. L'épuisement, meilleur remède contre l'insomnie.

Et tout d'un coup, comme si la nuit avait aiguisé sa perspicacité, il en prend conscience : il y avait un portrait de lui chez Élodie Lecomte. Ainsi que quelques photos. S'ils l'ont suffisamment détaillé au pied de l'immeuble pour faire le lien, tous ceux qui courent à sa poursuite sauront à quoi il ressemble.

Ça le titille, ça l'incite à se laver et s'habiller plus vite. Il colle un carton devant la vitre cassée, remet l'alarme en marche, ramasse le sac à dos et s'en va. Au portail, il examine les alentours avec prudence, s'assure qu'il n'y a pas de voiture en vue et se dirige vers l'est, vers le centre du bourg. Il ne se détend que lorsque les rues se peuplent.

Il prend son petit déjeuner dans un café pour calmer sa grande faim tout en feuilletant le quotidien *Sud-Ouest*. Il y a une brève sur Élodie Lecomte en page deux. On la désigne comme « une artiste locale ». Elle a été emmenée à l'hôpital avec de sérieuses blessures, mais son état est stable. La police voit là un cambriolage qui aura mal tourné après qu'elle a cherché à résister. Aucun suspect n'a été identifié.

Sérieuses blessures. Son état est stable.

Quel genre de personne inflige de sérieuses blessures à une femme sans défense ?

Au moins, elle vit. Il en est soulagé.

Il va faire des achats cours Lamarque-de-Plaisance. Choisit des vêtements résistants : un pantalon gris de bonne qualité, deux chemises bleues, un blazer bleu marine classique, des chaussures noires, des chaussettes, des sous-vêtements. Puis un jean, deux T-shirts, deux polos de couleur sombre. Et deux casquettes de base-ball, une rouge et une bleue.

Il s'achète une trousse de toilette, un rasoir, de la mousse à raser, une brosse à dents, du dentifrice, du déodorant. Un sac de voyage de bonne contenance pour y ranger le tout, y compris le sac à dos avec l'argent et les armes. Dans les toilettes de l'hôtel La Perla, il boucle le sac, enfile le blazer et s'en va.

Vingt minutes de marche le mènent au petit port. Yachts, bateaux de plaisance et bateaux de pêche, presque mille cinq cents au total, bien alignés, sont amarrés au quai. Les jouets des gens riches dans le chaud soleil d'été. Ici et là, des pancartes proposent des excursions en bateau dans la baie ou vers le Cap Ferret. Ce n'est pas ce qui l'intéresse.

Ce qu'il cherche, il le trouve près des entrepôts à l'est du port, du côté des ateliers et des shipchandlers : les navires plus anciens, cabossés, accostés aux quais bon marché. Il avise deux hommes penchés sur un hors-bord. Il leur demande s'ils connaissent quelqu'un susceptible de l'emmener le long de la côte.

Ils se retournent, le regardent de haut en bas, cigarette au bec, les mains pleines de cambouis. Peut-être le père et le fils.

« Jusqu'où le long de la côte ? demande le père en posant son tournevis.

— Gijón ? » Il donne délibérément le nom d'un port dans la direction opposée.

Ils semblent très sceptiques.

« San Sebastián ?

— Pourquoi vous n'y allez pas en voiture ?

— Ou en train ? » ajoute le fils.

Daniel dit merci et tourne les talons.

« Attendez ! » crie le père.

Il les regarde à nouveau.

« Essayez avec Olivier. » L'homme désigne d'un doigt sale le quai numéro cinq. « Le nom de son bateau, c'est *L'Ange fou.* »

Il remercie. Les roulettes de sa valise claquent bruyamment sur les dalles de béton. Il sait que le regard des deux hommes le suit dans son dos. Ils se souviendront de lui, mais il doute que quelqu'un vienne les interroger.

L'Ange fou est amarré tout au bout du quai cinq,

embarcation en fibre de verre qui aurait besoin d'un coup de peinture. Deux sièges sur le pont, un pare-soleil en toile, déchiré, accroché au cadre d'acier inoxydable, sale. Il n'inspire pas une grande confiance.

Daniel s'arrête près du bateau et crie : « Hello ! »

Il entend une toux en bas dans la cabine. Suivie d'un silence. Il appelle à nouveau.

« Qu'est-ce qu'il y a ? » Voix irritée.

« J'aimerais louer votre bateau. »

Il entend le son sourd d'une personne qui se déplace, une nouvelle toux, puis une tête apparaît. Un homme dans la cinquantaine, cheveux sombres plantés dru, barbe de quatre jours, poivre et sel, les yeux rouges. Ce visage a connu beaucoup de soleil et d'ennuis.

« Louer ?

— C'est ça.

— J'accompagne. C'est moi le capitaine.

— Je comprends. J'aimerais que vous m'emmeniez à Gijón.

— Gijón ? » L'homme le regarde d'un air soupçonneux. Il s'extrait de la cabine. Se plante devant Daniel. « Gijón ? Pourquoi vous ne prenez pas le train ? »

Daniel renifle une odeur aigre d'alcool. Il ne réagit pas, laisse le silence perdurer.

« Oh ! » dit soudain le capitaine de *L'Ange fou*, une lumière nouvelle dans les yeux. Il évalue le soleil, la météo. « Aujourd'hui ?

— Maintenant.

— C'est possible, mais c'est cher.

— Combien ?

— Six cents euros. »

Daniel sourit et s'éloigne.

« Cinq cents, crie le capitaine.

— Deux cents.

— Trois cent cinquante. Cash. »

Daniel revient sur ses pas. Le capitaine tend la main.

« Olivier Chérain, se présente-t-il. Je préfère ne pas savoir qui vous êtes.

— Je ne veux pas aller à Gijón. Combien ça coûtera de m'emmener à Brest ? »

46

« Toi, t’es drôlement malin, dit Chérain, avec un sourire en coin de conspirateur.

— Tu peux m’emmener aujourd’hui à Brest ?

— Brest, c’est loin. Brest, c’est cher. Une longue traversée. C’est rudement exigeant pour les moteurs. Faudra que je fasse le plein à La Rochelle et que je dorme à Brest, il y aura des frais d’amarrage, des frais d’hôtel. Si le temps change, ça me prendra bien deux, trois jours pour revenir.

— Combien ?

— Mille euros. Je refuse de marchander.

— Six cents.

— Je ne veux pas dormir dans un hôtel merdique, oublie ce chiffre. Ou alors trouve quelqu’un d’autre.

— Sept cents.

— Ce n’est pas négociable. Et tu paies maintenant, avant le départ. »

Daniel soupire. « La moitié maintenant, l’autre à l’arrivée.

— Bienvenue à bord. »

Chérain explique que son bateau est un Jeannot Leader 850, traduisez huit mètres cinquante de long. Ses moteurs diesel ont une puissance de deux cent cinquante chevaux, et «il a juste besoin de se faire ravaler la façade un chouia car il a trente-deux ans, mais il ne fuit pas et il tourne comme une horloge».

Ils naviguent lentement jusqu'au bout du port. Chérain est à la barre, Daniel sur l'autre siège surélevé, derrière le pare-brise.

«C'est ton travail? Skipper? demande-t-il.

— Comme qui dirait.

— Ah?

— Je ne te demande pas pourquoi tu choisis la solution la plus longue et la plus compliquée pour aller à Brest.

— C'est comme ça. Mais d'habitude, jusqu'où tu navigues?

— Assez loin. La côte espagnole. Jusqu'à Santander.

— Ça fait combien?

— Quatre-vingts milles nautiques.

— Et Brest?

— Dans les deux cent soixante-dix. À peu près.

— Tu n'es jamais allé aussi loin avec ce bateau?»

Chérain pioche dans sa poche de pantalon une flasque en inox, l'ouvre adroitement, et prend une gorgée. «Je n'ai jamais autant eu besoin de mille euros.» Il tend le flacon à Daniel. «Une petite goutte pour apaiser le père Poséidon?

— Non, merci.»

Chérain lève la flasque. «À ta santé.» Il attaque

largement son contenu puis pousse à fond les deux leviers d'arrivée de carburant.

La mer est étale. Ils prennent plein nord, à un mille de la plage blanche à tribord, qui s'étend à l'infini, et derrière elle le feuillage de la forêt de pins. Les mouettes tournent autour du bateau, les vagues grondent au loin. Chérain indique les petits villages sur la côte, Lacanau Océan (« Y a un golf. Je n'ai jamais rien compris au golf. Quelle perte de temps, taquiner une baballe… »), Montalivet (« Le village le plus ennuyeux au monde. Une grande maison de retraite, même les nudistes n'arrivent pas à rendre l'endroit attirant. »). Daniel écoute, sourit au pessimisme de l'homme. Pour la première fois, il se sent détendu et sait qu'il a pris la bonne décision en voyageant de la sorte. Il est en sécurité, pour l'instant.

Au sud de l'île d'Oléron, Chérain dit : « J'espère que tu n'as pas le mal de mer.

— Je n'ai jamais eu l'occasion de le découvrir.

— On va le savoir tout de suite, dit le skipper en désignant la haute mer. Vent d'ouest. Ça va devenir turbulent. »

Il a raison. Quinze minutes plus tard, Daniel se penche au-dessus du bastingage et vomit.

« Un gros petit déjeuner, commente Olivier Chérain, impressionné. Faut pas me saloper le pont. »

Daniel est couché, malade, dans la petite cabine, sur un matelas qui sent la sueur et l'alcool. Chérain se tient droit sur le pont, derrière le volant. Parfois, Daniel l'entend chanter, plus fort que le ronronnement permanent des moteurs, d'une voix mélodieuse, sans fausse note. Il se demande si l'homme est un passeur. On entend parfois aux infos des histoires de réfugiés qui entrent clandestinement en Angleterre en traversant la Manche sur des rafiots, ou de drogue qui passe par l'Espagne. Il soupçonne plutôt ce trafic, puisque Santander est jusqu'alors la destination la plus lointaine de Chérain.

Daniel demeure allongé jusqu'à leur arrivée dans le port de La Rochelle. Pendant l'avitaillement en diesel, il se sent suffisamment rétabli pour sortir. « C'est encore loin ? »

Chérain regarde sa montre. « Six heures, au moins. »

Encore six heures à souffrir du mal de mer. Il jure.

Chérain roule des épaules, une façon gauloise de dire que ce n'est pas son problème.

Ce n'est pas seulement l'inconfort du trajet qui gêne Daniel, mais la vitesse plus réduite qu'il ne l'escomptait. Brest à neuf heures ce soir, ça signifie qu'il y aura peut-être encore un train ou deux pour Paris, car on est dimanche et tout le monde quitte la plage ou sa maison de campagne pour retourner en ville.

Chérain règle son diesel par carte, et navigue pour trouver un mouillage.

« Et maintenant ? demande Daniel.

— Faut que j'achète de quoi manger. Je te rapporte quelque chose ?

— Non, merci. »

Chérain sourit pendant qu'il amarre le bateau. « Tu

vas finir par prendre le pied marin. Va dans la cabine, ne reste pas au soleil. Je reviens tout de suite. » Le capitaine saute élégamment sur le quai et se dirige vers les bâtiments du port.

Si ses vomissements ne l'avaient pas épuisé, il se serait douté plus vite que le « je reviens tout de suite » n'était qu'une promesse creuse. Ça ne lui apparaît qu'au bout d'une demi-heure, quand Chérain n'a toujours pas refait surface. Après une heure d'absence, Daniel est inquiet au point de commencer à fouiller la cabine, à la recherche d'informations qui pourraient l'éclairer sur la vie du skipper.

À tribord, il y a une cuisine minuscule, en fait deux brûleurs à gaz et un évier. À bâbord, une armoire intégrée et la couchette, avec des tiroirs en dessous.

Ces tiroirs ne contiennent que des vêtements fripés, des couvertures, une paire de chaussures de bateau, deux revues vaguement porno, et trois bouteilles d'alcool vides. C'est dans l'armoire intégrée que Chérain range son matériel de sauvetage et l'équipement de sécurité : bouée de survie, fusées de détresse, pièces détachées de moteur, une radio bidirectionnelle qui semble mal en point, un tas de cartes côtières de France et d'Espagne. Ces dernières augmentent les soupçons de Daniel quant au trafic de drogue, mais ça ressemble plutôt à un commerce à petite échelle. Tout semble si peu organisé, l'homme n'est pas un gros maillon de la chaîne.

Dans le tiroir sous l'évier, il trouve une enveloppe brune à demi recouverte par un fouillis de couverts et de couteaux. Il jette un coup d'œil dehors pour voir si le skipper approche avant d'en déverser le contenu sur le lit. Les documents du bateau, la licence de capitaine, son passeport, sa carte d'identité. Il les étudie et les remet soigneusement dans l'enveloppe.

Histoire de se dégourdir les jambes, il fait les cent pas sur le quai, ne voulant pas laisser sans surveillance son sac, avec l'argent et les pistolets.

Au bout d'une heure et demie, il est quasiment certain que l'homme n'est pas parti que pour chercher de la nourriture. Il se demande s'il ne faut pas tirer un trait sur son investissement de cinq cents euros et aller prendre un train. Il décide d'attendre encore un peu. Brest comporte, sans conteste, des avantages stratégiques.

À quatre heures, un taxi s'arrête sur le quai. Il voit le skipper s'en extraire. Un exercice difficile car il est complètement ivre. Chérain règle le taxi en parlant fort, sort deux sacs en plastique, ferme la portière d'un coup de hanche et s'avance en vacillant. Il doit se tenir à un pylône avant de prendre sa marche titubante. À quelques mètres de *L'Ange fou*, il trébuche et tombe. Une bouteille se casse à l'intérieur d'un des sacs.

« Merde », lâche Chérain.

Daniel soupire, plonge dans la cabine et sort sa valise. Il quitte le bateau et s'avance vers le skipper, l'aide à se relever.

« Où vas-tu ? lance celui-ci en s'accrochant à Daniel comme un homme en pleine tempête.

— À Tombouctou.

— Mais tu as dit… » Il cherche ses mots. « … que tu voulais être à Brest aujourd'hui. »

À mi-chemin entre le port et la ville, il s'arrête, la valise à ses pieds, sur le pont qui enjambe le lac de la Sole. Les rues sont calmes en cette fin d'après-midi dominicale. Il contemple le lac et jure.

La Rochelle n'est pas une grande ville. Il se sent vulnérable, visible, et n'est pas complètement rétabli de son mal de mer. Ce foutu Chérain ! Il s'en veut d'avoir mal évalué la situation – il pensait se débarrasser de ses poursuivants. Brest aurait constitué une étape plus sûre, plus longue certes, mais imprévisible sur le trajet vers la grande ville. Seulement voilà, tout content d'avoir trouvé un mode de transport astucieux, il a mal choisi son skipper.

S'adapter, improviser, c'est ce qu'on lui a jadis appris. Des choses peuvent aller de travers, mais le succès dépend de la façon dont on gère le chaos.

Il n'a plus envie de gérer le chaos, surtout après avoir nourri les poissons de l'Atlantique avec son petit déjeuner.

Il va devoir marcher jusqu'à la gare pour s'informer du prochain train à destination de Paris. Il y aura des caméras de surveillance. Il se penche, ouvre son sac et en sort la casquette de base-ball rouge. Il enlève son blazer, le range dans le sac. Il enfonce la casquette sur sa tête et se met en route.

Au moins, il a la terre ferme sous les pieds.

Il repère les caméras de la gare de La Rochelle, une belle bâtisse en grès. Il garde la tête baissée, entre et va consulter les horaires. Il y a un train pour Paris-Montparnasse à dix-huit heures. Quatre-vingts minutes le séparent du moment d'acheter son billet, juste avant le départ du train.

Il ressort, toujours mal à l'aise. La gare est située dans un quartier plutôt résidentiel. Il n'y a qu'un endroit où aller – le bar 164 Expresso, de l'autre côté de la rue.

Il s'assied à l'intérieur afin de pouvoir surveiller la rue. Aucun journal à lire mais un téléviseur derrière le comptoir, qui diffuse un match de football. Il n'a pas envie d'un café pour l'instant. Il prend un Coca et surveille alternativement l'écran et la rue. Ni l'un ni l'autre ne livre d'information passionnante.

À dix-sept heures passées, son estomac est assez rétabli pour qu'il puisse s'offrir un panini jambon-fromage et un deuxième Coca. À dix-sept heures quarante, il va acheter son billet puis, au Relay, un exemplaire du *Monde* et des revues de moto.

Il attend sur le quai. Juste avant dix-huit heures, il grimpe dans le train de Paris.

Il songe à l'atelier de Bordeaux. Demain matin, Henry Lefèvre va reprendre son travail après ses vacances d'été. Il jettera un coup d'œil à la table de Daniel avant de s'asseoir à son établi et de se pencher sur une pièce en bois pour la restaurer de ses mains habiles.

Le plus grand souhait de Daniel serait de se retrouver aux côtés du Génie.

47

Daniel éprouve un réel soulagement quand il débarque gare Montparnasse, vêtu de sa chemise bleue toute neuve et de son blazer impeccable. Même un grand Noir peut disparaître dans la bousculade et la cohue de cette gare et de cette mégapole.

Il hèle un taxi et demande au chauffeur s'il connaît un bon hôtel abordable à proximité des jardins du Luxembourg. Il veut rester rive gauche ce soir, loin du marché des Enfants-Rouges, où il doit se rendre le lendemain matin.

Le taxi le dépose devant l'hôtel Le Sénat. Il prend une profonde inspiration avant d'entrer, car il va devoir mentir avec aplomb.

Il salue la réceptionniste avec un mélange de jovialité et d'indignation, du moins l'espère-t-il. Une chose très désagréable vient de lui arriver dans le métro en venant de la gare du Nord, explique-t-il, on lui a volé son portefeuille et son portable. Ces pickpockets sont diablement habiles. Il ne dispose que du liquide qui se trouve dans son sac, une somme conséquente, Dieu merci, sinon il n'aurait pas su quoi faire. Mais il se sent désemparé car il n'a plus aucun papier d'identité sur lui. Il sait que les hôtels demandent un passeport ou quelque document. Il a une réunion importante le lendemain matin, il faut qu'il la prépare et se repose. Il est prêt à payer d'avance le montant qu'elle estimera nécessaire, si on lui procure une chambre. Il sort une petite liasse de billets préparée dans le train – suffisante pour montrer qu'il a les moyens, mais pas trop sinon elle risquerait de croire qu'il a dévalisé une banque.

Tout en parlant, il se rend compte qu'il ne ment pas de façon très convaincante. Rouillé. Peu disposé, songe-t-il, à replonger dans la mystification permanente de son ancienne vie.

La réceptionniste, gênée, lui demande de patienter un instant et disparaît. Il sait qu'elle va poser la question au responsable du service de nuit.

Elle revient accompagnée d'une dame légèrement plus âgée, qui évalue d'un coup d'œil l'allure, le blazer élégant et le bagage de bonne qualité de Daniel pendant qu'il répète son histoire. Mieux, moins emprunté.

« En fait, dit la responsable, nous ne sommes pas autorisées à faire cela. Combien de temps voulez-vous rester ?

— Deux nuits au maximum. Je comprends, c'est un dilemme pour vous, mais je ne vois pas comment faire autrement.

— Vous réglerez les deux nuits à l'avance, plus un dépôt pour le minibar ?

— Naturellement.

— Alors c'est d'accord.

— Vous êtes un ange. »

À son grand soulagement, elle sourit légèrement et commence à taper sur son clavier.

« Quel est votre nom ?
— Chérain. Olivier Chérain. Je peux même vous donner le numéro de ma carte d'identité, je le connais par cœur. »

Plus tard, en se débarrassant de la sueur, du sel et des vestiges de son mal de mer sous la douche, il sourit pour la première fois depuis son entrevue avec Lonnie au Bistrot. Il repense à sa journée, à Chérain, le skipper trafiquant et picoleur. S'il était resté sur *L'Ange fou*, ils seraient à l'heure qu'il est en route pour l'Amérique du Sud.

Peut-être regrettera-t-il de ne pas être resté à bord. Mais il a tout de même gagné, en échange de cinq cents euros, un demi-voyage, un nouveau nom et un numéro de carte d'identité.

Lundi 28 août.

Il allume la télévision, va se laver et s'habiller. La sixième nouvelle du journal concerne l'arrivée jeudi en France du président d'Afrique du Sud pour une courte visite. Il va probablement rencontrer vendredi le jeune président français récemment élu.

Il prend son petit déjeuner et décide d'aller marcher. C'est la meilleure manière de se déplacer dans une ville si l'on veut s'assurer de ne pas être suivi. Il est de toute façon hautement improbable qu'il le soit. Il faudrait une chance monstre aux Russes pour le localiser. Ce marché des Enfants-Rouges est un endroit public judicieux pour une rencontre entre deux personnes qui ne veulent pas être repérées.

Il tient à se dégourdir les jambes. Et flâner, essayer

de se détendre dans ses lieux favoris. La place Saint-Michel, par exemple. C'est là que Paris la maîtresse l'a subjugué la toute première fois, il y a de cela plus de trente ans. Son épanouissement, enfin, après une éternité d'entraînement militaire et de formation au renseignement. Lui qui ne connaissait guère que les collines de l'Eastern Cape, la forêt lointaine d'Angola et de Tanzanie, les plaines de la Russie méridionale et la grisaille de Berlin-Est. Arrivé de Munich par le train, descendu gare du Nord, il n'avait rien vu de Paris. Il avait monté l'escalier de la station Saint-Michel et s'était trouvé à l'air libre. Soudain, la place l'avait submergé d'une atmosphère de pure électricité : des danseurs, des étudiants, des musiciens, des touristes, des mimes, des voitures, des vélos, de l'énergie, du bruit et de la couleur. Un choc, un ensorcellement. Il en avait été transporté. Il était resté cloué sur place, pendant des heures, pour tout absorber. L'enfant de la rivière Cata. Épaté par la Ville lumière.

À présent, il revient s'asseoir un instant au même endroit et laisse remonter les souvenirs. Seigneur, quel rustre il était. Un naïf. Tellement inconscient.

Et tout ce qui a changé en trois décennies : les vêtements des étudiants, la carrosserie des voitures. Et lui-même.

Il surveille l'heure, traverse la Seine, pousse jusqu'à la fontaine Stravinsky où il commande un café. La tension monte lentement en lui. Il musarde dans les jardins Anne-Frank, puis à travers le Marais. Il emploie toute sa science, toutes les ruses presque oubliées, pour s'assurer que personne n'est sur ses traces.

À midi moins une, il s'assied à une table du marché

des Enfants-Rouges, juste en face du restaurant Le Traiteur marocain.

Son cœur bat plus vite. Il prend conscience de tout, ses sens sont aiguisés. Il se demande qui va venir.

Le marché couvert est un endroit joyeux, plein d'odeurs séduisantes : légumes, fruits, fleurs, fromages, un boulanger, des cuisines qui offrent des plats italiens, orientaux et marocains. Et pour les déguster, des tables et des chaises sont disposées dans les travées. Il y règne une véritable effervescence en ce milieu de journée.

Soudain, un homme apparaît à ses côtés. Daniel se raidit.

« Je suis désolé, monsieur, mais cette table est réservée pour nos clients. »

C'est un serveur du restaurant.

« Bien sûr. Comment dois-je faire pour commander ?

— Là-bas, au comptoir. »

Daniel le remercie, se lève et va se placer dans la file d'attente devant le comptoir. Il regarde les photos des différents plats en avançant avec les autres clients.

Une voix douce derrière lui, une voix de femme. Elle parle français avec l'accent et le rythme des Sud-Africains.

« Je vous recommande le tajine kefta. Il est délicieux. »

Il se tourne lentement vers elle. « Merci. »

Elle est jeune, le début de la trentaine peut-être, jolie, élégante dans sa robe bouton d'or sans manches, coiffée d'un béret noir. Une fine sueur lui couvre le front. Dans sa main, un grand sac des Galeries Lafayette. Elle lui sourit, mais il note qu'elle est tendue.

« Puis-je en prendre un pour vous aussi ?

— Oui, merci beaucoup, c'est très gentil.

— Je m'appelle Olivier, dit-il en continuant à balayer le marché du regard.

— J'espérais que vous seriez le Dr Inhlanhla », répond-elle en zoulou, d'une voix étouffée par la tension. Elle n'a pas l'habitude, pense-t-il, ils ont envoyé une débutante. Comment peut-elle savoir si elle est surveillée ou non ? Il essaie de sentir si quelqu'un s'intéresse à eux.

« C'est moi, répond-il dans la même langue. Mais seulement le week-end. »

Elle rit, mais c'est un rire forcé. Elle reprend en français : « Il vaut mieux que vous ne connaissiez pas mon nom.

— Bien sûr. »

D'un geste imperceptible, elle lui indique que c'est à leur tour de commander. Il pivote vers le comptoir et commande deux tajines keftas. Il paie. L'homme qui l'avait chassé de la table lui en indique une autre avec un clin d'œil.

« Nous mangeons ensemble ? demande-t-il à la jeune femme au béret.

— Avec plaisir. »

Ils prennent place à la table proposée. Elle pousse son sac dessous. Sa nervosité est palpable. Elle revient au zoulou. « Il faut que vous emportiez ce sac en partant. Soyez très prudent, s'il vous plaît, il y a là-dedans des articles sensibles. Si vous pensez qu'ils risquent de tomber dans de mauvaises mains, détruisez-les au mieux. » Un ton mécanique, comme si elle répétait un texte appris par cœur.

Par-dessus la table, il lui prend la main et la tient

fermement. Sa voix est calme, apaisante : « Tu es Sotho. » Il a reconnu son accent et son choix de mots en zoulou.

« Oui.

— Tu n'es pas habituée à… ce genre de chose.

— Ça se voit tant que ça ? »

Il presse doucement sa main. « Respire profondément. »

Elle opine, soupire lentement. Il sent sa main se décontracter légèrement.

« Tu penses que quelqu'un t'a suivie ?

— Non. Vraiment pas. Personne ne sait que je suis ici », répond-elle d'une voix fébrile. Puis, plus calmement : « J'ai passé une demi-heure dans les étages des Galeries Lafayette, le grand magasin…

— Boulevard Haussmann ?

— Oui… je suis montée et descendue, je suis passée par des cabines d'essayage… Je suis certaine qu'il n'y avait personne.

— C'est un bon endroit pour s'esquiver. Mais, de toute façon, quand nous partirons d'ici, je m'assurerai que personne ne nous observe, ni l'un ni l'autre. Il ne faut pas t'inquiéter… »

Le serveur apporte les deux assiettes, avec deux petites soucoupes de sauce piment.

« Ça sent bon », dit Daniel en saisissant le couteau et la fourchette en plastique.

Elle sourit bravement, lui souhaite bon appétit, et attaque le plat.

« Depuis combien de temps es-tu en France ? » demande-t-il. Craignant qu'elle n'ait pas envie de parler d'elle, il ajoute aussitôt : « Tu n'es pas obligée de répondre.

— Pas de problème. Sept mois. Dans le cadre d'un projet d'échange culturel.

— Tu travailles au ministère des Arts et de la Culture ?

— Oh non ! Je suis écrivaine, dramaturge. » Elle paraît soulagée de parler de choses familières. Puis elle fronce les sourcils. « Je parle trop.

— Tu es en sécurité, ne t'inquiète pas. »

Ils mangent un moment en silence. Il interroge : « Pourquoi fais-tu ça ? C'est un jeu très dangereux. »

Elle le regarde, soudainement passionnée.

« Gugu. C'est une sœur pour moi. Je fais ça pour elle. »

48

Elle a avalé la moitié de son tajine et semble plus détendue. « J'ai des informations à vous communiquer, dit-elle.

— Quand tu seras prête », répond Daniel.

Elle laisse un moment ses mains reposer sur la table, ferme longuement les yeux comme pour s'assurer qu'elle se remémore bien ce qu'elle doit lui dire. Elle rouvre les yeux.

« Dans ce sac, il y a quatre téléphones portables. Ils sont tous sécurisés, mais il ne faut pas les utiliser pendant plus de deux jours. Au-delà, il faut les détruire et les jeter.

— Bien.

— Dans chacun, on a installé une application de messagerie. Vous n'avez plus qu'à enregistrer vos coordonnées. Surveillez régulièrement vos messages car le programme de l'homme que vous devez rencontrer ici à Paris n'est pas totalement finalisé. On vous enverra des informations à ce sujet.

— Bien.

— Je peux vous dire qu'il arrivera jeudi soir à Paris.

Le 31 août. Vendredi, il sera à Versailles, mais il ne faut absolument pas que vous le retrouviez là-bas.

— Je comprends. »

Il s'agit vraisemblablement de la rencontre avec le président français, où la sécurité sera renforcée et le risque de déclencher une tempête diplomatique d'autant plus grand.

« Il passera tout le samedi en réunions à l'ambassade sud-africaine. Ses déplacements le samedi et le dimanche sont encore inconnus. Il s'envolera le dimanche soir ou tôt le lundi matin. Vous serez averti par mail dès qu'on en saura plus. »

Il opine. Elle poursuit.

« Je dois aussi vous demander : votre situation financière est-elle encore tenable ? »

Il sourit. « Tenable ? C'est bien le mot qu'on t'a dicté ?

— Oui. » Elle les surprend tous les deux en se mettant à glousser. Il la sent comme soulagée d'avoir accompli sa tâche sans faute jusqu'à maintenant.

« Oui, merci, ma situation financière est toujours tenable.

— Le dernier point. Dans le sac se trouvent cinq passeports, de plusieurs pays différents. Vous pouvez les utiliser dans n'importe quel ordre, si vous en avez besoin. Ce sont de vrais passeports, les visas Schengen sont également authentiques.

— D'accord.

— Si vous estimez qu'un passeport ou une identité ne sont plus utilisables, veillez à brûler le document.

— Bien.

— C'est tout. » Il constate qu'elle se sent plus légère, débarrassée d'un fardeau.

« Tu as très bien rempli ta mission. Finis ton plat. Il est trop bon pour être gâché.

— Oui, papa », répond-elle en souriant.

Alors qu'elle s'apprête à partir, il lui recommande de marcher sans s'arrêter. Elle ne doit pas donner l'impression qu'elle craint d'être suivie. Il va veiller à sa sécurité.

Ils se lèvent. Elle lui donne une petite accolade, le regarde dans les yeux. « Je vais prier pour vous. »

Il saisit le grand sac blanc des Galeries Lafayette qu'elle a laissé sous la table. Il maintient une certaine distance entre eux. Arrivés place des Vosges, il est heureux de voir qu'il n'y a personne sur ses traces – ni sur les siennes à lui.

Elle continue de marcher en direction de la Bastille. Il la suit des yeux. Il éprouve une grande tendresse à son égard, et en même temps une grande responsabilité : il ne veut pas qu'elle devienne un dommage collatéral. Dès qu'il ne la voit plus, il tourne plein ouest pour aller sur l'île Saint-Louis s'acheter une glace, comme au bon vieux temps, et songer encore un moment à la joie de cette rencontre, à profiter du calme et du silence avant la tempête qui s'annonce.

« Oui, papa », lui a-t-elle dit, et ils ont souri tous les deux.

« Tu es une femme courageuse. Si j'étais ton père, je serais très fier de toi.

— Merci. » Elle l'a regardé d'une drôle de façon. « Toute cette affaire me paraît surréaliste. De vous rencontrer ici. Je… J'étais terriblement nerveuse. On

m'a tellement chargée de "fais ci", "ne fais pas ça", j'avais très peur de… de tout faire capoter. Puis on m'a fait parvenir vos passeports, j'ai regardé la photo, et c'était comme si… J'ai su que ça allait marcher.

— Ah ?»

Elle a ri, embarrassée. « La pièce de théâtre que j'écris a pour sujet Christophle le Maure. » Sa voix est montée dans les aigus, comme si elle lui demandait s'il connaissait le Maure.

Il a secoué la tête.

Son visage s'est éclairé avec enthousiasme. « Peu de gens le connaissent. Il y a un tableau le représentant au Rijksmuseum d'Amsterdam. C'est le plus ancien portrait d'un Noir dans la peinture occidentale. Exécuté entre 1520 et 1530 par le Néerlandais Jan Mostaert. En tout cas, en regardant la photo du passeport, j'ai trouvé que vous lui ressembliez. À Christophle le Maure. Sans la barbe, naturellement. Il portait la barbe. Je me suis dit que c'était un bon signe, un présage favorable. Tout allait bien se passer.

— Qui était le Maure ?

— Un garde du corps ou un archer de l'empereur Charles Quint. Il a commencé comme écuyer. Ce devait être un homme impressionnant pour progresser de la sorte. » L'admiration perle dans sa voix.

« Sur quoi porte ta pièce ?

— Sur un pèlerinage que fit le Maure dans le Brabant, à partir de Bruxelles. Pour voir la Vierge noire. C'est… On pense qu'il s'y est rendu parce que, sur le tableau, on distingue l'insigne des pèlerins sur son chapeau. Je… Ma pièce est une fiction, nous ne savons rien de ce trajet. J'ai pensé qu'il devait se sentir… solitaire. Ce Noir en pleine Europe blanche. Il n'y

avait pas d'autre Africain au service de Charles Quint, il devait avoir la nostalgie des siens. Imaginons qu'il ait entendu parler de la Vierge noire du Brabant, il a dû penser qu'elle venait d'Afrique. Il est donc parti pour… se connecter avec quelque chose. La pièce n'est pas terminée, je ne tiens pas à…

— J'espère que je la verrai un jour. La pièce. Et le tableau aussi.

— Je l'espère.

— Eh bien ? Est-ce que je lui ressemble toujours, maintenant que tu me vois en face ?

— Oui, plutôt. Mais… vous êtes différent de ce que je me figurais.

— Ah ?

— Vous êtes… plus doux… Je… » Elle a un geste embarrassé de la main. « Je ne sais pas si c'est vous qui allez… faire le travail… Je ne tiens pas à le savoir. J'ai simplement imaginé un homme plus dur… Vous savez, quelqu'un qui… Peut-être qu'il vaut mieux que je me taise. »

Daniel Darret n'avait pas envie qu'elle se taise. Il aimait l'écouter parler zoulou, même un peu ébréché. C'était le rythme et la musique de sa patrie. Il aimait la contempler, sa jeunesse, sa beauté, sa bravoure. Il était rassuré de la savoir partie prenante de l'opération, qu'elle croie en son bien-fondé. Ça l'aidait à aborder la suite.

Dans sa chambre de l'hôtel Le Sénat, Daniel lit le mail qu'il a chargé sur le premier des quatre smartphones LG qui se trouvaient dans le sac. La télévision

est allumée, branchée sur une chaîne d'information en continu, le volume bas. Il est allongé sur son lit.

De : vula@protonmail.com
Objet : Appareil médical
À : inhlanhla@protonmail.com

Cher Dr Inhlanhla
Nous sommes soulagés et très heureux que vous ayez réceptionné le colis et que vous soyez dans une bonne situation financière.

Cela signifie que son contact anonyme en robe jaune a confirmé le succès de leur rencontre. Il espère que c'est la dernière tâche qu'elle avait à accomplir. On l'a probablement utilisée parce qu'elle n'a aucune relation avec le groupe, qu'elle est absolument insoupçonnable. Il le comprend bien. Mais elle est amateur, il ne faut plus l'exposer à d'autres risques.

Les autres téléphones sont posés sur le petit bureau, à côté des cinq passeports soigneusement alignés. Sur ces documents figure la même photo de lui, datant d'il y a dix ans, la dernière qu'il ait fait prendre en Afrique du Sud, pour son permis de conduire, avant la mort de Pakamile. Il y a deux passeports sud-africains, avec des noms xhosas. Les autres viennent du Swaziland, du Botswana et de Namibie. En voyant ces pays, il pense que chacun a certainement été fourni par un contact du temps de la Lutte, bien placé dans le pays du gouvernement voisin. C'est malin.

Vous êtes maintenant en excellente situation pour voyager et pour garder le contact.

La prochaine étape : vous allez avoir besoin de matériel médical pour la suite du traitement.
Nous aimerions vous suggérer Ditmir's Trading, 82D Oudezijds Achterburgwal, à Amsterdam, une société d'import-export. Il dispose d'une large gamme d'instruments chirurgicaux à des prix raisonnables. Assurez-vous, à cette adresse, de parler à Ditmir en personne, car il est connu pour offrir un rabais important. Nous n'avons pas eu la possibilité d'acheter nous-mêmes le matériel chez lui, la notification financière de sa société n'étant pas disponible pour l'heure.
Nous espérons obtenir bientôt le dossier médical complet du patient. Nous vous en informerons dès que nous le recevrons.
Vous êtes invité à nous tenir au courant de votre progression, par e-mail.
Bien cordialement
Vula

49

Daniel se demande qui est à l'origine de ce message. Les connaît-il ? Ce sont peut-être d'anciens membres des services de renseignement sud-africains, comme Lonnie. Les téléphones, les passeports, la recommandation de passer par Amsterdam montrent qu'ils sont bien informés et qu'ils ont gardé des contacts dans le monde clandestin.

L'e-mail en dit long.

Ditmir est un négociant d'armes au marché noir, l'expression *import-export* signifie qu'il appartient probablement à une mafia albanaise. Ses correspondants ne sont pas certains que l'homme soit fiable et recommandent la prudence. L'adresse indiquée doit héberger une autre entreprise. Il doit rencontrer Ditmir et personne d'autre, on l'emmènera probablement ailleurs pour voir les armes et les acheter.

Un spécialiste en vente d'armes… MK43 suppose donc qu'il aura besoin d'un fusil de précision à longue portée, puisqu'il lui sera impossible d'approcher le président. C'était d'ailleurs son *modus operandi* quand il travaillait pour le KGB et la Stasi.

Mais il hérite d'un dilemme. Ce sera un sérieux

défi de transporter à travers l'Europe un objet plus grand qu'un pistolet. Sur tout le continent, les représentants de l'ordre se tiennent aux aguets face aux risques d'une attaque terroriste de la part d'extrémistes islamistes. Il existe tout un réseau d'informateurs, tout un arsenal de vidéosurveillance. Soldats et policiers patrouillent partout en ville, près des gares, des aéroports et des grandes attractions touristiques. Les fusils militaires à longue portée font souvent plus d'un mètre. Un objet qu'on ne saurait glisser comme ça dans une valise. Or, il lui faudra transporter ce genre d'arme d'Amsterdam à Paris.

Au bout du compte, cela signifie une chose : il lui faut un véhicule.

Il tape sa réponse sur le téléphone.

> Cher Vula
>
> Merci. Il va falloir faire des recherches avant de choisir le type d'appareil médical et le moyen de le transporter. Disposer du dossier médical m'aiderait beaucoup, merci de me le faire parvenir dès que vous l'aurez reçu. Je vous tiens au courant.
>
> Dr Inhlanhla

Il connecte le téléphone à son chargeur près du bureau. Il faut tout planifier : la reconnaissance de l'ambassade, le déplacement à Amsterdam, l'achat d'un véhicule non enregistré. Plongé dans ses pensées, il capte cependant quelque chose de fugace mais il ne sait quoi. Il jette un coup d'œil sur les téléphones, les passeports, la fenêtre.

Cela finit par le frapper : le présentateur de la télévision parle de La Rochelle. Il regarde l'écran.

Une vue aérienne du port, prise d'hélicoptère.

Une grosse colonne de fumée noire monte d'un petit bateau. Deux véhicules de police, un camion de pompiers et une ambulance sur le quai. Il saisit vivement la télécommande et augmente le volume.

« … dès que les autorités portuaires nous communiqueront l'information. »

La caméra revient sur le commentateur qui annonce : « Le personnel d'Air France envisage de nouveau une grève en septembre… »

Daniel demeure scotché devant l'écran. Il n'a pas vu grand-chose du port. Pas assez pour être certain que c'était bien *L'Ange fou* qui flambait. Mais il aurait juré que c'était plus ou moins l'endroit où Chérain avait accosté.

Il prend un téléphone et cherche plus d'informations sur Internet, mais ne trouve rien. Il s'assied à nouveau devant la télé, sachant que l'on va rediffuser le flash. Il faut attendre.

Est-ce possible ? On aurait remonté sa piste jusqu'à Arcachon et retrouvé le bateau d'Olivier Chérain ? Mais comment ?

Les Russes sont excellents en matière de technologie, d'espionnage électronique, il le sait. Les médias en rendent compte presque tous les jours, la cyberunité du FSB au Kremlin excelle au piratage numérique, elle épie, vole des données, glisse de fausses nouvelles, perturbe les systèmes. Où et quand elle veut, si c'est suffisamment important pour y consacrer de la bande passante, du personnel, du temps et des efforts prolongés. Il est possible de retrouver la plaque d'immatriculation de sa moto sur une base de données française. D'utiliser les caméras de surveillance le long des autoroutes françaises pour s'assurer qu'il a emprunté l'E5 en direction de l'Espagne. Par éliminations successives, de déterminer qu'il a changé de direction pour Arcachon.

Et d'en déduire qu'il a voulu continuer son voyage par la mer ? C'est assez logique. Les Russes auront ensuite envoyé leur équipe de Bordeaux pour poser des questions. Au port d'Arcachon, le père et le fils ont dû se souvenir de lui, ils ont pu donner des informations sur *L'Ange fou*.

Chérain a payé son diesel avec une carte bancaire à La Rochelle, encore un petit caillou qu'ils ont pu dénicher sur son chemin.

Tout est possible. S'ils sont décidés à mettre de gros moyens en hommes et en matériel.

Quelle est l'importance de ce contrat nucléaire avec l'Afrique du Sud ? Le président est-il à la botte du Kremlin ?

À l'évidence, c'est aussi important que ce que lui a décrit Lonnie May. Et voilà l'erreur de Daniel : il a sous-estimé Ubu, le Suricate. Il a cru que c'était bien dans la façon de Lonnie que d'exagérer l'importance des faits afin de le convaincre.

Il attend un moment le retour du journal télévisé. Des images plus récentes apparaissent, prises de plus près. L'incendie est maîtrisé, la fumée n'est plus qu'un filet, *L'Ange fou* une carcasse noire. Et la silhouette que l'on transporte sur une civière est totalement recouverte d'un drap vert.

La voix grave du présentateur : « L'embarcation était enregistrée au nom d'Olivier Chérain, un pilote d'Arcachon. La personne décédée n'a pas été identifiée. Les autorités demandent instamment à M. Chérain ou à ses proches de se mettre en contact avec elles.

D'après les témoins, le feu a pris suite à une petite explosion juste après midi. La cause en est encore inconnue. »

Daniel Darret se lève, rassemble téléphones et passeports et les glisse dans son sac.

Il règle sa note d'hôtel à la hâte. « Je suis vraiment désolé, je dois me rendre de toute urgence à Marseille. » Il veut se carapater au plus vite, et se demande s'il doit négliger de réclamer l'argent versé pour la nuit suivante, mais cela risquerait d'attirer l'attention. C'est pourquoi il attend patiemment qu'on lui rende les espèces déposées dans le coffre-fort de la direction, remercie le personnel de l'accueil et s'en va.

Les Russes ont pu aussi se servir des caméras de la gare de La Rochelle. Identifier le train qu'il a pris. En revanche, il leur faudra un certain temps pour passer en revue les listings des taxis de Paris, mais il n'est pas impossible qu'ils remontent jusqu'à cet hôtel.

Et ce n'est pas prudent de prendre un taxi dans l'immédiat.

Il se dirige, sac à l'épaule, vers le boulevard Saint-Germain. Il est sur le qui-vive, se sent vulnérable, comme s'il était suivi, comme s'il y avait des poursuivants omniscients partout. Il utilise toute son expérience, change souvent d'axe, se retourne brusquement, ralentit dans les endroits calmes, mais il n'y a personne sur ses talons. Il s'efforce de ne pas tomber dans la paranoïa, de se concentrer sur l'étape suivante. Son prochain point de chute, il faut le choisir au hasard, sans critère rationnel. Il poursuit sa route de tours et de détours, finit par faire halte à la réception de l'hôtel Millésime rue Jacob et présente son passeport botswanais. Il espère que le jeune homme ne remarque pas la sueur sur son front. Il refait le coup du portefeuille volé pour payer en liquide.

Reconnaître l'ambassade sud-africaine sans se faire repérer ne sera pas chose facile.

Il se souvient de ce bâtiment, au 59 quai d'Orsay. Dans les cercles diplomatiques, il est connu comme la construction la plus laide de Paris, bien que conçu par un architecte français dans les années 1970. Accroupi tel un monstre entre des immeubles classiques en calcaire beige de facture bien plus ancienne, plantés le long d'une large et splendide avenue. Trois décennies plus tôt, Daniel était passé devant, l'avait contemplé avec haine, car il représentait toute l'apathie et l'absence de goût typiquement bourgeoise du gouvernement de l'apartheid.

Dans son souvenir, le bâtiment occupe l'angle d'un pâté de maisons, donnant sur trois artères : l'entrée sur le quai d'Orsay au nord, la rue Moissan sur le flanc ouest et l'avenue Robert-Schuman à l'arrière, plein sud. Ces trois côtés sont quelconques, des plaques en béton ressemblant à des tommettes de fromage protègent les fenêtres des quatre étages.

À l'époque, il n'y avait pas de caméras de surveillance. Il y en aura à coup sûr. Si les Russes et les services de renseignement sont au courant de sa mission, ils surveilleront les enregistrements. Surtout aujourd'hui, s'ils le soupçonnent d'être en ville.

Il n'a pas le choix, il doit aller voir s'il peut opérer là-bas. Tourner une fois autour des lieux et emmagasiner autant d'informations qu'il pourra.

Il sort la casquette de base-ball rouge de son sac et la met dans la poubelle de la salle de bains. Impossible à présent de la porter car il l'avait en gare de La Rochelle. Il enfile le T-shirt rouge acheté à Arcachon, plie le blanc et le glisse dans une poche de son pantalon. Dans une autre, il tasse la casquette bleue.

Il ferme sa chambre et part à la recherche d'un panama blanc boulevard Saint-Germain. Il songe à son instructeur de la Stasi qui, jadis, lui avait appris à regarder les pieds des gens. « Il est facile de changer de vêtements, surtout de chemise ou de chapeau. Mais ceux qui sont suivis ne changent jamais de souliers. » Peut-être devrait-il s'acheter de nouvelles chaussures de sport.

Daniel Darret se dirige vers la station Saint-Michel-Notre-Dame, coiffé d'un panama blanc. Il prend le RER C, descend au pont de l'Alma et remonte à la surface. Il déambule le long de la Seine, la rangée d'arbres entre lui et l'ambassade.

Il prend trois fois à droite pour faire le tour du bâtiment. Il essaie de tout mémoriser : les immeubles d'en face, les rues, les quatre entrées de l'ambassade, les nombreuses caméras sur les murs. Il n'ose pas s'attarder ; les environs sont calmes, à peine quelques passants dans les rues.

Il a conscience de marcher un peu trop vite, mais il lui faut envisager toutes les éventualités. Avec l'accablante impression que les caméras le capturent sur leurs écrans, que les équipes se mobilisent pour le poursuivre.

De retour sur le quai d'Orsay, il repique vers l'ouest en direction de la tour Eiffel. Son plan, c'est de se fondre dans la multitude de groupes, un vrai labyrinthe sur le Champ-de-Mars. Il marche d'un bon pas, sans se retourner. La contre-allée se remplit de touristes qui affluent vers le monument. C'est ce dont il a besoin – des gens autour de lui, beaucoup de gens. Juste avant la tour Eiffel, il oblique à gauche dans le parc, sort le T-shirt blanc de sa poche et l'enfile sur le rouge, dépose le panama dans une poubelle, commence à courir, slalome entre les arbres et les buissons.

Il s'arrête brusquement et se retourne pour la première fois. Personne ne le suit d'un pas pressé.

Il coiffe la casquette bleue.

Il circule dans le métro pendant deux heures, sillonne le réseau en long et en large pour s'assurer qu'il n'y a personne à ses basques. Il repense à l'ambassade, son instinct lui souffle que ce bâtiment ne convient pas à l'opération.

La seule façon de tirer sur le président samedi, c'est de le choper à son arrivée. Car une fois dans le bâtiment, il sera invisible.

Il y a deux entrées pour les véhicules et deux pour les piétons. Si les officiels soupçonnent le moindre danger, ils feront vraisemblablement entrer le président par le grand portail d'acier à l'arrière, avenue Robert-Schuman. Le problème, c'est le mur. Il faudrait que Daniel soit posté très en hauteur afin de tirer au moment précis où le président sortira de voiture. Les immeubles autour de l'ambassade sont pleins d'appartements et de bureaux aux portes verrouillées, protégés par des sonnettes et des codes d'accès. De surcroît, les caméras de l'ambassade l'enregistreront s'il essaie d'entrer par l'une ou l'autre de ces portes.

Ça ne marchera pas.

Vendredi à Versailles, ce sera impossible ; samedi à l'ambassade, c'est exclu.

Il ne reste que dimanche, mais il ne sait toujours pas où se trouvera le président.

50

Il achète dans une supérette rue de Seine du pain et du fromage, qu'il mange dans sa chambre tout en élaborant son plan.

Il va devoir aller à Amsterdam en utilisant un moyen qui lui permette de retourner à Paris avec un fusil de haute précision. Il ne peut pas emprunter le train ni l'avion. Une voiture de location serait enregistrée, l'introduisant dans un système où les Russes peuvent le repérer. Il peut toujours se servir d'un de ses passeports, mais il n'a pas de carte de crédit. S'il règle en liquide chez Avis ou chez Hertz, cette anomalie attirera l'attention, et les Russes guetteront ce genre d'entorse à la normale. Il regrette de ne pas en savoir plus en matière d'espionnage numérique.

Peut-être prend-il trop de précautions, mais la mort d'Olivier Chérain est inquiétante, ainsi que la rapidité avec laquelle sa trace a été retrouvée à La Rochelle. Très inquiétante. Et puis, depuis qu'ils ont tué Lonnie, peut-il se fier à ses passeports ? À quoi que ce soit ?

Il cherche un véhicule sur autoscout24.fr. Il regarde d'abord les Volvo – seuls des citoyens inoffensifs roulent en Volvo, de bonnes personnes, soucieuses de sécurité et de respect de la loi. Les Volvo d'occasion sont cependant trop chères. Il se décide finalement pour une Peugeot 3008, modèle 2010, à sept mille cinq cents euros. Grise, discrète, classe moyenne, avec un hayon et de la place pour les bagages, proposée par un particulier de Montreuil. À quarante minutes de son hôtel par le métro. Ça fait plus d'un mois qu'elle est sur le Net. Cent cinquante-deux mille kilomètres au compteur. Le propriétaire sera pressé de vendre, trop content de conclure enfin une transaction.

Daniel réfléchit sérieusement à l'histoire qu'il va lui servir, puis il appelle depuis le téléphone de l'hôtel. Il laisse transparaître son accent africain et utilise le nom qui figure sur le passeport namibien pour se présenter. Il demande si la Peugeot est toujours à vendre.

L'homme confirme.

Daniel demande s'il peut passer la voir le lendemain. Le propriétaire n'est disponible que le soir.

Ça signifie que Daniel devra passer une nuit supplémentaire à Paris avant de partir le mercredi pour Amsterdam. « Aïe, répond-il. Quel dommage… Je ne peux que ce soir, ou tôt demain matin…

— Pouvez-vous venir maintenant ? »

Il s'habille avec soin, emporte les billets.

À dix-neuf heures trente, il frappe à la porte d'une maison modeste, rue du Plateau. Un petit garçon noir d'environ neuf ans vient ouvrir. Daniel sent son cœur se contracter : il lui rappelle Pakamile.

L'enfant l'invite à entrer et le conduit à la cuisine-salle à manger où dîne la famille. Le père, la mère et trois fils. L'ambiance est chaleureuse, cordiale. L'homme se lève, lui présente fièrement les siens et l'invite à s'asseoir. Daniel n'y est pas disposé, il est ému, il aspire à ce genre de vie. La femme lui demande si elle peut lui servir une assiette. « Non merci, dit-il, j'ai déjà dîné. »

Ils l'interrogent, ce qui l'oblige à sortir l'histoire qu'il a préparée. Il vient de Namibie, il est mécanicien moto. Quelques amis et lui ont prévu de tourner un mois en Europe, c'est pourquoi ils ont besoin d'une voiture. Les amis arrivent demain.

L'homme raconte que leurs ancêtres sont originaires du Dahomey, comme on disait jadis. « Du Bénin », rectifie le fils qui a ouvert la porte.

Ils veulent tout savoir de la Namibie, du mode de vie, de la politique.

« Racontez aux enfants à quoi ressemble l'Afrique. Ils n'y sont jamais allés. » Daniel explique, sincèrement nostalgique de l'Afrique australe, pose des questions sur la famille, ce que fait chacun, l'âge des enfants. Il souhaite que le repas se termine, afin d'acheter la voiture et de partir. Loin de cette adorable famille. Loin de ses mensonges, de ce qu'il doit faire, de ce qu'il voudrait être.

Mardi 29 août.

À sept heures, quand il ouvre son téléphone portable, un message de Vula l'attend.

De : vula@protonmail.com
Objet : Conseils pour un restaurant
À : inhlanhla@protonmail.com

Cher Dr Inhlanhla

Si vous êtes à Paris samedi soir, à l'affût de conversations intéressantes, je vous recommande vivement la brasserie Lipp, 131 boulevard Saint-Germain. C'est un lieu recherché par les diplomates et leurs chauffeurs, ce dernier groupe est toujours bien informé en matière de rencontres sociales dans cette grande ville.

Nous espérons, bien sûr, que vous ne serez pas en manque de contacts sociaux à ce moment-là.

Comme toujours, n'hésitez pas à nous faire part de vos progrès par e-mail dans les jours à venir.

Bonne chance, très cordialement,

Vula

Il répond.

De : inhlanhla@protonmail.com

Objet : Re : Conseils pour un restaurant

À : vula@protonmail.com

Cher Vula

Merci pour ce bon conseil. Je vais certainement envisager cette possibilité.

Je pars aujourd'hui pour Amsterdam, afin d'avancer dans mes affaires dès demain.

Cordialement

Dr Inhlanhla

Pendant qu'il prend son petit déjeuner à l'hôtel, il consulte le site du quotidien *Sud-Ouest*.

Il trouve une brève sur le décès d'Olivier Chérain. Les autorités ont annoncé que l'explosion à bord de

L'Ange fou provenait d'une fuite du réchaud à gaz. Aucune intention criminelle n'a été retenue.

Serait-ce un accident ? Chérain, dans son ivresse, aurait ouvert le gaz ? Daniel serait-il devenu paranoïaque pour rien, trop admiratif des capacités des Russes ?

C'est fort possible. Il songe aux deux brûleurs à gaz à côté de l'évier dans la minuscule cuisine du bateau. Les grilles étaient constellées de rouille. On avait l'impression qu'on ne s'en était pas servi depuis des mois. Chérain préférait les repas liquides.

Ou bien, il s'est réveillé avec une terrible gueule de bois, a décidé de se faire un café, et a ouvert le gaz ?

Daniel termine son petit déjeuner, règle sa note et se dirige vers la Peugeot garée à quatre rues de l'hôtel. C'est la seule place qu'il ait réussi à trouver la veille, après avoir tourné pendant une demi-heure. La voiture est en bon état, même si elle sent vaguement la cigarette.

Il emprunte les petites routes, direction nord-nord-est. Sur le chemin d'Amsterdam, il évite Lille, Bruxelles et Anvers. Il a l'œil sur le rétroviseur. Il se demande s'il adviendra un jour où il n'aura plus à regarder en arrière.

IV

51

Mardi 29 août. Benny Griessel. Woodstock.

Le capitaine Benny Griessel, enquêteur des Hawks au Cap, est perché sur l'estrade de la salle MOTH dans le quartier de Woodstock, sa guitare basse accrochée au cou, et il annonce « Cry to Me ».

« "Cry to Me" ? » demande Vince Fortuin, guitariste solo, d'un ton qui insinue que Benny n'est pas sérieux. « Cette vieille chanson triste des Staccatos ?

— Oui, répond patiemment Griessel. Cette chanson-là, mais la version originale. De Solomon Burke. Ça, c'est du blues. C'est bien mieux.

— Je ne connais pas, lâche Vince, pas convaincu.

— Ça date d'avant ta naissance. 1962.

— Je connais la version des Rolling Stones », ajoute Vince. Dans le groupe, c'est celui qui a le plus de talent, d'après Griessel. Il affectionne les T-shirts sans manches qui laissent entrevoir l'ancre tatouée sur son épaule musculeuse. Ses petits yeux se plissent de plaisir quand le groupe démarre au bon tempo. Un lutin qui dit à l'occasion : « Plus fort, les gars. Le bois ne rend pas les coups… » La journée, il est plombier.

Ils répètent dans la salle MOTH les mardis et mercredis qui précèdent une prestation. Ils ont baptisé leur formation Roes parce qu'ils sont quatre quadragénaires, classe moyenne de banlieue, et ont eu besoin de cinq mois d'entraînement pour se débarrasser de leur rouille commune. Petit à petit, ils se sont constitué un répertoire de vieux tubes, dans l'espoir d'animer des mariages ou des soirées.

Ils vont se produire ce vendredi pour un anniversaire de mariage au D'Aria de Durbanville. Un couple dans la soixantaine leur a demandé « tous les vieux classiques ». Ils cherchent quelques titres supplémentaires pour étoffer leur répertoire habituel. Ils ont envisagé de reprendre « Bad Moon Rising » des Creedence Clearwater Revival, mais Vince a estimé qu'on ne chantait pas ce morceau de mauvais augure pour ce genre d'anniversaire. Ils ont fini par maîtriser « Time is Right » de Booker T. & The MG's et répètent « Ma belle amie » de Tee-Set. Mais la manière dont Jakes Jacobs, le gros moustachu qui chante en s'accompagnant à la guitare rythmique, a prononcé les paroles en français lui a valu quelques commentaires sournois. Jakes possède un atelier de soudure dans Voortrekkers, à Parow.

« Les Stones ont transformé cette chanson en ballade, estime Griessel. Comme les Staccatos. Ça ne me plaît pas.

— À quoi ressemble la version de 1962, *pappie* Ben ? » demande le batteur, Japie Blom. Ses longs cheveux gris lui tombent dans le dos. Il les attache en catogan quand ils se produisent. Il a en permanence une cigarette entre les lèvres. Il travaille comme vendeur de légumes au grand marché du Cap à partir de quatre heures du matin. Il fume beaucoup, dit-il, pour rester éveillé dans la journée.

« Un blues à seize mesures, avec un groove soul », explique Griessel. Il pousse un peu plus fort le volume de sa basse et frappe sa corde de mi, boum, boum, boum, tape les deux mesures suivantes sur la caisse de sa basse, tip, tip, et reprend. Boum, boum, boum, tip, tip. Et encore.

Japie le suit le premier sur la grosse caisse, en ajoutant un peu de charley. La guitare rythmique de Jakes les rejoint dès la seconde reprise du blues, en disant : « Benny, je n'arrive pas à me souvenir des paroles. »

Griessel opine, se rapproche de son micro, qui est prévu pour faire des chœurs de temps à autre. Il bat la mesure de son pied droit, son épaule gauche fait de petits mouvements en contrepoint. Il ferme les yeux, attend la bonne mesure, puis se lâche. Un filet de voix, un peu rauque :

When your baby leaves you all alone
And nobody calls you on the phone
Don't you feel like crying?
Don't you feel like crying?
Well, here I am, my honey
C'mon, cry to me.

Les sourcils froncés de Vince Fortuin, debout, à l'écoute, se détendent petit à petit. À la fin du premier couplet, il fait ce que Japie appelle un « sacré *fill* » : ses doigts dansent, les notes batifolent et s'envolent tout en introduisant le refrain.

Et là, il se passe quelque chose. Ce n'est pas la première fois. Les Roes ont parfois leur instant de grâce. Comme le jour où Alexa Barnard s'était jointe à eux pour chanter une version impromptue de « See See Rider » de Ma Rainey, juste pour le fun. Ou lors de cette soirée d'anniversaire dans un vignoble près de Wellington, quand Vince Fortuin s'était lancé au débotté, sans répétition, dans « Long Cool Woman in a Black Dress » des Hollies. De la malice pure, et tous les invités, déjà un peu partis, s'étaient mis à hurler de joie. Japie Blom et Griessel, inspirés par cette réaction, étaient entrés parfaitement dans le rythme. La voix de Jakes ressemblait comme deux gouttes d'eau à celle d'Allan Clarke, la voix d'origine, et la mayonnaise avait pris, les gens s'étaient tous arrêtés un bon moment, saluant, admiratifs, ce groupe plutôt moyen qui s'éclatait, puis tout le monde s'était rué sur la piste de danse. Les Roes avaient joué le morceau pendant neuf minutes d'affilée. Vince s'était lancé dans un solo, Benny dans un riff, et Japie avait joué au virtuose avec sa batterie. La sueur avait ruisselé et tous les quatre arboraient un sourire jusqu'aux oreilles.

Mais ce soir, avec « Cry to Me » dans la salle MOTH, il ne s'agit pas d'une question d'auditoire, mais de musiciens, d'un sacré *fill* de Vince, d'un « ça alors, Benny sait chanter », de nostalgie, lorsque tout coule de source, qu'ils ouvrent les vannes et libèrent les démons, quand la dernière note de Vince se meurt, que Griessel, les yeux fermés, reste suspendu dans le silence et le bonheur profond, loin de la dureté de sa profession, loin de lui-même.

C'est alors que sonne son portable.

Il n'a aucune envie de répondre, ne tient pas à briser cet instant magique, il veut seulement continuer à faire de la musique.

Il sort le téléphone de sa poche.

C'est Mbali Kaleni.

« Colonel ? » Le reste du groupe le regarde. Ils savent tous ce qui va suivre.

« Benny, j'ai besoin de toi. Maintenant. » Il perçoit l'urgence dans sa voix.

« Oui, colonel.

— Je t'envoie l'adresse par SMS. C'est à Observatory. S'il te plaît, dépêche-toi. »

Vaughn Cupido est attablé dehors, devant le café Vrye Burger à Stellenbosch. En compagnie de l'adorable Desiree Coetzee et de son fils Donovan. Ils mangent des hamburgers. Cupido n'a pas pris de frites. Il ne tient pas à montrer à Desiree qu'il suit un régime, il prétend simplement ne pas avoir très faim. Mais l'eau lui vient à la bouche en voyant les frites croustillantes dans l'assiette du garçon.

« Maman, tu devrais t'acheter une Audi RS3. C'est génial. »

Desiree a besoin d'une nouvelle voiture et n'arrive pas à faire son choix. « C'est juste pour aller au travail, mon cœur. Pas pour la vitesse.

— Les mecs de chez Audi ont triché concernant leurs émissions de CO_2, dit Cupido. Ce n'est pas *ayoba**. »

L'enfant l'ignore. « S'il te plaît, maman, ne prends pas la Nissan.

— Qu'est-ce qui ne va pas avec la Nissan ?

— Elle est nulle. Trop nulle. Si tu la prends, tu conduiras toute seule. Je n'irai pas avec toi.

— Tu te préoccupes de ce que vont penser tes copains quand je te déposerai à l'école. Moi, je me préoccupe de mon compte en banque. »

Cupido se demande comment il peut intervenir dans la conversation, car il essaie de nouer des liens avec le garçon. Il se souvient d'un article qu'il a lu récemment.

« Tu connais les Tesla ? demande-t-il à Donovan.

— Bien sûr, affirme le garçon, avec l'omniscience de ses douze ans. C'est cool, comme voiture.

— Absolument. Il y a plus de technologie dans cette bagnole que dans les avions d'il y a dix ans. J'ai lu l'autre jour qu'avec la voiture on reçoit une appli sur son portable : si tu es au restaurant, tu peux commander : "J'arrive, je voudrais un peu plus de chaleur (ou de fraîcheur) à l'intérieur." Si tu as oublié où tu l'as garée, l'appli t'indique l'endroit. Si tu es installé dans un café et que tu décides d'aller voir un copain à Athlone, tu tapes l'adresse dans l'appli, et une fois au volant toute la navigation se fait automatiquement. Cool, non ?

— Ma prof dit qu'il existe un mot afrikaans pour "appli".

— Mais non, sérieusement ?

— Oui. Elle nous a appris que c'est une *toep*.

— Une *toep* ?

— Oui, *oom*. Une abréviation pour "*toepassing*".

— *Toep*. Tu m'en diras tant.

— C'est ce qu'elle dit.

— Ça ne prendra jamais. Personne de sensé ne va employer *toep*. Tu peux le dire à ta prof. »

Le garçon opine, vaguement d'accord. « Alors, oncle, tu vas acheter une Tesla ?

— Non, c'est trop cher pour un policier.

— Brantley dit que tu as beaucoup d'argent.

— Moi ?

— Oui, il dit que tu es corrompu. Tous les Hawks sont corrompus, ils sont bourrés de fric.

— Donnie, arrête de dire des bêtises. Mange tes frites, avant qu'elles refroidissent, intervient Desiree.

— C'est pas moi, c'est Brantley qui le dit. »

Vaughn Cupido serre les dents. « Nous ne sommes pas du tout corrompus. Nous appartenons au Groupe criminalité violente. Personne ne peut nous corrompre.

— Pas même le président d'Afrique du Sud ?

— Pas même… »

Sur la table, le portable du capitaine Vaughn Cupido se met à sonner. Il voit s'inscrire le numéro du colonel Mbali Kaleni.

52

À vingt heures trente, Griessel rejoint Nuttallstraat, une rue étroite d'Observatory. Dans la lumière jaune des lampadaires, il aperçoit la BMW de service blanche de Kaleni, garée devant une Toyota bleue. L'absence de tout véhicule de police lui semble étrange. Il s'arrête devant une vieille maison au toit plat en tôle rouillée, avec un muret blanc et un citronnier dans le jardin.

Mbali Kaleni sort du côté passager de la Yaris et marche à grands pas vers lui. Elle a le visage fermé. Elle porte l'équipement de protection officiellement prescrit aux enquêteurs : couvre-chaussures, combinaison, charlotte et gants, tout ça bleu ciel. Seul le masque n'est pas sur son nez, mais lui pend autour du cou. Derrière le volant de la Toyota est assise une femme dont on ne distingue pas le visage dans l'obscurité.

« Merci d'être venu, Benny. » La voix de Mbali résonne curieusement, sans ses inflexions habituelles. « S'il te plaît, apporte ta mallette. »

Il opine et va chercher le kit dans son coffre. Elle l'attend près du portillon, l'ouvre, et ils s'avancent vers la porte d'entrée. Il continue de s'étonner qu'il n'y ait aucun enquêteur local ni le moindre agent en uniforme.

« La femme assise dans la voiture s'appelle Thandi Dikela. C'est mon amie depuis plus de quinze ans. L'homme à l'intérieur de la maison est son père, Menzi. C'était un grand homme, c'était… »

Elle s'interrompt, Griessel la regarde. Ils se trouvent dans l'ombre du citronnier qui absorbe l'éclairage urbain, il met quelques instants à se rendre compte qu'elle a les joues couvertes de larmes. Il ne se rappelle pas l'avoir déjà vue pleurer. Il ne sait trop que faire – il voudrait tendre la main pour la consoler, mais elle est sa supérieure hiérarchique.

« Je suis désolé, colonel. »

Elle secoue la tête, comme si elle pouvait chasser son émotion. Après quelques secondes, elle lui explique : « Thandi m'a téléphoné il y a trois heures. Elle était venue voir comment allait son père, inquiétée par des propos qu'il avait tenus concernant sa sécurité. Il a soixante-quatorze ans. Quand elle l'a appelé cet après-midi, il n'a pas répondu. Cinq fois, il n'a pas décroché. » La voix de Mbali se brise, ses épaules s'affaissent, elle sanglote. Griessel n'en peut plus, il pose sa mallette et la prend par les épaules. Elle se laisse faire, docile, pendant qu'il la serre contre lui.

Les sanglots la secouent. « Je suis vraiment désolé », dit Benny. Ce sont les seuls mots qui lui viennent à l'esprit. Il n'a jamais donné d'accolade de réconfort à un supérieur.

Il lui faut un bon moment pour se calmer, mais elle se reprend, essuie ses larmes de sa main. « Merci, Benny, dit-elle en se redressant. Comme il ne répondait pas, Thandi est venue ici. La porte de la maison était fermée, mais non verrouillée. Elle est entrée… Il semble qu'il se soit suicidé, Benny. » Elle prend une longue inspiration pour se contrôler. « Elle dit que quelque chose n'allait pas. Il lui a demandé samedi dernier de m'appeler si quelque chose lui arrivait. Thandi s'est beaucoup inquiétée, elle a insisté pour savoir ce qui risquait de lui arriver, ce qui se tramait. Il a répondu qu'il n'était pas sérieux, ce n'était qu'une mauvaise blague de vieil homme, qu'elle n'avait pas à s'inquiéter. Bien évidemment, elle s'est rongé les sangs. Elle l'a appelé plusieurs fois le dimanche, puis hier encore, mais il a plaisanté, lui a demandé d'oublier ce qu'il avait raconté, a affirmé qu'il allait bien. Et puis, aujourd'hui… Elle travaille à Nyanga, elle est urbaniste pour le Programme de reconstruction et de développement, elle était très occupée ce matin et n'a commencé à l'appeler que dans l'après-midi. Pas de réponse… Du coup, elle est venue… C'était un homme robuste et heureux, Benny, jamais déprimé. Elle dit que c'est louche. Que quelqu'un est venu le tuer. Quelqu'un a écrit une lettre de suicide, mais ce n'est pas l'écriture de son père, elle la connaît bien. On a voulu que cela ressemble à l'écriture de son père. »

Mbali fait un petit geste impuissant de la main. « Vaughn va arriver. J'ai besoin de vous deux. Il faut que vous soyez très, mais vraiment très prudents dans cette affaire. Que vous traitiez ce lieu comme une scène de crime. Soyez très… méticuleux, Benny. Moi, je ne peux pas l'être, je suis trop proche, trop subjective, et trop retournée. Je vais attendre dans la voiture avec Thandi. S'il vous plaît, n'appelez personne pour le moment. Travaillez en profondeur. Dites-moi s'il s'agit d'un suicide, Benny. »

Griessel hoche la tête.

« Il est dans la cuisine. »

Griessel a revêtu de pied en cap l'équipement de protection, glissé un appareil photo Canon dans sa poche, et il tient une petite lampe à LED à la main. Il l'allume, étudie la porte d'entrée. Aucune trace de dégât sur la serrure ni sur le verrou.

Il ouvre.

Il fait sombre à l'intérieur, juste un rayon de lumière douce à une fenêtre, filtrant entre deux rideaux. Il distingue des silhouettes : chaises, canapé, table basse. Il éclaire chaque objet.

Rien d'autre.

Sur le mur, il trouve l'interrupteur, et l'actionne. Éteint la lampe électrique.

À côté de l'interrupteur, il y a le petit boîtier du système d'alarme. Griessel repère l'œil électronique dans un coin de la pièce.

Les meubles du salon, bien rangés, sont de bonne facture sans être luxueux. Sur le sol, des tapis orientaux, rouge foncé et bleu. Contre le mur, un écran plat sur un buffet. Un décodeur de télévision numérique satellite au-dessous. Il avance d'un pas, referme la porte. La pièce, comme la maison, dégage un calme de mauvais augure. Il réfléchit à la situation. Mbali Kaleni qui ne laisse jamais paraître ses émotions, qui agit toujours selon les règles. Et les règles disent qu'il faut tout rapporter au poste de police local. Même si l'on soupçonne un suicide. Et surtout si l'on connaît personnellement la victime. On doit appeler l'officier responsable du secteur où s'est produit l'incident, qui envoie des agents en uniforme pour circonscrire le périmètre, réguler le passage des habitants. Ce sont ses enquêteurs qui pénètrent sur les lieux, avec l'équipe technique et scientifique, un pathologiste, une ambulance pour emporter le corps. Voilà ce que disent les règles. Voilà ce que dit toujours Mbali.

Sauf la semaine dernière dans l'affaire Johnson, sauf ce soir.

Il se passe des choses curieuses. L'atmosphère fantomatique de la maison y contribue. Comme si rôdaient les mauvais présages, comme si une tragédie avait eu lieu. Ou allait survenir.

Griessel essaie de se débarrasser de ce sentiment. Il fait une totale confiance à Mbali Kaleni. Si elle ignore les règles, il le fera aussi.

Non sans mal, il sort l'appareil photo de sa poche, car la combinaison de protection ne facilite pas les choses. Il prend quelques photos, couvrant l'ensemble de la pièce.

La porte d'entrée était fermée, mais non verrouillée.

Soyez très méticuleux. Dites-moi s'il s'agit d'un suicide, Benny.

Il fait ce qu'il a toujours fait : essayer de reconstituer mentalement ce qui s'est passé, de se projeter dans la scène du crime.

Si la porte d'entrée n'était pas fermée à clé, s'il ne s'agit pas d'un suicide, l'éventuel assassin a-t-il franchi cette porte pour entrer puis pour ressortir ? A-t-il sonné, attendu que Dikela vienne ouvrir ? Ou a-t-il foncé à l'intérieur sans crier gare ?

Aucun signe visible de violence.

Des yeux, il suit le trajet logique qui mène au couloir du fond. Entre les tapis, il y a un espace d'un mètre de parquet jaune clair. Il aperçoit une tache, ressemblant à une vague trace de pas, quelque chose comme des grains de sable foncé. Elle se situe juste à la bordure du tapis, peut-être l'empreinte d'une personne qui serait entrée par la porte principale. Il s'accroupit, rallume la lampe électrique qu'il braque sur la tache. Un saupoudrage de grains de terre d'une teinte gris-bleu. La texture et le contraste des couleurs attirent l'attention : c'est inhabituel, plus grossier que du sable.

Il prend des photos, sort son portable de sa poche et appelle Mbali Kaleni.

Elle répond sur-le-champ. « Qu'y a-t-il, Benny ?

— Est-ce que votre amie est entrée par le salon ?

— Oui. Elle est entrée par la porte principale.

— Il faudrait mettre ses chaussures dans un sachet.

— D'accord.

— Elle a désactivé le système d'alarme ?

— Elle dit qu'il n'était pas branché quand elle est arrivée.

— Merci. » Il raccroche, se redresse.

Il longe le mur de gauche avec précaution, évitant le chemin direct vers le couloir. Il déplace légèrement une des chaises et constate que les pieds ont imprimé un creux dans le tapis, signe qu'elle est dans cette position depuis longtemps. Il la repousse. Il vérifie tous les autres meubles et les traces de pieds sur le tapis. Rien n'indique qu'il y ait eu une lutte à cet endroit.

Dans le petit couloir, il découvre un autre

interrupteur, l'allume, s'accroupit à nouveau et dirige la lumière blanche de la lampe sur le sol.

Rien.

La porte de la cuisine est la première sur la droite.

Il inspecte les lieux.

Le vieil homme est penché en avant. Sa tête touche la table. Le point d'entrée de la balle, situé sur la tempe droite, est petit et gonflé. Le point de sortie est béant ; on n'en voit que la moitié, là où la tempe gauche repose sur la table, dans une flaque relativement petite de sang sombre. Devant le corps, sur la droite, une feuille de papier et un stylo-bille. La feuille semble avoir été arrachée d'un bloc-notes. Deux phrases courtes.

La main droite de Menzi Dikela pend le long de la chaise, elle serre toujours le pistolet. Il est assis derrière la table, face au couloir.

Voilà l'instant qu'abhorre Griessel, celui où il contemple la victime pour la première fois. La sinistre observation de la mort. Dans sa maudite tête qui veut reconstituer l'action, il s'imagine que c'est lui qui a vécu cet instant terrible. C'est lui qui lève l'arme lentement, le cœur battant la chamade, le canon froid contre sa tempe, appuie délibérément sur la détente. La balle qui déchire la peau, l'os et les tissus, l'explosion et le cri primal qui l'entraînent vers les ténèbres. Sa psychologue lui a prodigué des conseils et des techniques pour combattre ce sentiment, mais il n'y arrive pas vraiment. Il aimerait que Cupido soit présent. Vaughn le comprend. Vaughn qui lui parle tout le temps, et par son bavardage ininterrompu détourne son attention de la représentation graphique de son imagination. Mais pour l'heure, il se trouve seul en plein silence. Il lève l'appareil photo et presse machinalement le bouton. Sur cette scène morbide, plusieurs indices le gênent. Et voilà que dans sa poche son téléphone retentit, strident, et le fait sursauter. «*Jissis*», crie-t-il si fort qu'il demande pardon au défunt pour son manque de douceur.

«Partenaire, je suis à la porte d'entrée», dit Cupido.

Griessel est très soulagé que son collègue soit arrivé. «OK. Je suis devant la cuisine, près de la victime. Mbali m'a envoyé directement. Peux-tu d'abord jeter un coup d'œil à l'extérieur de la maison, voir si une porte ou une fenêtre aurait été forcée? Il n'y a rien près de la porte principale.

— D'accord.

— Juste après le seuil, il y a peut-être une empreinte de pas. Prends sur la gauche, le long du mur. La cuisine, c'est la première porte dans le couloir.

— Compris. À tout de suite.»

Griessel est toujours sur le seuil de la cuisine. Ayant rangé l'appareil photo, il pénètre dans la pièce avec d'infinies précautions. Le carrelage était peut-être blanc jadis, il est à présent d'un beige indéfinissable. La table est en bois de pin, les chaises aussi. Trois sont rangées sous la table, le défunt est assis sur la quatrième. Il porte une chemise blanche, un gros pull bleu en laine, un jean bleu foncé et des chaussures noires souples. Mis à part le sang, la tête grise endommagée de Menzi Dikela et la feuille de papier, il n'y a rien sur la table.

Dans le dos du défunt se découpent une fenêtre

flanquée d'épais rideaux et, dans l'angle, une porte de service. Un tas de clés sont suspendues à de petits crochets vissés dans la porte. Sous la fenêtre, un évier double. Sur le côté, un égouttoir à vaisselle. Les trois autres murs accueillent des éléments de cuisine en bois, dont les portes et les tiroirs sont soigneusement fermés. Un plan de travail avec une bouilloire, un grille-pain, une petite huche. Tout est propre, bien rangé.

Griessel se penche, étudie le sol. Une petite flaque de sang sombre a séché, à côté de la chaise de Dikela. Elle s'est formée juste sous le côté de la table, après avoir perlé depuis la plaie. À vingt centimètres des chaussures noires de Dikela, quelque chose se détache sur le carrelage clair. Griessel s'approche, dirige le faisceau de sa lampe. Un petit rassemblement de grains de terre gris-bleu. Une texture et des couleurs identiques à ce qu'il a remarqué près de la porte d'entrée. Cela peut provenir des chaussures de Dikela, même s'il n'aperçoit rien près de ses pieds. Il va falloir l'analyser et placer également les chaussures dans des sachets stériles.

Il tourne prudemment autour de la table, veillant à ne rien piétiner.

L'évier est vide, l'égouttoir aussi.

Il déchiffre les deux phrases couchées sur le papier d'une écriture désordonnée, hâtive : *Je suis désolé. J'ai manqué à mes devoirs envers mon pays*.

Il reconstitue visuellement le trajet de la balle, la découvre sur la gauche, encastrée dans un placard. Elle est gravement déformée, impossible de déterminer si le calibre correspond au pistolet que tient encore Dikela.

Il s'agenouille pour étudier l'arme dans la main du défunt, ainsi que les gouttelettes de sang sur la peau, sur la manche et sur le pull.

Il entend s'ouvrir la porte d'entrée, puis la voix de Cupido : « Chéri, je suis là. »

53

Depuis le temps, ils en ont vu, des suicidés. Jeunes agents, ils étaient les premiers sur les lieux ; enquêteurs débutants, ils faisaient les recherches de routine, déprimantes et désagréables, travail fastidieux dont les chevronnés ne voulaient pas.

Cupido et Griessel savent que, dans quatre-vingts pour cent des cas de suicide par arme à feu, le défunt est du genre masculin. Et qu'il a utilisé une arme de poing. Dans la plupart des cas, il s'agit d'un tir sur la tempe droite. Pratiquement toujours à l'intérieur du logement. La trajectoire de la balle part en général légèrement vers le haut. Dans trois cas sur quatre, la plaie de contact présente visiblement la forme d'une étoile.

Quand le suicide s'accompagne d'une lettre, elle est toujours manuscrite.

Ils constatent que tous ces éléments sont réunis, ici, dans la cuisine de Menzi Dikela. Plus de raisons qu'il n'en faut pour croire qu'il n'y a pas eu crime. De surcroît, Cupido n'a repéré aucun signe d'effraction sur une porte ou une fenêtre.

Et pourtant, ils sentent que quelque chose cloche.

C'est Cupido qui le formule le premier. « Benny, tout ça est un peu trop… Regarde la façon dont il est assis. » D'habitude le corps tombe du côté du tir. En direction du sol, et non vers l'avant.

« Le pistolet qui est encore dans sa main, ajoute Griessel. Je n'ai vu ça qu'une seule fois. Un type qui était allongé sur son lit.

— La lettre. Même si elle est de sa main, elle n'est pas caractéristique. »

Griessel approuve de la tête. La plupart des lettres sont adressées à un interlocuteur précis, chargées de reproches. Ou de haine.

« Ça donne un peu l'impression d'une mise en scène, Benny. C'est arrangé comme une scène de suicide de cinéma. »

Ils s'écartent tous deux de la table, essaient de déterminer ce qui les dérange.

Cupido se frotte la nuque, songeur. « Est-ce que la fille nous a influencés, avec son insistance pour que ce soit un meurtre ?

— Peut-être.

— Mais qu'est-ce qui nous échappe ? »

Côte à côte, ils analysent tout avec minutie, conscients que deux femmes dans la voiture attendent, atterrées, anxieuses. Sans avoir besoin de le formuler, ils savent qu'ils doivent parvenir rapidement à la bonne conclusion.

Ils tournent autour de la table. Un silence de mort règne dans la maison, que seul rompt le glissement de leurs couvre-chaussures sur le carrelage.

« Une minute », lâche Cupido. Il s'accroupit près de la porte du placard de cuisine où s'est fichée la balle, et retrace sa trajectoire d'un coup d'œil. Il contourne le corps, se penche sur le pistolet, vissé dans la main de Dikela, l'observe de près.

« C'est un Z88, pas vrai ?

— Ouaip », confirme Griessel qui porte le même à la ceinture. Le Z88 a fait partie de l'équipement standard de l'armée et de la police, l'arme de poing de prédilection jusqu'en 2007. Beaucoup de cadres expérimentés l'utilisent encore. Cupido a troqué le sien il y a quelques années contre un Glock 17.

Il se redresse, se frotte de nouveau la nuque. « Où donc est la douille, Benny ?

— Merde, tu as raison.

— S'il tenait le pistolet de cette façon, la douille aurait dû être éjectée vers l'avant. De ce côté-ci. Sur le sol, peut-être sur le comptoir, près de la bouilloire. Ou alors, avec un rebond bizarre, elle a pu atterrir dans le couloir… »

Ils inspectent de nouveau le sol de la cuisine, les surfaces des placards, lampe à la main. « Attends, dit Griessel, il se peut qu'elle l'ait ramassée… »

Il appelle Kaleni. « Colonel », dit-il dès qu'elle décroche, anxieusement, « auriez-vous prélevé quelque chose sur les lieux ?

— Non. Certainement pas.

— Pouvez-vous demander à votre amie si elle l'aurait fait ?

— Que manque-t-il, capitaine ?

— La douille du pistolet.

— Un instant… »

Il l'entend parler en xhosa avec Thandi. Mbali revient en ligne : « Elle dit qu'elle n'a touché à rien, excepté la poignée de la porte d'entrée.

— Merci, colonel. » Il raccroche.

« Elles ne savent rien pour la douille.

— Peut-être que Thandi ne l'a pas vue, et l'aura poussée du pied et envoyée dans le couloir sans s'en rendre compte, suggère Cupido.

— Peut-être. »

Les deux enquêteurs étendent leurs recherches au couloir. Ils ne trouvent pas la douille. Ils inspectent ensuite les deux chambres à coucher, la salle de bains, une pièce qui servait visiblement de bureau. Certes, toutes les portes sont ouvertes, mais ils ne croient pas vraiment qu'elle ait pu rouler aussi loin.

Pendant une dizaine de minutes, ils regardent sous les lits, le bureau et les deux tapis de la salle de bains.

Ils sortent pour rendre compte à Mbali Kaleni.

Ils se retrouvent tous dans la voiture de Mbali. Thandi Dikela a enlevé ses chaussures afin qu'on les place dans des sachets stériles. Il fait trop froid pour qu'elle reste pieds nus sur le trottoir.

Thandi a pris la place du passager, Mbali Kaleni à ses côtés, Griessel et Cupido à l'arrière. C'est une femme solide, ses longues tresses africaines tombent en cascade et ondulent chaque fois qu'elle secoue énergiquement la tête. Mbali lui pose doucement la main sur le genou pour la consoler. Elle se tourne légèrement afin de voir, au moins, Griessel.

« Samedi soir, mon père était bouleversé. J'ai pu entendre comme… » Elle parle avec un accent britannique.

« Quand vous l'avez appelé ? demande Griessel.

— Oui…

— Vous lui téléphoniez tous les jours ?

— Non, je… une fois par semaine, peut-être… Il menait une vie active, il avait beaucoup d'amis, il était en bonne santé, il était très occupé. Ce n'était pas la peine de l'appeler si souvent…

— Et samedi, pourquoi ?

— Juste pour lui parler…

— Et avant samedi ? Quand lui avez-vous parlé pour la dernière fois ?

— Je pense… Ce devait être le dimanche d'avant…

— Donc vous l'appeliez environ une fois par semaine ? »

La voix de Thandi se fêle. « Pourquoi est-ce important ? Pourquoi me posez-vous ces questions ? »

Mbali Kaleni lève la main pour les interrompre.

« Thandi, ils doivent t'interroger sur tout, car nous avons une décision très importante à prendre. Il faut que nous soyons certains qu'il s'agit d'un meurtre…

— Mais c'est un meurtre. On l'a tué. Je le sais…

— Je te crois. Mais nous avons très peu de preuves. Il n'y a que cette histoire de douille manquante. Et mes enquêteurs pensent qu'on peut encore la retrouver, peut-être quelque part dans ses habits, mais ils ne peuvent la trouver sans déplacer le corps…

— Il n'a pas écrit cette lettre. »

Le ton de Mbali Kaleni reste doux et patient. « Là aussi, je te crois. Mais tu as aussi dit que cette écriture ressemblait un peu à la sienne…

— C'est un faux. J'en suis absolument certaine. Et pourquoi a-t-il fait allusion au fait qu'il pourrait lui arriver quelque chose…

— Tu dois comprendre quelles sont nos options à cet instant. La première, c'est que j'agisse comme on l'attend de moi. Dans ce cas, j'appelle le responsable du poste de Mowbray, il envoie son équipe, ils mènent l'enquête. Ils vont t'écouter et, s'ils te croient, ils demanderont peut-être à un graphologue d'expertiser la lettre. Mais tu es une parente du défunt, profondément émue ; et tu as dit que ton père était bouleversé samedi. Ils resteront donc assez sceptiques…

— Comment pourraient-ils être sceptiques ? Je ne mentirais pas au sujet de… Il n'était pas bouleversé au point de mettre fin à ses jours… »

Mbali la fait taire en posant sa main sur son bras. « Écoute-moi. Si tu as raison à propos des ennemis de ton père, ils seront…

— Quels ennemis ? demande Cupido.

— Du calme, laissez-moi finir.

— Excusez-moi.

— Les ennemis de ton père sont très puissants. Nous le savons d'expérience. Ils nous ont empêchés il n'y a pas si longtemps de continuer à enquêter sur un autre prétendu suicide. Il leur sera très facile de contraindre le poste de Mowbray à déclarer que ton père s'est suicidé et à clore l'affaire. Tu comprends ?

— Oui.

— C'est pour ça qu'on ne veut pas les impliquer trop vite. L'autre option, c'est donc de faire intervenir tout de suite les meilleurs éléments : le reste de mon équipe, les experts scientifiques, un vidéaste, et de creuser l'affaire aussi loin que possible, avant que quiconque n'ait pu intervenir. Si nous prouvons que tu as raison, si notre dossier se révèle solide, ça sera plus difficile pour eux de nous arrêter.

— Alors, c'est ce que nous devons faire.

— Oui, c'est ce que nous aimerions faire. Mais cela

implique plusieurs choses. Je vais placer mon équipe et mon supérieur dans une situation très difficile. Je vais mettre ma carrière, et celle de mes collaborateurs, en danger. Je ne peux pas me lancer là-dedans si nous ne sommes pas certains que c'est la bonne chose à faire. C'est pourquoi il faut que tu répondes de ton mieux à nos questions.

— Je ne veux pas te causer du tort. C'est juste que… C'est mon père, il est… »

La tête de Thandi s'affaisse, elle se met à pleurer. Mbali Kaleni la console.

Griessel et Cupido attendent. Trois, quatre longues minutes.

Malgré l'étrangeté de la situation, Griessel doit admettre que cette femme est vaillante. Elle a découvert son père, encaissé le choc, puis la tristesse et la colère l'ont envahie. Elle a dû attendre longtemps dehors l'arrivée de Mbali Kaleni. Puis elle est restée plusieurs heures dans l'obscurité, à l'intérieur de la voiture, à se représenter la scène du crime, à deux pas de là. Ça a dû être très difficile.

À la fin, Thandi secoue la tête, et ses tresses suivent le mouvement.

« Je suis prête », souffle-t-elle.

54

Elle parle, fixant les ténèbres. Parfois sa voix se brise. Son débit ralentit, elle laisse tomber la tête, voilée par ses tresses, en attendant de se ressaisir.

« J'appelais mon père quand il me manquait, quand j'avais le temps de penser à lui, quand j'avais le temps de penser à autre chose qu'à mon job. Une charge de travail insensée. Souvent je me suis sentie coupable de ne pas lui téléphoner plus souvent. C'est ce que je me dis en ce moment. Mais il est trop tard… Parfois, quand j'appelais, il répondait qu'il n'avait pas le temps de me parler, il était occupé au jardin, ou il était en conversation avec des amis, il jouait à l'*umlabalaba**. Je respectais ses souhaits, je le laissais seul. Mais l'année passée, il était heureux. Nous bavardions environ une fois par semaine. Parfois un peu plus, parfois un peu moins. Ce samedi-là, ça faisait un bout de temps qu'on n'avait pas communiqué. Je lui ai demandé : *uBaba*, comment vas-tu, il a répondu qu'il allait bien. Mais j'ai entendu au ton de sa voix qu'il était… Il m'a semblé qu'il était comme il y a deux ans, quand il était exaspéré par le monde politique. Un ton que je connais bien. Alors je lui ai demandé…

— Thandi, l'interrompt Griessel avec toute la compassion dont il est capable, je sais que c'est dur, mais nous avons besoin que vous nous décriviez ce ton le plus précisément possible. Était-il triste ? Furieux ? Anxieux ?

— Il était… Si je vous dis qu'il était triste, vous allez croire qu'il était déprimé. Et vous en déduirez qu'il a pu attenter à ses jours…

— Nous ne penserons à rien avant d'avoir toutes les informations et toutes les preuves que nous pourrons réunir, intervient Kaleni. Emploie simplement les mots qui te semblent les plus justes. »

Thandi acquiesce. « Il était triste. Une sorte de tristesse qui… Déception, serait une meilleure description. Comme quand j'étais ado : si je rentrais trop tard le soir, il ne se fâchait pas, il marquait simplement sa déception, sa tristesse face à mon comportement. Voilà à quoi ça ressemblait. Un ton que je connaissais bien.

— Merci, dit Griessel.

— Je lui ai donc demandé : qu'est-ce qui ne va pas, papa ? Rien, m'a-t-il répondu. J'ai voulu savoir ce qu'il faisait, il a parlé du travail dans son potager. Vous voyez, derrière la maison. C'était sa joie, sa fierté. Il m'a dit que le printemps arrivait, qu'il était temps de préparer les parterres. Il allait répandre du compost. Pendant cette conversation, je sentais bien qu'il n'était pas lui-même, qu'il s'efforçait de paraître heureux, mais il avait ce fond de désillusion dans sa voix… Puis il m'a demandé comment j'allais, si j'avais enfin un petit ami. Il ne manquait jamais de me poser la question, avec une pointe de taquinerie. Je lui répondais chaque fois qu'il n'y a pas de place pour les hommes dans ma vie. Il y a trop de travaux importants à réaliser. Alors il m'a demandé comment ça se passait au travail, combien d'immeubles nous avions construits pour le peuple. Il était très fier de ce que je faisais. Il a posé les questions habituelles, demandé comment se portait ma mère. Ils ont divorcé il y a douze ans, à l'époque il ne rentrait jamais à la maison à cause de son travail. J'ai répondu qu'elle allait bien. Et tout à la fin, au moment de se dire au revoir, il m'a dit : "Thandi, si quelque chose devait m'arriver, j'aimerais que tu appelles Mbali Kaleni. J'ai confiance en Mbali." Ça m'a sérieusement inquiétée, parce qu'il semblait… effrayé. C'était tellement inattendu. Ne dis pas ça, *uBaba*, j'ai répondu. Qu'est-ce qui ne va pas? Qu'est-ce qui se passe? J'étais bouleversée. Je pense qu'il a compris tout ce que ça pouvait impliquer. Il a fait marche arrière. Il a ri, disant qu'il me faisait une blague. Tu n'étais pas en train de blaguer, lui ai-je dit, qu'est-ce qui ne va pas? Non, non, tout va bien, il testait mes réactions, histoire de voir si je l'aimais toujours. Et il m'avait bien entendue, je l'aimais toujours beaucoup. Je l'ai sermonné, tu me causes des soucis, *uBaba*, ce n'est pas drôle. Il m'a répondu qu'il était désolé, que c'était une mauvaise blague. On s'est dit au revoir. Je suis restée très mal à l'aise, repassant cette conversation dans ma tête. Je suis tout à fait certaine qu'il avait vraiment peur de quelque chose quand il a mentionné Mbali. Alors j'ai commencé vraiment à me faire du souci. Je l'ai rappelé quinze minutes plus tard et lui ai redemandé ce qui n'allait pas. À nouveau, il a plaisanté, il a dit que tout allait mal, que le climat allait mal, qu'il se demandait comment faire pousser ses légumes avec cette sécheresse. Qu'on ne trouvait plus de citernes au Cap, tellement les gens en avaient acheté. Encore une chose qui n'allait pas ! Est-ce que je pouvais l'aider à trouver une citerne pour récolter l'eau de pluie, en vue du jour où Dieu nous accorderait enfin la pluie, à nous et à ses légumes. »

À cet instant, la voix de Thandi Dikela se brise complètement et elle se met à sangloter, tandis que le colonel Kaleni essuie ses propres larmes avant de la consoler.

Une fois calmée, Thandi explique qu'elle a téléphoné cinq fois le dimanche et rappelé le lundi car son inquiétude persistait. « Chaque fois il m'a répondu qu'il ne fallait pas lui casser les pieds, tout allait bien. » Elle a voulu faire un saut chez lui, mais il a refusé, il était très occupé.

Et voilà que cet après-midi elle l'appelle et ne reçoit aucune réponse. Finalement, elle est venue voir. La porte principale n'était pas verrouillée. Elle est entrée, l'a aperçu. Ainsi que la lettre sur la table. Immédiatement, elle a su qu'il s'agissait d'un faux, car elle connaît bien son écriture. À cet instant, elle est convaincue qu'on l'a tué, qu'on a voulu maquiller l'affaire en suicide. Elle a appelé Mbali. Juste après dix-huit heures.

« À quelle heure avez-vous passé votre premier appel ?

— Je… Je pense, vers seize heures…

— Il faut que nous en soyons vraiment sûrs. Pourriez-vous vérifier sur votre téléphone ?

— Il est dans mon sac à main. Dans ma voiture. »

Griessel se propose d'aller le chercher. Tous attendent son retour en silence. Thandi prend l'appareil et regarde la liste des appels passés. « C'était à 15 h 49.

— Votre premier appel ?

— Oui, la première fois de la journée.

— Quand vous êtes arrivée chez lui, l'alarme était-elle activée ?

— Non.

— Merci. Maintenant, parlez-nous, s'il vous plaît, de ses ennemis », demande Cupido.

Thandi explique que les ennemis sont apparus deux ans plus tôt, lorsque le rapport du Défenseur des droits sur la captation de l'État a fuité dans les médias. Le président, la moitié du gouvernement, des élus régionaux et des responsables d'entreprises d'État ont été démasqués, impliqués dans des affaires de corruption pilotées par trois milliardaires indiens. Son père faisait partie d'un groupe de seize vétérans, tous cadres du temps de la Lutte, qui a donné une conférence de presse sur le sujet. En public, ils ont appelé le président et ses laquais à démissionner. Parce qu'ils avaient totalement dévasté l'héritage de Mandela. La cuisante déclaration des seize ne tournait pas autour du pot.

C'est alors que les difficultés ont commencé. Une campagne de diffamation. Des déclarations selon lesquelles Menzi Dikela et ses cosignataires étaient des agents de l'ancien régime d'apartheid. Des traîtres qui servaient les intérêts du capital monopolistique. Des ennemis de la révolution nationale démocratique. De fausses nouvelles ont circulé sur certains réseaux sociaux – vite reprises et grossies sur les chaînes et dans les journaux de groupes de médias manipulés par le gouvernement –, disant que les seize étaient les vrais corrompus, coupables d'activités criminelles et de fraude fiscale. Beaucoup de menaces de mort. Son téléphone sonnait en pleine nuit, des voix murmuraient qu'on allait lui faire la peau. Ce que son père trouvait le plus grave, c'était que d'anciens collègues étaient derrière tout ça, il reconnaissait leurs techniques, leurs vieilles stratégies.

« Quels anciens collègues ? demande Cupido.

— Mon père a travaillé pendant plus de cinq ans pour la SSA, avant de prendre sa retraite, avec le grade de "directeur adjoint systèmes et technologie". Avant cela, il avait opéré pendant six ans à l'ancienne agence, le National Intelligence Service. Du temps de l'apartheid, il avait géré à Londres le système informatique de l'ANC. Il les avait créés, ces systèmes. C'était un pionnier, un héros de la Lutte.

— C'est pour ça que vous avez un accent britannique ? Parce que vous avez grandi en Angleterre ? » demande Cupido.

Elle opine. « Je suis née dans le sud de Londres. La première fois que j'ai vu l'Afrique du Sud, c'était en 1993. Nous sommes revenus en pleine euphorie. Avec de grandes attentes. Et voilà où nous en sommes.

— Pourquoi aurait-on voulu tuer votre père précisément maintenant ? Deux ans après la déclaration.

— Ces gens-là n'oublient jamais.

— Est-ce qu'il recevait encore des menaces de mort ces derniers mois ?

— J'en suis certaine…

— Il vous l'a dit ?

— Non. Je pense qu'il ne voulait pas m'alarmer…

— Faisait-il toujours de la politique ? Avait-il des activités d'ordre politique ?

— Ils étaient tous des animaux politiques, lui et les quelques amis qui lui restaient après leur excommunication. Tout était politique à leurs yeux. Je suis certaine qu'ils ne parlaient que de ça, entre eux.

— Vous voyez une raison pour laquelle on aurait voulu le tuer maintenant ?

— Parce que leurs ennemis n'ont rien oublié. Parce que c'est leur façon d'agir. Ils détruisent les réputations. Ils isolent leurs victimes. Ils leur laissent croire qu'ils les ont oubliées, afin qu'elles baissent la garde. Puis ils tuent. »

Ils se tiennent devant la haie du jardin qui borde Nuttallstraat. Mbali met ses mains sur les hanches, comme dans l'ancien temps. Elle leur parle à voix basse, mais d'un ton ferme. « Je pense que vous devriez rentrer chez vous. »

Cupido croise les bras sur sa poitrine. « Je n'irai nulle part, colonel.

— Vous allez mettre votre carrière en danger, capitaine. Je ne peux pas vous demander ça.

— Colonel, je ne suis pas dévoyé ni corrompu. Je reste ici. Un point c'est tout.

— Vous êtes déterminé ?

— Oui, colonel. »

Mbali se tourne vers Griessel.

« Benny ?

— Colonel, si nous pouvons prouver qu'il s'agit d'un meurtre avant que vous alliez trouver le général Manie, à mon avis nous serons en très bonne position. Nous devrions demander au professeur Pagel de venir voir personnellement la scène, et surtout de prélever du sang de toute urgence. De même pour Arnold et Jimmy. Et il faut qu'ils emmènent Gerber avec eux, le spécialiste des éclaboussures de sang. Nous avons besoin des meilleurs. Nous pouvons leur faire confiance.

— Benny, tu n'es pas obligé de faire ça.

— Je sais. Je reste sur le coup. »

Les mains de Mbali Kaleni retombent. « J'apprécie beaucoup votre attitude. Mais dites-moi, pourquoi Pagel devrait-il prélever du sang ?

— Eh bien, colonel, aucun accès n'a été forcé. Il n'y a pas de trace de bagarre et je n'ai vu aucune marque sur le défunt indiquant qu'il s'est défendu. S'il s'agit d'un meurtre, il a laissé quelqu'un entrer chez lui. Ce qui signifie qu'il connaissait très probablement le visiteur. Ou les visiteurs. Peut-être se sont-ils fait passer pour des officiers de police. Mais quoi qu'il en soit, personne n'accepte de bon gré qu'on lui place un pistolet sur la tempe. On se débat. Ce qu'il n'a pas fait, de toute évidence. Ils ont donc dû le droguer. Vous vous rappelez l'affaire de Sea Point l'an dernier, ces deux filles qui ont ramené chez elles un gars rencontré dans un night-club…

— Bien sûr. La drogue des violeurs. » Soudain, elle comprend. « Vous avez raison, faites venir Pagel. »

Elle se souvient que le gros problème, dans l'affaire de Sea Point, avait été de prouver que les boissons des femmes étaient trafiquées. Les premiers enquêteurs n'avaient pas procédé à des prélèvements de sang. Le stupéfiant utilisé par le suspect – l'acide gama-hydroxybutyrique, connu sous le sigle de GHB – ne peut pas être retracé dans l'urine au-delà d'un délai de quatre-vingt-seize heures.

« Et pourquoi Gerber ? demande Cupido.

— J'ai regardé les mains de la victime, explique Griessel en désignant la maison derrière eux. Il y a les fines éclaboussures typiques d'un tir à bout portant. Mais là, on ne trouve du sang que sur le canon du pistolet, sur le pouce du défunt et sur les manches de sa chemise et de son pull. Il n'y a rien sur les autres doigts, ce qui est étrange. Je pense que quelqu'un a mis sa main sur celle de la victime et poussé l'arme contre sa tempe. En appuyant sur la détente. Peut-être cette personne s'y connaissait en résidus de tir, mais pas en trajectoire d'éclaboussures.

— C'est excellent, Benny. Faisons aussi venir Gerber.

— Colonel, dit Cupido. Il y a une chose que je n'aime pas dans cette affaire.

— Oui ?

— La raison pour laquelle on l'a tué.

— Vous ne croyez pas Thandi ?

— Elle est sincèrement convaincue de ce qu'elle avance. Comme elle souhaite que tout fasse sens, elle s'accroche à ce qu'elle peut. Simplement… Je n'ai jamais entendu parler d'une chose pareille. Le président et ses hommes faisant assassiner un opposant pour contestation. Je veux dire, ils peuvent le discréditer, le faire tomber avec des preuves fabriquées de toutes pièces, le priver de son emploi, comme c'est arrivé à certains généraux ou à nos collègues de Durban… Mais le tuer, pour avoir signé deux ans auparavant une déclaration avec quinze autres personnes ? Je n'y crois pas.

— Que voulez-vous dire ?

— Que nous devons chercher des preuves médicales et scientifiques afin de prouver qu'il s'agit bel et bien d'un assassinat. Mais qu'il faut aussi trouver une très bonne raison. Faute de quoi nous serons laminés. »

55

Kaleni propose à Thandi Dikela de rentrer chez elle et d'essayer de dormir. Puis elle téléphone aux agents dont ils ont besoin.

Griessel et Cupido vont chercher un complément de matériel dans leur voiture, remettent leurs couvre-chaussures et leurs gants, et pénètrent dans la maison. Ils placent de petits marqueurs jaunes numérotés devant chacune des quatre sources d'indices qu'ils ont déjà repérées – la potentielle trace de pas dans le salon, les grains de terre sous la table de la cuisine, le stylo-bille et la lettre.

« Pas grand-chose, murmure Cupido en contemplant leur œuvre.

— Non », fait Griessel.

Ils se tiennent de part et d'autre du corps, la voix feutrée, comme influencés par l'étrange atmosphère de la maison.

« Benny, prenons le temps de réfléchir. Ton hypothèse concernant la drogue. Dis-m'en davantage.

— OK. Supposons que Menzi Dikela était occupé quelque part dans la maison, et que les types frappent à la porte…

— Vers quelle heure, selon toi ? Thandi a dit qu'elle avait appelé son père à 15 h 49, n'est-ce pas ?

— Exact.

— Nous savons donc que ça s'est passé avant cette heure-là. » Cupido se penche, pousse avec précaution le bras du défunt qui pend le long de la chaise. « Nous allons écouter ce que dira le prof, mais ça m'a tout l'air d'être le stade de la *rigor mortis*…

— Et la journée était fraîche.

— Donc ça se situerait aux alentours de huit heures, plus ou moins, hein ? »

Griessel approuve. Il étudie de plus près le sang sur la table. Cela fait plusieurs décennies qu'ils écoutent les pathologistes et les spécialistes des éclaboussures sur les scènes de crime. Ils ont beaucoup appris. Comme, par exemple, le temps que met le sang à sécher, indication à la louche de l'heure de la mort – à condition qu'on le prélève et l'examine dans les dix heures qui suivent l'incident fatal. La ligne directrice, ce sont les cinq étapes de la coagulation du sang : d'abord un bombement, suivi d'une formation de gel, environ quatre-vingt-dix minutes après que le sang a quitté le corps. Ensuite, les nuances de couleur indiquent le dessèchement sur les bords, le dessèchement central et le dessèchement final, respectivement au bout de quatre heures, neuf heures et neuf heures et demie.

Benny constate que la flaque autour de la tête de Menzi Dikela est encore rouge-brun au milieu, mais que la bordure est pratiquement noire et assez large. « Le sang dit la même chose : approximativement huit heures.

— Accordons-nous une marge d'une heure ou

deux, vu que nous ne sommes pas des experts. » Cupido regarde sa montre. « Ça veut dire que ça s'est produit vers treize, quatorze heures.

— Plus ou moins.

— Au moment du déjeuner, ou juste après.

— Ouaip.

— Bon. Ils frappent donc à la porte…

— Oui. Et Menzi Dikela, les connaissant, les fait entrer. Deux possibilités. La première : ils lui injectent la drogue avec une seringue. Ou bien ils lui disent : prenons un verre, et ils versent la drogue dans sa boisson quand il regarde ailleurs. La deuxième paraît plus vraisemblable.

— Tu paries sur quoi ?

— Je ne sais pas, Vaughn, c'est difficile. Une seringue laisse une marque sur la peau. Un pathologiste peut la trouver…

— Ils se sont peut-être dit que ces flics stupides de Mowbray allaient gober l'histoire du suicide et n'iraient pas chercher la petite marque.

— C'est possible. Mais il s'agit d'anciens de la Sécurité… Ils ont pris grand soin de maquiller la scène en suicide. Ils sont arrivés avec un plan en tête. Ils ont dû penser à la marque d'une piqûre. Regarde cette pièce, Vaughn. Elle est trop proprette. Tu as dit toi-même que ça avait dû se passer à l'heure du déjeuner, ou juste après. Il n'y a pas la moindre assiette sale, la moindre tasse. Je parie sur le scénario "on prend un verre", et ils ont bien tout nettoyé après coup.

— Ça tient la route… Et la femme de ménage ? Est-ce qu'il avait une femme de ménage ?

— On aurait dû demander… » Griessel ressort son téléphone pour appeler Kaleni.

« Le professeur et l'équipe forensique arrivent », annonce-t-elle. Il demande si Menzi Dikela avait quelqu'un pour faire son ménage. Elle promet de se renseigner auprès de Thandi.

Cupido a entrepris d'ouvrir tous les placards de la cuisine, cherchant avec optimisme des verres ou des tasses susceptibles d'avoir été utilisés récemment. Griessel se charge des tiroirs, inspecte les couverts. Sans grand espoir.

Mbali Kaleni rappelle. « Oui, il avait une femme de ménage, deux matinées par semaine. Mercredi et samedi. Thandi va nous retrouver son numéro de téléphone. »

Benny partage l'information avec Cupido.

« Parfait. Le dernier passage de la femme de ménage remonte à samedi. Or tout est impeccable le mardi suivant. C'est assez étonnant... D'où ma question : pourquoi un suicide, Benny ? Pourquoi pas le coup du cambriolage qui tourne mal ? Un type force la porte ou la fenêtre, tire sur le vieux, fouine dans les placards, pique un ordinateur portable et un téléphone... Dans ce cas, les fantômes de la SSA ne seraient pas suspects. Mais non, ils se donnent un sacré mal pour mettre en scène un suicide. Pourquoi ? Ça n'a pas de sens. »

Griessel songe. « Peut-être est-ce lié à la lettre ? Un message ? Aux quinze autres signataires ?

— Je n'y crois pas.

— La grande question reste tout de même le mobile.

— Alors cherchons-le, partenaire », dit Cupido en indiquant avec un clin d'œil les chambres à coucher. « Viens, que le jeu commence. »

Ils fouillent chacun une chambre, en prenant leur temps, avec d'extrêmes précautions. Tout indique que Menzi Dikela était un homme remarquablement organisé. Les penderies, l'armoire à linge, les tables de chevet sont irréprochablement en ordre. Les lits sont faits au carré.

Dans l'armoire intégrée de la chambre à coucher principale, sous une petite pile de pyjamas, ils trouvent un sac en toile contenant cent cinquante billets, au total plus de cinq mille rands.

Cupido les range dans un sachet stérile. « Intéressant. »

Dikela était à l'évidence un homme en bonne santé. Aucun médicament, dans l'armoire à pharmacie de la salle de bains, qui indique une maladie chronique. Juste les produits habituels contre la grippe, les maux de tête et les brûlures d'estomac, des vitamines à côté du déodorant, du dentifrice, de la mousse à raser et des lames de rasoir. Tout est bien rangé, en ordre. De même les quelques vêtements dans le panier à linge.

« Il était vraiment maniaque, on dirait, constate Benny.

— Carrément, confirme Vaughn. À l'image de sa cuisine : nickel tous les jours. Rétention anale. » Il s'appuie à la porte de la salle de bains. « Benny, je peux te poser une question personnelle ?

— Vas-y.

— Bon. Alexa et toi, vous êtes tous deux du genre… Je veux dire, toi, tu es du genre ordonné, ton bureau, tes dossiers, même ta voiture, tout est convenablement rangé. Elle est comme toi ? »

Griessel rit. « Non, elle est… Je me moque d'elle,

on dirait une amibe. Dès qu'elle s'occupe de quelque chose, tout s'accumule autour d'elle. Dans la salle de bains, près de son lavabo… Il y a comme un cercle de produits de maquillage, de petites crèmes, de bidules, qui ne cesse de s'agrandir…

— Comment tu gères ça ?

— Je ne gère pas. Je regarde ailleurs. Que pourrais-je faire ? C'est sa maison. Alexa est ce qu'elle est.

— Et ça ne t'embête pas ?

— Tu connais ma philosophie, Vaughn : je travaille des heures durant sur des trucs bizarres, je dois voir la psy pour toute la merde accumulée dans ma tête, je ronfle, j'oublie de refermer le rabat des toilettes… et ça ne la gêne pas. On donne et on prend… Pourquoi tu me demandes ça ?

— À cause de Donovan, le gamin de Desiree. *Jissis*, c'est un petit merdeux. Sa PlayStation dans le salon, tous ses jouets électroniques répandus par terre. Il n'y a qu'une salle de bains, ses fringues traînent sur le carrelage. Je ne veux même pas parler de sa chambre. Une zone de guerre. Et Desiree ne s'en préoccupe pas. Elle veille sur ce trou-du-cul, ramasse ses affaires et les lave. De la culpabilité de divorcée, voilà ce que je pense. Si on se met ensemble, il faudra que je fasse avec tout ça et, je te le dis, ça va me rendre fou. Et en plus, il me les brise en disant que les Hawks sont corrompus. Je ne sais pas comment me dépêtrer de ça. C'est une bombe à retardement, un jour ou l'autre je vais péter les plombs…

— Parle avec elle. Ma psy dit qu'un conflit, c'est de la croissance en attente. Parler, il n'y a que ça pour le prévenir.

— Exact. Les psys… Comme si ça allait m'aider.

On s’attaque au bureau ? Le motel de la dernière chance… »

Ils pénètrent dans le bureau. Il y a une table avec un grand ordinateur, une imprimante laser et, perchée dessus, une belle boîte à cigares marron. L’ordinateur est allumé, des motifs hypnotiques ondoient sur l’écran. Un iPhone 7 est branché sur un port USB.

« On sait qu’on va se tirer une balle dans le crâne, mais on charge son téléphone ? Et on laisse son PC allumé… » Cupido déplace la souris. L’écran se réveille. Seule la fenêtre d’accueil Windows apparaît, sans dossiers visibles ni applications activées. Il appuie sur le bouton de l’iPhone de son doigt ganté. L’appareil réclame un mot de passe. « Pourquoi ont-ils toujours un mot de passe ? soupire-t-il. Il va falloir convoquer Zézaie. »

Le tiroir gauche du bureau contient des relevés bancaires, des factures d’eau et d’électricité, une ordonnance de divorce, quelques stylos-bille jaunes semblables à celui de la table de cuisine. Un cahier noir à couverture cartonnée portant le logo *Spar* et les mots *A4 Counter Book*. Griessel le prend et l’ouvre. Sur la première page, à l’encre bleue, probablement de l’écriture de Menzi Dikela, est inscrit *Entretien, prêts, dons*. Au-dessous, de longues colonnes avec des montants et des dates, et une colonne supplémentaire pour indiquer le type de paiement.

« Ça ressemble à l’écriture de la lettre, dit Griessel.

— Oui… peut-être… Mais je suis nul quand il s’agit de repérer un faux. C’est un art ténébreux. »

Ils placent le cahier dans un sac en plastique.

Dans le tiroir de droite, ils dénichent une carte d’identité, un passeport, et un bloc-notes dont le papier ressemble à celui utilisé pour la lettre. Cupido le sort et le place face à la lumière afin de voir si le stylo a pu laisser des marques. « Trop faible », regrette-t-il en le glissant également dans un sachet transparent.

Ils inspectent les étagères de livres, sur l'autre mur : des biographies de vétérans de la Lutte, des guides technologiques pour des systèmes et des bases de données, des romans et des recueils de poèmes d'écrivains africains. Quelques exemplaires du *Reader's Digest*.

Les rideaux de la fenêtre, à gauche du bureau, sont tirés. Au-dessous, un coffre à deux battants. Griessel l'ouvre. Ils y trouvent du papier d'imprimante, des câbles d'ordinateur enroulés, des dossiers remplis de documents administratifs – dont une immatriculation de véhicule, des quittances, les certificats de propriété de la maison, une vieille hypothèque et des contrats d'assurance, à court ou long terme. Tout au fond à gauche, un modem couplé à un réseau de fils.

Le téléphone portable de Griessel sonne. Voyant apparaître le nom de Kaleni, il répond.

« Le professeur Pagel est arrivé, dit-elle. Vous avez trouvé quelque chose ?

— Pas vraiment, colonel. » Il jette un coup d'œil sur sa montre. Il est vingt-trois heures passées. Il sait que Zézaie Davids ne va pas apprécier ce qu'il s'apprête à ajouter : « Nous aurons aussi besoin d'appui technologique. Nous avons trouvé un ordinateur et un portable…

— J'appelle le sergent Davids. »

Griessel se tourne vers Cupido.

« Le professeur est arrivé.

— Cool… » Vaughn s'avance vers la porte, son regard s'attarde sur la boîte à cigares.

« Le vieil homme était fumeur ? Tu as vu des cendriers quelque part ? »

Avant que Griessel ne réponde, il soulève le couvercle et jette un coup d'œil à l'intérieur. Un instant de silence éberlué. « Nom de Dieu ! »

Dans la boîte, bien rangés, comme tout dans la maison, une planchette et deux bouts de *biltong* dessus. Saupoudrés de graines de coriandre.

Et un couteau Okapi.

La lame est repliée ; le manche en merisier foncé semble neuf, l'acier inoxydable du fermoir et de l'élégante incrustation brille encore.

« Stupéfiant, Benny ! Quelle est la probabilité… ?

— C'est une coïncidence, dit Griessel. Des milliers de gens ont un couteau Okapi et mangent du *biltong*.

— Je te crois. Mais le destin a peut-être décidé que le grand Vaughn et son intrépide partenaire, Benny-la-Guitare Basse, méritaient de l'aide. »

Il ouvre de nouveau le tiroir droit, en sort le passeport. Le nom indiqué à l'intérieur est Menzi Dikela.

« OK. Le destin continue à pisser sur notre entreprise. Mais il nous reste de l'espoir… »

Il referme la boîte à cigares. Ils se dirigent vers l'entrée pour ouvrir la porte au professeur Pagel.

56

Au grand soulagement de Griessel, l'arrivée du pathologiste, avec sa personnalité joviale, détend l'atmosphère.

« Je comprends que tout ceci est confidentiel et secret, Nikita ? demande-t-il de sa voix sonore, tandis qu'il prélève le sang avec dextérité.

— C'est exact, professeur.

— Et ici, c'est un Leporello de notre infâme SSA qui est notre suspect principal ?

— Un Leporello ?

— C'est de l'opéra, Nikita. Du Mozart. Un personnage de *Don Giovanni*. Leporello est un triste sire qui doit faire tout le sale boulot de son méchant maître. Stimulé par la promesse de beaucoup d'argent, et sous la menace de l'épée. J'ai comme l'impression ces temps-ci qu'il y a beaucoup de Leporello aux affaires dans ce pays, pas vrai, messieurs ?

— Mais pas dans le Groupe criminalité violente des Hawks, professeur, objecte Cupido. Que ce soit bien clair.

— La Reine proteste un peu trop, ce me semble », dit Pagel, citant Hamlet avec un sourire.

« Professeur, vous ne trouvez pas étrange que le défunt soit resté bien assis à sa table ? demande Griessel. Il aurait dû tomber, n'est-ce pas ?

— J'en ai vu dans toutes les positions possibles et imaginables, Nikita. Je ne dirais pas que c'est particulièrement inhabituel.

— Oh. » Déception.

« Vous supposez qu'on lui a administré un anesthésiant ? demande Pagel.

— Sinon, comment mettre un pistolet contre la tempe d'un homme sans qu'il se débatte ?

— Un argument valable. En effet, à première vue, aucune marque de blessures de défense.

— Nous supposons que la drogue a été mise dans une boisson, dit Cupido, car on ne voulait pas que vous trouviez la marque de la piqûre.

— Ce n'est pas si simple, Vaughn. Si l'injection est rectale ou sublinguale… il sera impossible de détecter quoi que ce soit.

— Vous pourriez nous redire ça en bon afrikaans des Cape Flats, prof ?

— Pardonne-moi, Vaughn. Sublingual, cela veut dire dans la bouche. Sous la langue, voire dans la langue ou le palais.

— Mais, prof, comment on peut injecter quelque chose dans le… » Griessel ne veut pas employer un langage cru devant Pagel, car il a trop de respect pour lui. « Enfin, dans le derrière… ou bien dans sa bouche, sans qu'il se rebiffe ?

— Touché, Nikita. De toute façon, je dois analyser le sang et l'urine, le spectre des anesthésiants est tellement large. Nous verrons…

— Qu'est-ce qu'ils peuvent avoir versé dans son

verre, prof ? Supposons que vous ayez l'intention de trucider le vieux en faisant croire à un suicide. Et que vous ne vouliez laisser aucune preuve. »

Pagel range la seringue et les échantillons de sang dans sa mallette et entreprend d'examiner avec précaution le corps de Menzi Dikela. « Cela dépendrait bien sûr des drogues dont je dispose, Vaughn. Mais on peut supposer que notre Leporello du SSA a accès à tout.

— Oui, prof.

— Bon. C'est une question intéressante… Voyez-vous, le plus simple, c'est d'injecter une overdose d'insuline. Un coma rapide, à l'issue mortelle, et l'insuline est difficile à déceler lors de l'analyse post-mortem, si on ne recherche pas spécifiquement de signes. Trois ou quatre gaillards se pointent, immobilisent le vieil homme avant qu'il ne puisse résister, et on lui fait une piqûre, disons rectale. Coma hypoglycémique. Après, on en fait ce qu'on veut. Si on le laisse là, il mourra de toute façon six heures plus tard comme un oisillon…

— Merde, dit Cupido, je n'avais pas pensé à ce truc-là.

— Professeur, si on ne sait pas qu'il s'agit d'une overdose d'insuline… Disons qu'un type comme ça atterrisse sur votre table, à quoi attribueriez-vous sa mort ? demande Griessel.

— Généralement, à un œdème pulmonaire ou cérébral, selon la pathologie spécifique que l'on remarque. En termes simples, il s'agit d'une montée d'eau qui engorge les poumons ou le cerveau. Déclenchée par des causes naturelles. Surtout chez les personnes âgées, comme ici notre défunt. En l'absence de soupçons particuliers, je ne ferais pas de test d'insuline.

— C'est ce que je veux prouver, prof, explique Griessel. Ces types voulaient que ça ressemble à un suicide. Pas à un cambriolage, pas à des causes naturelles, mais à un suicide.

— Curieux *modus operandi*, estime Pagel, mais il faut garder à l'esprit que la SSA est impliquée dans l'affaire.

— Exactement, lâche Cupido. Donc, si le suicide est à l'ordre du jour, qu'est-ce qu'on a versé dans son brandy ou dans son Coke ? »

Pagel les dévisage. « Peut-être du midazolam ? Du rohypnol ? Du GHB ? Il y a toute une palette de possibilités. Mais il faut dissimuler le goût de toutes ces substances. Dans une liqueur très sucrée, parfumée au chocolat comme la Nachtmusik, ou de l'Amarula. En introduisant une forte dose dans un quart de bouteille. De toutes les façons, je vais tout faire analyser, sang et urine. S'ils ont utilisé une drogue, nous la trouverons. »

Le portable de Griessel sonne. C'est à nouveau Mbali Kaleni. « Les experts forensiques sont arrivés. Vous pouvez venir les briefer ? »

Les experts et Gerber, le spécialiste des éclaboussures de sang, sont devant la porte. Avec le vidéaste. Ainsi que les renforts du Groupe, Vusumuzi Ndabeni, Mooiwillem Liebenberg et Frankie Fillander. Eux aussi contribuent à changer l'atmosphère de la maison de la victime. Soudain, Griessel a le sentiment d'être sur une scène de crime normale, et se débarrasse enfin de cette impression de destin tragique.

Il supporte les dernières blagues d'Arnold et Jimmy (« Benny, tu as entendu l'histoire du type tout content après son mariage, car il fait l'amour presque tous les soirs ? Presque le lundi soir, presque le mardi, presque le mercredi… » Leurs éclats de rire emplissent la maison.) Il leur indique ce qu'il aimerait qu'ils recherchent. Il demande à Gerber d'étudier la main de Dikela. Il sort avec Ndabeni, Liebenberg et Fillander pour leur donner toutes les informations dont ils ont besoin. Il les charge de l'enquête de proximité. Qu'ont vu ou entendu les voisins ?

Une ambulance s'arrête alors qu'ils sont encore dehors, le gyrophare rouge est activé. La rue étroite est soudain remplie de véhicules. Il le sait, les curieux vont commencer à s'agglutiner. Il se dirige vers Mbali Kaleni. « Nous allons avoir besoin d'agents pour canaliser la circulation et les badauds, colonel.

— Je m'en occupe.

— Je vais vous apporter des rubalises jaunes. Ça devrait les tenir à distance.

— Merci, Benny. Du nouveau dans la maison ? »

Il redoutait cette question, car leurs théories ne sont pas probantes. « Rien jusqu'à présent, colonel. Le professeur Pagel va devoir analyser le sang et l'urine. C'est notre seul espoir. »

Elle hoche la tête, inquiète. « Trouvez quelque chose, Benny. S'il vous plaît.

— Je vais faire tout mon possible. »

À l'intérieur, une mauvaise nouvelle l'attend.

De retour dans la cuisine, Benny observe Uli Gerber

qui examine la main de Menzi Dikela à la loupe. Il arrive que ses collègues appellent Uil («le Hibou») le spécialiste des projections de sang, quoique jamais en sa présence. Il est vrai que les gros verres de ses lunettes à large monture noire donnent l'impression qu'il a des yeux énormes, et que, entre «Uli» et «Uil», il peut y avoir une confusion. C'est un homme sérieux, rugueux, qui participe à des marathons en canoë.

Il se redresse, étire son corps mince, et dit en s'excusant : «Capitaine, les motifs des éclaboussures sont compatibles avec un suicide.

— Mais il n'y en a pas sur les doigts. Juste sur le pouce.

— C'est un fait. Mais c'est possible dans le cas d'un suicide au pistolet. L'arme, plus particulièrement la crosse, empêche le sang de gicler sur les doigts, hormis le pouce, bien sûr. Si l'on regarde avec une loupe, on aperçoit des éclaboussures secondaires sur la première phalange de l'index et du majeur. C'est normal. Je ne vois rien qui indique la pression imposée d'une autre main.

— Tu en es absolument sûr ?

— À la morgue, je regarderai à nouveau, et je ferai des tests sur les résidus. Mais je serais surpris qu'il en soit autrement.

— Merci, Uli.

— Je suis désolé, capitaine.»

Le sergent Zézaie Davids arrive en râlant.

«Il n'y a donc personne dans notre unité qui regarde

les quarts de finale de la Coupe ? Il n'y a plus rien de sacré…

— Pourquoi tu grognes encore, Zézaie ? demande Cupido.

— Le foot à la télé, *cappie*. Du beau jeu. Rien que vous, barbares du rugby, soyez capables d'apprécier. Où sont les ordis ? Je voudrais commencer à travailler au plus vite, avant que mon mercredi ne soit foutu, lui aussi.

— Viens d'abord voir le cadavre », propose malicieusement Cupido, car Davids est connu pour ne supporter ni le sang ni les spectacles traumatisants. Il est immédiatement pris de nausées et prétend que cela lui colle d'horribles cauchemars qui durent des semaines.

« *Cappie*, je vous jure. Je vais démissionner sur-le-champ, et appeler SOS-Nerds. Vous êtes un homme méchant, vraiment méchant.

— Qu'on ne t'ait jamais poursuivi pour insubordination, c'est un miracle dans ce monde fondé sur le respect de la loi.

— C'est à cause de ma nature solaire. Tout le monde m'aime.

— Dans tes rêves. Viens, le bureau est par ici, au bout du couloir. Le corps est dans la cuisine. »

Zézaie se cache les yeux en passant devant la scène du crime. Il suit Cupido jusqu'au bureau, contemple l'ordinateur et le portable. « Lequel de mes multiples dons va vous être utile aujourd'hui ?

— Voilà. Nous avons des raisons de croire que les forces du mal ont maquillé le suicide du vieux *madala** à côté. Nous cherchons les raisons qu'on pouvait avoir de l'assassiner, Zézaie. Nous cherchons des amis et des associés, du batifolage, de sombres secrets d'État, des conspirations visant à dominer le monde. Tout. Débloque donc le téléphone et dégotte-nous de belles choses. Une bonne analyse du disque dur du PC, y compris les courriels, l'historique du navigateur, les réseaux sociaux…

— Débloque le téléphone ? Débloque le téléphone ? Attendez que je prenne ma baguette magique fabriquée par Garrick Ollivander, celle avec une plume de phénix…

— Garrick qui ?

— *Jissis*. Pas de foot, pas de Harry Potter. Vous êtes un champion, *cappie*. Le flic le moins cultivé que j'aie rencontré. À quoi vous passez votre temps libre ?

— Un Hawk de classe n'a pas de temps libre, Zézaie. Nous vivons pour notre travail.

— Oui, oui, on dit ça. » Zézaie remarque les manuels techniques sur l'étagère. Il s'approche, passe le doigt sur le dos des livres. « Tiens, qui vivait ici avec le vieux *madala* ?

— Personne. Ce sont ses affaires à lui. C'était une huile dans les systèmes informatiques de la sécurité nationale.

— Un frère de sang ! s'écrie Davids. Un collègue geek, une âme sœur, un alter ego. Pourquoi vous ne l'avez pas dit plus tôt ? Pour lui, je vais sortir le grand jeu… »

57

Griessel et Cupido ouvrent la porte basculante du garage avec une clé trouvée sur un trousseau accroché derrière la porte.

Il y a une Mercedes-Benz E200 blanche, huit ou neuf ans d'âge. Le coffre est vide.

Des étagères bon marché ont été installées contre le mur du fond. Sept boîtes en carton, toutes de la même taille, y sont entreposées, les rabats supérieurs coupés. Ils regardent le contenu. Il s'agit d'articles de ménage et d'outils rangés avec ordre.

« Benny, le *madala* était rigoureux. En tout.

— Oui, mais où sont les outils de jardin pour son potager ?

— C'est précisément pour le découvrir qu'on te paie des mille et des cents. »

Ils sortent, contournent le garage, tombent sur une dépendance avec des toilettes. Ils braquent leurs lampes sur la vitre : un vieux canapé bancal couvert de poussière et une caisse cabossée de tondeuse à gazon, rien de plus.

Cupido promène la lampe sur le jardin de derrière. Des planches de légumes, des supports fichés sur deux d'entre eux, le sol bêché et ratissé, mais aucune plante ne pousse pour le moment.

« Regarde, dit Cupido en éclairant une structure adossée au mur du fond en parpaings. Une cabane pour enfants. Notre abri de jardin, je suppose. »

Ils empruntent les sentiers dallés entre les planches de légumes et atteignent la cabane. Il s'agit d'un grand format, précédé d'une minuscule véranda. La porte est solidement verrouillée au moyen d'un cadenas. Cupido tient la lampe pendant que Griessel essaie toutes les clés du trousseau. Il trouve la bonne, ouvre le cadenas et détache la chaîne.

À l'intérieur, des outils de jardinage, de l'engrais, des tiges en bois pour les supports, un rouleau de corde de bottelage, bien alignés. Au mur du fond est accroché un vieux présentoir à épices sur lequel sont rangés des dizaines de sachets de semences. Une petite table, une chaise de cuisine unique. Sur la table, un bloc-notes semblable à celui du bureau, et un stylo-bille. Il remarque des croquis de parterre, avec des indications sur ce que Menzi Dikela projetait d'y planter – maïs, petits pois, carottes, betteraves, tomates, concombres, choux-fleurs.

Des éléments supplémentaires concernant l'écriture du défunt. C'est pourquoi Griessel glisse aussi le bloc-notes dans un sachet. Ils sortent, referment la porte et regagnent la maison.

Satisfaits d'avoir tout visité.

Mooiwillem Liebenberg excelle dans l'art d'interroger les femmes. Pas seulement parce qu'il présente bien – au point qu'on le surnomme le George Clooney des Hawks. Pas seulement à cause de son sourire «à un million de dollars», comme dit son collègue Cupido, non sans un brin d'envie. Mais surtout parce qu'il sait concentrer une attention sans partage, chaleureuse, charmeuse, sur chaque femme, comme un faisceau de lumière. Comme si tout ce qu'elles pouvaient raconter était inestimable à ses yeux. Pour la plupart, elles réagissent positivement.

Il est donc tout indiqué que ce soit cet homme-là qui aille frapper à la porte de Mme Mercia van der Merwe. Et Mercia va permettre la première percée dans l'énigme Menzi Dikela.

Au départ, elle est furieuse que son repos soit troublé à cette heure de la nuit – juste après minuit, en fait. Elle ouvre sa porte en fronçant les sourcils, avec une moue désapprobatrice. En robe de chambre rose, avec ses pantoufles beiges en peau de mouton. Soixante et un ans, les cheveux teints en brun, en vrac.

Liebenberg s'excuse, avec une sympathie empreinte de sincérité, de la déranger si tard, mais il lui apprend la mort de son voisin, et fait valoir combien il est important qu'il puisse lui parler. La bouche de Mercia change de forme, se charge de stupeur, de tristesse, de compassion. Elle l'invite à s'asseoir dans le vestibule.

Elle tient à savoir ce qui s'est passé. Il explique que ça ressemble à un suicide, mais qu'on n'en est pas certain.

Elle affirme que c'est un drame, c'était un si brave homme. Elle essuie une larme. Elle tapote sa chevelure pour l'arranger.

Il lui demande si elle le connaissait bien.

Assez bien, répond-elle. Suffisamment pour qu'il

lui donne des légumes pendant l'été. Pour le remercier, elle lui apportait de temps à autre une tarte au flan. « Vous savez comment vont les choses de nos jours. On passe à côté de ses voisins. On ne se rendait pas visite à tout bout de champ. Non pas parce qu'il était noir, comprenez-le bien. Je ne suis pas de ce genre-là. Mais parce que c'est ainsi de nos jours. Chacun mène sa propre vie. C'était un adorable vieil homme. Il me saluait toujours quand on se croisait. »

Mooiwillem assure qu'il la comprend parfaitement. Aurait-elle remarqué quelque chose dans la journée, quelque chose d'inhabituel ?

« Oui. Plutôt. Maintenant que vous le dites. Ce matin même. J'ai des marguerites de Barberton dans le jardin de devant, c'est la saison. Mais avec ces restrictions d'eau, la municipalité nous a méchamment pris au dépourvu. Ils n'auraient pas pu voir venir le problème ? Avec tous ces gens qui emménagent au Cap, ils auraient dû prévoir le manque d'eau. En tout cas, je dois arroser les marguerites avec l'arrosoir, rempli de l'eau grise du bain, et les marguerites n'aiment pas l'eau savonneuse, mais que peut-on y faire ? J'étais là avec mon arrosoir quand je vois s'arrêter un tout-terrain devant chez l'oncle Menzi, et trois types en descendre...

— À quelle heure ce matin ?

— Eh bien, c'était aux alentours de neuf heures. Ou neuf heures et demie. Plus ou moins après mon bain, c'est pourquoi j'avais de l'eau grise pour les marguerites. Mais c'était un tout petit bain, car maintenant la municipalité espionne les compteurs et peut même vous couper l'eau si vous ne faites pas attention. En tout cas, j'ai vu cette voiture toute noire, et les trois types qui en sont sortis, costumes-cravates, et ils sont entrés chez l'oncle Menzi.

— Combien de temps sont-ils restés ?

— Je ne pourrai pas le dire. Je suis rentrée.

— Pouvez-vous me décrire le véhicule ?

— Je ne m'y connais pas en voitures, mais je crois que c'était un tout-terrain BMW. Vous savez, avec ce petit bidule bleu sur le capot.

— Un tout-terrain BMW ?

— Oui, vous savez, le modèle qui ressemble à un petit break.

— Juste un instant… » Liebenberg sort son portable et cherche sur Google des images de BMW. Il lui montre des photos du X3. « Comme celui-ci ?

— Oui, comme ça. Tout noir. Peut-être un peu plus grand. »

Il tapote sur son téléphone à la recherche d'un X5 noir, puis tourne l'écran vers elle.

« Oui ! Il ressemblait à ça. Exactement ça.

— Pouvez-vous décrire ces hommes ?

— Je n'ai pas regardé attentivement. C'étaient des Noirs… Col fermé, cravatés, des costumes sombres… » Elle fait un geste d'excuse qui signifie que c'est tout ce qu'elle sait.

« Monsieur Dikela recevait-il souvent des visiteurs ?

— Eh bien, il faut savoir que je ne passe pas mes journées dans le jardin. Je ne peux pas vous dire avec précision. Il y a des gens qui sont venus le voir, de temps en temps. Des vieux comme lui. Mais tout de même pas des costumes-cravates, c'est la première fois que j'en vois. Je me suis demandé qui étaient ces gens. Ils avaient un air… administratif. J'ai pensé que c'étaient des agents municipaux.

— Comment ça ? Vous avez vu la plaque d'immatriculation ?

— Non, il ne s'agit pas de ça.

— C'était quoi ?

— Eh bien, je ne voudrais pas dire du mal des morts, ce n'est pas bien. »

Mooiwillem lui offre son regard le plus attentionné, le plus chaleureux.

« Madame, ça nous serait terriblement utile si vous pouviez dire tout ce que vous savez. »

Mercia van der Merwe rougit légèrement, tapote un peu sa permanente pour la rajuster, et baisse les yeux sur le tapis. « Je pense qu'il avait utilisé un peu trop d'eau. On ne peut pas obtenir des tomates et des concombres de cette taille sans resquiller sur l'eau. J'ai cru qu'il s'agissait d'agents municipaux qui venaient lui dire qu'ils allaient couper l'eau. »

Griessel et Liebenberg rapportent la nouvelle à Mbali Kaleni, qu'ils trouvent assise sur le capot de sa BMW de service. La longue journée commence à peser, elle a l'air épuisée.

« Thandi avait raison, dit-elle avec soulagement en se laissant glisser énergiquement au sol. C'est une très bonne nouvelle. Bon travail, capitaine.

— Merci, colonel, dit Liebenberg.

— Que suggérez-vous maintenant, Benny ?

— À mon avis, il faudrait visionner les enregistrements des caméras de la rue, colonel. Sur la N2 et la M5, peut-être sur Voortrekkerweg à Salt River, ce sont les seules sorties possibles à partir d'ici, qu'ils soient venus de la ville ou d'ailleurs. Nous avons une fourchette pour leur heure d'arrivée, et si l'on suppose que la victime était déjà morte à quatorze heures, nous savons vers quelle heure ils sont partis. Et nous sommes quasiment certains qu'il s'agit d'un X5 noir. Ils sont moins fréquents que les blancs. Ça réduit notre champ de recherche. Avec un peu de chance, nous dégotterons la plaque d'immatriculation.

— Nous devrions aussi vérifier les X3 noirs, conseille Liebenberg. Je ne suis pas si sûr de l'exactitude des observations de la voisine.

— On va devoir attendre le matin, soupire Kaleni. La police métropolitaine… Il ne faut pas que nous abattions notre jeu avec trop d'impatience.

— J'y serai à neuf heures», dit Liebenberg.

Deux ambulanciers les dépassent, portant le corps de Menzi Dikela sur une civière, le professeur Pagel à leur côté. Il remet solennellement à Griessel le sachet contenant les chaussures de la victime. «Madame, messieurs, je vous souhaite le bonsoir. Tous les tests seront effectués aussi rapidement que leur nature clandestine le permet.»

La deuxième avancée dans l'affaire arrive un peu par hasard. Comme c'est souvent le cas dans les enquêtes criminelles.

Le sergent Zézaie Davids a minutieusement scellé le portable de Dikela et, de ses doigts gantés, a commencé à manipuler la souris et le clavier de l'ordinateur pour lancer la copie du disque dur. Et pendant que ça tournait, il a vite cherché les informations à portée de main – les réseaux récemment visités, les courriels intéressants, les dossiers protégés par des mots de passe, les comptes sur les réseaux sociaux…

Et n'a rien trouvé.

Pas même les signes habituels indiquant que Menzi Dikela ait passé sa vie professionnelle à travailler sur les systèmes informatiques. Comme l'utilisation d'un navigateur alternatif. Sur l'ordinateur, il n'y a que Microsoft Edge. Il sait qu'aucun technicien qui se respecte ne supporte cette abomination. Il utilisera plutôt Tor, ou Freenet, ou I2P, ou Yandex. Ou, au moins, Firefox, Google Chrome, ou Waterfox.

Mais Microsoft Edge ? Il trouve cela vraiment bizarre.

Il connaît le monde des technos et son atmosphère. Même ceux qui sont vieux et rangés. Il en rencontre parfois sur des chatrooms. À l'évidence, le *madala* savait que le cri de guerre des nerds du monde entier est : « Les vieux geeks ne meurent jamais, ils passent *offline*. » Il connaît leurs façons de se tenir au courant, quelles programmations habiles et obscures ils gardent sous la main, où ils vont fouiller, ou errer, sur ce qu'il appelle malicieusement les « Interwebs » quand il parle avec des enquêteurs ignares.

Or l'ordinateur de Dikela n'en montre aucun signe. Pas le moindre.

Il y a des courriels – dans des dossiers bien ordonnés – de la part de quelques amis, du genre « comment ça va avec tes petits-enfants », de la correspondance avec sa fille, avec son avocat à propos d'une augmentation de pension alimentaire. Des factures numériques provenant de sa banque ou de la municipalité, quelques billets d'avion électroniques, des factures concernant son accès Internet, mais pas grand-chose d'autre. Menzi Dikela a fréquenté tous les jours des sites d'information, sud-africains, britanniques, Google et Google Maps de temps en temps.

C'est tout cela qui déclenche chez Zézaie le sentiment désagréable d'être passé à côté de quelque chose.

Tête baissée, réfléchissant profondément, il attend la copie du disque dur. De retour dans son bureau, il utilisera tous ses appareils pour trouver ce que le vieux larron lui cache.

C'est ainsi que ses yeux tombent sur le modem ADSL qui se trouve dans le coin du coffre à deux battants, dont les portes ont été ouvertes par Griessel et Cupido. Il s'agit d'un banal Netgear 300, vieux de deux ou trois ans, tout à fait compatible avec ce genre d'utilisation domestique.

Il voit deux câbles réseau branchés derrière le modem. Tous deux disparaissent dans un petit trou percé dans le fond du coffre.

C'est curieux. Deux câbles ? Il n'y a qu'un seul PC.

Il se lève, regarde de plus près. Un câble est effectivement visible, plus loin sur la gauche, collé le long de la plinthe, menant à l'ordinateur sur le bureau.

Mais l'autre a disparu.

58

Zézaie Davids pousse le coffre pour l'écarter du mur. Il est alourdi par une quantité de dossiers et de documents, le sergent doit s'arc-bouter de toutes ses forces pour le dégager du mur et voir ce qui se cache là-derrière.

Un des câbles réseau part sur la gauche le long de la plinthe en direction du bureau. Le second s'enfonce dans le mur.

Davids se demande ce que le *madala* avait en tête avec ce système. La maison n'est pas grande. Le modem Netgear émet un signal wi-fi suffisamment fort pour être reçu partout. Serait-il connecté à autre chose ?

Il tire le rideau devant la fenêtre située au-dessus du coffre, essaie de voir si, dehors, le câble réseau réapparaît de l'autre côté du mur. Mais l'alarme anti-effraction et l'obscurité rendent l'observation impossible.

Zézaie prend le couloir en direction de la cuisine. D'abord avec circonspection, car il n'a pas envie de regarder le mort dans les yeux. Puis il comprend que la dépouille a été enlevée. Il demande à Arnold s'il peut lui emprunter une lampe électrique.

Arnold en sort une grande, puissante, de sa mallette en aluminium (« J'ai toujours su que nous étions la lumière des Hawks »), mais Zézaie est en mission et remercie à peine, sort par la porte d'entrée, passe devant Griessel et Cupido qui discutent sous le citronnier.

« Où cours-tu, Zézaie ? » demande Cupido.

Le sergent ne répond pas, il tourne à gauche au coin de la maison et prend le sentier dallé qui la longe. Il cherche sous la fenêtre du bureau. Il dirige la lampe sur le mur et remarque un tuyau en plastique blanc qui en sort, immédiatement relié par en dessous à un couplage en coude qui passe dans le dallage. Et puis devient invisible.

Il doit contenir le câble réseau.

« Bizarre », lâche-t-il à voix haute. Où le vieil homme voulait-il brancher son câble réseau ? Hors de la maison ?

Il promène le faisceau de la lampe dans la cour arrière. Derrière le mur de béton se trouve une cabane. Le chemin dallé longe le mur avec un seul embranchement, à l'angle de la maison, pour correspondre au motif du potager.

Il se dirige vers la cabane. Il voit la porte fermée, le gros cadenas. Il pointe la lumière vers la dalle de béton sur laquelle est montée la construction. Devant l'entrée, aucun tuyau blanc ne sort du sentier. Sur le côté gauche non plus.

« *Cappie*, qui a la clé de la cabane ? » demande Zézaie à Griessel.

Benny sort le trousseau de sa poche et cherche la clé. « La voilà. Qu'est-ce que tu veux faire là-bas ?

— Y a un truc bizarre.

— Mais quoi, Zézaie ? demande Cupido.

— On dirait que le câble réseau du *madala* s'étend jusque là-bas.

— Tu es sérieux ? » Avec Zézaie, on ne sait jamais.

« Un mardi en pleine nuit ? Bien sûr que je suis sérieux, *cappie*. Gardons les pieds sur terre.

— *Jirre*, Zézaie, il est tard. Ne te fous pas de nous.

— Suivez-moi, tous les deux, je vous montre. »

Ils suivent Zézaie jusqu'à la fenêtre du bureau. Il leur indique le câble qui sort.

« Dans cette gaine se trouve un câble LAN, qui vient de l'intérieur. Je pense qu'il aboutit derrière la cabane. Venez voir. »

La procession s'enfonce dans l'obscurité. La puissante lampe des experts éclaire le chemin. Jusque derrière la petite structure. « Voyez-moi ça, dit le sergent.

— C'est bizarre, admet Cupido.

— C'est bien ce que je pense. On peut jeter un coup d'œil à l'intérieur, s'il vous plaît ? »

Il donne la clé à Griessel, qui ouvre le cadenas. Zézaie éclaire le mur du fond, avec le présentoir à épices plein de sachets de semences. Aucun signe d'un câble.

« Impossible.

— Une minute », intervient Cupido. Il entre et compte ses pas entre l'entrée et le mur.

« Je comprends ce que vous faites, *cappie*. »

Griessel ne dit rien ; il attend que Cupido ressorte et répète la même opération dehors.

« Il y a un mètre de moins à l'intérieur. C'est un faux mur. »

Dans la cloison en bois du fond, ils finissent par distinguer la démarcation d'une porte. Elle est découpée avec tellement de précision, selon le motif et la texture des panneaux, qu'elle est presque invisible.

Ils se creusent les méninges et tâtonnent avant de soulever le présentoir à épices : la porte s'ouvre.

À l'intérieur, dans le réduit, une longue planche est fixée contre le mur. Au-dessous clignotent les boutons d'un générateur. Sur la planche se trouvent deux câbles d'alimentation qui peuvent être reliés à deux ordinateurs, deux claviers, deux souris. Sur le côté, une imprimante à jet. Le câble réseau arrive par le dessous, directement branché sur ce qui ressemble à un distributeur LAN. Une alimentation électrique sort du sol. Sous la table, un coffre à double porte, comme celui du bureau. Il semble que les portes aient été fracturées.

« Ça devient plus vraisemblable, dit Zézaie Davids.

— Que veux-tu dire ? demande Cupido.

— Nous sommes ici dans la caverne d'un geek, *cappie*. Regardez bien. Générateur en cas de coupure de courant, afin de ne pas perdre les données. Deux souris Logitech laser très efficaces. Deux tablettes de chez Das Keyboard, c'est du sérieux, de vrais claviers mécaniques. Pro de chez pro, pas pour les amateurs. Et ça, vous savez ce que c'est ? » Il montre un distributeur.

« Un séparateur de câbles réseau, dit Cupido.

— Non, *cappie*, c'est de la technologie de pointe, un Ubiquity UniFi Security Gateway. On le configure avec une interface en ligne de commande. Là aussi, c'est à usage des seuls professionnels, c'est un sérieux pare-feu, et l'on peut créer son propre VLAN. »

Griessel et Cupido le fixent, sans rien y comprendre.

« Ça veut dire que personne ne peut espionner, *cappie*. Personne ne peut même savoir si on est en ligne, et ce qu'on fait. Et personne ne peut pénétrer dans ce système. »

Griessel désigne deux traces oblongues sur la planche, où le bois est plus clair que le reste de la surface. « C'est bien deux ordinateurs qui se trouvaient ici ?

— *Yebo*. On dirait qu'ils s'y trouvaient encore tout récemment. Mais ils se sont envolés. »

Griessel se penche et ouvre les portes fracturées du coffre.

« Tout comme le reste. »

En effet, le meuble est complètement vide.

Griessel, Cupido, Kaleni et Zézaie Davids se pressent dans la cabane, envisagent tous les scénarios, essaient de comprendre ce que Menzi Dikela pouvait faire dans cet espace secret. Et en quoi il est lié à la scène du crime.

Davids affirme que les possibilités sont aussi vastes que la miséricorde du Seigneur. Le vieil homme pouvait y caser un serveur monstre, avec une base de données phénoménale, ou bien planquer de la monnaie virtuelle. Il a pu utiliser la toile clandestine pour acheter tout un tas de matériel impie, de la drogue, des informations sur les cartes de crédit. Ou se trouver compromis dans de la cyberfraude ou du piratage. « Ou, plus simplement, peut-être qu'il regardait de la pédopornographie.

— *Hayi*, s'écrie Kaleni.

— Colonel, tout ce que je veux dire, c'est qu'on ne se ménage pas un espace secret avec un système de sécurité aussi lourd et de tels appareils de guerre rien que pour regarder Netflix.

— C'était un homme bien », assure Kaleni.

Selon Griessel, on peut raisonnablement penser que les trois hommes venus dans le X5 noir étaient en quête de ce matériel. Ce sont eux qui ont brisé les portes du coffre sous la planche, et embarqué les deux ordinateurs. Lesquels devaient contenir des informations convoitées par la SSA. Et il suppose fortement, compte tenu de ce qu'ils savent de Dikela, qu'il s'agit de données sensibles sur la corruption de l'État.

Ils ont ensuite assassiné le vieil homme et maquillé sa mort en suicide.

« Ils sont arrivés comme ça, l'ont tué et ont embarqué les ordis. Comment savaient-ils où les trouver ?

— Peut-être parce qu'ils ont un gars aussi futé que moi, répond Zézaie avec un sourire. Capable de suivre les petits cailloux.

— Attendez », souffle Griessel qui sort son téléphone et appelle le professeur Phil Pagel.

« J'espère que vous avez progressé, Nikita », répond le pathologiste, toujours aussi jovial.

« Prof, la substance qu'on a injectée, ou fait boire à la victime… Peut-elle aussi la faire parler ? Permet-elle de lui faire raconter des choses qu'elle n'aurait pas dites en temps normal ? Surtout si on veut lui extorquer des renseignements ? »

Pagel réfléchit longuement avant de répondre. « C'est possible. Je ne suis pas anesthésiste, je parle donc sous réserve. Mais quelque chose comme du midazolam… On parle de la classification de Guedel, des quatre stades de l'anesthésie. Il existe, Nikita, une fenêtre pharmacocinétique, un stade après l'absorption d'un narcotique, pendant lequel les patients… Disons que les inhibitions se relâchent. Beaucoup de chirurgiens évoquent ce que racontent leurs patients sous narcose, leurs réponses sans fard aux questions… C'est souvent très personnel, des affaires douloureuses. Si tes suspects savent ce qu'ils font, c'est bien possible qu'ils en aient utilisé. Si je peux te donner un conseil, va donc discuter avec un expert… »

59

Pour rentrer chez lui, Griessel emprunte la corniche Philip-Kgosana, qui contourne la ville par le flanc de Table Mountain. Il est trois heures vingt, il est épuisé, sa tête refuse de se colleter avec cette affaire.

Il contemple la ville. Elle s'étend en contrebas, scintillante, magique et belle, tel le reflet d'un ciel étoilé espiègle sur un étang d'argent. Un panorama inoffensif, songe-t-il. Le Cap en pleine nuit a une touche innocente, comme un enfant qui dort. Ignorant le malheur et les monstres aux aguets.

Il pense aux instants bénis, pendant la répétition de la veille au soir – il y a si longtemps, dans une autre vie –, quand les Roes et lui ont approché le nirvana. Il se souvient de ses sensations, à l'intérieur de la musique. Étranger au monde. En sécurité. Heureux. Équilibré, chaque note bien à sa place.

Il joue de la basse pour la simplicité et la régularité. C'est prévisible. Structuré. La musique est un ordre, un ordre parfait. Son travail est une lutte impossible, constante, souvent frustrante, contre le chaos. Chaque délit, chaque assassinat est une fausse note stridente dans sa tête, sa moelle, ses os, une cacophonie, un terrible bouleversement de l'ordre. C'est pourquoi il est un policier obsessionnel, coincé dans une guerre qu'il ne pourra pas gagner, mais il ne peut pas s'arrêter non plus. Il aspire à l'harmonie.

C'est pourquoi cette nuit l'a tant contrarié.

Trop de fausses notes, il n'arrive pas à trouver le bon accord, la moindre clé pour les contrer.

Il s'accorde une douche de quatre minutes, puis se glisse derrière le corps chaud et doux d'Alexa. Elle marmonne une phrase à peine audible, qui ressemble à « contente de te savoir à la maison », sans vraiment se réveiller. Il est ébahi par sa capacité à se déconnecter et à dormir avec abandon.

Seigneur, c'est bien agréable de vivre à côté d'elle.

Et si elle répondait non à sa demande, dimanche prochain ?

Cela déclencherait tout un bazar.

Ne devrait-il pas plutôt laisser tomber ?

Plus que cinq jours.

Non, songe-t-il, nous sommes déjà mercredi. C'est dans quatre jours.

Ses intestins se nouent.

V

60

Mercredi 30 août. Daniel Darret. Amsterdam.

Premier matin à Amsterdam. Aucun mail de Vula. Pas de nouvelles du programme de la visite du président qui débute dans deux jours à Paris, aucune indication sur la meilleure arme à utiliser.

Ça ne fait rien.

Hier, il a eu sept heures de route pour réfléchir à l'opération. Pour évaluer toutes les possibilités, les changements et les stratégies auxquels il devra faire face. Pour s'inquiéter sur ses motivations, pour se demander s'il appuiera sur la détente à l'instant où la figure connue se trouvera au centre du réticule.

Il ne connaît toujours pas la réponse.

Mais il faut être prêt à toutes les éventualités. Dans la voiture, il a eu le temps d'y penser. De se préparer à la transaction. Logiquement, un marchand d'armes comme Ditmir se méfiera d'un client inconnu, nouveau (et noir !), qui débarque sans être annoncé pour n'acheter qu'un seul fusil. Un membre de la mafia albanaise ne se privera pas d'essayer de tirer le maximum d'une telle situation. Il doit donc protéger son identité, son hébergement et la plaque d'immatriculation de sa voiture. Contre Ditmir, et contre les gens qui continuent de le traquer.

Il doit aussi prévoir le chemin du retour : routes éventuellement bloquées par la police, présence dans sa voiture d'une arme interdite, imposante et voyante, sans licence. C'est pourquoi la veille il s'est arrêté dans l'après-midi au marché Carl-Denig, le magasin à ciel ouvert du Weteringschans. Afin d'acheter du matériel de camping.

À présent, ayant terminé son petit déjeuner à l'hôtel Ambassade, son gîte provisoire, il met en œuvre le reste de son plan. Il va demander conseil à la réception : il cherche un propriétaire de bateau particulier qui puisse fournir une prestation particulière. Il ment un peu pour rendre crédibles ses exigences.

Ils mettent à peine un quart d'heure à trouver un candidat. Il sourit en voyant le nom écrit. Le marin qu'on lui propose s'appelle Pelle Baas[8].

Daniel téléphone à Baas et lui explique ce dont il a besoin. L'homme semble nettement plus jeune et plus sobre que le précédent skipper auquel il a eu affaire. Ils conviennent d'un rendez-vous et se mettent d'accord sur le tarif.

Juste après huit heures, il décide de marcher pour se dégourdir les jambes, pour que son sang circule après le long trajet de la veille en Peugeot. Et aussi pour respirer la ville, pour en capter à nouveau le rythme et les foules, le flux et le reflux, l'esprit.

Il se promène sans but, erre selon ses impulsions,

8. En afrikaans, comme en néerlandais, *baas* signifie « patron, boss » (*N. d. É.*)

pendant près de deux heures. Il est déjà venu ici il y a une décennie, mais il lui semble que l'âme de la ville n'a pas changé. Peut-être un peu plus de musées hors normes, plus de magasins de fromage, plus d'effluves de haschich, plus de touristes. Mais tout ce qui lui avait plu autrefois est toujours présent. Il essaie d'analyser et de comprendre ce sentiment. Cela tient au charme particulier de l'architecture et des voies navigables, aux ruelles et aux vastes places. Au mélange éclectique d'églises anciennes et modernes, de marchands d'art et de travailleuses du sexe, épaule contre épaule. Une frénésie de vélos, de trams, d'automobiles, des flots de piétons. Le poids de tant de siècles de commerce, de luttes, d'aspirations, d'histoire libertine. Tout joue un rôle. Mais le cœur de tout cela réside, selon lui, dans l'atmosphère. Il règne un esprit de fête, impalpable et subtil, une joie de vivre, une bonhomie, comme s'il fallait célébrer chaque jour la liberté, la diversité et la tolérance. Ou bien s'agit-il du soulagement permanent des Néerlandais d'avoir su dompter la mer et assécher la terre ?

Voilà à quoi aurait dû ressembler son pays natal. Aujourd'hui. Plus de vingt ans après le miracle de 1994, après les sacrifices, la douleur, le labeur. Tout était prêt pour qu'il devienne une seconde Amsterdam, un pays qui symboliserait le triomphe du bien. L'oppression et la discrimination tenues à distance, comme une mer démontée derrière une digue. Peut-être n'est-il pas trop tard. Il se console en pensant qu'il appuiera sur la détente pour contrer la marée, pour aider à inverser la balance, afin qu'un jour l'Afrique du Sud puisse célébrer sa vraie liberté.

À dix heures, il est pris dans le tohu-bohu du

marché Albert-Cuyp. Il sait qu'il doit se préparer, s'en tenir à son horaire et entamer sa négociation pour un fusil, mais il veut un peu retarder la pression que cela implique, la tension qu'il éprouvera à savoir une arme militaire dans son coffre.

Il oblique, prend la direction d'Oudezijds Achterburgwal, débouche sur Museumplein et songe à la jolie jeune femme en robe jaune qui lui a parlé de Christophle le Maure, archer et garde du corps, à qui il ressemblait, selon elle. *Peu de gens le connaissent. Il y a un tableau le représentant au Rijksmuseum.*

Sur un coup de tête, il achète un ticket et part à la recherche de la peinture.

Le portrait n'est pas grand, mais il est impressionnant. Dans son cadre doré, le Maure porte une veste rouge vif et un curieux chapeau d'un rouge plus doux. Son visage : le regard tourné vers la droite, plutôt pensif. Confiant en lui. Fier, comme s'il était heureux de son état, de son long chemin jusqu'ici. Comme s'il était chez lui.

Daniel pense à son portrait en pied exécuté par Élodie Lecomte. Tout ce qu'il y a discerné, c'était son propre désir.

Il se détourne vite et s'en va.

Au 82D Ouderzijds Achterburgwal, il y a une sonnette au-dessus d'un petit carton indiquant *Ditmir's Trading*, tapé à la machine. Un micro est niché dans le mur.

Il appuie sur le bouton, mais ne l'entend pas résonner.

Il attend, une voix de femme annonce : « *Second floor, please.* » La porte bourdonne. Il l'ouvre et entre. Une volée de marches en bois, pas d'ascenseur. Au premier étage, une lourde porte fermée, rien ne permet de deviner ce qui se passe derrière. Au deuxième étage, une porte en verre opaque, et les mots *Ditmir's Trading*. Dessous : *The Best of Albania!*, avec un grand point d'exclamation pour conclure cette bonne nouvelle.

Une petite caméra est perchée juste au-dessus de la porte. Il pousse le battant et pénètre dans la grande pièce. Deux femmes sont assises derrière un comptoir sur la gauche, leurs longs cheveux blonds coiffés de façon identique, la moitié de la chevelure tombant dans le dos, l'autre moitié par-devant, en chevauchant l'épaule. Derrière elles, des affiches aux couleurs vives sont collées sur le mur, chacune marquée du logo *Made in Albania*. Il s'agit de photos de pièces de textile, de tabac, de fruits et de légumes. Beaucoup de légumes. Trois sofas à deux places, blancs, au design moderne, sont casés sous les fenêtres à droite. Deux petites tables avec des brochures et des revues. Deux caméras. Une dans l'angle, l'autre derrière ces dames.

Elles l'accueillent joyeusement. « *Good morning, sir! Welcome to Ditmir's Trading!* » Encore des points d'exclamation. On dirait deux sœurs. Également grandes, également blondes, le même teint, le maquillage un poil trop chargé, chemisier vert pomme et jean bleu qui font écho aux couleurs du logo *Made in Albania*. Delphine et Marinette. Les dents de Delphine sont un peu plus proéminentes, Marinette porte un petit diamant sur la narine gauche.

Daniel se dirige vers le comptoir, répond à leur

salut. « J'aimerais rencontrer Ditmir personnellement, s'il vous plaît. » Il note que les cheveux blonds sont teints.

Toujours souriante, Delphine demande s'il a un rendez-vous.

« Je suis désolé, je n'en ai pas, mais ça ne me gêne pas d'attendre.

— Je ne suis pas certaine qu'il soit disponible aujourd'hui. C'est à quel sujet ?

— Je suis intéressé par ses produits particuliers.

— Oh, je peux peut-être vous aider. Quels produits spécifiques avez-vous en tête ? Préférez-vous discuter de toute la gamme des exportations albanaises ?

— Je préférerais parler en personne à Ditmir, si vous n'y voyez pas d'inconvénient.

— Bien sûr, monsieur. Prenez donc un siège.

— Certainement. »

Il va s'asseoir sur le sofa du milieu, saisit une brochure. Elle explique que l'Albanie pointe à la 131e place mondiale en matière d'exportation. Il se demande si c'est de la vantardise.

Marinette prend son combiné et parle dans une langue qu'il ne comprend pas. Il espère qu'elle s'adresse à Ditmir. Qui doit l'observer sur un écran quelque part dans le bâtiment.

La brochure lui en apprend beaucoup sur le commerce albanais. Les principales exportations du pays sont les chaussures en cuir (310 M$), le pétrole brut (277 M$), les pièces détachées pour chaussures (187 M$), le minerai de chrome (134 M$) et les costumes pour hommes non tricotés (129 M$). Il se demande ce que comprennent les « pièces détachées pour chaussures ». Il ne sait pas ce que sont des costumes pour hommes « non tricotés ». Il pensait que pratiquement tous les costumes n'étaient « pas tricotés ». Il est loin d'être un connaisseur, cela fait des décennies qu'il n'a pas porté de costume.

Marinette repose son téléphone. « Monsieur ? »

Il se lève. « Oui ?

— Je crains que M. Ditmir ne puisse vous recevoir aujourd'hui.

— Quand pourrai-je le voir ?

— Son agenda est très rempli. Vous pourriez peut-être revenir demain ?

— Je suis plutôt pressé…

— J'en suis vraiment désolée, monsieur. C'est un homme très occupé. Demain ?

— Merci. Ce sera difficile, mais je vais essayer. »

Il les salue. Elles lui répondent en souriant amicalement, lui souhaitent une bonne journée.

Avec un point d'exclamation.

61

De retour dans la rue, il oblique plein nord et longe le canal. Il ne peut pas attendre jusqu'au lendemain, il le sait bien. Il faut qu'il soit à Paris demain soir. Mais d'abord, il veut s'assurer qu'il avait raison.

Car il suppose que l'insaisissable Ditmir va vouloir évaluer son client potentiel. Il s'attend donc à être suivi. C'est pourquoi il se plante devant le club Casa Rosso et fait mine de contempler l'affiche d'un *sex show*, histoire d'observer ses arrières. Il les aperçoit. Deux hommes de taille moyenne aux épaules larges sortent par la porte de Ditmir's Trading, une centaine de mètres derrière lui.

Il s'attarde encore quelques instants, comme s'il s'intéressait vraiment au spectacle du Casa Rosso, tel un homme qui a soudain du temps devant lui. Il se détourne, comme à contrecœur, et poursuit sa marche vers le petit pont Molensteeg. Il prend à droite, puis encore à droite, en direction du Waag.

Ils le suivent, à cent cinquante mètres environ. Sans même essayer de se montrer discrets. Ou alors, c'est qu'ils ne sont vraiment pas doués. L'un d'eux boitille légèrement. On dirait des cousins. Le duo a quelque chose de comique, comme dans les films muets des années 1930. Laurel et Hardy. Il se demande si tous les Albanais agissent en binôme.

Arrivé au Cafe del Mondo, sur Nieuwmarktplein, il s'assied à une petite table en terrasse afin d'avoir une vue sur la place. Il joue les touristes charmés. Il aperçoit le tandem, indécis devant le supermarché Albert Heijn.

Un garçon vient prendre sa commande. Il demande un café et se laisse aller contre le dossier de la chaise comme un homme totalement décontracté.

Ils vont s'installer à côté, au café Poco Loco. L'un lui tourne le dos, le second regarde dans sa direction, en prenant un air détaché.

Il suppose qu'ils n'ont pas été formés à l'art de la filature.

Son café arrive. Il le boit lentement, en admirant les étals de fleurs regorgeant de couleurs en face de lui, et le vieux bâtiment du Waag, admirable maison construite il y a six siècles, où les commerçants apportaient leurs marchandises pour les peser.

Il est assis.

Ils sont assis.

Il commande un second café. Il traîne ainsi une quarantaine de minutes, puis il jette soudain quelques pièces sur la table, se lève rapidement et tourne au coin de la place, plein ouest. Il allonge le pas. Il veut tester les capacités du duo. Voir s'ils le suivent vraiment sérieusement.

Dans Stofsteeg, il les voit se rapprocher, à moyenne distance. Sur Damplein, parmi les centaines de touristes, les danseurs de rue et les cracheurs de feu, il les sème avec une facilité déconcertante, au point de devoir s'arrêter pour attendre qu'ils retrouvent sa trace.

Non vraiment, ils n'ont pas été formés aux règles de l'art. À moins que Ditmir ne soit pas très intéressé par un nouveau client.

Il suit tranquillement la sinueuse Raadhuisstraat en direction de Pancake House, de l'autre côté de la Westerkerk.

Les deux Albanais déboulent dans le restaurant au moment même où l'on sert Daniel. Ils se dirigent droit vers sa table, tirent les chaises et prennent place.

« Je suis vraiment curieux de savoir, dit Daniel, ce qu'est un costume non tricoté. » Il les regarde l'un après l'autre, plein d'espoir.

Ils froncent les sourcils, complètement désarçonnés. Tous deux ont la petite quarantaine, estime-t-il. Une ombre de barbe, et une forte odeur d'après-rasage de luxe, avec une pointe d'ail. Les épaules ont été musclées par l'effort, le transport d'objets lourds, pas en soulevant de la fonte dans un gymnase. Cheveux courts. Celui qui a les jambes torses présente une petite cicatrice en forme de faucille sous l'œil gauche. Ils ressemblent plus à des maraîchers qu'à des membres de la mafia albanaise.

« Qu'est-ce que vous lui voulez, à M. Ditmir ? » demande avec un accent prononcé l'homme à la cicatrice.

Le garçon apporte le menu, qu'ils écartent d'un geste irrité.

« Ce que tout le monde veut de M. Ditmir, répond joyeusement Daniel. Ses produits particuliers.

— Quels produits particuliers voulez-vous ?

— Je le dirai à Ditmir quand je le verrai en personne.

— Qui représentez-vous ?

— Moi-même.

— Qui vous a envoyé à M. Ditmir ?

— Une connexion africaine.

— Quel est son nom ?

— On préfère garder l'anonymat.

— Et le vôtre ?

— Aucune importance.

— D'où venez-vous ?

— D'Afrique. »

Ils le fixent avec une grande intensité. Il se demande s'ils s'attendent à le voir se ratatiner.

Finalement, Faucille sort un portable et téléphone. S'ensuit une longue conversation en albanais. Plutôt sérieuse. Le seul mot que saisisse Daniel est « africain ».

À la fin de la discussion, Faucille dit à Daniel. « Finissez votre assiette. Ensuite, nous irons aux toilettes, vous et moi.

— Ça va être amusant. Je pourrai vous montrer les pièces détachées de mes chaussures, et vous me montrerez les vôtres. »

Aucune étincelle dans leurs yeux ni la moindre esquisse d'un sourire.

Pour tous deux, c'est un moment inconfortable, embarrassant.

Daniel et Faucille se trouvent dans une cabine. Un réduit tout juste assez spacieux pour que Daniel se déshabille et que l'autre examine minutieusement chaque vêtement. On peut comprendre qu'un homme dans le business de Ditmir aille chercher un micro ou une arme.

Faucille récupère le portable et le portefeuille de Daniel. Il les examine et les place dans le lavabo. Lorsque Daniel est nu, l'Albanais émet un son d'excuse, allume la lampe-torche de son portable et fait signe à Daniel de se retourner, afin qu'il puisse vérifier si un micro n'est pas caché. Daniel jure en xhosa.

Faucille hausse les épaules, indique d'un geste qu'il fait son boulot.

Daniel se retourne.

Aucun ne dit mot, jusqu'à leur retour à table.

Faucille lui rend le portable et le portefeuille.

« Vous pouvez laisser votre portable au garçon. Ou vous pouvez le jeter dans un canal.

— Le canal, ça ira », dit Daniel. Ils ont sans doute peur qu'un portable serve à enregistrer une conversation. De toute façon, il faut qu'il utilise un nouveau téléphone, et son geste donnera une bonne impression de professionnalisme auprès du marchand d'armes.

Ils attendent qu'il règle l'addition.

« Allons-y. Retour au bureau », dit Faucille.

Ils l'encadrent. Sur le pont qui enjambe le Herengracht, il sort le portable de sa poche et le lâche dans le canal. Trois touristes chinois le regardent bouche bée, horrifiés.

Faucille approuve de la tête, puis lui fait signe de

continuer. Les Albanais marchent à présent deux pas derrière lui, tout le long du trajet jusqu'au 82D Oudezijds Achterburgwal.

Cette fois-ci la porte s'ouvre d'elle-même, comme si quelqu'un les avait vus arriver. Dans l'escalier, ils s'arrêtent au premier étage. Faucille sort des clés, ouvre la lourde porte. Daniel entre.

À l'intérieur, un autre monde.

Des lambris sombres aux murs, d'épais rideaux qui empêchent la lumière de pénétrer. Mille petites lampes au plafond, des étagères sur le côté. Ici et là, une lourde lampe ancienne projetant une lumière jaune tamisée. Cela ressemble à un ancien club anglais, les surfaces en bois encaustiqué, les gros fauteuils d'un brun profond, répartis autour de solides tables basses. Le bar s'étend tout le long du mur du fond, bouteilles et verres en cristal réfléchissent les petites lumières. Le firmament des alcools.

Ça sent le cigare et la cigarette, la bière, la cire et le nettoyant de tapis.

Cinq hommes sont assis sur des chaises hautes au comptoir du bar. Quatre portent à l'épaule un pistolet automatique qui ressemble à un Agram 2000 de l'ancienne Yougoslavie. Ils sont plus jeunes et plus souples que les deux maraîchers, les yeux en alerte. Deux ordinateurs portables, fermés, sont posés sur le comptoir.

Au milieu du groupe se trouve un homme plus grand, avec une courte barbe élégamment taillée. Sans arme, entouré d'une aura d'importance.

Tous les cinq jaugent Daniel, de la tête aux pieds.

La porte se referme derrière lui.

Le barbu dit : « Je suis Ditmir. Si tu me fais perdre mon temps, tu le regretteras. »

62

Ditmir est un bavard.

Assis dos au comptoir, les bras croisés, il parle un anglais correct avec un accent d'Europe de l'Est. « Mes gars t'ont demandé ton nom, qui nous a recommandés, qui tu représentes. Tu leur as donné des réponses bizarres. Si tu viens me voir pour affaires, tu me dis ton nom, qui tu es, qui tu représentes. Tu ne donnes pas de réponses bizarres. Je fais beaucoup de business avec l'Afrique. J'ai un grand respect pour les Africains ; je respecte leur culture et leur façon de faire. Mais si tu entres ici, tu dois respecter ma culture. Je te donne mon nom, tu me donnes le tien. Peut-être prendrons-nous un verre, ou nous mangerons ensemble. Tu dis que tu représentes tel général ou tel président, ou n'importe quel mandataire. Dans ce business, tout est affaire de respect. Respect pour le client, respect pour le produit, respect pour la relation. C'est pourquoi je bosse bien. Parce que, donc, je te respecte, je te redemande quel est ton nom ?

— Barnabas. » C'est le nom qui figure sur son passeport swazi.

« Très bien, Barnabas, merci. Puis-je t'offrir quelque

chose à boire ? Nous avons le meilleur whisky au monde. Ou un gin, le meilleur gin hollandais ?

— Non, merci. Je ne bois pas pendant que je fais affaire. C'est dans ma culture.

— OK. Je respecte ça. Maintenant, qui représentes-tu ?

— Je me représente moi-même.

— Toi-même ? Nous nous représentons tous nous-mêmes, Barnabas. Je le comprends. Mais d'où viens-tu ?

— Du Swaziland.

— Le Swaziland ? C'est un lieu ? Un vrai lieu ? Un pays ?

— Oui. Un lieu aussi vrai que l'Albanie. »

Ditmir prend son temps, comme s'il voulait analyser cette affirmation, découvrir si c'était une insulte. Il finit par opiner. « Qui t'a adressé à moi ?

— Je ne veux pas le dire. Accord de confidentialité. »

Cela provoque un long silence, un échange de regards.

Finalement : « Ils sont d'Afrique ?

— Oui, ils viennent d'Afrique subsaharienne. Ce sont des révolutionnaires. Je ne peux pas en dire plus.

— OK. Je comprends. Tu veux acheter mes produits pour ton pays ? Pour le puissant Swaziland ?

— Il y a malentendu. Je veux acheter un fusil. Un seul. Pour moi-même. Pour un usage personnel. Un fusil niveau militaire pour sniper, avec une portée effective d'au moins mille à mille cinq cents mètres. Cent pièces de munition. Un kit de nettoyage. Je paierai cash. Le prix total à la remise. C'est tout.

— C'est tout ?

— Oui. »

Ditmir pivote vers le comptoir, comme si cela ne l'intéressait plus. Il échange un regard avec deux de ses sbires.

« Je fais du business avec des pays, Barnabas. Pas avec des solitaires.

— J'ai donc été mal informé. » Daniel se retourne et s'en va. Les deux sbires sont plantés devant la porte, immobiles.

« Mais je t'aime bien », lâche Ditmir.

Daniel s'arrête.

« Je pense qu'il faut développer les marchés. Les faire croître. Je crois au réseautage. Peut-être, si tu es un client satisfait, tu iras voir le président du Swaziland et tu lui diras que Ditmir est l'homme qu'il faut pour faire du business.

— Le roi, dit Daniel en se retournant.

— Quoi ?

— Le Swaziland a un roi, pas un président.

— D'accord. Mais dis-moi, toi et ton roi, vous savez ce que sont les économies d'échelle ?

— Oh oui. Le *bwana** blanc futé nous en a beaucoup parlé. Nous lui en sommes infiniment reconnaissants. »

Ou le sarcasme ne dérange pas Ditmir, ou bien il ne le comprend pas.

« OK. Tu comprendras qu'un fusil de ce genre coûte très cher. Parce que tu n'en achètes qu'un seul. Économie d'échelle. L'offre et la demande. Du bon capitalisme. »

Daniel opine. « Je suis prêt à payer un super prix pour un produit de super qualité. »

Ditmir se lève de sa chaise. « J'aime ça, Barnabas.

Super prix, super produit. J'aime ça. Parlons. Viens, assieds-toi. Un café ? Une bonne tasse de café ? »

Le café est sublime. Ils sont assis au comptoir devant les deux ordinateurs que Ditmir utilise pour présenter ses produits.

Il se moque un peu. « Peut-être, Barnabas, que tu fais partie du FBI, du Renseignement général néerlandais, d'Interpol, et que tu es ici pour arrêter Ditmir, le grand marchand d'armes. Peut-être que tu es venu avec ton équipe de choc, et qu'as-tu trouvé, Barnabas ? Rien. Parce qu'il n'y a vraiment rien ici. Mon catalogue, ce sont juste des octets qui flottent dans le cyberespace. Rien que des octets. C'est comme Amazon… Tu connais Amazon ? Là où on achète tout sur Internet ? Tu connais Jeff Bezos ? Le grand milliardaire de chez Amazon ?

— Pas personnellement, mais on peut toujours rêver.

— Eh bien, mon ami, tu viens de rencontrer le Jeff Bezos du commerce d'armes », annonce fièrement Ditmir, une fois de plus peu réceptif à l'ironie.

« C'est moi. Regarde. Tu peux chercher dans toutes les catégories de ma boutique en ligne, tu peux ajouter les quantités, ça te donne le prix immédiatement, tout au fond de la Toile obscure… »

Pendant cette tirade, un acolyte porteur d'un pistolet automatique lui montre tout à l'écran.

Ils cherchent à la rubrique « fusils sniper ». Seize modèles figurent sur la liste de l'Amazon des armes.

Daniel étudie chaque modèle, et du doigt en désigne un sur l'écran : « Celui-ci. »

Il s'agit d'une arme américaine, un CheyTac M200.

« Quatre-zéro-huit ou trois-sept-cinq ? demande l'acolyte qui manipule la souris.

— Quatre-zéro-huit.

— Très bon choix, Barnabas, tu t'y connais en fusils. Mais celui-ci est très cher.

— Il est marqué ici qu'il coûte treize mille dollars, remarque Daniel.

— Non, mon ami. Économie d'échelle. Si ton roi en achetait cent, le prix baisserait. Pour toi, ce sera vingt-cinq mille dollars. En liquide. Munitions comprises.

— Quinze mille, répond Daniel. Et je paie en euros.

— Ce n'est pas possible. Économie d'échelle. Beaucoup de difficultés, beaucoup de tracas pour un seul fusil. Ça n'en vaut pas la peine. Et je préfère nettement les dollars aux euros. Le prix sera donc vingt-cinq mille euros, à prendre ou à laisser.

— Je vais devoir accepter. Quelle est l'étape suivante ? »

Voilà le moment où, selon ses prévisions, il s'agit de sortir de là discrètement, afin que Ditmir ne sache pas où il loge, ni où il garde son fric. Les Albanais sont désormais informés : il agit en solitaire, c'est un indépendant. Il veut payer cash. Un montant important. Ce serait un moindre risque, pour eux, de prendre l'argent sans livrer le fusil. Le suivre, lui coller une arme contre la tête, rafler les euros et dire « fous le camp sinon tu le regretteras». En économisant *beaucoup de difficultés, beaucoup de tracas*.

Ils pourraient aussi le suivre, tout simplement, parce qu'on ne fait confiance à personne dans ce genre de business. Le savoir c'est le pouvoir, le renseignement c'est la sécurité. On peut nourrir des soupçons quand un acheteur inconnu se pointe sans recommandation.

C'est pourquoi il a loué le matin même le bateau à moteur de Pelle Baas, qui l'attend au Geldersekade. Dans la foule d'Amsterdam, a-t-il raisonné, on peut facilement suivre quelqu'un sans se faire remarquer, quand on sait que la cible est à pied, à vélo ou en voiture. Mais si elle file sur les canaux, les choses deviennent plus compliquées.

C'est ce qu'il a planifié. Préparé.

Mais ce qu'il n'avait pas prévu, c'est le coup d'œil du Russe.

Quand il sort dans la rue, la lumière soudain plus vive que celle de la salle de Ditmir l'incite à se retourner instinctivement vers le 82D Oudezijds Achterburgwal, parce qu'il est certain que des yeux vont l'observer. Il regarde les fenêtres du premier étage où il vient de conclure l'affaire. Un réflexe. Mais un mouvement derrière une fenêtre du deuxième, là où travaillent Delphine et Marinette, attire son attention.

Une fraction de seconde, tel un indice furtif, un soupçon, il entraperçoit le visage de l'homme avant qu'il ne disparaisse. Le grand Russe, l'ours dont l'oreille gauche est déformée par un gros pansement, comme si on en avait arraché un bout. Si rapide, si fugace que Daniel se figure que c'est un effet de son imagination. Ce n'est tout simplement pas possible.

63

Mercredi 30 août. Benny Griessel. Bellville.

Le bureau du colonel Mbali Kaleni est différent des autres.

D'abord parce qu'elle a voulu se constituer une petite oasis dans un environnement presque entièrement masculin. Ensuite parce qu'elle est consciente de ne pas avoir la personnalité la plus chaleureuse de la Direction des enquêtes criminelles prioritaires. C'est pourquoi elle essaie de créer une ambiance accueillante, d'offrir une touche de douceur féminine.

Elle s'y est employée d'une main sûre. Avec, par exemple, ce parfum subtil d'aérosol et de fleurs du jour. Aujourd'hui, ce sont trois arums immaculés dans un vase étroit. Ou la tasse de thé aux ailes vertes qu'elle a achetée il y a six ans dans un magasin Pylones aux Pays-Bas. Un tableau original de Lazarus Ramontseng, très coloré, est accroché à côté de la porte : trois femmes enjouées dans un township, un gros sac de farine Snowflake sur la tête, rentrant chez elles. Une lettre d'amour zouloue est apposée sur la gauche de son écran d'ordinateur : les couleurs dominantes de cette broderie de perles sont le blanc et le bleu, pour souligner la virginité et la fidélité, les trois pointes du triangle indiquent qu'elle n'est pas mariée. Elle a fait fabriquer deux blocs de verre. Ils sont positionnés de telle sorte qu'elle seule, et non le visiteur, puisse lire les citations gravées. La première, sur fond vert clair, est de l'écrivain R. H. Sin : *Certaines femmes craignent le feu. Certaines femmes deviennent simplement le feu.* La seconde, en lettres ornementales noires sur fond rose clair : *Aucune force n'égale une femme déterminée à s'élever*, est à mettre au crédit du sociologue W. E. B. Du Bois.

Ce matin, tout est bien en évidence, comme toujours. Ainsi que les dossiers impeccablement empilés, la bannette de courrier quasiment vide et le badge de métal indiquant son grade et son nom à l'angle du bureau.

Mais quand Griessel et Cupido entrent dans la pièce ce matin-là, alors qu'une pluie triste perle au-dehors, plusieurs indices signalent que tout ne va pas si bien que ça.

Le langage corporel de Kaleni exprime la mélancolie. Les yeux rougis par le manque de sommeil, elle semble petite et désarmée derrière le grand bureau.

Dans la galerie de photos accrochées derrière elle, il y a un vide. Ils se sont habitués à cette chronique de sa vie et de sa carrière, parfaitement encadrée et disposée. Une photo d'elle en jeune agent tout juste sortie de l'école de police, dans son uniforme bleu, le visage sérieux et plein d'une intense ambition. Des clichés des trois cérémonies de promotion ; sur deux d'entre elles, elle est flanquée de ses parents rayonnant de fierté. Elle-même avec Manie Musad, le Chameau, lors d'une remise de distinction pour bons et loyaux services. Elle encore avec Bheki Cele, à l'époque Directeur général de la police. Mais à la suite, la pièce de résistance manque sur le mur : Mbali Kaleni à dix-huit ans, rondelette, timide et impressionnée dans sa robe parsemée de petites fleurs violettes, à côté de l'actuel président. Photo prise il y a vingt-deux ans, alors qu'il n'était qu'un homme politique provincial, lors d'une fête de l'ANC où ses parents, enseignants syndicalistes, avaient été conviés.

Elle a dû la décrocher tôt ce matin. Griessel sait que la démarche a dû lui être pénible. C'est pourquoi il hésite avant de lui communiquer la mauvaise nouvelle. Mais il n'a pas le choix.

« Nous avons établi que M. Dikela avait bien une autorisation de port d'arme pour le pistolet retrouvé dans sa main. »

Elle hoche la tête.

« Nous avons aussi reparlé à Uli Gerber chez les experts.

— Oui ? » Ton résigné, elle sait ce qui va suivre.

« Il affirme que les résidus du tir sont compatibles avec le fait que Menzi ait pressé la détente. On n'a discerné aucune interférence d'une tierce partie. Cela correspond au motif des éclaboussures de sang, et il ne peut absolument pas donner la moindre raison pour une mise en scène. Sa conclusion, c'est qu'il s'agit d'un suicide.

— Je ne comprends pas, dit Kaleni. Comment, alors, l'ont-ils tué ?

— Nous essayons de le comprendre, colonel, intervient Cupido. La recherche de stupéfiants pourrait nous donner quelques pistes.

— J'espère que vous avez raison. » Puis elle ajoute, maussade : « Ces gens-là… Ils sont vraiment intelligents. Très astucieux. Ils n'ont laissé aucun indice. » Elle les regarde, devine qu'ils ont encore autre chose sur le cœur. « Quoi d'autre ? Rien sur le X5 ?

— Willem est encore à la police métropolitaine. Ça va prendre du temps.

— Et le voisinage ?

— Rien, colonel, dit Vaughn. Le problème, c'est qu'on était un après-midi de semaine. Seule la dame d'en face était chez elle. Les autres étaient au travail.

— Encore un problème, dit Griessel d'un ton contrit.

— Oui ? » Ton doux, résigné.

« Le professeur Pagel dit qu'il a examiné tous les cas de figure. En aucune façon il ne pourra faire analyser le sang sans un numéro de dossier. Le règlement ne l'autorise pas. Et même si nous lui donnions un numéro de dossier, et qu'il demandait tous les passe-droits imaginables, cela prendrait au moins trois semaines. »

Elle opine, pensive. Les tests sanguins sont l'une des grandes sources de frustration pour les Hawks. Contrairement au diagnostic moléculaire qui est réalisé dans le laboratoire scientifique de la police, les analyses toxicologiques sont du ressort du ministère de la Santé, qui ne dispose, sur l'ensemble du pays, que de trois laboratoires capables de les traiter. Une bureaucratie interminable et laborieuse.

« Cependant, il dit qu'en ces circonstances nous pourrions envisager de recourir aux laboratoires privés. Il a un contact. Il lui a parlé ce matin, ils sont disposés à faire vite, avec un gros rabais. Mais il faudra effectuer le paiement par des canaux non officiels.

— Combien cela va coûter ?

— Deux ou trois mille.

— Demandez-lui de s'y mettre sur-le-champ. Je paierai de ma poche.

— Colonel, dit Griessel, le professeur est aussi un peu gêné par… euh… la situation générale. Il peut encore garder le corps une journée, mais il s'inquiète… le règlement…

— Nous sommes tous préoccupés par le règlement, capitaine. Personne plus que moi. Dites au professeur… Peu importe, je l'appellerai moi-même. »

Ils partent pour Khayelitsha. Ils ont embarqué Vusi Ndabeni, car il connaît cette partie des Cape Flats et saura éviter les erreurs linguistiques quand ils s'adresseront à la femme de ménage de Menzi Dikela.

Elle s'appelle Cebisa Jali et habite dans une chambre indépendante à Mofale Crescent. Elle n'a pas encore trente ans. Son anglais est bon. Elle s'excuse de ne pas les recevoir chez elle, car il n'y a tout simplement pas assez de place pour eux tous. C'est pourquoi ils forment un petit cercle, de part et d'autre du portillon et de la clôture de fil de fer. La pluie s'est arrêtée, le ciel est gris et sombre. Dans la rue, trois enfants poussent un scooter dépourvu de moteur entre les flaques. Un chien les accompagne, tout excité.

Cebisa explique qu'elle travaillait exclusivement pour le *madala*. Le mercredi et le samedi. Pour personne d'autre. Ses lèvres tremblent quand elle parle.

« Comment tu pouvais t'en sortir en travaillant seulement deux jours par semaine ? » demande Vusi.

Elle se met à pleurer doucement. Vusi essaie de la consoler en xhosa. Elle hoche la tête en signe de remerciement, dit qu'elle est désolée. Entre ses larmes, elle lâche : « Il s'occupait de moi.

— Que veux-tu dire, *sisi**, par "il s'occupait de moi"? »

Elle lui jette un regard chargé de reproches. « Ce n'est pas ce que tu crois. J'ai le bac, j'ai cherché du travail, mais c'est vraiment difficile, on est si nombreux… J'ai fait du porte-à-porte à Observatory, demandé si je pouvais faire des travaux de ménage, juste pour manger. Il est le seul à m'avoir dit "entre, viens t'asseoir, raconte-moi ton histoire". Puis il m'a demandé ce que je voulais vraiment faire comme travail. Quel était mon rêve. Mon rêve, j'ai dit, ce serait de devenir institutrice. Dans ce cas, a-t-il répondu, c'est ce que tu dois faire, et je vais t'aider. Et c'est ce qu'il a fait. Il a payé pour mes études à l'UNISA. Il m'a donné de l'argent de poche. Je lui ai demandé cent fois : *madala*, que veux-tu, pourquoi fais-tu ça? Parce que j'en ai les moyens, répondait-il. Sa fille était grande, sa femme n'était plus là, il avait de l'argent. Il tenait à ce que j'aie un avenir. Que je vienne chez lui préparer mes devoirs. Il disait qu'il se chargeait de toutes ses tâches domestiques, ça lui plaisait, ça le tenait occupé. J'ai dit que non, que je m'en occuperais, que je voulais faire quelque chose en échange.

— Depuis quand tu travaillais là-bas, *sisi*?

— Ça fait un an et demi. Vous pouvez aller regarder, tout l'argent qu'il a payé pour mes études, c'est dans son grand cahier, où il écrivait tout bien proprement. Au dernier *cent* près.

— Et chez lui, tout était toujours propre ? demande Cupido.

— Oui. Toujours bien rangé. Toute la maison. C'était sa manière d'être.

— Et qu'est-ce que tu faisais, quand tu y allais ?

— La lessive. Au bout d'un moment, il m'a laissée faire la lessive et le repassage, car il a compris que je tenais à venir. Je ne cherchais pas un vieux protecteur. »

Ils lui demandent si elle avait connaissance de l'existence d'une pièce secrète.

Ils observent sa réaction confuse, elle n'est au courant de rien. « Non. Quelle pièce secrète ? »

Ils s'en tiennent là. Ils l'interrogent sur les amis de Dikela, ses faits et gestes. Elle répond que des amis venaient parfois à la maison, et il leur rendait visite certains jours où elle travaillait. Dans ce cas, il lui laissait une clé sous le citronnier. Ses amis étaient tous vieux. Menzi la présentait toujours courtoisement. Expliquait qu'elle faisait des études et qu'il était fier d'elle.

Ces derniers temps, avait-elle remarqué quelque chose de bizarre ou d'inhabituel ?

« Non. Sauf samedi dernier…

— Quoi donc, *sisi* ? »

Ses yeux se remplissent à nouveau de larmes. Quand Thandi, la fille de Menzi, lui a téléphoné ce matin pour lui apprendre la mort du *madala*, elle a eu le sentiment qu'il l'avait peut-être sentie venir.

« Comment ça ?

— Il était triste, samedi. Et puis il a dit…

— Tu as vu qu'il était triste ?

— C'était un homme plein de joie de vivre. Gentil

avec moi. Quand il n'y avait personne à la maison, il venait s'asseoir dans la pièce pendant que je nettoyais ou repassais. Samedi, j'ai vu qu'il faisait de gros efforts pour faire bonne figure. Pour me parler comme à l'habitude. Je lui ai demandé : *madala*, qu'est-ce qui ne va pas ? Il m'a répondu de ne pas m'inquiéter. Quand on est vieux, il y a des jours où l'on pense que le monde ne tourne pas rond.

— C'est tout ce qu'il a dit ?

— Non. Il a dit aussi : tout va se résoudre pour toi, ma sœur, quoi qu'il advienne, tout va marcher. Tu ne dois pas t'inquiéter pour l'argent. J'ai dit : *madala*, de quoi parles-tu maintenant ? Je causais comme ça, a-t-il répondu. Puis il n'a plus voulu en parler. »

64

Vusi Ndabeni conduit la voiture pour le retour à Bellville. « Les gars, cette affaire est vraiment étrange.

— Amen, mon frère, fait Cupido.

— Pourquoi, Vusi ? demande Griessel. Quel est ton point de vue ?

— Eh bien, le colonel tient mordicus à ce que ce soit un meurtre. Mais tout ce que j'ai entendu indique très exactement un suicide. Ce que cette femme de ménage vient de nous dire à l'instant. Ce type était déprimé…

— Je n'ai jamais vu Mbali dans cet état, dit Cupido. Contourner le règlement. Elle ! C'est fou.

— Précisément. Pourquoi maintenant ? s'interroge Vusi. Pourquoi sur cette affaire ? Connaissait-elle Menzi Dikela si bien que ça ?

— Je crois qu'à ses yeux l'affaire Johnson Johnson est la goutte d'eau qui a fait déborder le vase, admet Benny Griessel. Le facteur déclenchant. Elle en a marre de toute cette corruption. Ça touche à sa façon de voir les choses. Toutes ses photos sur son mur… Elle a travaillé tellement dur, depuis si longtemps, pour construire sa carrière sur l'honnêteté, sur l'intégrité, et voilà que maintenant… Ce doit être un coup dur.

— Tu as peut-être raison, dit Vusi.

— Je vais vous dire ce que je suppose, peut-être… », commence Cupido, mais son téléphone sonne. Il voit sur l'écran qu'il s'agit d'Arnold.

« Ouaip ?

— J'ai une bonne et une mauvaise nouvelle pour toi.

— Accouche.

— Tu sais que la plupart des gens préfèrent commencer par la mauvaise ?

— Oui…

— Je ne vais pas le faire. Je dois d'abord te donner la bonne nouvelle.

— Vas-y, Arnold, vas-y.

— La patience, mon ami, est amère. Mais ses fruits sont doux.

— *Jissis*, Arnold.

— OK, OK. La bonne nouvelle, c'est que votre lettre de suicide est un faux. Définitivement. Notre graphologue affirme sans l'ombre d'un doute qu'il ne s'agit pas de l'écriture du vieux. Et ce n'est pas une bonne imitation. Comme si elle avait été faite à la hâte. Ce n'est sûrement pas un expert qui l'a réalisée.

— OK. Cool. Génial. » Il sait que Mbali attend désespérément de bonnes nouvelles. « Quelle est la mauvaise nouvelle ?

— Je n'ai pas fini avec ma bonne nouvelle.

— Vraiment ?

— Ouaip, mon ami, ta PCSI, ton unité de recherche criminelle d'élite, est une source intarissable de nouvelles positives, de bonnes annonces, d'assurance d'un rire par jour, de plomb dans ton crayon, de vaillance dans ta lance.

— *Jissis*, Arnold !

— La lettre, cette lettre de suicide sur la table. Et le stylo. C'est là que les choses deviennent intéressantes…

— Oui ?

— Il n'y a dessus aucune empreinte digitale du petit vieux. Et comme vous le savez, il ne portait pas de gants. C'est déjà étrange en soi. Mais de surcroît, il semble que le stylo et le papier ont été bien nettoyés. Comme si quelqu'un avait pris la peine d'effacer les empreintes.

— Il n'y a donc rien de rien ? demande Cupido, déçu.

— Attends, la bonne nouvelle n'est pas finie. Sur le recto, une partie de la lettre n'a pas été effacée. Un petit coin sur le bord. Dans ce coin, nous avons relevé une empreinte partielle. Pas assez pour procéder à une identification, mais ce n'est pas un problème majeur. Car nous avons analysé le bloc-notes, celui qui se trouvait dans le tiroir du bureau. Voilà maintenant la grande nouvelle, Vaughn. Primo, nous sommes raisonnablement sûrs que la lettre de suicide a été arrachée de ce bloc-notes. Les deux déchirures correspondent. Deuxio, il y a de belles empreintes sur le bloc-notes. Tertio, une de ces empreintes correspond à l'empreinte partielle sur la lettre. Quarto, Vaughn, il ne s'agit pas de l'empreinte du défunt.

— *Bliksem**.

— En effet.

— À qui appartiennent ces empreintes ?

— Bon. On en arrive à la mauvaise nouvelle. »

Le cœur de Cupido flanche. « Quoi ?

— Nous ne savons pas à qui elles appartiennent. Les bases de données ne livrent aucun résultat positif. Le type qui a déchiré la feuille et qui a probablement écrit la fausse lettre n'a aucun antécédent judiciaire.

— Et le registre de la population, Arnold ?

— C'est un serpent qui se mord la queue. Si nous n'avons pas un numéro de dossier, nous ne pourrons pas consulter le registre de la population du ministère de l'Intérieur. Tu sais qu'ils exigent un numéro de dossier.

— OK, dit Cupido.

— OK, quoi ? demande Arnold. Vous allez nous fournir un numéro de dossier ou bien...

— On va y réfléchir. On vous appellera. Autre chose ?

— Les échantillons de terre...

— *Jissis !*

— Nous avons aspiré le tapis du salon, et on a récolté des éléments supplémentaires. Les chaussures de sa fille n'indiquent rien, les chaussures du vieux n'indiquent rien. Ce devait être un tiers. À notre avis, il y a plusieurs traces de pas, des gens venus de l'extérieur qui sont allés dans la cuisine. Un type a dû s'installer sur une chaise.

— Génial.

— Nous avons procédé à une comparaison au microscope avec la terre du jardin, surtout celle du potager, et clairement ce n'est pas la même.

— OK...

— Dans tous les cas, nous allons continuer à analyser la terre du jardin. Densité et spectromètre. Jusqu'à présent nous n'avons pas trouvé trace de cette terre inconnue dans la cabane. Mais si les types sont d'abord entrés dans la maison avant de se rendre à la cabane, tout a pu tomber de leurs chaussures, se réduire en poussière… En tout cas, on va commencer l'analyse en détail. Je t'appelle s'il y a du neuf.

— Merci, Arnold. Du bon boulot. De l'excellent boulot.

— Je sais », plastronne Arnold avant de raccrocher.

Dans la voiture, Cupido expose à ses collègues toutes ces informations par le menu.

« Ces fantômes de la SSA ne doivent laisser aucune empreinte dans les bases de données, estime Vusi Ndabeni. Pas même au ministère de l'Intérieur.

— Je suis d'accord, dit Griessel. On va perdre notre temps si on dépose une demande officielle, et en plus, on risque de dévoiler notre jeu. »

Le souci, avec les caméras de vidéosurveillance du Cap, c'est qu'un enquêteur ne peut pas simplement entrer dans un bureau de la police métropolitaine en disant : « Bonjour, montrez-nous vos enregistrements de mardi matin. »

La ville possède en effet un total impressionnant de 1 541 caméras qui observent les faits et gestes de ses habitants. Mais elles appartiennent à trois systèmes différents et sont surveillées par trois équipes différentes dans trois lieux différents.

Un : le système des autoroutes, géré par les autorités de la circulation routière, fort de 239 caméras réparties le long des grands axes routiers de la péninsule.

Deux : le réseau de transports prétendument rapides, l'IRT, quasiment en faillite, possédant étonnamment 711 caméras. Une équipe d'employés municipaux contrôle l'ensemble.

Trois : la fierté de la police métropolitaine du Cap, l'efficace Unité d'observation stratégique, qui suit nuit et jour 594 caméras. La mise en route de ce réseau, installé partout dans la ville, a coïncidé avec une amélioration sensible des statistiques de la délinquance.

Mooiwillem Liebenberg a commencé tôt ce matin-là par cette dernière, dans l'espoir d'identifier le SUV noir de chez BMW qui, la veille, entre huit heures trente et quatorze heures, est arrivé dans le quartier d'Observatory et en est reparti.

Il lui a fallu plus de trois heures pour identifier les soixante et un candidats possibles, puis près de quatre-vingt-dix minutes pour introduire les numéros d'immatriculation dans les différentes bases de données et obtenir les coordonnées des propriétaires. Et pour s'assurer que ces voitures étaient correctement immatriculées.

L'étape logique suivante fut de se concentrer sur les véhicules suspects, surtout ceux dont l'immatriculation était indiquée comme fausse. Son idée de départ, c'est que la SSA, consciente du réseau de caméras, a utilisé un faux numéro pour éviter que le véhicule ne soit identifié.

Des soixante et une BMW de couleur noire qui se sont trouvées au bon moment à Observatory, quatre ont une immatriculation bidon, c'est-à-dire un numéro qui n'existe pas, ou qui est attribué à une autre voiture.

Ce chiffre relativement bas est facile à comprendre.

BMW arrive en onzième position auprès des voleurs de SUV au Cap. Après Toyota, Land Rover, Nissan, Mahindra, Volkswagen, Jeep, Porsche, Renault, Ford et Daihatsu. BMW figurerait bien plus haut sur la liste, explique l'unité de la police spécialisée dans le vol de véhicules, si ses pièces détachées grises étaient meilleur marché et si ses nouveaux modèles n'étaient pas équipés d'une excellente technologie de localisation.

C'est pourquoi la plupart des BMW X3 ou X5 volées dans la péninsule et munies de fausses plaques sont de vieux modèles.

À l'instar de trois des quatre BMW que Mooiwillem a identifiées avec tant de patience et de minutie. Il repasse les images de ces trois voitures et constate chaque fois la présence d'une seule personne à bord, le conducteur. Il les élimine.

La quatrième voiture sur sa liste a moins d'un an. Un X5, effectivement noir, avec des vitres moyennement teintées. Quand il étudie les meilleurs angles des caméras, avec la meilleure résolution, il semble bien qu'il y ait trois hommes à l'intérieur. La veille à 9 h 19, ils ont quitté la N2 et pris la M75, la Liesbeek Parkway, en direction de la maison de Menzi Dikela. Puis, à 13 h 48, repris la même route en sens inverse.

Le bon véhicule, avec le bon nombre de passagers masculins, avec la bonne combinaison « année du modèle - fausse plaque », dans le bon créneau horaire. Willem décide que c'est le meilleur candidat pour une recherche approfondie.

Il suit sur les écrans de la pièce de contrôle le trajet emprunté par le X5 hors de la ville, mais finit par perdre sa trace sur la N7.

Il voit clairement que les suspects ont pris la N2 jusqu'à l'échangeur de Swartrivier, qu'ils ont piqué au nord sur la M5 jusqu'à l'échangeur d'Ysterplaat. Ensuite, ils ont pris la N1 en direction de Paarl, puis à nouveau la N7 vers le nord. La dernière caméra qui les enregistre est celle de Dunoon.

Ils roulaient à cent dix kilomètres à l'heure, sagement, en direction de Malmesbury.

65

Mercredi 30 août. Daniel Darret. Amsterdam.

Sa tête bourdonne et son attention est perturbée par la possibilité de la présence de l'agent russe. Il doit aussi s'assurer que les hommes de Ditmir le suivent, et garder en tête le plus court chemin vers le Geldersekade. Les rues sont animées et bondées.

Il va se poster sur Bloedstraat.

Une chose à la fois.

Montrer à l'équipe de Ditmir qu'il reste en alerte, ça ne fera pas de mal. De sa part, ils doivent s'y attendre.

Il regarde en arrière. Des hommes, des hommes uniquement dans cette rue du quartier chaud. Personne ne semble véritablement sur sa piste.

Il traîne. Il observe.

Rien.

Il tourne en direction du Waag, court jusqu'au coin. Il revient sur ses pas, étudie attentivement l'allure des piétons, leurs centres d'intérêt.

Rien.

Il repart vers le Waag, tourne à gauche et court le long du canal vers la péniche qui est amarrée à mi-distance du pont Bantammer. Il aperçoit le petit canot avec son puissant moteur, attaché derrière la péniche, un jeune homme à l'intérieur.

Il appelle : « Pelle Baas ! »

Le jeune homme lui fait signe, met le moteur en marche et vient se placer contre le quai derrière la péniche, comme convenu.

Daniel saute sur le pont de la péniche, court et saute dans le canot.

« Allons-y. » Il se retourne.

Rien.

Le canot de Pelle Baas est un esquif classique en bois, ouvert, quatre mètres de long, cuivre et bois bien astiqués. À l'arrière, un moteur Mariner F40, dont les trois cylindres lâchés les propulsent à droite de la Schreiertoren, puis sous l'autoroute Prins-Hendrik. Ils foncent ensuite sur l'Oostertoegang et débouchent sur le large fleuve IJ.

Daniel jette un coup d'œil au jeune homme, bien bâti et sportif, le visage rosi par l'excitation.

Ce matin, Daniel lui a dit au téléphone qu'il cherchait un canot rapide et un skipper habile connaissant parfaitement le réseau des canaux de la ville.

« Je suis l'homme qu'il vous faut, a répondu Pelle Baas, tant que nous ne faisons rien d'illégal.

— Et si nous dépassons la vitesse autorisée sur l'eau ?

— On peut s'arranger. » Avec une nuance d'amusement dans la voix, il a ajouté : « Que souhaitez-vous faire ? »

Daniel a répondu qu'il voulait s'assurer qu'on ne le suivait pas. « Je ne vais pas vous dire qui pourrait me suivre, mais je vous assure que je n'ai enfreint la loi d'aucun pays ces cinq dernières années, et que je n'enfreindrai aucune règle tant que vous serez avec moi. Je veux louer vos services et votre canot pour la journée. Je vous paierai ce que vous me demanderez, en liquide. Et j'aimerais que vous masquiez le nom de votre bateau.

— Trois cents euros et vous me racontez toute l'histoire. »

Ils se sont alors fixé rendez-vous. Pelle Baas avait pour mission de l'attendre sur le Geldersekade. Aussi longtemps qu'il le faudrait.

« Merci ! crie Daniel par-dessus le raffut du moteur.

— De rien ! »

Daniel se retourne, craignant que quelqu'un ne se précipite sur leurs traces.

Il n'y a qu'un bateau de touristes croisant derrière eux, quelques passagers qui saluent.

« Je pense que vous êtes sauvé, dit Baas avec un sourire.

— Bon boulot. Vous pouvez me déposer n'importe où sur le Prinsengracht. On n'est pas pressés. » Même s'il ressent au fond de lui une certaine hâte à quitter les lieux.

Baas relève la manette de l'accélérateur, la vitesse diminue.

Daniel sort son portefeuille et tend les billets au jeune homme.

« Merci. Mais vous me devez encore l'histoire.

— Je pourrais vous raconter que j'essaie d'apporter

un peu de liberté à mon pays. Je suis du côté des bons. Les méchants voudraient m'arrêter.

— Cool ! D'où venez-vous ? »

Il aimerait dire qu'il vient d'un pays où le patronyme du jeune homme pourrait provoquer de la gêne. Il secoue la tête. « D'Afrique. Il vaut mieux que je ne vous en dise pas plus. »

Daniel traverse les petites rues du quartier Jordaan et médite sur la paranoïa.

Il sait ce que c'est. Il en a souffert il y a trente ans, quand le KGB et la Stasi, dans un accord d'échange avec l'ANC, l'ont affecté à Paris pour la première fois. Il était seul, novice, perdu dans une ville, une culture étrangères. Son seul contact avec eux passait par une communication compliquée de signes à la craie sur les boîtes aux lettres, des rencontres clandestines et tendues avec des inconnus dans des cafés, des enveloppes aux messages codés glissées dans des journaux. L'espionnage d'avant les téléphones portables et Internet.

Il en résultait une terrible solitude, car toute relation personnelle était interdite. On était rongé par la peur d'être capturé, du martèlement à la porte passé minuit, du sursaut à chaque meuglement d'une sirène, du regard aigu et inquisiteur d'un policier. Partout on sentait posés sur soi des yeux invisibles, on voyait des fantômes et du danger là où il n'y en avait pas, on ne faisait confiance à personne. Une angoisse et un stress permanents, jusqu'au point de rupture : soit on retrouve une prise sur la réalité, soit on perd la tête.

Et voilà que cela revient. Il le sent au poids qui lui pèse sur la poitrine, aux battements de son cœur, à l'impression constante d'être suivi.

Il marche moins vite, respire profondément, force son cerveau à penser clairement. Il vise le calme, l'objectivité, il veut s'en tenir aux faits.

Personne ne l'a suivi après ses recherches autour de l'ambassade sud-africaine à Paris. Car personne ne savait qu'il se trouvait à Paris.

Olivier Chérain, ivre, a oublié d'éteindre son réchaud à gaz.

Ditmir est un marchand d'armes qui veut prendre un gros bénéfice sur Barnabas-le-Swazi. Par mesure de précaution, Ditmir a envoyé deux acolytes pour le suivre et le fouiller préventivement. Une procédure classique pour un client inopiné.

Ditmir ne l'a pas fait suivre à la sortie. Car il est satisfait du niveau de risque.

L'apparition furtive du Russe à la fenêtre est un effet de son imagination à lui, ancien agent de cinquante-cinq ans, face à un choix déchirant, qui à l'issue d'une semaine sous haute tension se trouve dans la situation de jadis. Solitaire. Paranoïaque. Les Russes sont malins, mais pas à ce point.

Et pour se le prouver, il déambule encore pendant quarante minutes, afin de s'assurer que personne ne le suit.

« Je peux livrer le colis après cinq heures ce soir », a annoncé Ditmir, après qu'ils se sont mis d'accord sur le prix dans sa grotte de luxe. « Comment veux-tu faire ? »

Daniel, la veille, avait bien réfléchi à la chose. Il a donc répondu : « Faisons ça simplement. Je voudrais que tu achètes une tente pour quatre personnes dans un magasin de camping. De celles qu'on glisse dans un grand sac de toile. Je veux que tu retires les piquets et les sardines. Fais emballer le fusil et les munitions dans la tente, et remets le tout dans le sac. Retrouve-moi au Monument national sur le Dam à cinq heures et quart. Je te donne le liquide, tu me donnes la tente. »

L'Albanais a longtemps réfléchi avant d'approuver. « Tu es malin. Mais tu sais qu'on te tuera si tu cherches à nous doubler.

— Tu sais que je vais te retrouver et te tuer si le fusil n'est pas celui que j'ai commandé. »

Les hommes de main ont ri. Ditmir aussi.

« OK. On se retrouve à cinq heures et quart. »

À seize heures trente, il compte les euros sur son lit d'hôtel, les enroule dans un T-shirt et les glisse dans le sac à dos de Lonnie May. Il range les billets qui restent dans sa valise avec le pistolet. Il règle sa note d'hôtel et, le sac à l'épaule, il traîne sa valise vers le Leidengracht, le long duquel il a trouvé à se garer la veille au soir.

Le matériel de camping qu'il a acheté est rangé dans le coffre de la Peugeot : un sac de couchage, un matelas gonflable, une lampe à piles, un réchaud à gaz, une casserole et une bouilloire, des couverts, des jumelles Zeiss 20 × 60, un siège et une table pliables.

Une bâche par-dessus le tout. Le coffre est presque plein. Il reste juste assez de place pour la tente.

Il pose sa valise sur le siège passager, verrouille la voiture et se dirige vers le Dam. Seize minutes à pied.

Le soleil est encore haut, la nuit ne tombera qu'à vingt heures trente. Il fait chaud, l'air est limpide, les avions qui partent de Schiphol et y atterrissent dessinent un réseau de lignes blanches dans l'azur.

C'est de là que Lonnie s'est envolé pour son dernier voyage.

Daniel respire lentement, jette des regards tous azimuts vers les passants, à pied ou à vélo ; il veut être à l'aise, calme et décontracté. Vigilant sans anxiété, le contraire de parano.

Il arrive juste avant dix-sept heures sur la place du Dam, tel un fossile d'âge mûr parmi les jeunes touristes qui se pressent autour du pilier blanc appelé Monument national. Il écoute les langues qu'ils parlent tout en prenant des selfies et en paradant vêtus de leurs légers habits d'été. Il contemple le pilier, un doigt pointé vers le ciel en mémoire des morts de la Seconde Guerre mondiale. Il se demande combien de ces jeunes savent l'immensité des sacrifices consentis pendant le conflit, le nombre effroyable de victimes qu'il a coûté.

Il songe à ses propres champs de bataille. Il avait le même âge qu'eux quand il était chargé d'éliminer les ennemis des amis de l'ANC, face cachée de la guerre froide. Personne n'érigera jamais de monument à ces morts-là.

S'il pouvait redevenir comme ça, après avoir surmonté l'angoisse et la paranoïa de jadis. Sans pitié.

Il les voit approcher à dix-sept heures quinze. Les

deux maraîchers, Laurel-la-Faucille et Hardy-le-Chauve passent devant l'hôtel Krasnapolsky. Faucille, le porte-parole et le chef du duo comique, porte le sac de tente sur l'épaule. Ditmir lui a envoyé deux sbires facilement remplaçables.

Ils l'aperçoivent. Il demeure debout, adossé au mur du monument, jusqu'à ce qu'ils soient devant lui. Il fait alors glisser le sac de son dos, l'ouvre, sort le T-shirt avec l'argent et le tend à l'autre, Hardy. L'homme s'en empare et le déplie suffisamment pour s'assurer que l'argent s'y trouve effectivement. Avec insolence. Il ne le compte pas. Il opine en direction de Faucille.

Faucille lui tend le sac de tente. Daniel le soupèse. Il semble assez lourd. Il défait l'ouverture. Le canon du CheyTac est bien visible.

Ils hochent la tête en croisant leurs regards.

Les deux sbires tournent les talons et s'éloignent.

Daniel hisse le sac de tente sur son épaule et fonce à travers la foule en direction de sa Peugeot.

C'est trop facile, dit une voix dans sa tête.

Trop facile.

66

Mercredi 30 août. Benny Griessel. Bellville.

En rentrant chez lui, une grande idée vient à Benny Griessel. La vérité ultime.

C'est son envie de boire qui la suscite. Il sait que ce sont ses trois heures de sommeil en tout et pour tout qui ont déclenché cette soif. Ça, la longue journée et les difficultés inhérentes au puzzle de l'affaire Dikela. L'épuisement appelle une stimulation, une anesthésie, une échappatoire ; la boisson y pourvoit. C'est pourquoi il sent cette envie monter, ses terminaisons nerveuses sont en quête du picotement de l'intoxication.

Cela lui fait peur, comme toujours. Car il prévoit les conséquences, l'une après l'autre, qui suivront le premier verre de Jack Daniel's.

Cette envie de boire et la peur que cela suscite en lui, voilà ce qui lui fait comprendre pourquoi le dimanche qui vient se dresse comme une montagne.

Dimanche, il doit demander la main d'Alexa.

Si elle dit non, il aura recours à la bouteille. Pour se consoler. Pour échapper à l'humiliation.

La façon dont elle s'y prendra pour lui expliquer son

refus n'y fera rien, sa façon d'adoucir le coup non plus, un « non » signifiera qu'il n'est pas assez bien. Il ne sera pas digne d'être un mari, elle ne se voit pas faire son chemin en compagnie d'un alcoolique abîmé, désintoxiqué, souvent retombé dans la boisson, d'un raté, d'un petit capitaine de police. En outre, cela endommagera durablement leur relation. Cela fracturera la confiance réciproque et fragile qu'ils ont construite.

Il se mettra à picoler. Ce sera son « jour zéro[9] », son Armageddon.

Dimanche. Sans aucun doute.

Il accélère un peu, histoire d'arriver plus vite à la maison.

Elle a cuisiné. L'odeur qui flotte dans la maison est pleine de délicieuses promesses. Il l'embrasse, la serre un bon moment contre lui. Elle esquisse un geste maternel. « Tu dois être éreinté. Tu n'as pas dormi. Viens, Benny, je t'ai préparé un délicieux curry. Tu veux un verre de Coke Zero ? »

Ils mangent.

Le curry n'est pas très réussi. Il est légèrement amer. Elle y a mis trop de curcuma.

« Ça va ? demande-t-elle. J'ai l'impression que ça a un drôle de goût.

— C'est très bon. » Il la regarde, son visage attentionné, sa beauté un peu fatiguée. Il éprouve une

9. Les réserves d'eau du Cap étant très limitées, chaque année on annonce le jour où, si aucun effort n'est fourni, la ville se retrouvera à sec. (*N. d. T.*)

grande émotion – cet amour qu'il a en lui, la sécurité qu'il ressent à ses côtés. Ici.

Quatre jours avant de lui poser la question.

Quatre jours avant l'Armageddon.

67

Jeudi 31 août.

Trois jours avant qu'il abatte le président de son pays natal, c'est le chant des oiseaux qui réveille Daniel à l'aube, dans une cabane du camping Le Grillon, dans les Ardennes belges, sur les rives de l'Ourthe au lit étroit.

Il commence par prendre son portable, active l'application Proton et regarde si Vula a laissé un message.

Il n'y a rien.

Il décide d'en écrire un.

De : inhlanhla@protonmail.com
Objet : Marchandises achetées
À : vula@protonmail.com

Cher Vula
Le grossiste en matériel médical que vous m'avez recommandé était intéressant, et la transaction s'est finalement bien passée.
Je suis sur le chemin du retour.
Cordialement
Dr Inhlanhla

Il se lève, tire les rideaux. La cabane est posée sur la berge, la vue est belle. Il faisait nuit quand il est arrivé la veille. Le coin est tranquille, la saison étant terminée depuis onze jours. Il a réservé par téléphone, pendant une halte pour faire le plein à Maastricht. Il a choisi délibérément un gîte dans une région où les forêts sont denses, pour assourdir les tirs de fusil.

Il observe la forêt de l'autre côté de la rivière. Elle n'a pas changé depuis qu'il y est passé jadis à moto. On peut s'y perdre.

Il brûle d'envie d'un café, il ignorait que la cuisine du Grillon n'ouvrait qu'à midi. Il va falloir tenir.

Sa priorité, c'est de trouver un endroit où se loger à Paris. Il ne tient pas à entrer dans un hôtel chargé d'un grand sac de tente, et il est trop dangereux de le laisser dans la voiture. Il ne tient plus à inscrire son nom dans un registre d'hôtel, ni à attirer l'attention et à éprouver la gêne que provoque le « on m'a volé ma carte de crédit ». Il cherche un appartement en location pour une courte période, de ce soir à samedi. Qu'il puisse payer en liquide. Il le trouve sur le site de Paris Attitude, un studio au cinquième étage d'un immeuble situé boulevard Morland. La réservation et les échanges de courriels lui prennent quarante minutes. Il déposera le montant du loyer en espèces dans une banque sur le chemin de Paris.

Il se lave, s'habille, tire à nouveau les rideaux, vérifie que la porte est verrouillée. Puis il ouvre le sac, sort la tente, la déroule et la dépose sur le sol du petit salon.

Le canon du CheyTac est replié, la lunette de visée à côté, les munitions sont empaquetées, le matériel de nettoyage se trouve dans un sac en toile. Du bout des doigts, il caresse la ligne superbe du fusil, les différentes textures du métal gris. Un chef-d'œuvre, songe-t-il. Comme toutes les armes avec lesquelles il a travaillé. Il pose le fusil sur la table et entame le rituel de préparation.

C'est l'odeur de la graisse spéciale qui déclenche les souvenirs, un lubrifiant pour sa mémoire rouillée. Les stages de formation, il y a quelques décennies, les vastes pas de tir, l'entraînement intense au tir de précision, le calcul des tableaux de distance et les longues heures glaciales de planque dans les forêts d'Allemagne de l'Est. Il laisse remonter les souvenirs en nettoyant l'arme et en se familiarisant avec toutes ses pièces détachées.

Il glisse le fusil dans le sac de tente et va le ranger dans le coffre de la voiture. Il rend les clés de la cabane à la réception. Il a utilisé Google Earth pour trouver un endroit discret. Il prend la N89 en direction de Samrée, cherche une route forestière au sommet de la colline, tourne à droite et conduit la Peugeot loin parmi les arbres.

Il observe le sentier qui serpente dans la forêt. Aucune trace récente de passage.

Le coin est abandonné, silencieux, à part une brise qui fait frémir le feuillage et les appels d'une faune invisible. Il sort le sac de tente, le prend sur l'épaule et pénètre dans les fourrés.

Le mail de Zézaie Davids attend Griessel et Cupido quand ils arrivent au bureau, frais et dispos, pile avant sept heures.

> *Cappies!*
> Ci-joint la liste des appels du vieil homme, plus ses SMS et messages sur WhatsApp.
> PS. On n'a pas touché le jackpot. Mais ce n'est pas moi le détective, hein.
> PPS. Remerciez-moi, ainsi que Cellebrite. Une étonnante technologie!

Philip van Wyk et son équipe ont acheté récemment l'application israélienne Cellebrite pour espionner les téléphones. Ils en sont très contents et n'hésitent pas à le reconnaître.

Les deux enquêteurs étudient les fichiers attachés, en format tableau. La liste des appels entrants est divisée en trois colonnes : le numéro, l'heure et la durée de l'appel. Il y a aussi un tableau pour les appels sortants, pareillement disposé.

Dikela n'a pas utilisé son téléphone intensivement. Il a reçu quelques appels la semaine précédente, provenant de sa fille pour la plupart. Ses messages sont plutôt laconiques. Quelques-uns destinés à des amis pour fixer des rendez-vous, pour déjeuner ou prendre un verre, des confirmations de transaction bancaire, de courtes conversations avec sa fille, essentiellement pour dire qu'il pense à elle.

« Rien d'extraordinaire », soupire Cupido.

Griessel se lève. « C'est trop… Je ne sais pas, c'est trop peu, Vaughn. C'est trop… Voilà un type avec une pièce secrète dans une cabane, et ses SMS sont…

— Trop anodins ?

— Et trop… Je ne sais pas, ça ne colle pas. Allons parler à Zézaie. »

Ils le trouvent à son poste de travail, devant un bol de céréales recouvertes de sucre.

« Ce n'est pas précisément un petit déjeuner de champion, ironise Cupido.

— Mais c'est bon. Et je suis mince, *cappie*. Je peux manger ce que je veux. »

Cupido avale cette réponse avec suspicion. Qui donc sait qu'il suit un régime ? Qui a cafté ?

Griessel explique à Zézaie leurs doutes concernant les dossiers qu'il a envoyés.

« Oui, je comprends votre souci. À mon avis, l'oncle possédait un autre téléphone.

— Qu'est-ce qui te fait croire ça ? demande Griessel.

— *Cappie*, les geeks adorent Android, parce qu'ils peuvent bidouiller avec, de différentes façons. Mais ce *pappie* possède un iPhonc. Ça me met mal à l'aise, dès le départ. Deuxio, dans son petit réduit secret, il devait manigancer des trucs. Je veux dire, quelle est l'utilité d'une telle cachette si ce n'est pas pour manigancer ? Et vous savez, là où il y a des gens qui manigancent des trucs, on a de fortes chances de trouver des téléphones jetables…

— Pas toujours, dit Griessel.

— Pas faux. Il existe pas mal de criminels très bêtes. Mais là, on parle d'un homme très futé qui a travaillé pour les services secrets. Et en plus, derrière sa planche de travail dans son réduit secret, il y a un adaptateur avec six prises. Quand on est arrivés là-bas, seul Ubiquity Security Gateway était branché dessus. Je trouve ça un peu bizarre. On ne gâche pas un adaptateur pareil, alors qu'on en manque dans le commerce.

— C'est accessoire, dit Cupido.

— Si les agresseurs ont embarqué les ordinateurs, ils auront emporté aussi les autres téléphones, estime Griessel.

— C'est possible, répond Zézaie avant de mâchonner une grande cuillérée de céréales.

— Le problème, c'est qu'on ne peut pas contacter les gens qui figurent sur sa liste d'appels parce que personne ne sait encore qu'il est mort.

— On ne peut pas obtenir un formulaire deux-zéro-cinq, parce qu'on n'a pas de numéro de dossier, regrette Cupido.

— Impasse mexicaine, dit Zézaie.

— Entre l'arbre et l'écorce.

— Et merde », conclut Griessel.

En regagnant leur bureau, ils croisent Vusi Ndabeni dans le couloir.

« Vous avez entendu ?

— Quoi ?

— Le colonel est chez le Chameau depuis sept heures ce matin. La réunion de service est ajournée. »

Voici trois mois, Daniel Darret a lu avec intérêt la nouvelle dans le quotidien *Sud-Ouest* : un des snipers britanniques du SAS à Mossoul, en Irak, a descendu un terroriste de l'État islamique à une distance de 2,4 km. Avec un CheyTac M200 fabriqué aux

États-Unis. La balle a mis trois bonnes secondes pour parcourir la distance et perforer le cou de l'ennemi.

Le fusil est efficace sur une distance de 3,2 km. Le chargeur peut contenir sept munitions de calibre 408.

Il a secoué la tête devant les avancées en technologie des armes. Dans les années 1980, il utilisait le Dragunov russe, 7.62, précis jusqu'à huit cents mètres. Il fallait un tireur d'exception pour réaliser un tir groupé sur une distance supérieure.

À présent, il est à plat ventre dans la forêt, sur un tapis de feuilles de chêne et de hêtre pourrissantes, un CheyTac pointé devant lui. Il le règle sur mille mètres. Il tire treize fois avant d'être satisfait, de constater à travers les jumelles Zeiss que les impacts sont regroupés dans une surface de dix centimètres carrés.

Nettement plus facile que par le passé. Après toutes ces années sans pratique, il est profondément soulagé : ses capacités naturelles sont intactes, l'arme reste le prolongement de son corps. Voilà une chose qu'il sait vraiment faire.

Il se souvient de la façon dont on a découvert ce don, sur un champ de tir poussiéreux du Kazakhstan. L'instructeur russe n'arrivait pas à croire ce que lui montraient ses jumelles, il avait marché jusqu'à la cible de Thobela pour s'en assurer. Il avait accroché une nouvelle cible, et crié : « Recommence. »

Thobela s'était exécuté. Puis il avait poursuivi les tirs sur des distances de plus en plus grandes, incapable d'expliquer comment il y parvenait, laissant éclater son talent.

On l'avait retiré du centre d'entraînement d'Umkhonto et envoyé en formation en Allemagne de l'Est.

Il se souvient de la main d'Evgheni Fedorovitch

Dragunov sur son épaule, le concepteur modeste mais légendaire du fusil. Il l'avait rencontré à l'école des tireurs d'élite de la Stasi, quand ses condisciples et lui testaient un fusil SVDS expérimental.

Le camarade Dragunov avait été fasciné par cet élève noir capable de réaliser d'invraisemblables tirs groupés, même avec un vent de travers de dix-sept kilomètres à l'heure et sous la faible lumière d'un jour d'hiver nuageux. Le Russe âgé, trapu, avait dit quelque chose dans sa langue maternelle, avait relevé de sa main calleuse de travailleur ses lunettes à grosse monture noire, et avait pris le Xhosa par l'épaule, comme pour vérifier qu'il existait bel et bien.

Daniel songe à tout cela en enroulant avec précaution le fusil dans la tente, qu'il glisse ensuite dans le sac, avant d'emporter le tout vers la Peugeot.

68

Jeudi, dix heures moins vingt.

Le colonel Mbali Kaleni vient les chercher, Benny et Vaughn, Vusi, Mooiwillem et l'oncle Frankie, et leur demande de venir dans son bureau.

La Fleur est complètement flétrie ce matin, pense Cupido. Une composition de fleurs séchées. Il ne l'a jamais vue comme ça. Pour la première fois depuis qu'il la connaît, il se sent profondément désolé pour elle. Elle est éteinte, consternée, défaite.

Elle leur demande de s'asseoir, ferme la porte, et prend place derrière son bureau.

« Le professeur Pagel m'a appelée hier soir à onze heures, commence-t-elle d'une voix d'enterrement. Il venait de recevoir du laboratoire privé les résultats de l'analyse sanguine. Il n'y a absolument aucune trace d'agents anesthésiants dans le sang de Menzi. Rien dans son estomac n'indique la présence de substances pouvant camoufler des anesthésiques dans une boisson ou de la nourriture. Le professeur s'est livré à une autopsie complète hier en fin d'après-midi. Il a passé beaucoup de temps pour trouver une trace de plaies défensives, ou des symptômes de surdose d'insuline.

Il n'y en a pas. Il m'a affirmé qu'il n'avait absolument aucune raison de croire que le décès avait une autre cause que le suicide. Ça corrobore les éléments rassemblés par Gerber sur les éclaboussures de sang et les résidus de tir. J'ai donc commis un grave faux pas. J'ai laissé une relation personnelle prendre le pas sur un jugement sain, et je vous ai tous entraînés dans cette erreur. Je m'en excuse sans détour. Mon comportement a été totalement inacceptable…

— Colonel, coupe Benny, je ne crois pas…

— Non, Benny, laisse-moi parler. J'ai passé la matinée avec le général. Je lui ai tout raconté et lui ai remis ma démission. Il l'a refusée mais je lui ai demandé d'y réfléchir. J'ai précisé que vous aviez été impliqués dans cette affaire sur mes ordres, et qu'aucun de vous ne saurait être tenu pour responsable de la violation des règles et des procédures. Il en est convenu. Je vais ouvrir un dossier indiquant qu'il s'agit d'un suicide, et je vais le porter au responsable du poste de Mowbray. Je lui dirai que je comprendrais parfaitement qu'il dépose une plainte officielle à mon encontre. Je me suis excusée par téléphone auprès du professeur Pagel. Je téléphonerai personnellement à l'équipe scientifique pour faire de même. Voilà, c'est tout, merci. Vous pouvez continuer à travailler sur vos autres dossiers.

— Colonel, puis-je parler à présent ? demande Griessel.

— Benny, il n'y a rien à ajouter, s'il te plaît. »

Il voudrait dire qu'elle a pris ce cas à cœur et les a mêlés à cette affaire en toute bonne foi. Elle n'a pas à se sentir coupable. Il aurait agi de même. Mais son ton était suppliant. Il ne dit rien.

Elle se lève. « J'ai beaucoup de choses à faire. »

Cupido remonte le couloir en compagnie de Griessel. Ils regardent Mbali s'éloigner en direction de l'escalier. Dès qu'elle est hors de vue, Vaughn s'écrie : « Benny, on ne peut pas laisser tomber l'affaire ! »

Griessel opine, pensif.

« Ces criminels qui captent l'État, Benny, je ne sais pas comment ils ont procédé, mais c'est eux. Je pense à la douille manquante, au réduit secret, à la fausse lettre de suicide, à la mystérieuse empreinte digitale, à la fausse plaque d'immatriculation de la BMW, aux trois types à l'air officiel qui sont venus le voir. C'est une combine de la SSA. Ce couteau Okapi et le *biltong* me hantent. Je ne vais pas laisser ces gars s'en sortir avec un "suicide". »

Benny s'arrête. « Mbali ne va pas permettre…

— Mbali n'a pas besoin de le savoir. Jusqu'à ce qu'on déniche quelque chose. Si on ne trouve rien, pas vu pas pris…

— Il n'y a plus rien à dénicher, Vaughn.

— Il faut trouver une façon d'exploiter ces empreintes, Benny. On doit retourner au domicile du *madala*. Et prendre notre temps. Il faut y aller et faire ce qu'on doit faire. Et puis remettre tout d'équerre. J'ai le sentiment qu'on a loupé un truc. Et tu connais mon intuition… Allez, on s'y attaque une dernière fois. S'il te plaît.

— Vaughn, je…

— Allons, partenaire. Il faut au moins qu'on essaie.

— Vaughn, ils vont nous virer vite fait. Je ne peux

pas demander sa main à Alexa ce dimanche si je n'ai plus de job. Ce n'est pas… bien.»

Cupido soupire. «C'est juste. J'avais oublié ça.

— Si on avait plus de preuves…

— C'est bon, Benny. J'irai seul sur ce coup.

— Tu ne vas pas laisser tomber?

— Comment je le pourrais, Benny? Comment je peux laisser le jeune Donovan me lorgner avec des yeux pleins de doute? Je ne peux pas le regarder en face et affirmer que nous ne sommes pas pourris. Comme on dit : pour que le mal triomphe, il suffit que les hommes de bonne volonté ne fassent rien. Si je ne fais rien, c'est comme si moi aussi j'étais corrompu. Pas au point de toucher le fric de ces trois gros Indiens, mais corrompu tout de même. Je vais demander à la maman de Donovan de m'épouser. Pas aujourd'hui, pas cette année, mais un jour ou l'autre. Inspiré par ton courage absurde. Et là, je voudrais que Donovan puisse dire que son beau-père a agi pour la défense du bien. Qu'il a mis sa carrière en jeu. Qu'il a conservé le fier esprit des Hawks. Même si à ce moment-là je travaille comme gardien de sécurité au centre commercial de Brackenfell.

— Merde.

— Merde quoi?»

Benny fait quelques pas dans le couloir, puis s'arrête.

«Merde quoi, Benny?»

Griessel se débat avec sa conscience, revient en secouant la tête. «Merde, Vaughn, si on nous vire, mieux vaut que tu me trouves un job au centre commercial avec toi.

— Tu restes dans le coup ?
— Oui.
— Je t'adore, mec. »

Daniel Darret règle le loyer de son appartement parisien dans une banque à Reims. Au moment d'envoyer la preuve du paiement par courriel, il aperçoit un message de Vula.

De : vula@protonmail.com
Objet : Re : Marchandises achetées
À : inhlanhla@protonmail.com

Cher Dr Inhlanhla
Nous sommes heureux que vous ayez le matériel. Faites-nous savoir quand vous serez arrivé sain et sauf à Paris.
Vula

C'est tout ? Pas d'infos sur les activités du président le dimanche ? C'est dans deux jours. Or il a besoin de deux jours au moins pour reconnaître les alentours, trouver un endroit où se poster avec le fusil, repérer les points d'entrée et de sortie.

Il se demande qui sont les expéditeurs du courriel, quels anciens combattants parmi les vieux camarades de Lonnie May. Savent-ils ce qu'ils font ?

Daniel répond.

Cher Vula
Je m'inquiète du temps nécessaire à la préparation de l'opération. Il s'agit d'une procédure complexe qui nécessite une

planification minutieuse. Donnez-moi s'il vous plaît toute information dès que possible.

Cordialement

Dr Inhlanhla

Il attend une demi-heure. Ne reçoit aucune réponse.

Alors il reprend la route, privilégiant les départementales et les petits villages afin d'éviter l'A4 et une éventuelle présence policière.

Il est possible que Mbali se soit déjà rendue chez les techniciens de la scientifique pour leur demander de geler l'affaire. Griessel se dévoue pour appeler le gros Arnold, afin de l'entraîner dans leur nouvelle conjuration. Car Cupido a affirmé : « Les gars de la scientifique me prennent pour un fanfaron. Ils te préfèrent, Benny. »

Moi, ils doivent me prendre pour un alcoolo, soupçonne Griessel. Néanmoins, il téléphone : « Arnold, est-ce que Mbali est déjà passée chez vous ?

— Pas encore. Qu'est-ce qu'elle viendrait faire ici ? »

Leur supérieure, explique Griessel, vient présenter des excuses et mettre un terme à toute l'affaire.

« Pourquoi donc ? On commençait enfin à s'amuser. Vos échantillons de terre…

— Oui ?

— Intéressants. Ce ne sont pas des résultats ordinaires.

— Qu'est-ce que tu veux dire ?

— On n'a jamais vu un truc pareil. C'est… Bon,

je parle à un Hawk, faut que je reste dans un registre simple…

— *Ja, ja…*

— Voilà l'histoire. Tu sais que les échantillons de terre que nous traitons habituellement proviennent de traces de pas ou de pneus, ce genre de truc…

— Oui.

— Les traces de pas ou de pneus proviennent de routes goudronnées ou de chemins de terre, ou de couches arables, ou parfois d'un champ labouré, d'un parterre bêché. Les analyses indiquent le type de sol, les graines, les pollens, peut-être les engrais, les fientes, l'huile de moteur, tout ce qu'on peut trouver en surface…

— Oui ?

— Nos examens consistent à généralement comparer la nature de deux échantillons. Pour prouver que le suspect se trouvait à tel endroit précis, ou que tel échantillon correspond à la terre prélevée sur les chaussures de la victime. Tu connais le topo…

— Oui. » Griessel sait qu'il doit rester patient, parce que, comme toujours, Arnold cherche à l'impressionner.

« Dans le cas présent, on n'a aucun élément de comparaison. On doit analyser et essayer de savoir d'où provient la terre. On doit deviner sur la base de trois choses : le sédiment, la couleur et la structure. Tu m'écoutes ?

— Oui. » Griessel l'a déjà entendu témoigner au tribunal, il connaît l'essentiel de ce que raconte Arnold. Mais il vaut mieux le laisser parler, car Benny a une grande faveur à lui demander.

« D'emblée, la couleur nous a paru étrange. Inhabituelle. On a passé l'échantillon au microscope et on a procédé à un test de densité, dans ce que nous appelons une éprouvette de gradation d'intensité. Ce test sépare les différentes couches et donne un profil de terre. On l'a passé ensuite au spectromètre pour analyser les minéraux. Pour faire court, on n'a encore jamais observé cette combinaison de couleur, de texture, de profil et de composition en minéraux. On pense que la terre provient d'une mine. Ou un endroit de cette sorte. »

69

« Une mine ?

— Exact.

— Il n'y a pas de mines dans le coin, si ?

— On a vérifié. Il existe un tas de mines à ciel ouvert. De granit, de grès, de pierre à bâtir. Des mines d'argile pour les briques, des mines pour le sable de construction, des mines de calcaire. Des types cherchent des métaux lourds dans les mines au-delà de Saldanha et dans le coin de Dwarskersbos. Mais l'échantillon ne correspond pas à une mine à ciel ouvert. La texture et l'origine sont clairement souterraines. Je peux te donner les raisons scientifiques de notre déduction…

— Non, je te crois. Alors, ça ne nous aide pas ?

— Tu vois, les membres de notre Direction des enquêtes sont plus géniaux que la moyenne. C'est de notoriété publique. Nous le savons, vous le savez…

— Bien entendu.

— Mais même nous, Benny, nous ne savons pas tout. Difficile à croire, incroyable mais vrai. Si tu dis que Mbali veut arrêter l'affaire, il va falloir que tu ailles chercher toi-même les données et parler avec un géologue. À Stellenbosch, à la fac, il y a le professeur Ian Ford. Si quelqu'un peut démêler ça, c'est bien lui.

— Merci, Arnold. En attendant, envoie les données. Et s'il te plaît, n'en parle à personne. Surtout pas à Mbali. Elle ne sait pas que Vaughn et moi continuons à traiter l'affaire…

— Ça va te coûter un bon repas, Benny.

— Je sais, nous vous devons beaucoup. En fait, j'ai encore un service à te demander…

— Ha ha ! Je me demandais pourquoi tu étais si gentil avec moi.

— Les empreintes digitales. Sur le bloc-notes. J'espère que tu vas comprendre ce que je vais dire. Nous avons des raisons de croire qu'il y a un lien avec le type qui a été défenestré du train. Tu sais, ce dossier sur lequel on a bossé le mois dernier. »

Arnold reste silencieux, le temps de mouliner l'information.

« Je pense que je comprends, Benny. » Son ton est à présent prudent, sérieux.

« Ça peut avoir de grosses conséquences, Arnold. Surtout s'il y a des résultats. Et si ces résultats sont ceux que nous escomptons. Réfléchis bien. Nous comprendrions que tu ne veuilles pas être mêlé à ça.

— En tout cas, le ministère de l'Intérieur est un foutoir, Benny. Il y a une telle pagaille dans leurs bases de données, dans tout leur système, qu'une requête de notre part ne fera que tomber dans le grand trou. Et si je dépose une requête prioritaire, les types vont trouver ça louche. On ne pourra pas le faire aujourd'hui.

— Fais-le quand tu pourras, Arnold. On appréciera grandement.

— Grandement, au point d'espérer être invité au grand mariage ?

— Faut encore que je lui fasse ma demande, Arnold.

— Comment pourrait-elle dire non à un Hawk aussi gentil que toi ?»

En l'espace d'une demi-heure, tout bascule pour Daniel Darret.

Au début, il a roulé décontracté, Paris n'étant plus qu'à quarante kilomètres. Il savait qu'il devrait se taper les encombrements de l'heure de pointe, mais il était presque arrivé, l'équipée avec la cargaison illégale était pratiquement bouclée. Et voilà que, sur la D934, juste avant de passer Disneyland, il tombe sur un barrage routier. La police nationale et l'armée, une longue file de voitures devant lui qui doivent s'arrêter au point de contrôle.

Il maudit à haute voix son choix de route. Il aurait dû s'y attendre. Il aurait dû prendre l'autoroute A1.

Il évalue toutes les possibilités.

Faire demi-tour, c'est attirer l'attention – chose qu'il ne peut se permettre. Garder son calme est la seule issue. Jouer son rôle et espérer que ça se termine bien. Il sort les papiers de la voiture de la boîte à gants, met son passeport namibien au-dessus et compose l'histoire qu'il va servir, d'où il vient, ce qu'il fait. Il se concentre sur son attitude – paraître cordial, légèrement soumis, comme un Africain un peu perdu en Europe.

Il pense au coffre. La tente enroulée autour du fusil se trouve au fond.

Va-t-on lui demander de tout sortir ? Tout défaire ?

En approchant, il constate que les soldats fouillent certaines voitures.

Il respire lentement. Inspiration, expiration.

Quand arrive son tour, il prend un léger accent africain ; il salue l'officier et tend ses papiers.

« Vous parlez bien français », dit le policier en examinant le passeport. Un soldat armé est posté à ses côtés. Quatre autres alentour, vigilants.

« Merci. C'est pour cette raison qu'on m'a envoyé ici.

— Pour quoi faire, monsieur ? demande le policier qui scrute d'abord l'avant, puis le hayon.

— Je m'occupe de la promotion des réserves naturelles de Namibie – les plus belles du monde – auprès des tour-opérateurs français.

— Je vois. Qu'y a-t-il à l'arrière ?

— Matériel de camping. Vous pouvez regarder… » Il tend les clés.

« Pourquoi du matériel de camping ?

— Je me suis baladé dans les Ardennes. Il faut que je compare nos aménagements avec les meilleurs d'Europe… »

Le policier prend la clé, la donne au soldat pour qu'il ouvre le coffre.

Daniel s'efforce de ne pas fixer le rétroviseur. Mais de rester patient, en regardant le paysage, maintenant que le policier est parti s'occuper de la voiture suivante.

« Monsieur, pouvez-vous descendre du véhicule, s'il vous plaît ?

— Bien sûr », répond-il, l'estomac noué. Finir ici aux abords de Disneyland ? Comme le Mickey Mouse des assassins ? Il sort et contourne la voiture.

Le soldat, à côté du coffre ouvert, en désigne le contenu.

« Pourriez-vous ouvrir ceci ? »

Le canon du fusil indique le havresac qui contient le sac de couchage.

Daniel le prend, défait la cordelette, sort le duvet et l'étale sur le goudron.

Le soldat opine. « Et celui-ci ? »

Il sent la tension monter, les battements de son cœur s'accélérer. Il sort un autre sac de toile. Il s'agit de la chaise de camping. Qu'il dépose pliée contre la Peugeot.

« Et ceci ? »

Il s'agit de la boîte contenant les instruments de cuisine et les couverts. Il la dépose sur le sol, ouvre les rabats et commence à déballer.

« C'est bon. Vous pouvez tout ranger, merci monsieur. »

Daniel remet la boîte avec soulagement, commence à enrouler le sac de couchage.

« Non, monsieur, il faudra faire ça plus loin. Vous nous retardez.

— Pardon. » Il remet tout en place à la hâte.

« Je peux fermer ?

— Oui, oui, monsieur, vous pouvez y aller. »

Daniel remercie, salue, s'assied, démarre le moteur et s'éloigne. Il ne regarde dans le rétroviseur qu'au bout d'un kilomètre, ne voit pas de véhicule militaire à ses trousses. Il pousse un long soupir. Baisse les yeux sur ses mains. Elles ne tremblent pas.

Pas trop mal pour un espion d'âge mûr. Il s'en est bien sorti.

Il faut qu'il prenne de l'essence, achète un Coca – il a soif, soudain, et a besoin de sucre –, qu'il se ménage un temps de repos et se remette. Il s'arrête à la station-service Total Access à l'est de Lagny-sur-Marne.

C'est là qu'il découvre la puce électronique.

Un providentiel coup du sort, songera-t-il plus tard, que cela se soit produit ici. Au moment où il sort de la voiture, le destin lui sourit pour la seconde fois en une demi-heure.

Il ouvre la porte et, alors qu'il balance les jambes dehors, l'ourlet de son jean lui gratte la cheville. Ce n'est pas la première fois de la journée que sa peau est irritée à cet endroit, mais cette fois le contact est plus rugueux, plus aigu. Il tend la main, pensant qu'il a laissé traîner une agrafe quand, à Arcachon, il a fourré le pantalon neuf dans son sac. Ses doigts palpent la couture et il le sent alors, cet objet étrange, une petite boîte plate, comme une diapositive. Il cherche, ne voit rien, finit par retourner l'ourlet.

Le voilà, deux centimètres à peine, noir et mat.

Il le détache, repère les petits crochets qui le retenaient au tissu, l'or de quatre points de contact électroniques.

Il sait aussitôt comment c'est arrivé là.

Faucille, le maraîcher. Les toilettes de la Pancake House où on l'a fouillé à la recherche d'un micro, quand chacun de ses vêtements a été examiné méticuleusement. Tandis que Daniel, gêné par sa nudité, s'était retourné.

Laurel et Hardy. Peut-être pas aussi bêtes et interchangeables qu'il ne l'avait cru.

Il sait à présent pourquoi ils n'ont pas pris la peine de le suivre. Il soupçonne fortement que ce petit morceau de technologie est un localisateur GPS.

Il active son portable et recherche sur Google « traceur GPS ». Il trouve rapidement quelque chose qui ressemble fort à l'objet qu'il tient en main – un CATS-i, le plus petit de la série. *Une combinaison des technologies GPS, RF et GSM sur un seul support, destiné à vous offrir la meilleure chance de récupérer le bien que vous recherchez, quelle que soit sa localisation actuelle*, dit la notice. *L'insertion d'une balise RF permet une localisation précise, même quand l'objet est caché dans un bâtiment, et la nouvelle technologie GSM permet une localisation sur une zone cartographiée presque aussi précise que le GPS. La technologie GSM repose sur une puce SIM plutôt que sur une carte SIM…*

Celle-ci semble différente, légèrement plus grossière, artisanale, mais c'est sans aucun doute le même objet.

Ils savent précisément par où il est passé. Et où il se trouve à présent.

70

La première réaction de Daniel, c'est de se débarrasser de la puce, d'aller la jeter dans le caniveau.

Il réprime cette impulsion, fait tourner lentement l'objet entre ses doigts. Il finit par le glisser dans sa poche.

Il fait le plein d'essence tout en cherchant des réponses. Pourquoi Ditmir et ses hommes veulent-ils savoir où il se trouve ? Parce qu'ils croient toujours que Daniel est lié à la police ? Est-ce par prévoyance, pour être prêts à réagir ? À disparaître, peut-être ?

C'est l'explication la plus solide et la plus simple. Ditmir est un négociant d'armes international opérant sur le marché noir. Membre d'un important réseau de crime organisé, il a beaucoup à perdre. Soupçonneux. Vigilant. Rusé.

Ou bien est-ce en rapport avec le Russe qu'il a entrevu à la fenêtre ? Mais a-t-il vraiment vu l'homme ?

Il paie l'essence, va s'acheter un soda, retourne dans la voiture.

Où il reste assis un moment.

Attention à la paranoïa. Surtout maintenant, après

la tension au barrage de police et le choc en découvrant la puce.

Il réfléchit à toutes les options. Il ressort du véhicule et se dirige vers le caissier pour savoir s'il y a un bon hôtel dans les environs.

Cupido et Griessel contemplent les photos de l'échantillon de terre prises au microscope, ainsi que les tableaux de recherche envoyés par les techniciens. Ils n'y comprennent rien.

Vaughn tape le numéro du professeur Ian Ford au département des sciences de la terre de l'université de Stellenbosch. Ça sonne longtemps.

« Pas de réponse », marmonne Cupido.

Griessel consulte sa montre. Il est dix-sept heures passées. « Sont tous rentrés chez eux. Il faudra réessayer demain.

— Tu as toujours les clés de la maison du *madala*, partenaire ?

— Oui.

— Benny, je propose que nous allions au domicile de Menzi Dikela. Avant que Mbali ne nous les réclame. On pose des jours de congé. Pour demain et ce week-end. On va mettre le paquet sur cette affaire. Mbali ne peut pas nous les refuser. »

Griessel est embarqué dans l'affaire. Pas moyen de s'y soustraire à présent.

« D'accord. »

Ils remplissent leurs formulaires de congé et vont les déposer sur le bureau de Mbali, puis partent chacun dans sa voiture, afin que Benny n'ait pas à retourner ensuite à Bellville.

En chemin, Griessel essaie de comprendre pourquoi cette dernière tentative de Cupido provoque si peu d'enthousiasme en lui.

Ce n'est pas l'envie de démasquer la SSA corrompue qui lui manque. Ce n'est pas non plus lié aux preuves des pathologistes et des experts forensiques démontrant que Dikela ne s'est pas suicidé. Ça tient en partie à sa crainte des conséquences pour sa carrière, pour la sécurité de son emploi.

Ça tient surtout au sentiment qu'il a éprouvé là-bas dans la maison. Le sentiment d'une… tragédie.

Il essaie de s'en défaire. Les pressentiments ne mènent nulle part. Il ne faut chercher que les faits, comme le dit Cupido. Résoudre les questions, les choses qui ne collent pas.

Il appelle Alexa pour lui dire qu'il ne l'accompagnera pas ce soir à la séance des Alcooliques anonymes. Il a du travail.

Daniel Darret roule jusqu'à l'hôtel-restaurant Le Quincangrogne sur les rives de la Marne, à quarante kilomètres de Paris. Il se dirige vers la réception, la puce électronique toujours dans sa poche.

Au jeune homme de l'accueil, il dit qu'il attend quelqu'un pour le repas. « Je vais attendre là-bas », ajoute-t-il en désignant les sièges à l'extérieur, derrière les portes en verre. Au bord de l'eau. Des tables, des chaises, quelques fauteuils.

Le réceptionniste approuve et sourit. Daniel sort

et avise le canapé à trois places. Il s'étire avec plaisir, observe les pelouses soignées et la rivière.

Il glisse la main dans sa poche, sort la puce et la presse sous le coussin du canapé de manière que les crochets la maintiennent dans le tissu.

Il reste encore assis une dizaine de minutes. Puis il se lève et retourne à la réception : apparemment, la personne avec qui il avait rendez-vous lui a fait faux bond.

À la sortie de la ville, il cherche un endroit pour se garer et dérouler la tente. Afin de vérifier qu'aucun traceur n'y est caché.

Cupido et Griessel inspectent la maison de Menzi Dikela d'un bout à l'autre. Lentement, minutieusement. Ils commencent par le garage, puis le salon, la cuisine, les chambres à coucher et, en fin de parcours, le bureau.

Juste avant dix-neuf heures, Kaleni appelle Griessel. Elle a signé les demandes de congé. Elle comprend qu'ils aient besoin de souffler. Il la remercie. Peu après, elle appelle Cupido pour lui donner le même message.

« Maintenant, je me sens coupable, dit Griessel.

— Faudra t'y faire. »

Ce n'est qu'arrivé dans la cuisine que Cupido parvient à lui demander : « Benny, pourquoi tu as accepté de te joindre à cette investigation ? Pourquoi prendre ce risque ? En ce moment ? »

Cupido attend patiemment la réponse, car Griessel est en train de soupeser ses mots. Finalement, il lâche : « Tu te souviens l'année dernière, en décembre, quand j'étais ivre dans la cellule de Caledonplein ? Pendant qu'on enquêtait sur la mort d'Ernst Richter.

— Oui. Le patron d'Alibi.co.za. On l'a coffré, le salopard[10].

— C'est exact. Ce jour-là, tu as mis ta carrière en jeu. Tu as menti pour me protéger, pour me sauver la mise.

— Non, Benny, je t'ai couvert, mais Mbali t'aime trop. Elle se serait mise en colère, mais ne m'aurait pas viré.

— Peut-être, mais ce n'est pas tout…

— Dégaine. Mais pas ton arme.

— Quand j'étais… Dans les temps anciens, sous le régime précédent… C'était vraiment rude. Il y avait beaucoup de choses qui… J'étais trop trouillard pour parler, pour m'opposer. Ma grande excuse, c'est que j'étais jeune marié, Anna était enceinte, elle ne travaillait pas. J'avais peur, Vaughn, j'avais peur de perdre mon boulot. Tu sais comment fonctionnait le système, à l'époque. Si on était catalogué… Ça me tourmente encore. De ne pas avoir eu le courage de…

— Partenaire, tu ne peux pas…

— Attends, Vaughn, il y a encore un truc. Toi. Toi, tu viens de Mitchell's Plain. Tu t'es cassé le cul pour devenir capitaine. Dans des circonstances difficiles. À l'époque tu n'étais pas assez blanc, aujourd'hui tu n'es pas assez noir. Plus d'une fois, tu as eu l'occasion d'accepter des pots-de-vin. Mais tu ne l'as pas fait, parce que tu étais… tu es trop fier des Hawks, de notre travail. Je sais ce qu'il signifie pour toi. Si tu es prêt à

10. Voir *En vrille*, Éditions du Seuil.

risquer toutes ces années, toute cette fierté, le moins que je puisse faire, c'est d'être à ton côté. »

Cupido a beau être bravache, il n'est pas à l'aise quand il y a trop d'émotion dans l'air. C'est pourquoi il répond : « Sentimental, partenaire. Tu deviens sentimental avec l'âge. La vieillesse est une malédiction. »

Mais Griessel voit bien que son collègue a apprécié ce qu'il a dit.

Au bord de la route, Daniel examine avec minutie les vêtements qu'il portait la veille quand le maraîcher l'a fouillé. Pas de capteurs. Rien non plus dans la tente, les boîtes de munition ni le kit de nettoyage.

Dès lors, il roule vers Paris. Les yeux sur le rétroviseur.

Après avoir pris les clés et écouté avec attention les explications de la dame sur le fonctionnement du four, de la machine à laver et du wi-fi, c'est le fusil qu'il monte en premier dans le studio.

Puis il apporte sa valise. Il laisse le reste du matériel de camping dans la voiture. Il se douche, enfile des vêtements propres et part à pied vers la rue des Rosiers pour dîner à L'As du Falafel, un de ses endroits préférés.

Le doute continue de le ronger. Cette histoire de Russe à la fenêtre. À la fenêtre de Ditmir. Et pourquoi l'Albanais lui a-t-il collé une puce de localisation ?

Car si le Russe était bel et bien là, comment savait-il que Daniel irait voir Ditmir ?

C'est le point qui le tracasse le plus.

Ça ne signifie qu'une chose : un acolyte de Lonnie les a trahis.

Peut-il se fier aux e-mails ?

C'est dans le bureau de Dikela qu'ils trouvent enfin un indice intéressant. Après avoir secoué un par un les livres de l'étagère et les avoir remis en place, puis parcouru pour finir les documents que renferme le coffre à deux battants sous la fenêtre, ce coffre où Zézaie Davids a aperçu les câbles réseau.

Ils se partagent les papiers à examiner : les factures d'entretien de la voiture, les récépissés des règlements de licences diverses, les actes notariés de la maison, l'ancienne hypothèque, les contrats d'assurance à court et long terme. Tout est lu avec attention.

Ils finissent et remettent tout en place. Il ne reste sur le bureau que quatre documents qui racontent une histoire.

Griessel et Cupido n'aiment pas cette histoire.

71

Vendredi 1er septembre.

Daniel est réveillé à sept heures par la circulation sur la voie Georges-Pompidou, mais il a le sentiment d'avoir plutôt bien dormi. Pour la première fois depuis que Lonnie May lui est apparu tel l'ange de la mort, à Bordeaux.

Il s'est lassé de se débattre avec les doutes. Il a finalement décidé de tout ignorer et de foncer. C'est sa seule porte de sortie.

Il commence par regarder s'il y a des mails. Sur un nouveau téléphone portable, car la veille, en route vers le studio, il a écrasé le précédent sur un trottoir et l'a jeté dans une poubelle.

Aucune nouvelle de Vula la veille au soir, aucune ce matin.

Il prépare du café avec la machine prévue à cet effet, le boit sur le balcon qui surplombe le petit jardin de l'immeuble. Le temps nuageux est au frais. Il lit les nouvelles concernant son pays natal. Un article indique que le président est arrivé en France. Ils se trouvent dans la même ville, aujourd'hui. Leurs trajectoires sont destinées à se croiser.

Daniel sent son ventre se crisper. La tension. Le doute.

Il lit des articles sur des coups fourrés et des soupçons de corruption au sein du service des Impôts, de nouvelles allégations concernant les hommes d'affaires indiens qui étendent leurs tentacules au sein de l'agence des chemins de fer. Ça ranime un peu sa motivation.

La semaine passée, les hôtels l'ont gâté avec leurs petits déjeuners copieux. Il prépare un breakfast avec des produits achetés au Franprix de la rue Jules-Cousin : bacon, œufs, fromage, baguette assez grillée pour que le beurre fonde, jus d'orange. Encore du café.

La vaisselle lavée, il consulte une fois de plus son téléphone. Il voit qu'il y a un message et ressent un mélange de peur et de soulagement.

De : vula@protonmail.com

Objet : Nous avons des nouvelles

À : inhlanhla@protonmail.com

Cher Dr Inhlanhla

Nous confirmons que votre cible se trouvera à la résidence de l'ambassadeur, rue Cimarosa, dimanche après-midi de 16.00 à 18.00. Il en partira pour se rendre à l'hôtel Raphaël, 17 avenue Kléber. Nous savons de source sûre que cela se passera entre 18.00 et 18.30. Il restera à l'hôtel jusqu'à l'heure de son départ pour l'aéroport.

Bonne chance

Vula

À huit heures passées le vendredi matin, Griessel prend son vélo pour profiter un peu de son « jour de congé ». Dans la montée raide de Kloofnek, la circulation est dense à l'heure de pointe, mais, vieille habitude, il oblique à gauche sur le flanc de Table Mountain.

Il réfléchit à tout ce qu'ils ont découvert la veille. Il n'y a rien de concret. Une nouvelle hypothèse se dessine. Plutôt mince, mais elle existe. Cupido a sifflé entre ses dents en fixant des yeux les documents étalés sur le bureau de Menzi Dikela, comme les chapitres d'une histoire. Griessel se taisait, il n'était pas encore disposé à en parler. Cupido a limité son commentaire à un petit air triste. Ils ont compris les conséquences qui en découlent, ils ont préféré en rester là. Tant qu'on n'en discute pas, la chose n'existe pas pour de bon.

Benny a rassemblé les preuves en un petit tas, et les a glissées dans sa mallette.

« Il faut qu'on attende les empreintes digitales », a conclu Cupido, résigné, en guise d'au revoir avant qu'ils ne rentrent chacun chez soi. Car les empreintes sur le bloc-notes – celui auquel on a arraché une page pour écrire la lettre de suicide – permettront de confirmer leurs nouveaux soupçons. Ou de rejeter totalement cette hypothèse.

Il préférerait la seconde conclusion.

Après la station du téléphérique, son téléphone sonne. Il arrête son vélo et répond. C'est Cupido. Il lui annonce qu'ils ont rendez-vous à onze heures avec le professeur de géologie à Stellenbosch. Les rapports et les photos de l'analyse des techniciens de la scientifique lui ont été envoyés.

Griessel affirme qu'il viendra.

« Benny, tu m'appelleras si tu as des nouvelles des experts ? » La voix de Cupido est étouffée, comme la veille.

« Sur-le-champ. »

Il pédale ferme dans les derniers lacets du pic du Diable, s'arrête et reprend son souffle à la casemate du roi, vieille de plus de deux cents ans. Quelques mois auparavant, il a cherché sur Internet l'histoire de cette construction, car il y marque souvent un arrêt et c'est le point de retour de ses courses. Les Britanniques l'ont construite comme poste de guet couvrant Table Bay et False Bay. Après l'invasion anglaise de 1795. Afin qu'aucune autre puissance ne puisse par la suite remporter de victoire aussi facile.

Benny contemple le jour, clair comme du cristal. Le front froid s'est éclipsé depuis longtemps, l'agglomération du Cap s'étire jusqu'à Helderberg sous le soleil du matin qui a commencé son ascension.

Quel bel endroit, songe-t-il. Une histoire chargée de conflits, de trahisons, de cupidité.

Quand cela prendra-t-il fin ?

Daniel achète un blouson à capuche dans un des nombreux magasins de sport près des Halles, reconnaissant à l'égard des températures, en baisse, qui autorisent ce genre de vêtement. Ça reste une des meilleures méthodes pour cacher son visage aux caméras.

Il prend le RER et descend à la station Charles-de-Gaulle-Étoile, sort à côté de l'arc de triomphe, marche jusqu'à l'avenue Kléber. Il rabat la capuche sur sa tête, la tire vers le bas. Il a préparé son trajet grâce à une appli de cartes, il sait où se trouve le Raphael, un bel hôtel Art déco, vieux de près d'un siècle, où des acteurs comme Katharine Hepburn et Marlon Brando sont souvent descendus.

Et maintenant le président malhonnête de son pays.

Il prend le côté ouest de cette large avenue, à l'opposé du bâtiment. Il remarque une entrée spéciale réservée aux véhicules. Si le président est déposé là en voiture, Daniel n'aura que vingt à trente secondes pour ajuster le réticule de sa lunette de visée et tirer. Sur une cible mouvante, vraisemblablement. Mais s'il peut trouver une bonne planque, il aura le temps de calculer les distances et la vitesse du vent.

Ces détails techniques ne posent pas de problème. Jadis, il a été confronté à des situations plus compliquées. Non sans succès.

Le véritable obstacle, c'est le côté émotionnel.

Il ne sait toujours pas s'il sera capable d'appuyer sur la détente quand les traits familiers de l'homme qu'il a tant admiré apparaîtront dans l'objectif.

Le moment est venu d'examiner la résidence de l'ambassadeur, l'autre endroit où il pourrait intervenir, là où le président montera en voiture.

Le bureau du professeur Ian Ford est rempli de cailloux, tout comme les couloirs de la maison de la géologie située sur le campus de l'université.

C'est un grand homme ascétique à la barbe grise en bataille et au fort accent australien. Il explique à Griessel et à Cupido qu'il s'agit pour lui d'une première. « Je n'ai jamais eu l'honneur de parler aux "Soggies" auparavant. C'est le nom qu'on donne en Australie au groupe d'opérations spéciales de la police. C'est plus ou moins l'équivalent des Hawks, je suppose.

— En presque aussi bons, dit Cupido.

— J'en suis certain. »

Il les invite à s'asseoir. Il a tout examiné et pense que c'est un cas très intéressant. Mais peut-il poser quelques questions au préalable ?

« Certainement, l'encourage Cupido.

— D'où provient cet échantillon ?

— Probablement d'une empreinte de semelle. Trouvée sur le carrelage de la scène du crime.

— À l'intérieur ou à l'extérieur ?

— À l'intérieur d'une maison.

— Bon. Y a-t-il eu des forages à l'extérieur de la maison, ou dans les environs ?

— Quelle sorte de forage ? demande Griessel.

— Pour trouver de l'eau. Vous savez un, un puits…

— Pas que nous sachions…

— Et selon vous, de quand date l'empreinte ? Quel jour ?

— Mardi. Pourquoi ça, professeur ?

— Un moment, s'il vous plaît… » Ford se tourne vers son ordinateur, déplace la souris et tape sur le clavier, examine quelque chose qu'ils ne peuvent pas voir. Puis il appuie ses coudes sur le bureau.

« Bien. Si vous me le permettez, je voudrais expliquer les choses comme… Quelle est cette merveilleuse expression que vous utilisez… comment mange-t-on un éléphant ?

— Petit bout par petit bout, dit Cupido.

— C'est ça, mon ami. Avant tout, il y a la texture de l'échantillon… » Il tend la main vers une photo prise au microscope qu'il a imprimée avant leur arrivée. « Voyez, ici. Ce sont des copeaux de terre d'une forme très particulière. Pas de granules, pas l'écaillage normal. Typique de la forme que produit un forage. Le rapport de vos experts scientifiques indique très correctement du calcaire, une strate commune dans cette partie du Western Cape. Et maintenant, voyez la couleur. Gris-bleu, typique du calcaire non exposé au soleil de la région de De Hoek qui a un aspect très particulier. Surtout sous terre. De plus, on privilégie cette strate en cas de forage car, une fois fracturée, elle libère souvent de l'eau. L'autre aspect intéressant, c'est que les copeaux de calcaire sont mélangés à de petites quantités d'autres roches qu'on trouve habituellement là, ce qui confirme un forage à travers différentes strates. Il y a aussi l'absence complète de granules de sable, que l'on trouve près de la côte. Enfin, ces matières ne collent à la semelle que si l'environnement est assez humide. Je ne dirais pas ça devant un tribunal, mais si vous m'accordez un moment à la Jack Irish, j'oserai affirmer que…

— Jack qui, professeur ? demande Cupido.

— Jack Irish ? Le personnage principal des polars du grand auteur australien Peter Temple, aujourd'hui décédé. »

Ils secouent la tête. « Nous ne lisons pas de romans policiers, professeur. C'est trop… farfelu.

— Ah bon, dit l'universitaire, un peu décontenancé.

— Qu'alliez-vous dire, professeur ? demande Griessel.

— Eh bien, il ne s'agit que d'une déduction fondée sur l'analyse de l'échantillon et sur ce que vous venez de me dire. Je peux me tromper, mais je crois que le gars en question a marché dans l'eau d'un trou de sonde pendant le forage, ou juste après le forage, moins de deux heures avant de laisser son empreinte.

— Pourquoi ?

— La terre a besoin d'être humide pour coller à la semelle. Et je pense qu'elle ne doit pas mettre guère plus d'une heure à sécher, quatre-vingt-dix minutes à tout casser. Je vous ai demandé le jour où ça s'était passé afin de vérifier s'il avait plu. La pluie peut faire la différence en termes d'humidité et d'adhérence de l'échantillon. Mais il n'a plu que le mercredi, après une semaine sans précipitation. Donc…

— Ce Johnnie Irish aurait été fier de vous, apprécie Cupido.

— Jack, rectifie Ford avec un grand sourire. Jack Irish. Je le pense aussi. »

72

Daniel identifie immédiatement la résidence de l'ambassadeur, rue Cimarosa, car le drapeau sud-africain s'agite paresseusement au bout de sa hampe dans le petit vent frais.

Seule la caméra au-dessus du portail d'entrée indique un dispositif de sécurité. Compte tenu du séjour en France du président, Daniel s'attendait à des mesures plus importantes ; un peu de présence policière peut-être. Mais il n'y a rien de particulier. Seulement des barrières métalliques qui délimitent des emplacements privilégiés pour se garer devant la résidence et devant l'ambassade d'Argentine, de l'autre côté de la rue, certainement permanents et réservés aux véhicules officiels.

Il n'a pas oublié les informations données par la jeune dramaturge en robe jaune. Toute la journée de demain, le président sera en réunion à l'ambassade mais aujourd'hui il est à Versailles, à quelques kilomètres. Est-ce pour cela qu'il n'y a pour l'instant aucune protection particulière ?

Peu importe. La rue n'offre aucune possibilité. Elle est trop étroite, les immeubles qui la bordent sont trop bas pour offrir un bon point de vue et des angles de tir, à moins qu'il ne soit prêt à s'exposer sur les toits. De plus, l'ambassade d'Argentine doit avoir son contingent d'agents de renseignement et être dotée de caméras qui couvrent la rue Cimarosa.

Il baisse davantage sa capuche et poursuit son chemin. Un instant, il imagine à quoi ressemble l'intérieur de la résidence de l'ambassadeur. Est-ce un endroit agréable où ses compatriotes peuvent venir converser, où l'on entend parfois les langues indigènes, où l'on parle intensément de politique ? Y a-t-il aux murs des tableaux et des photos d'Afrique du Sud, afin d'adoucir le mal du pays ?

Griessel demande au professeur Ford si, à partir de l'analyse de l'échantillon de terre, on peut savoir où l'on a pratiqué le forage.

« Je pensais bien que vous poseriez la question. La réponse n'est probablement pas celle que vous souhaiteriez entendre… » Ford prend une grande carte posée sur un placard derrière lui et la déroule sur son bureau. Elle représente la péninsule du Cap et les régions avoisinantes. Ford balaie de la main une zone qui va de la côte Atlantique à la ville de Malmesbury. « L'aire calcaire à De Hoek couvre un grand périmètre souterrain, elle remonte à la surface par ici… » Son doigt se pose près de Riebeek-Kasteel. « À mon avis, le forage a été effectué à l'est ou au sud de ce point. Peut-être dans cette zone-ci… » Il indique la région entre Moorreesburg et Durbanville. « Mais je comprends que cela ne vous aide pas beaucoup. Un vaste territoire à couvrir…

— Effectivement », dit Griessel. Cupido et lui sont seuls, sans aide supplémentaire. Il ne leur reste qu'aujourd'hui, samedi et dimanche avant de reprendre le travail. C'est vraiment une grande surface.

« Et votre problème ne s'arrête pas là. Le WWF estime que, dans le Western Cape, on fore entre cinquante et cent puits par jour à cause de la sécheresse. Soit un total éventuel de soixante-douze mille puits dans les dix-huit derniers mois, ce qui m'inquiète énormément en tant que géologue, car je pense à la nappe phréatique. Ce matin, j'ai jeté un coup d'œil aux différentes compagnies de forage qui offrent actuellement leurs services, et j'en ai compté vingt-neuf. Il peut y en avoir plus, des gens qui opèrent en famille… Il va falloir que vous trouviez qui a foré mardi dans cette zone, vous n'aurez qu'à vous renseigner sur une centaine de sites. Mais ce ne devrait pas être un problème, je suppose ? Je suis sûr que vous avez le personnel pour aller tous les vérifier. »

Le seul endroit où un tireur isolé pourrait se dissimuler, s'il voulait abattre le président au moment où il sort de voiture devant l'hôtel Raphael, se trouve à un pâté de maisons de l'arc de triomphe. Tout en haut de l'avenue Kléber, sur le trottoir d'en face, en diagonale, se dresse au numéro 6 un bâtiment en cours de ravalement.

Sa façade est couverte par un échafaudage ; des bâches masquent les fenêtres, des échelles mènent en haut. Une clôture haute d'un mètre et demi, assemblage de plaques de métal et de fil de fer, isole le chantier du trottoir. Un portillon d'acier est l'unique accès, et il est certainement fermé ce dimanche. Mais si Daniel parvient à franchir le portillon, puis à escalader la clôture – ce n'est pas une difficulté insurmontable –, il pourra facilement se ménager un poste d'observation au sommet de l'immeuble.

Tant que personne ne le voit.

Dimanche, le chantier sera vide. Un gardien peut-être, mais que l'on peut convaincre de regarder ailleurs moyennant quelques milliers d'euros, si l'on ne peut pas faire autrement.

Ce serait un tir à cent vingt mètres, à peu près. Une distance courte pour un CheyTac. Une tâche facile, si la trajectoire est dégagée, dépourvue d'obstacle. Mais ce n'est pas le cas. Comme sur tous les boulevards de Paris, il y a des arbres de part et d'autre de la chaussée. Des platanes. Largement feuillus en cette période de l'année. Et suffisamment hauts pour gêner la vision, pour influencer la course de la balle.

Daniel arrive devant l'entrée de l'hôtel Raphael. Il y reste un moment pour regarder le toit du numéro 6. Il mesure à vue de nez.

Trop de branches et de feuilles. Il monte les marches jusqu'à la porte.

Là au moins, il aurait une belle ligne de tir.

Cela signifie qu'il aura deux, trois secondes pour viser et tirer. Au moment où le président fera deux pas entre la dernière marche et la porte.

Peu de temps. Très peu de temps.

Il redescend, traverse la rue.

Il doit chercher un moyen de pénétrer sur le chantier.

Dans le grand parking de l'université de Stellenbosch, sous un grand chêne chauve, les deux enquêteurs discutent dans la voiture de Cupido. Leur conversation est grave, ils font à peine attention au flot d'étudiants qui, dans le soleil de fin d'hiver, vont déjeuner.

Ils évaluent l'ampleur de leur tâche. Chaque entreprise aura peut-être fourni quatre machines à forer, voire plus, cela signifie autant de foreurs, à qui il faudra poser la question : avez-vous foré, entre samedi et mardi dernier, près d'une maison, d'une ferme ou dans une propriété où se trouvait une BMW X5 noire ?

Il y a des probabilités que ces gens n'aient jamais vu le véhicule, mais c'est la seule information dont ils disposent. Ça ne servira à rien de leur demander s'ils travaillent sur un site appartenant à l'État, car la SSA est connue pour se servir de sociétés écran, de trusts et de fausses coordonnées personnelles – tout cela au nom de la sécurité de l'État – pour louer ou acheter des propriétés.

Mais il sera utile de se concentrer d'abord sur les forages au nord de Dunoon, car c'est par là qu'on a repéré le X5 pour la dernière fois, en direction de Malmesbury. De toute façon, c'est un gros boulot pour deux personnes en l'espace de deux jours et demi.

« J'ai un concert ce soir, dit Griessel. Avec le groupe.

— Ça ne fait rien, la plupart des sociétés ne vont pas répondre au téléphone en dehors des heures de bureau. Je m'inquiète aussi pour demain. Tu connais Le Cap. Les gens n'aiment pas travailler le samedi. »

Ils se mettent d'accord pour travailler chacun chez soi, et pour s'appeler s'il y a du nouveau. Ils fixent un conseil de guerre par téléphone à dix-huit heures. Cupido va demander à Mavis, la réceptionniste qui tient le standard des Hawks, de transférer tous les appels sur leurs deux portables, ou d'indiquer leurs numéros à qui veut les joindre.

« C'est complètement à l'aveuglette, Benny. Mais faut bien qu'on essaie. » Et Cupido ajoute, avec un sourire en coin, alors que Griessel quitte la voiture : « Qui aurait cru, partenaire, que ce dossier allait dépendre de la pétrographie ? »

Ayant vu plusieurs ouvriers en gilet orange fluo en train d'y commander des boissons, Daniel entre dans l'EXKI Kléber, établissement bio qui propose des plats à emporter, à côté du chantier de ravalement.

Il baisse sa capuche et demande à l'un d'eux s'il y a des opportunités d'embauche.

L'homme le regarde de haut en bas, sourit avec sympathie. « Tu veux du travail ? Il y a une liste d'attente, mon ami.

— Et si je vais voir le contremaître, ça aiderait ? »

Il aimerait bien franchir la clôture pour étudier la configuration des lieux.

« Il va t'envoyer sur le site Web. C'est là qu'on propose les postes. Mais je peux te dire que si tu n'es pas professionnel dans ta branche, tu peux oublier. »

Daniel observe le gilet floqué du logo *Dumez*

Île-de-France, la société de construction chargée du chantier. Il ne semble pas différent de ceux que l'on peut acheter au rayon vêtements de travail des magasins spécialisés. Il examine le pantalon et les souliers de l'homme, son casque jaune.

Il remercie et tourne les talons.

Il marche lentement le long des échafaudages, étudie la porte automatique, la clôture en treillis métallique, les plaques de métal. Il repère le signe bleu et blanc apposé à la grille, affichant le pictogramme d'une caméra avec les mots *Site sous vidéosurveillance*. Il n'en aperçoit qu'une seule sur la grille, côté avenue – au-dessus d'un tourniquet avec un petit interphone et un lecteur de carte.

C'est en tournant de l'autre côté, dans la direction de l'arc de triomphe, qu'il découvre le meilleur endroit pour franchir la clôture.

Il faudra être gonflé, et agile. Et croiser les doigts.

Le seul problème, c'est que l'unique entrée est aussi l'unique sortie.

Vers seize heures, Benny Griessel se doute que les empreintes digitales ne donneront rien, car Arnold n'a toujours pas appelé. Ce sera une bonne nouvelle. Cela signifiera que ces empreintes appartiennent à un fantôme de la SSA. Qu'ils se sont inquiétés pour rien, la veille au soir, à la suite de leur découverte.

À dix-sept heures, il en a plein le dos de répéter son topo rituel en deux parties.

Un : « Allô, je suis le capitaine Benny Griessel de la Direction des enquêtes criminelles prioritaires, les

Hawks. J'ai besoin de parler à tous vos foreurs qui ont travaillé de samedi à mardi dernier dans le Western Cape. Non, malheureusement, je ne peux pas vous dire sur quoi porte cette enquête, mais il s'agit d'un crime prioritaire. Oui, on peut me rappeler à toute heure. Je peux vous donner le numéro, vous pouvez aussi vérifier dans l'annuaire ou sur Internet que je suis bien celui qui vous parle. »

Deux, lorsque les foreurs commencent à rappeler : « Nous avons des preuves scientifiques qui nous laissent à penser que la scène du crime est liée à un forage exécuté dimanche, lundi ou mardi derniers. Nous pensons qu'une BMW X5 noire se trouvait aussi sur les lieux. Pouvez-vous nous aider ? »

À dix-huit heures, il a fini d'appeler les entreprises figurant sur sa liste. Reste à espérer qu'un foreur aura aperçu quelque chose et voudra bien le rappeler. Il téléphone à Cupido pour savoir s'il a des nouvelles.

« Presque terminé ma liste, partenaire, mais rien de neuf. »

À dix-neuf heures, Griessel se produit sur scène en compagnie des autres membres des Roes ; il se perd un bon moment dans le plaisir de la musique et dans l'appréciation évidente du public.

À vingt heures, alors qu'ils prennent un peu de repos, il se rend compte qu'Arnold a laissé un message. Il le rappelle sur-le-champ.

Arnold répond : « Ouaip, on a touché le jackpot dans le registre de la population. »

Il communique le nom à Griessel.

Benny appelle Cupido : « C'est bien ce que nous craignions. »

73

Samedi 2 septembre.

Benny n'a pas bien dormi, il s'est retourné toute la nuit dans son lit en ruminant la nouvelle concernant les empreintes digitales, et toutes les conséquences désagréables qui en découlent.

Cupido et lui se sont mis d'accord la veille au soir : Benny appellera Mbali pour lui dire qu'ils désirent lui parler. Il lui avouera aussi qu'ils ont poursuivi l'enquête malgré ses instructions. Selon Vaughn, elle ne lui tombera pas dessus « comme une tonne de brique, car elle t'a à la bonne, partenaire ». Griessel sait que la flatterie est l'arme de manipulation préférée de son collègue.

Mbali va éclater. Il en est certain. Elle va éclater à tous points de vue.

Il l'appelle juste après huit heures pour dissocier la colère qui va suivre de celle que provoquerait un réveil au petit matin.

« On peut venir vous voir, colonel ? »

Elle reste silencieuse pendant de longues secondes. « Je pensais que vous preniez une pause, Benny. » Sa voix est tranchante, comme si elle soupçonnait qu'il se tramait quelque chose.

« Colonel, un truc important est survenu. »

Nouveau silence. « Venez me voir au bureau. Dans une heure. »

La veille au soir, Daniel Darret a envoyé un courriel à Vula. Le théâtre des opérations recommandé n'est pas parfait, mais il peut tenter le coup.

La réponse arrive le matin.

C'est une très bonne nouvelle. Allez-y. Nos pensées vous accompagnent.

Quand il quitte le studio avec le sac à dos de Lonnie contenant une bonne partie du cash qui lui reste et le pistolet, il s'assure pendant deux heures qu'il n'est pas suivi. Il utilise toute sa connaissance de la ville, d'abord dans les rues et les ruelles du Marais, puis dans le réseau du métro, et finalement dans le quartier de Château-Rouge à l'ombre du Sacré-Cœur, où le visage pâle d'un éventuel agent russe serait plus facile à repérer.

Il n'y a pas la moindre trace de filature. Pour la première fois, il se sent détendu, le sentiment d'insécurité et de paranoïa parfaitement sous contrôle.

À la gare du Nord, il dépose le sac à dos dans une consigne. Puis, quand les magasins de la ville commencent à ouvrir leurs portes, il télécharge le logo de la société Dumez dans un cybercafé près de la gare. Il demande au gérant de l'imprimer en couleurs.

Il hèle un taxi et se rend dans un magasin de

vêtements de travail près du quartier de l'Horloge, où il fait monter le logo sur un badge de plastique.

À l'est de la station Bastille, il trouve un magasin spécialisé dans les vêtements de travail. Il s'y procure un gilet orange, de solides bottes de chantier, un bleu de travail, des gants et un casque de protection.

Il regagne le studio à pied et range ses achats. Puis il prend la Peugeot pour se rendre avenue Kléber.

La veille, il a noté que le seul endroit pour se garer tout en lui permettant d'observer le chantier se trouvait près du restaurant EXKI. Il fait patiemment sept fois le tour du quartier, jusqu'à ce qu'il trouve la place idoine pour observer le bâtiment dans les rétroviseurs central et latéraux.

Il y reste trois heures, jusqu'à ce que son cou et son corps se raidissent. Il en a vu assez pour savoir que ce qu'il a prévu sera difficile à réaliser. Mais pas impossible.

Il sent comme une vague tension lui monter dans le corps, celle de la phase ultime de l'attente.

Demain, ce sera plus dur.

Il se fait vieux.

Mbali Kaleni n'explose pas.

Benny ne lui rapporte que l'histoire des empreintes. Pas un mot sur les forages. Cupido et lui pensent que ce n'est pas le moment.

Le colonel écoute les raisons pour lesquelles ils n'ont pas suivi ses ordres, pourquoi ils ont agi illégalement pour vérifier ces empreintes dans le registre de la population. De même pour leur visite dans la maison l'avant-veille au soir.

Elle ne cille pas. Pas de protestation, pas de réaction outragée, pas de condamnation. Elle n'accorde même pas un regard aux documents que Cupido étale sur son bureau pendant que Benny expose les faits. Comme si elle se ratatinait encore plus dans son grand fauteuil sous la galerie de photos, dont le centre affiche désormais un emplacement vide.

Cela ne fait qu'aggraver le sentiment de culpabilité et de malaise des enquêteurs.

Lorsque Griessel en a fini, elle dit : « Je vous accompagne. » Elle ouvre le tiroir de son bureau, en sort un objet qu'elle glisse dans sa poche.

Le trajet vers Parklands, de l'autre côté de Table View, dure plus d'une demi-heure. Mbali est assise à l'arrière. Elle ne sort qu'une seule fois de son silence, au moment où ils quittent la N7. Elle s'adresse à Cupido : « J'aimerais que ce soit vous qui preniez la parole.

— Oui, colonel. »

Lorsqu'ils arrivent au complexe résidentiel d'Olive Park, à Folkestonestraat, Kaleni doit passer un bref appel pour qu'on ouvre le portail. Une conversation ultracourte, juste trois mots en xhosa.

Thandi Dikela ouvre la porte de sa maison. À la peur qu'ils lisent dans ses yeux, ils comprennent qu'elle sait pourquoi ils sont là, même si elle les accueille avec ferveur : « Dites-moi que vous les avez capturés. »

Griessel a emporté les documents dans sa mallette. Une fois assis autour de la table basse dans le grand living-room, il sort les dossiers, qu'il conserve pour l'instant sur ses genoux.

Elle jette un coup d'œil aux documents, secoue la tête d'un geste nerveux. Ses fines tresses africaines frémissent comme une forêt.

« Thandi, commence Cupido, ça a dû être terrible pour vous de trouver votre père ainsi, mardi après-midi. Nous ne pouvons que l'imaginer, le choc d'abord, puis le chagrin et tout ça. Dans ces conditions, chacun peut commettre des choses qu'il regrettera plus tard. Nous voulons donc dire que nous comprenons. Nous comprenons totalement. Mais aujourd'hui, nous avons besoin que vous soyez très honnête avec nous. »

Griessel note que son collègue s'efforce de parler avec douceur, soucieux de plaire à Kaleni.

« J'ai été totalement honnête », répond-elle, immobile, comme si la tension la paralysait. Elle ne regarde pas Cupido, mais seulement Kaleni.

« Nous pensons que vous avez fait une erreur mardi. Vous avez oublié d'effacer le bloc-notes, celui qui se trouvait dans le tiroir de son bureau, dont vous avez arraché une page pour écrire la lettre de suicide.

— Je n'ai jamais fait ça », affirme-t-elle sans conviction, par pur réflexe de défense.

« Nous avons trouvé vos empreintes sur le bloc-notes, dit Cupido.

— Non, non. J'ai dû le toucher à un autre moment.

— Nous ne le pensons pas. Nous avons aussi une empreinte partielle qui correspond à la vôtre, sur la lettre de suicide. Vous l'avez oubliée quand vous avez nettoyé la feuille et le stylo, après avoir imité l'écriture de votre père.

— Ce n'était pas moi. » Son ton monte dans les aigus. « Mbali, tu me connais. Dis-leur que ce n'est pas moi. Pourquoi aurais-je fait ça ? »

Kaleni la regarde, muette et frappée d'une grande fatigue.

« Nous y viendrons », dit Cupido en faisant un signe de tête à Benny.

Griessel dépose le premier document sur la table basse. « Voici le testament de votre père. Il a été rédigé en avril de l'année dernière. Il indique que votre mère héritera de la maison de Nuttallstraat, ainsi que des placements dans la société Alan Gray. »

Thandi regarde fixement le testament.

Benny dépose, l'un après l'autre, les trois documents suivants.

« Mais il a aussi pensé à vous, continue Cupido. Il avait souscrit trois assurances-vie. L'une pour Cebisa Jali qui faisait le ménage chez lui et dont il payait les études. Et ces deux-là pour vous, en tant que seule bénéficiaire. Vous auriez reçu un total de quatre millions et demi de rands... »

Thandi se met à pleurer. « Je ne l'ai jamais su. Je le jure, je ne l'ai jamais su. Mbali, s'il te plaît, il faut me croire. Je ne l'ai jamais su... »

Kaleni sort de sa poche les mouchoirs en papier qu'elle a pris dans son tiroir, juste avant qu'ils ne se mettent en route. Elle se dirige vers Thandi et les lui tend. La femme lève un regard suppliant. Mbali attend patiemment qu'elle prenne les mouchoirs et retourne s'asseoir.

« Le problème, reprend Cupido, c'est que ces trois

polices ont été souscrites juste après que votre père a écrit son testament. Ça veut dire qu'elles datent de seize mois seulement, et comportent toutes les trois une clause de suicide de vingt-quatre mois, ainsi qu'une clause de contestation. Elles ne seront donc pas versées. Nous pensons que vous le saviez…

— Non, non, non, vous vous trompez complètement, vous commettez une très grave erreur…

— Thandi, poursuit-il, nous avons vu des cas similaires. Des personnes en phase terminale de maladie qui veulent prendre des dispositions avant de se suicider, mais qui ne lisent pas les articles écrits en petits…

— Non ! » C'est un cri de désespoir et de chagrin, fort et strident, qui emplit la pièce. Qui semble la briser, au point qu'elle s'effondre sur son siège en sanglotant, la tête dans les mains, ses tresses couvrant son visage. « Tu me connais, Mbali…, parvient-elle à prononcer entre ses tremblements. Toi, mieux que quiconque… »

Ils la laissent pleurer. Les minutes passent. Elle finit par se calmer. Cupido reprend : « À notre avis, vous espériez que nous nous rendrions vite compte de la mauvaise imitation de l'écriture. Et que nous vous croirions quand vous avez affirmé qu'on l'avait tué en faisant croire au suicide. Le problème, c'est qu'il n'existe aucune preuve de maquillage. Rien du tout.

— On l'a tué.

— Chaque indice laisse à penser qu'il s'est tué tout seul. Je suis désolé, mais ce sont des faits précis. Avez-vous récupéré la douille, Thandi ? »

Elle réapparaît derrière sa barrière de cheveux. Sa voix s'est affermie, comme si elle cherchait à les convaincre par sa force de caractère. « Non. On l'a tué. Je sais qu'on l'a tué.

— Thandi, il s'est suicidé », dit enfin Mbali, avec beaucoup d'émotion.

« Non. » Elle fait un geste de la main, frustration et désespoir. « Il ne l'a pas fait.

— Nous comprenons…

— Vous ne comprenez pas. Vous ne comprenez rien. Vous… » À leur stupéfaction, elle se lève d'un bond, se précipite vers la fenêtre, les poings fermés, comme quelqu'un sur le point d'exploser. Elle se retourne. « C'est moi. J'ai écrit la fausse lettre. Je l'ai fait. C'était horrible, tellement horrible. Vous ne pouvez pas savoir comme c'était difficile. Mais je l'ai écrite.

— *Hayi*, Thandi, gémit Kaleni.

— Non, tu ne comprends pas…

— Alors, aide-nous à comprendre.

— D'accord. Je vais dire la vérité.

— J'apprécierais beaucoup », dit Kaleni.

Thandi s'approche, se poste devant eux. « La vérité, c'est que je n'ai rien ramassé. Je n'ai jamais vu la douille. Oui, j'ai fait un faux. J'ai écrit cette lettre. Je l'ai posée sur la table, juste à côté de mon père défunt. Je n'oublierai jamais cet instant. *Jamais*. J'ai nettoyé la feuille de papier et le stylo. Je tremblais. Je l'ai fait, parce que j'avais besoin que vous enquêtiez comme s'il s'agissait d'un meurtre. C'est pourtant ce que c'était. On l'a tué. Je suis entrée dans cette maison, dans la cuisine, et je l'ai vu. Assis de la sorte. Ce n'est pas normal. Les gens tombent quand ils se tirent une balle dans la tête. On l'a redressé. Ils l'ont tué, puis ils l'ont assis ainsi. Ce sont des gens dégoûtants, immondes.

— Qui ? demande Benny Griessel.

— Et pourquoi ? ajoute Cupido, nettement plus sceptique.

— Je vais vous le dire. Je vais tout vous raconter. »

74

Thandi a appelé son père samedi dernier, ainsi qu'elle le leur a déjà dit.

À son ton, elle a compris qu'il était démoralisé. Triste. Comme il l'avait été, jadis, lorsque ses compagnons de lutte l'avaient attaqué et avaient essayé de mettre sa réputation en cause pour avoir signé la déclaration contre la corruption et la captation de l'État. Elle lui a demandé ce qui n'allait pas. Non, tout va bien, a-t-il répondu. Elle lui a demandé ce qu'il faisait, il a parlé de ses activités dans son potager. Il fabriquait du compost. Puis il a changé de sujet, a cherché à savoir si elle avait un petit ami, comment se portait sa mère, si cela se passait bien pour elle au travail. Toutefois, elle sentait bien qu'il n'était pas lui-même.

Et puis, en fin de conversation, il a ajouté sans crier gare que, s'il lui arrivait quelque chose, elle devait appeler Mbali Kaleni. Il avait confiance en Mbali.

Ça l'a secouée, profondément bouleversée. Pourquoi disait-il ça ? Que se passait-il donc ? Il a perçu l'anxiété de sa fille. Il a essayé de minimiser ses propos, ce n'était qu'une blague. Elle a protesté encore et encore : il ne lui disait pas la vérité. Il s'est déclaré désolé, c'était une mauvaise plaisanterie, il voulait juste s'assurer qu'elle l'aimait toujours. Elle l'a grondé, il n'avait pas à lui jouer ce genre de tour.

Elle a réfléchi après cet appel. Elle a mis en parallèle ce ton démoralisé et cette référence à Mbali, et s'est convaincue que cela ne tournait pas rond. Elle l'a donc rappelé. On peut vérifier ces appels sur le journal de son portable, on verra que tout est vrai.

Il a paru de meilleure humeur lors de cette seconde conversation, lui expliquant que les restrictions d'eau l'ennuyaient. Comment faire pousser ses légumes sans disposer d'un réservoir d'eau de pluie ? Si elle voulait l'aider, elle le pouvait en lui procurant une citerne pour recueillir l'eau de pluie.

« Je n'ai pas été convaincue, dit-elle. Ça m'a tracassée. Finalement, j'ai sauté dans ma voiture et me suis rendue chez lui…

— C'était samedi après-midi ? demande Cupido.

— Oui.

— Continuez, je vous en prie. »

Quand son père lui a ouvert la porte, elle l'a trouvé brisé, elle avait visiblement eu raison de venir. Mais quand il l'a prise dans ses bras, il s'est cramponné à elle comme un homme qui se noie, elle s'est alors rendu compte qu'une chose grave s'était produite.

Menzi Dikela s'est mis à pleurer sur le pas de la porte.

« Vous vous imaginez l'effet que ça fait, de voir son père, un homme fort et merveilleux, ce héros, craquer et sangloter ? Vous vous imaginez ? Ça vous casse, *exactement ici.* » Thandi pose l'index sur son cœur et se remet à pleurer. « Et c'est encore pire quand il se met à raconter des choses horribles, vraiment horribles. »

Elle lutte pour regagner le contrôle de ses émotions, puis raconte comment ils sont allés s'asseoir sur le canapé, où elle a tenu les mains de son père. Il a dit : « Ils vont venir me tuer, Thandi. Ils ont tué Lonnie May, et ils vont venir me chercher. Très bientôt. »

Elle a conscience que les policiers veulent lui demander qui est Lonnie May, mais elle ne tient pas à être interrompue. Elle explique que Lonnie May était un des plus vieux camarades de son père. Ils ont travaillé ensemble pour le nouveau régime, d'abord dans les services secrets, puis pour la SSA, avant de prendre leur retraite. Elle a bien connu Lonnie. C'était un homme charmant, toujours malicieux, toujours occupé ; son surnom était Ubu, le Suricate.

« Comment est mort Lonnie May ? demande Griessel.

— Il est mort à l'aéroport vendredi dernier. Selon la version officielle, il a succombé à une attaque cardiaque. Mais mon père affirme qu'on l'a tué. On a laissé les Russes le tuer…

— Les Russes ? interroge Cupido, désormais très sceptique. Vous vous moquez de nous. »

Elle le fixe froidement. Une larme coule sur sa joue, sa voix est sur le point de se briser. Elle avance lentement vers sa chaise, s'assied à nouveau.

« Mon père a dit qu'il s'agissait d'une sorte de justice aveugle. Probablement parce que Lonnie le méritait, et que lui, mon père, le méritait encore plus. Car ils étaient des assassins. Ils avaient tué un homme. Un homme gentil. Un père de famille. Dans un train, en août. Mon père a tué un homme.

— Dans le train Rovos ? hasarde Cupido, ébahi.

— Oui, sur le Rovos Rail. Et ils l'ont tué pour protéger une entreprise encore plus terrible. »

Les larmes coulent à flots, le corps de Thandi est secoué de spasmes incontrôlables.

Mbali se lève et va lui poser une main sur l'épaule.

« Je suis désolée », murmure-t-elle.

Thandi hoche la tête entre deux sanglots.

« Je devrais peut-être nous préparer du thé », dit Kaleni.

Ils boivent leur thé en silence, les deux enquêteurs par courtoisie, car ils auraient préféré éviter l'interruption. Ils attendent patiemment que Thandi se remette et reprenne son récit.

Après que le rapport du Défenseur des droits sur la captation de l'État a fuité dans les médias, voici deux ans, son père a rejoint un groupe de seize éminents vétérans qui, lors d'une conférence de presse, ont appelé le président et ses collaborateurs à démissionner.

La réaction a été immédiate et très violente. Un réseau de corrompus, membres du gouvernement, du parti, d'agences de sécurité et même de la police, les a harcelés, isolés, accusés, menacés, rejetés, décriés. Pour Menzi et les quinze autres, ça a été une période amère et difficile.

Mais il y a eu une conséquence positive. D'autres anciens camarades, désabusés et profondément inquiets face à la kleptocratie croissante et à ses conséquences dévastatrices sur l'héritage de Mandela, les ont contactés. Petit à petit, sur une période d'un an environ, une organisation secrète a vu le jour. MK43. Quarante-trois anciens cadres d'Umkhonto we Sizwe. Certains étaient d'anciens ministres du gouvernement Mbeki, d'autres des membres du Parlement encore en activité. Mais la plupart étaient des vétérans retraités après une vie au service de l'État.

Ils ont examiné toutes les sorties de crise possibles pour éviter la déchéance de leur pays et de leur combat. Ils ont finalement décidé qu'il n'y avait qu'une seule solution.

Menzi Dikela et Lonnie May étaient étroitement impliqués dans le projet. Les quarante-trois se sont préparés pendant de longs mois. Ils ont tenu des rencontres et des réunions secrètes, parfois dans des lieux étranges : d'obscures réserves particulières, un petit village de vacances dans le Sederberg, un hôtel de troisième catégorie, isolé, sur la Côte sauvage. Jamais les quarante-trois à la fois, toujours en comités restreints. Menzi Dikela gérait leurs communications électroniques secrètes. Ils se sont fabriqué, entre autres, de fausses identités, avec les papiers correspondants, pour échapper à l'œil vigilant de la SSA. Car le risque d'être découverts était grand. Et cela aurait certainement abouti à leur mort.

C'est la tension de la clandestinité, du danger de mort en cas de trahison, qui a conduit Menzi et Lonnie à combiner une réunion capitale avec de courtes vacances dans un endroit luxueux. Une petite récompense après ces mois de stress, et leurs préparatifs sur le point d'aboutir. De toute façon, il leur fallait aller à Pretoria, le train Rovos était un cadre inhabituel, la SSA ne devait pas le surveiller. De surcroît, il était plus facile de parler de la finalisation du plan dans l'intimité de leurs cabines.

C'est à ce moment qu'ils ont commis une erreur.

« Papa a vu dans le wagon-restaurant un homme qui lui a semblé familier, mais il ne l'a pas remis. L'homme était jeune, accompagné d'une vieille dame, et mon père ne l'a pas considéré comme un risque. Il m'a raconté que Lonnie et lui avaient bu quelques verres de vin et, pour la première fois depuis des mois, ils étaient détendus, moins vigilants que d'habitude. Ils se sont dirigés vers leurs compartiments. Mon père est entré dans le sien, Lonnie est resté sur le pas de la porte. Ils discutaient, certains qu'il n'y avait personne d'autre, car ils étaient seuls à s'être engagés dans le couloir. Ils ont été négligents, juste un instant. Ils parlaient de leur grande solution pour combattre la captation de l'État. À un moment, mon père a bougé et il a vu l'homme repéré au wagon-restaurant, figé derrière Lonnie, l'oreille tendue. Il a compris, à voir son expression, que ce dernier avait tout entendu. L'homme s'est présenté, comme si de rien n'était. Il s'appelait Johnson, les connaissait l'un et l'autre depuis l'époque où il travaillait dans l'unité de protection des VIP comme garde du corps du ministre de la Sécurité. Il voulait simplement leur présenter ses respects. Il a pris de leurs nouvelles. Mais un certain malaise régnait pendant la conversation, a dit mon père. En dépit de ses efforts pour paraître détaché, il était évident que Johnson les avait écoutés.

« Quand Johnson les a quittés, mon père et Lonnie ont dû prendre une décision rapide. Ce n'était pas seulement l'opération qui était en jeu, mais la vie des quarante-trois camarades. Leur vie. *Tout*. Papa a donc pris son couteau, son canif à *biltong*, la seule arme qu'ils avaient à leur disposition. Ils ont suivi Johnson, l'ont vu entrer dans son compartiment et fermer la porte. Ils ne savaient pas s'il l'avait verrouillée. Ils ont attendu dans le couloir mais, d'autres passagers arrivant du wagon-restaurant, ils ont fait mine de s'éloigner. Ensuite ils sont revenus sur leurs pas, ont appuyé sur la poignée et la porte s'est ouverte. Leur tournant le dos, Johnson parlait avec animation sur son portable, répétant ce qu'il venait d'entendre. Il fallait agir très vite, et mon père lui a porté un coup de couteau. Il m'a dit qu'il était paniqué, désespéré, il a simplement… simplement… » Elle sanglote à nouveau, se cache le visage.

« Tu veux qu'on s'arrête un moment ? » demande Kaleni.

Elle secoue la tête. « Il l'a frappé de toutes ses forces. La lame s'est brisée, Lonnie a fermé la porte et a sauté sur Johnson lui aussi. »

Thandi raconte que Johnson s'est affaissé sur le lit, Menzi et Lonnie pesant sur lui. Aucun des deux n'a pensé qu'un coup unique derrière la tête serait fatal, ils voulaient s'en assurer, ils étaient prêts à lutter, à l'étrangler si nécessaire. Ce n'était plus nécessaire. Johnson gisait, inerte. Menzi a repris ses esprits le premier, il a fait en sorte de couper la conversation téléphonique commencée par Johnson.

Ils se sont levés. Les deux vieux messieurs tremblaient, en état de choc, débordés par le soudain accès de violence et sa conséquence fatale. Menzi a fébrilement retiré la batterie du téléphone qu'il a replacé dans la veste de Johnson. Lonnie a verrouillé la porte. Ils se sont assis sur le lit, à côté du cadavre. Lentement, ils ont retrouvé la raison, et ont analysé la situation à voix basse. Élaboré un plan. Plus tard, quand la voie ferrée s'écarterait de la N1, et que les chances de retrouver le corps seraient moindres, ils balanceraient Johnson par la fenêtre. En attendant Lonnie allait rester sur place, afin que la porte reste verrouillée de l'intérieur.

Menzi a jeté le manche de son couteau Okapi. Il a aperçu un ordinateur portable sur la tablette de chevet. Il l'a emporté pour vérifier si Johnson avait d'une façon ou d'une autre des contacts avec la SSA. On ne sait jamais, il était peut-être infiltré.

Aux petites heures du matin, en fournissant des efforts considérables, ils ont réussi à balancer Johnson par la fenêtre. Johnson n'était pas un homme léger.

Ils ont refait le lit et glissé la valise dessous, le plus loin possible.

« Ils ont terminé le voyage la peur au ventre, car ils ignoraient ce que Johnson avait pu raconter aux gens qu'il avait appelés. Ils étaient en proie à une vive inquiétude en arrivant, car à ce moment-là le personnel de Rovos savait que Johnson avait disparu. Mais il ne s'est rien passé. Mon père a pensé qu'ils s'en étaient tirés… jusqu'à ce que Lonnie soit tué. »

Elle prend une longue inspiration, comme si elle venait de déposer une lourde charge.

« Thandi, comment votre père pouvait-il être certain que Lonnie May a été assassiné ? demande Griessel. Qu'il ne s'agissait pas d'un accident cardiaque dû au stress ?

— Parce qu'on le lui a dit.

— Qui ?

— Un dénommé Zungu. Un homme grand, très grand, a dit mon père. Très dangereux. Il est venu le voir vendredi dernier. Avec deux autres membres de la SSA. Ils lui ont annoncé qu'ils avaient tué Lonnie. Avec un poison russe. Et qu'ils lui feraient subir un supplice terrible, inimaginable, s'il ne leur disait pas tout. »

75

Menzi Dikela ne leur a rien livré. Il a tout nié en bloc. Ils l'ont encouragé à réfléchir, à bien réfléchir, car ils allaient revenir.

Mbali demande à Thandi quel était le but de cette conjuration dont son père faisait partie.

Elle répond qu'elle ne peut pas le dire.

Parce qu'elle ne le sait pas ?

Non, parce que son père lui a confié que si elle le racontait à son tour, elle serait égalcment exécutée.

« Mais il t'a dit que tu pouvais me faire confiance, argumente Mbali Kaleni.

— Il m'a dit qu'avec cette information-là je ne pouvais me fier à personne. Je lui ai juré, je lui ai promis. Je ne le trahirai pas maintenant.

— Vous avez donc écrit une fausse lettre de suicide pour nous faire croire qu'il s'agissait d'un assassinat ? demande Cupido. Afin que nous capturions tous ces types ?

— Oui. Parce que je sais qu'il s'agit d'un assassinat. Je pense que mon père leur a raconté tout ce qu'ils voulaient savoir, quand ils sont revenus. Et puis, ils l'ont tué. Avec un autre poison russe. Mon père m'a dit que les Russes avaient mis au point des drogues qui ne laissent aucune trace dans le corps. C'est pourquoi la mort de Lonnie a pu passer pour une crise cardiaque.

— Mais vous n'avez jamais ramassé la douille?

— Je vous le jure.

— Et vous ne saviez rien de ces assurances-vie?

— Je savais qu'il les avait souscrites, puisqu'il m'en a parlé quand il a rédigé son testament. Mais j'ignorais qu'elles n'avaient plus cours en cas de suicide. Je ne l'ai jamais su.»

Ils retournent au bureau. Mbali Kaleni est assise à l'arrière. Lorsqu'ils reprennent la N7, elle dit : «Je ne sais pas quoi faire.»

Ils ne savent pas quoi lui répondre.

«Je ne suis pas impartiale. Dans cette affaire, je ne peux pas faire confiance à mon propre jugement.»

Griessel et Cupido ne lui répondent toujours pas.

«Elle est intervenue dans la scène du crime. Elle a fait obstruction à la justice. Que nous croyions à sa motivation ou non.

— Colonel, dit Cupido, un bon avocat peut plaider qu'elle agissait sous l'effet d'un stress majeur. Ces gens qui captent l'État ont volé tellement d'argent, je ne pense pas que nous devions en dépenser plus dans une affaire où une femme a écrit une lettre de suicide à la place de son père qui s'est probablement suicidé.

— Vous ne croyez pas à l'hypothèse de la drogue russe? demande Mbali.

— Non, colonel.

— Moi non plus, dit Griessel. Sinon, le professeur Pagel aurait trouvé quelque chose. C'est un homme très intelligent.

— Donc nous ne faisons rien ?

— Il n'y a rien que nous puissions faire. Pour le moment », dit Cupido en mettant l'accent sur la dernière phrase. Il regarde Griessel.

Benny a compris. Vaughn ne tient pas à ce qu'il parle des forages.

« Il me semble que vous ne me dites pas tout.

— Si nous trouvons autre chose, colonel, nous vous informerons », assure Griessel.

Dans le rétroviseur, Cupido voit Mbali croiser les bras sur sa poitrine. Signe qu'elle n'est pas contente. Mais elle ne dit rien.

Griessel sort la bague du tiroir de son bureau, qu'il garde fermé à clé.

Il ouvre l'écrin, regarde l'objet.

Demain soir, il demandera la main d'Alexa. Et il lui présentera cette bague. Elle lui semble si petite, si modeste.

Il ne pouvait pas mettre plus.

Il la fourre dans sa poche et sort.

Cupido l'entend passer dans le couloir. « Attends-moi, Benny, je sors avec toi. Comment s'est passée la fiesta hier soir ? »

Griessel raconte que c'était bien jusqu'au moment où il a rappelé Arnold. Après, il a eu du mal à se concentrer. Dans le parking en sous-sol, Vaughn chuchote : « Partenaire, essayons de voir si cette histoire de forage donne quelque chose. Que l'univers nous montre la voie.

— D'accord. »

En montant dans sa voiture, Griessel s'interroge. Que peuvent-ils vraiment faire ?

En roulant vers la maison d'Alexa sur le flanc de la Tête de Lion, il se demande où il va cacher la bague pour la nuit. Le pire serait qu'elle soit découverte avant demain. Il n'est pas encore certain d'avoir le courage de faire sa demande. Il ressent une peur au plus profond de lui. Comme un ultimatum concernant toute sa vie à venir. La pression de la date limite. Ça passe ou ça casse.

Est-ce qu'il ne devrait pas renoncer ?

Daniel se trouve sur le pont de la Tournelle alors que le soleil descend sur Notre-Dame. À l'ouest, l'horizon est rouge sang.

Sa proie se trouve quelque part dans cette ville. Peut-être le président prend-il part à un cocktail agréable, riant de bon cœur et discutant avec des membres du gouvernement français, des compatriotes ou le personnel de l'ambassade. C'est le dernier coucher de soleil du chef de l'État, son dernier soir. Demain, il sera mis à mort par un ancien camarade.

Au nom de la Lutte.

Il a presque bouclé les préparatifs. Il a étudié les prévisions météorologiques, afin de savoir à quelle vitesse et dans quelle direction soufflera le vent. Il a mesuré les distances de son mieux. Il a acheté dans l'après-midi une légère échelle en aluminium et toute une collection de détergents.

Ce soir il ira manger au BigLove Caffè, rue Debelleyme. L'endroit lui a fait bonne impression quand il est passé à pied ce matin, avec le jambon et les saucisses accrochés derrière la vitre. Agréable, amical et convivial. Se retrouver parmi des gens rieurs, bavards, heureux.

Peut-être est-ce son dernier repas.

Ensuite il ira nettoyer son fusil une dernière fois.

Il s'attarde sur le pont jusqu'à ce que le soleil disparaisse.

76

Dimanche 3 septembre.

Le jour zéro.
Pour Benny Griessel.
Et pour Daniel Darret.

Il n'est pas quatre heures, ce matin, quand Daniel se réveille. Son insomnie est alimentée par la tâche à venir.

Il se force à réprimer son impulsion, qui est de se lever pour aller marcher le long de la Seine. C'est ce qu'il faisait, jadis, avant toute opération de nettoyage. Il marchait pour se calmer, pour se vider le crâne, pour se concentrer. Tête baissée, sur des kilomètres. Pour aborder l'assassinat dans le contexte d'une guerre, un élément de la Lutte. Pour faire monter en puissance une sorte de colère, mais surtout pour visualiser son plan, chacun de ses pas, chaque risque potentiel. Évaluer tout ce qui peut survenir, élaborer une stratégie de contournement. Et enfin toutes les pistes pour s'échapper.

Mais cette fois-ci, il ne se lève pas, car il sait que la journée sera longue, il n'est plus le jeune homme d'il y a trois décennies. Il doit épargner ses forces.

C'est pourquoi il s'adonne à des exercices mentaux. La préparation, le trajet à pied avec l'échelle et le fusil, le franchissement du mur, l'escalade de l'échafaudage par l'escalier provisoire, le choix du meilleur point de vue. L'attente. La bonne position, le suivi du président quand il sortira de la voiture. Regarder entre les feuilles, attendre, attendre avec patience jusqu'à l'instant fatal, ces deux mètres bien dégagés entre la dernière marche et la porte de l'hôtel, deux secondes, trois peut-être si le vieil homme a perdu de sa souplesse. Appuyer sur la détente. Puis ressortir par le même chemin, il n'y en a qu'un, pour entrer comme pour sortir.

Il repasse l'itinéraire cent fois dans sa tête, jusqu'à ce qu'il entende le bruit de la circulation, Paris qui s'éveille, et se lève enfin pour faire du café.

Donovan vient les réveiller.

C'est toujours désagréable pour Cupido. Il est couché dans le lit de Desiree Coetzee le dimanche matin, et voilà le gamin qui se ramène. Tous les week-ends c'est la même chose, l'enfant vient les embêter tôt, comme s'il était jaloux que l'attention de sa mère se porte sur un autre homme. Ou s'il préférait la présence de son père biologique. Ou simplement ne pas savoir Vaughn sous la couette.

Aujourd'hui, c'est : « Maman, on peut faire des *crumpets* ? » Et Desiree qui se met à râler, car elle aurait voulu dormir plus longtemps. Et Cupido qui ne dit rien et qui regarde Donovan. Et se demande ce qu'il devrait faire de plus pour normaliser la situation.

« Oui, mon chéri.

— Alors, il faut te lever, maman.

— J'arrive. Va préparer les ingrédients. »

Donovan met du temps à quitter la pièce, mais il s'y résout en fin de compte.

Desiree bouge son joli corps chaud sous la couette d'hiver et se colle contre Cupido, l'embrasse dans le cou. « Juste encore un petit câlin avec mon petit ami… »

Il déplace son bras pour le poser sur le dos de Desiree et la presse contre lui.

« C'est bon, tu trouves pas ?

— Très bon.

— Tu es bon.

— Tu es encore meilleure.

— Tu es le meilleur.

— C'est vrai, ça. »

Elle rit. L'embrasse à nouveau, derrière l'oreille.

« Reste au lit. Je vais faire les *crumpets*, dit-il, et améliorer les relations avec Donnie.

— On ne peut pas fabriquer des *crumpets* pour sauver sa vie.

— C'est dur ! »

Il se lève, se dirige vers la salle de bains pour uriner. Et pour se peser en douce sur la balance de Desiree.

Il a perdu un kilo. Il serre le poing. Une petite victoire.

Le dimanche, Alexa Barnard et Benny Griessel écoutent de la musique.

Il va d'abord acheter les journaux et du pain tout chaud. Il sait qu'à son retour il entendra Aretha Franklin, Shirley Bassey, Joan Baez ou Janis Joplin.

Vu la fraîcheur du début de printemps, il va remettre le feu en route et s'assurer qu'il donne bien.

Ils vont faire griller du pain, lui se préparera du café, elle du *rooibos-chaï**. Ils disposeront sur la table les tranches de fromage, la confiture et le beurre, les assiettes et les couverts.

Ils mangeront pendant qu'elle prendra des journaux un par un. Parfois elle lui lit des passages à haute voix – surtout quand le nom de Benny ou des Hawks apparaît –, mais il n'a vraiment pas envie d'entendre parler de meurtres, d'homicides involontaires, de politicailleries et de captation de l'État. Il veut simplement profiter de la chaleur.

Parfois, selon la musique, elle se met à chanter dans le salon avec sa voix de velours. Elle s'abandonne à ses refrains favoris. Il sourit alors avec satisfaction, car elle est sacrément talentueuse.

« Ça me fait très plaisir, pour ce soir, dit-elle en refermant le dernier journal.

— À moi aussi », ment-il.

Il a glissé la bague dans la poche de sa veste. Son tout premier geste, ce matin, a été d'aller tâter la poche au fond de son armoire, pour vérifier qu'elle était toujours là.

Seigneur.

Le jour zéro.

De : vula@protonmail.com

Objet : Prêt ?

À : inhlanhla@protonmail.com

Cher Inhlanhla

Merci de confirmer que vous êtes fin prêt.

Vula

Le mail arrive juste avant neuf heures.

Il répond : *Oui. Fin prêt.*

Le ton de leurs échanges n'est plus aussi léger qu'au début. Pour les gens là-bas, la tension doit être insoutenable. Il se sent mieux.

Jusqu'à dix heures, il cherche à se détendre dans le studio. Ensuite, il n'y tient plus. Il se dirige vers le fleuve et longe la rive droite d'un pas délibérément lent. Il observe les promeneurs, les joggeurs et les cyclistes, les gens assis, les fumeurs, les flâneurs et le trafic des bateaux.

Mais ses pensées reviennent sans cesse à ces deux ou trois secondes entre les marches et la porte d'entrée.

L'appel survient à 16h09.

Griessel se trouve avec Alexa au Pick n Pay du Waterfront. Elle se promène entre les rayons, sa liste en main. Lui pousse le caddie. Elle achète tout ce dont elle a besoin pour les repas du soir de la semaine à venir : soupe poulet-brocolis, spaghettis bolognaise, poisson pané, petits pois, purée de pommes de terre et curry du vendredi. Rien pour le jeudi soir, car ils se rendent aux réunions des Alcooliques anonymes et se contentent de réchauffer au micro-ondes des plats préparés de chez Woolworth.

Au rayon des pâtes alimentaires, son portable se met à sonner. Il ne reconnaît pas le numéro affiché.

« Benny, répond-il.

— Je cherche le capitaine des Hawks, dit une voix rude d'homme avec un accent du Namakwaland.

— C'est moi. Benny Griessel.

— Moi, c'est Herman. Des Forages du Swartland. Vous cherchez un coin avec un X5 noir. » Ce n'est pas une question, mais une affirmation.

« C'est exact.

— *Ja*, écoutez, on a foré toute la semaine du côté de Clanwilliam, on n'avait pas de signal, je viens seulement d'avoir le message.

— Je comprends. »

Alexa s'approche, un paquet de spaghettis à la main. Griessel occupe le milieu du passage, entièrement concentré sur la conversation téléphonique.

« On a fini mardi soir du côté de Philadelphia, sur l'ancienne route de Malmesbury. C'était un petit ranch, ou plutôt un grand enclos, difficile à dire, j'ai reniflé du louche, faut bien me comprendre, ce n'est pas du racisme, mais j'ai reniflé du louche. Je veux dire, s'il y en avait eu au moins un qui avait l'air d'un agriculteur, mais ils étaient trois, trois mecs renfrognés qui n'avaient pas envie de causer, vous comprenez ?

— Je comprends.

— Des Noirs.

— Je vois.

— Et puis cette BMW. Une BMW noire. Y a pas à tortiller, vous aussi vous auriez reniflé du louche. L'endroit n'est pas bien entretenu, rien n'a l'air de s'y passer. Mais cette voiture luxueuse et ces trois renfrognés, on n'avait pas envie d'aller leur demander de l'eau. Sont restés toute la matinée, puis ils sont partis, enfin ils sont rentrés dans la maison, rideaux tirés. Qui n'aurait pas reniflé du louche, hein ? C'est sûrement la bande des voleurs de transistors, hein, j'ai raison, dites-moi que j'ai raison ? »

77

À l'appel de Griessel, Cupido s'exclame : « Tu viens avec moi, partenaire ?

— Oui. »

Un bref silence souligne la stupéfaction de Vaughn. « Allons cravater ces ordures qui dévoient l'État », clame-t-il d'une voix plus forte que nécessaire, ce qui laisse à penser que le jeune Donovan est certainement dans les environs. Voilà ce qui motive Vaughn.

Ils se mettent d'accord pour se retrouver devant l'église de Philadelphia, et pour rouler de concert à partir de là. Vers les dix-sept heures, autant que possible.

Nous pouvons confirmer que votre cible se trouvera à la résidence de l'ambassadeur d'Afrique du Sud, rue Cimarosa, de 16.00 à 18.00. Elle se rendra de là à l'hôtel Raphael, 17 avenue Kléber. Nous savons de source sûre que cela interviendra entre 18.00 et 18.30. Il restera à l'hôtel jusqu'à son départ pour l'aéroport.

Daniel a mémorisé cet e-mail, car le calcul du temps

est un facteur majeur du succès. S'il arrive trop tôt, il court le risque qu'un gardien le découvre au cours d'une ronde. S'il arrive trop tard, il sera trop pressé et commettra des erreurs de jugement. Ou bien manquera complètement sa proie.

C'est pourquoi il a rangé et nettoyé, tout préparé avant de prendre une douche à seize heures. Il enfile les vêtements de travail. Il porte d'abord son sac à la Peugeot. Puis il remonte chercher la tente qui cache le fusil.

Avant seize heures trente, il s'arrête à l'Éléphant bleu, avenue de la Porte-de-Clichy, une station d'essence et de lavage sous le périphérique.

Il va tout sortir de la voiture, passer soigneusement l'aspirateur sur les coussins et les tapis de sol, avant de nettoyer l'intérieur de l'habitacle avec les produits détergents. L'idée est de faire disparaître, dans la mesure du possible, toute trace d'ADN, et d'effacer ses empreintes digitales.

Puis il va replacer le matériel de camping, l'échelle et le sac de tente avec le fusil. Il enfilera les gants de travail, afin de ne laisser aucune empreinte. Et il démarrera.

En direction de l'avenue Kléber.

Quand Griessel arrive devant l'église, Cupido est appuyé contre le capot de sa voiture, les bras croisés. Il a revêtu son pardessus d'hiver, celui qui lui descend aux genoux et le fait ressembler à Batman quand il marche, avec les pans qui voltigent. Il sait que ça lui donne une silhouette impressionnante. Il appelle cet équipement « le Hawk d'hiver ».

Griessel sort et avance vers son collègue. Il lui pose la question dont la réponse lui échappe depuis une heure : « Pourquoi sommes-nous ici, Vaughn ?

— Eh bien, Benny, dit Vaughn en se redressant, nous sommes capitaines chez les Hawks. Des officiers d'élite chargés d'appliquer la loi. Nous allons donc appliquer la loi. À la façon des élites. Des biens ont été volés. Nous avons des raisons de croire que ces types ont volé le matériel informatique de Menzi Dikela, et cela sur la scène d'un crime. Ils vont nous dire qu'ils sont des représentants officiels, et nous répondrons : cool, les gars, mais où est votre mandat de perquisition ? Ça s'appelle interférence sur une scène de crime. Ça s'appelle obstruction à la justice. Plus conduite de véhicule avec de fausses plaques d'immatriculation sur des routes nationales et provinciales. Et ça, *pappie*, c'est une preuve solide que vous êtes, individuellement et collectivement, une bande de salopards. Je continue ?

— Et notre stratégie ?

— Partenaire, je sais et tu sais bien qu'on n'ira pas loin avec les éléments dont on dispose. Mais j'ai vu assez de ces trouducs pour savoir qu'ils se sentent autorisés à tout faire, qu'ils sont arrogants et persuadés d'être l'incarnation même de la loi. Je vais te montrer le Vaughn, avec un grand V, que tu as toujours voulu voir. Je vais me foutre d'eux, je vais les énerver, les provoquer. Et là, quand ils réagiront – car ils vont réagir, je te le garantis –, je vais les choper pour tentative d'agression sur un membre des Hawks. Et on va voir où ça nous mènera. Peut-être qu'on va réussir à impliquer les médias, à mettre le bordel, à entailler l'armure de cette brigade de la captation de l'État. Parce que nous sommes les types bien, et que nous ne sommes pas restés inactifs. C'est tout ce que j'ai à offrir, et si tu me dis : mon petit Vaughn, tu es fou dans ta tête, viens, rentrons à la maison, alors mon tribunal personnel prendra sérieusement ta remarque en considération.

— Mon petit Vaughn ? »

Cupido sourit. « Suis-moi ou ne me suis pas. C'est juste une idée. Histoire de montrer au monde que je sais pratiquer aussi l'humilité et l'autodérision.

— Les médias, afin que le Donovan de Desiree sache que son futur beau-père s'est battu contre la captation de l'État.

— En quelque sorte. »

Griessel regarde les champs de blé dans le lointain. Il secoue la tête, comme s'il ne croyait pas ce qu'il allait dire.

« Viens, mon petit Vaughn, on va foutre en l'air notre carrière individuelle et collective.

— Ça, c'est mon pote ! »

Puis, agitant l'index en direction de Griessel, il ajoute : « Ne crois pas que j'ignore pourquoi tu te prépares à commettre ton suicide professionnel. Tu cherches une excuse. Benny-J'ai-Les-Foies, le fiancé à reculons. »

À 17 h 23, ils franchissent l'entrée du ranch.

Une pancarte délavée, presque illisible, indique le nom de l'exploitation : *Kleingeluk*. « Petit bonheur ».

Un chemin de terre défoncé se faufile entre les enclos à l'abandon. Les clôtures en fil de fer sont affaissées, et même détruites par endroits, et l'éolienne a perdu ses quatre ailes. Au bout, le bâtiment de ferme, datant des années 1960, sans intérêt, avec un toit en zinc.

Le X5 est garé sous un auvent. Les fausses plaques d'immatriculation n'ont pas été changées.

Le tuyau raccordé au forage, couvert de la boue pleine de calcaire de De Hoek et d'autres fragments de roche, traîne dans un petit ruisseau séché entre la BMW et la maison.

« Je prends la porte de devant, tu prends celle de derrière ? demande Cupido tandis qu'ils s'arrêtent à quelques mètres de la bâtisse.

— OK. »

Il sort son Z88 de service de son étui de ceinture. Il descend de voiture et se met à courir, sans quitter les fenêtres des yeux. Si le X5 est ici, c'est que les types sont à l'intérieur.

Cupido, son Glock à la main, avance vers l'entrée.

Griessel disparaît derrière le coin de la maison.

Daniel Darret a de la chance : à 17 h 26, il trouve à se garer rue Lauriston.

Cela signifie qu'il a dix minutes d'avance, il peut en profiter pour regarder ses mails. Il enlève ses gants.

Aucune nouvelle de Vula. Donc pas de changement dans le programme du président.

Il éteint le portable, enlève la carte SIM. Il passe un chiffon avec du détergent sur l'un et sur l'autre. Il remet ses gants, sort de la voiture et va jeter le tout dans une poubelle. Il regagne la Peugeot, allume le dernier portable et le glisse dans la poche supérieure de son bleu de travail.

Il s'assied et attend que l'horloge du tableau de bord indique 17 h 40.

Cupido doit frapper vigoureusement, quatre fois, à la porte.

« Allez-vous-en, crie finalement une voix grave et autoritaire.

— Je suis le capitaine Vaughn Cupido des Hawks, j'enquête sur un assassinat et je vous ordonne d'ouvrir. » Il se tient à côté de la porte, le pistolet tendu.

« Foutez le camp.

— Je vais donc devoir défoncer la porte, monsieur. »

Un juron. La porte s'ouvre. Cupido franchit le seuil et braque son pistolet sur la tête de l'homme.

Il est massif. Pas loin de deux mètres, obèse, le ventre débordant du pantalon, la chemise bleu ciel, qui a dû coûter une blinde, entrouverte à la hauteur du nombril. Le visage exprime l'insolence et le dédain.

Un dénommé Zungu. Un homme grand, très grand, a dit mon père. Très dangereux.

« Hello Zungu, joli petit lot sexy.

— Foutez le camp », répète Zungu, visiblement stupéfait que Vaughn connaisse son nom.

Cupido presse son pistolet sur le ventre impressionnant et force son passage à l'intérieur. « Ça ne va pas se passer comme ça, tas de graisse. »

Zungu recule d'un pas et éructe, postillonnant de colère : « Tu te prends pour qui, bordel ?

— Tu es stupide ou tu es sourd ? J'ai dit que j'étais le capitaine Vaughn Cupido des Hawks. »

Zungu, dos au mur du hall, se met à crier : « Je suis le directeur adjoint de l'Agence de sécurité nationale. Je vous ordonne de poser cette arme *sur-le-champ*. Vous interférez dans une affaire d'État.

— Tu peux être l'adjoint de la reine des fées, gros lard, je m'en fous. Où sont tes deux amis ? Dis-leur de venir, les mains sur la tête. »

Une voix s'élève sur la gauche de Cupido. « Pose ton pistolet, imbécile, ou je te fais sauter la cervelle. »

Cupido lève la tête. Un autre agent, qui braque son arme sur lui. C'est un homme athlétique, contrairement à son corpulent collègue.

Daniel glisse son pistolet dans sa ceinture, sous son gilet de protection. Il laisse les clés sur le contact, sort et va ouvrir le coffre.

Il se coiffe du casque de chantier jaune. Il a attaché le sac de tente à l'échelle, afin de n'avoir qu'un seul élément à porter. Il le sort, ferme le coffre et s'éloigne. Il laisse la Peugeot délibérément déverrouillée, il serait même content qu'on la vole. Il se dirige vers l'arc de triomphe.

Au coin de l'avenue de Presbourg, il tourne à droite.

Son cœur bat la chamade.

Le plus grand risque, c'est maintenant, quand il va à nouveau tourner à droite, dans l'avenue Kléber. Dix mètres le séparent de la clôture métallique, là où elle rejoint le mur du bâtiment en ravalement. C'est le seul endroit que les caméras de surveillance ne captent pas. Le seul où il peut dresser l'échelle et passer par-dessus.

Si quelqu'un le voit et donne l'alarme, l'affaire est fichue.

Il tourne.

Des ados insouciants sont adossés à la clôture.

78

Cupido baisse son Glock et Zungu le frappe à l'oreille, un coup terrible qui résonne dans sa tête, le fait vaciller, lui fait perdre tout contrôle de lui, libérant la frustration, la colère et la haine accumulées en lui. Il rebondit sur le mur, déterminé, brandissant son pistolet comme une matraque. Il touche Zungu sous l'œil, la peau se déchire, le sang gicle. Mais l'homme massif bouge à peine. Il attrape Cupido de ses grandes mains, les yeux injectés de sang. Il est lourd et lent. Vaughn esquive l'attaque et lui balance de toutes ses forces un coup de pied entre les jambes. Zungu pousse un cri étonnamment aigu et s'effondre, un mouvement d'une rapidité surprenante pour un homme de sa corpulence.

Le grand maigre athlétique pousse un cri de mise en garde, son pistolet visant Cupido. Vaughn plonge sous Zungu, passe son bras gauche sous le cou du géant. Une détonation retentit dans le petit espace ; la balle va se ficher dans le mur. Cupido roule sous Zungu pour s'en servir de bouclier. Il l'étrangle de son bras gauche et de sa main droite pointe son Glock sur l'Athlète. Il constate que l'homme est jeune, concentré, plein de vigueur.

« Bande de branleurs, vous êtes mous et lents, hurle Cupido. Maintenant, lâche ton arme ou je tire dans la petite tête de ce gros con.

— Je vais te tuer », dit l'Athlète avec gravité. Il s'approche pour mieux ajuster.

« Vous n'avez rien à faire par ici, dit Daniel. Allez jouer ailleurs. » Il espère que sa tenue de travail, le logo sur sa poitrine et sa voix autoritaire vont convaincre les ados.

Ils le toisent, du défi plein les yeux. Mais ils sont impressionnés par sa taille.

L'un d'eux jette sa cigarette derrière la clôture. « Venez », dit-il aux autres.

Ils s'éloignent d'un pas traînant, le regardent pardessus l'épaule.

Un autre murmure : « Va te faire enculer. »

Il laisse courir, il n'a pas de temps à perdre.

Il les suit des yeux jusqu'à ce qu'ils disparaissent au coin de la rue.

Il détache la tente de l'échelle, inspecte les alentours.

C'est maintenant ou jamais.

Il pose l'échelle contre la clôture, monte et laisse tomber la tente de l'autre côté. Doucement. Il ne tient pas à endommager la lunette télescopique.

Il enjambe la clôture, saute de l'autre côté. Tend la main pour récupérer l'échelle, la tire par-dessus la clôture. La pose à plat sur le sol en béton.

Il se plie en deux, essaie de reprendre son souffle et de réguler ses battements de cœur, les oreilles à l'affût, s'attendant à ce que quelqu'un donne l'alarme.

Griessel a repéré l'installation à côté de la porte de derrière – une parabole pour satellite et des câbles qui passent par la fenêtre vers un réduit à l'intérieur de la maison.

La porte n'était pas verrouillée. Il a localisé le troisième agent de la SSA, celui qui porte un bouc taillé avec application, occupé à préparer trois mugs de café dans la cuisine, dos à la porte. Benny essaie de l'ouvrir doucement, son Z88 dans l'autre main, mais le battant grince et craque. Le Bouc se retourne avec surprise.

Au même moment, on entend une invective à l'intérieur de la maison : « Tu te prends pour qui, bordel ? »

Griessel pointe son pistolet sur le Bouc, tout en posant un doigt sur ses lèvres.

L'homme lève lentement les mains en l'air.

Griessel tire les menottes de sa poche.

L'écrin contenant la bague tombe par terre.

Ils la regardent tous deux.

« Je suis le directeur adjoint de l'Agence de sécurité nationale », entendent-ils crier dans la maison. « Je vous ordonne de déposer cette arme *sur-le-champ*. Vous interférez dans une affaire d'État. »

Griessel presse son pistolet contre la tête de l'homme. « Les mains dans le dos. Tu es en état d'arrestation. »

Le Bouc, obéissant, ramène ses mains en arrière.

Pour garder son équilibre, il recule d'un pas et écrase l'écrin.

« Merde », dit Benny. Il se place contre l'homme pour le maintenir avec son épaule, menotte son poignet gauche, puis le droit. Il se penche pour ramasser l'écrin. Il est endommagé, mais la bague est indemne.

C'est un signe prémonitoire, songe-t-il. Il secoue rudement l'homme et le pousse d'une main ferme pour qu'il avance.

À l'intérieur, un tir éclate.

Daniel attend. Deux minutes. Trois.

Pas de cris, pas de sirène d'alarme.

Il se relève, prend la tente, et la fait basculer sur son épaule.

Le gardien se trouve de l'autre côté de l'échafaudage, près du tourniquet à l'entrée du chantier. La circulation autour de l'arc de triomphe est bruyante, mais Daniel veille à ce que ses lourdes bottes ne fassent pas de raffut sur les marches métalliques. Il doit se dépêcher. Il a pris du retard sur l'horaire.

Il grimpe l'escalier quatre à quatre. De plus en plus haut. Chaque fois qu'il arrive à un palier, il jette un coup d'œil au bureau du chantier. À chaque niveau, il regarde s'il y a une caméra.

Il arrête de monter. Il est arrivé au toit. Il regarde instinctivement en direction de l'hôtel Raphael.

Il va falloir opérer depuis le coin nord en se cachant derrière le parapet, un muret en brique de trente centimètres de haut. Ailleurs, il serait trop exposé, trop visible. Mais de là, la trajectoire vers l'entrée de l'hôtel n'est pas idéale.

Griessel pousse l'homme devant lui, et trouve les autres rassemblés dans la petite entrée. L'Athlète pointant son arme à feu sur Cupido, son collègue coincé sous un géant. C'est certainement Zungu, le grand, le dangereux Zungu.

Il n'a pas besoin de parler, il se contente de viser l'Athlète. L'homme soupire et baisse son arme.

L'Athlète dit : « Vous interférez dans une opération très, très importante de la SSA. Vous mourrez en prison…

— Non, dit le gros affalé sur Cupido, je vais les tuer moi-même. Lentement.

— Tu vas me tuer lentement avec ta putain de masse de graisse, grogne Cupido en se tortillant pour sortir de là-dessous.

— Pose cette arme par terre », dit Griessel à l'Athlète.

L'autre obéit, puis insiste : « Je vous le dis pour la dernière fois. Nous sommes des cadres supérieurs de la SSA. Nous sommes au stade crucial d'une opération vitale pour la sécurité nationale. Si vous ne nous relâchez pas *immédiatement*, vous allez la faire capoter. Ce sera de la haute trahison, vous irez en prison. Ma veste est dans la chambre à coucher, ma carte d'identité se trouve dans la poche intérieure. Avant de continuer, je vous enjoins d'y jeter un coup d'œil. *Maintenant.* » Sa voix se fait pressante, presque une supplique.

Cupido passe les menottes aux poignets de Zungu et se relève. Il garde son Glock pointé sur l'obèse. « Vous êtes en état d'arrestation pour avoir agressé un officier de police et pour l'utilisation d'un véhicule avec une fausse immatriculation. Ça nous fournit une raison suffisante pour perquisitionner ces lieux.

— Pour chercher quoi ? demande l'Athlète.

— Du matériel volé. Les ordinateurs de Menzi Dikela, par exemple. Et si nous les trouvons, nous aurons des preuves d'assassinat. Alors arrêtez vos conneries de haute trahison. »

La tirade réduit les trois agents de la SSA au silence.

Jusqu'à ce que l'Athlète insiste : « Le temps est compté. »

Et Zungu ajoute : « Il n'y a pas eu d'assassinat. Menzi s'est tué. Putain de traître. »

Dix-huit heures.

Daniel est à plat ventre sur le toit, derrière le parapet, les yeux collés aux jumelles.

Le CheyTac est posé à côté de lui, hors de vue. Ce serait trop dangereux de le pointer au-dessus du parapet, car certains bâtiments de l'autre côté de la rue comportent un étage de plus. Ce sont des bureaux, et on est dimanche, mais il ne peut pas courir le risque d'être aperçu avec le fusil.

Il doit donc attendre que la voiture présidentielle arrive, par le sud, avenue Kléber.

Il visualise ses mouvements – poser les jumelles, saisir le CheyTac, placer les deux pieds de stabilisation. Prendre position, attendre pour tirer. La douce pression sur la détente. D'une main qui tremble un peu.

Puis se lever, laisser le fusil sur place, gagner l'escalier, descendre en courant, relever l'échelle, grimper par-dessus la clôture. Se débarrasser du blouson, du casque et du portable. Descendre au plus vite dans le réseau du métropolitain.

Les secondes s'éternisent, le temps s'arrête.

79

Le visage de Zungu est en mauvais état. Le sang n'arrête pas de couler sur sa joue et son menton. Il dégoutte sur le tissu de la luxueuse chemise bleu ciel. Il est debout dans le couloir, les mains attachées dans le dos.

« Menzi était assis juste devant nous, et il s'est tiré une balle, déclare-t-il.

— Pourquoi ? veut savoir Griessel.

— Quelle heure est-il ? intervient l'Athlète.

— Pourquoi Menzi s'est-il tué ?

— Quelle heure est-il, bordel ? Répondez.

— 18 h 07.

— Nom de Dieu. Écoutez-moi. Vous allez foutre en l'air des mois de travail. Vous allez saboter sciemment une opération destinée à prévenir une tentative d'assassinat sur…

— Ne le leur dis pas, coupe Zungu.

— On n'a pas le choix. On n'a plus de temps.

— Pourquoi Menzi s'est-il tué ? reprend Griessel.

— Parce qu'il a une fille, répond Zungu.

— Vous avez menacé de vous en prendre à sa fille ?

— Quelque chose comme ça.

— Qu'est-ce que vous lui avez raconté ? demande Cupido. Que raconte-t-on sur sa fille à un homme pour qu'il se suicide ? Vous êtes des pervers, espèces d'ordures. »

Zungu renifle le sang qui coule de son nez.

« Il fallait qu'il nous livre les secrets de la conspiration, murmure l'Athlète, sur la défensive. Maintenant, s'il vous plaît, il faut qu'on règle ça tout de suite.

— Les secrets que Johnson avait surpris dans le train ? » risque Cupido.

Les trois agents échangent un regard mais parviennent à masquer leur consternation.

« Oui, admet l'Athlète.

— De quoi s'agit-il ? Nous n'allons pas vous libérer avant que vous nous ayez tout raconté.

— Le temps file », dit l'Athlète à Zungu, manifestement le leader du trio. « Raconte-leur. Ils en savent déjà la moitié de toute façon. Tu dois le leur dire *maintenant*. On ne peut pas perdre une seconde de plus. »

La pression, l'urgence, la lutte entre frustration et nécessité traversent le visage de Zungu, qui semble tiraillé entre des sentiments contradictoires.

« Bon Dieu, chef, s'il te plaît ! s'écrie l'Athlète. Dis-le-leur. Maintenant. »

Zungu aboie des phrases brèves, hachées, cryptiques ; le sang et la salive giclent, le ton est emporté, rapide et surtout chargé de mépris à leur égard, et envers les conjurés. Pendant ce temps, l'Athlète lui dit de faire vite, dépêche-toi, mais dépêche-toi.

Zungu explique que dans le train Johnson Johnson

a entendu le traître Lonnie May comploter avec quelqu'un pour faire assassiner l'honorable, le noble président de ce pays, le héros de la Lutte, l'enfant chéri de la nation. De sang-froid. Johnson a eu le temps de transmettre une partie de l'information à un collègue de l'unité de protection des VIP avant d'être assassiné de façon choquante. Le problème, c'est que Johnson n'a pas eu le temps de donner le nom de la seconde personne avant sa mort. L'unité VIP a contacté la SSA qui a recherché Lonnie May. Et l'a facilement retrouvé. Chez lui à Rondebosch, quelques jours plus tard, après son équipée en train. C'est ainsi qu'a commencé la filature, la mise sur écoute. La SSA a pénétré dans sa maison, l'a fouillée de fond en comble. Truffée de matériel d'écoute. Ça n'a rien donné, car Lonnie était malin. Et prudent. Il n'a jamais passé d'appels suspects sur son portable officiel, ni sur son ordinateur.

Ils auraient pu l'arrêter, l'interroger, mais alors les autres – la SSA se doutait qu'il devait y en avoir d'autres – auraient pris des mesures pour dissimuler ou détruire les traces de leurs manigances.

Le 22 août, Lonnie May a commis sa première erreur.

Un coup de fil à une agence de voyages pour réserver un vol vers Londres. Avec un faux passeport. Lonnie était dehors, sur la véranda de derrière. Il avait utilisé un téléphone jetable, mais il se trouvait dans le périmètre des micros de la SSA.

Ils ont obtenu les coordonnées de sa carte de crédit auprès de la compagnie aérienne et demandé de l'aide auprès de leurs bons camarades du SVR russe. Car les Russes sont présents en Angleterre et en Europe, ils avaient la capacité, les effectifs, la volonté et la technologie nécessaires pour filer Lonnie quand il serait à Londres, protégeant par la même occasion un cher ami de Poutine.

Le SVR a suivi Lonnie jusqu'à Bordeaux et identifié un Africain noir du nom de Daniel Darret comme la personne qu'il est allé rencontrer. Darret est une figure de l'ombre, avec un nom d'emprunt, un homme qui n'a ni amis ni histoire. Sans aucun doute un tueur à gages, un agent avec une bonne formation, car à l'occasion il a déstabilisé momentanément les agents du SVR. Ils ont suivi la piste de Darret jusqu'à un port français, puis il a disparu. Lonnie également. Mais la SSA et le SVR ont acquis cette quasi-certitude : le président allait être attaqué pendant sa visite en France. Annuler la visite ou demander une protection supplémentaire aux Français serait humiliant pour un chef d'État de sa stature.

Les Russes ont retrouvé la trace de Lonnie sur des images récoltées à Schiphol, et ils ont pu établir qu'il avait pris un vol de la KLM. À son arrivée au Cap, le plan était de lui injecter une drogue. Substance obtenue par l'entremise de leurs « bons amis » et qui devait provoquer un malaise. La SSA avait dépêché une ambulance. Des agents devaient se faire passer pour des urgentistes. Ils projetaient de l'enlever pour l'interroger, car le temps commençait à manquer, il y avait urgence. Mais le cœur de Lonnie a lâché. Peut-être un caillot de sang à la suite du vol de plusieurs heures, ou alors la dose de stupéfiant était trop forte pour un vieil homme.

La chance, pour la SSA, est venue du portable de Lonnie dans la poche de sa veste ; il avait passé un coup de fil quelques minutes après l'atterrissage de l'avion.

Le numéro les a menés à une adresse. Nuttallstraat à Observatory. Le domicile de ce traître de Menzi Dikela.

Ils sont allés voir Menzi le vendredi. Lui ont dit qu'ils étaient au courant de tout. Ils ont fouillé sa maison à la recherche d'un portable, de preuves. N'ont rien trouvé. Menzi n'a pas arrêté de tout nier.

Lui, Zungu, était là. Il a remarqué à quel point Menzi était stressé. Qu'il n'était pas loin de craquer. Juste une question de temps. Mais il y avait aussi le risque d'une autre malencontreuse crise cardiaque. Du coup, ils se sont retirés. Provisoirement. Pour aller discuter l'affaire avec le directeur général de la SSA en personne. Une équipe est restée pour surveiller la maison de Menzi. Le directeur général leur a recommandé de procéder lentement. « Nous tenons Menzi. C'est un point de départ, un levier. Nous avons quelques jours pour manœuvrer. Nous voulons frapper un grand coup, débusquer toute la bande. Menzi est un chat échaudé, il va faire des sauts craintifs. Surveillons-le de près pendant un jour ou deux. Réfléchissons à la meilleure manière d'exploiter tout ça. »

La fille de Menzi est venue le voir cet après-midi-là. Ça leur a donné l'idée. Ils avaient trouvé le talon d'Achille de Menzi. Le mardi matin, ils ont riposté. Avec des photos de Thandi, à son travail, chez elle. À l'intérieur de sa maison. Ça a ébranlé Menzi. Puis ils lui ont raconté ce qu'ils se proposaient de faire avec elle.

Alors Menzi s'est mis à parler. Il leur a tout raconté : Daniel Darret, le tueur à gages, la communication par e-mails, les téléphones dont Darret allait se servir. Quand ils ont saisi le matériel dans la cabane et ont été certains que Menzi leur avait tout révélé, ils lui ont dit : tu peux te tuer ou tu peux regarder comment on va punir Thandi sous tes yeux.

Menzi a choisi la sortie noble. Devant eux. C'était quelque chose à voir !

« Pourquoi as-tu ramassé la douille, idiot ? demande Cupido.

— Je ne l'ai pas ramassée. Je l'ai découverte dans la poche de ma veste. Une coïncidence. Elle a dû rebondir là.

— Et ensuite ? »

Le SVR, dit Zungu, était en bons termes avec Ditmir, un marchand d'armes amstellodamois, chez qui Darret devait acheter un fusil. Ils ont envoyé une équipe et planté un mouchard sur Darret. Il l'a découvert, mais il leur restait encore les numéros des portables que Menzi lui avait fournis. Ils pouvaient suivre chacun de ses mouvements. C'est ainsi qu'ils savent que cet homme, cet assassin, ce danger pour le président sud-africain et pour la démocratie, se trouve à cet instant allongé sur un toit de Paris, prêt à tirer sur le président. Les Russes ont un homme sur le toit d'un bâtiment juste en face, qui est en train d'observer Darret. Tout cela est visible de la salle des opérations, ici à l'arrière de la maison.

Voilà l'opération qui les occupe à ce moment même. Ils ont tendu un piège, ils vont capturer Darret. Les Russes sont prêts à intervenir. Les gardes du corps du président sont prêts. Tous attendent simplement de Zungu le feu vert permettant au président de quitter la résidence de l'ambassadeur pour se rendre à son hôtel. Le timing est crucial. Les Russes doivent tirer sur Darret juste avant que le président n'arrive à l'hôtel. Afin qu'il y ait des preuves manifestes du complot. Afin que le monde entier et le peuple d'Afrique du Sud puissent voir cela.

Cupido fronce les sourcils. « Qu'est-ce que le peuple d'Afrique du Sud doit voir ? Que ce président corrompu a failli se faire tuer ? Et pourquoi, merde ?

— Oh non, riposte Zungu, notre président n'est pas corrompu. Ce sont de fausses infos, des mensonges flagrants répandus par le capital monopolistique blanc. Le peuple d'Afrique du Sud constatera que le vice-président fait partie de la conspiration. Le corrompu, c'est le vice-président, en cheville avec le capital monopolistique blanc. Le vice-président est le chef de la conspiration…

— Des conneries ! s'écrie Cupido. Le vice-président est pratiquement le seul homme honnête du gouvernement.

— Non, et nous allons le montrer au grand jour. Il est l'homme qui tire les ficelles derrière Menzi Dikela et ses affidés. Il est derrière cet assassinat. Parce qu'il sait qu'il ne pourra pas prendre la tête du parti lors du congrès de décembre…

— Merde, s'écrie Cupido, vous projetez un coup monté contre le vice-président.

— Non, mon ami. Il est coupable. Le peuple va comprendre que notre président doit faire un mandat de plus, à tout prix. Pour stabiliser le pays, pour éradiquer les ennemis de la Lutte. C'est pourquoi vous devez nous libérer sur-le-champ. Pour nous aider à sauver l'Afrique du Sud. »

La tension chez Daniel Darret atteint son point de rupture à dix-huit heures trente, quand il n'y a toujours pas signe de la voiture présidentielle.

Il ôte ses gants à contrecœur et sort son portable de sa poche pour voir s'il y a un courriel.

Rien.

Il tape fiévreusement un message à Vula.

Des nouvelles ? Il est en retard ?

Toutes les trente secondes, il guette une réponse. Ça fait trop longtemps qu'il est ici, quelqu'un va apercevoir l'échelle en bas, ou lui sur le toit.

Mais il est de notoriété publique que ce président est toujours en retard.

Il va encore devoir attendre. Tout simplement, il va devoir attendre.

80

« Voyez-vous, nous aimerions bien sauver l'Afrique du Sud comme tout le monde, mais je ne vous crois pas. Vous pouvez prouver tout ça ? demande Cupido avec sincérité et compassion.

— Oui. Emmenez-moi à la salle des opérations, dit l'Athlète qui commence à filer dans le couloir.

— Benny, je reviens. »

Cupido suit l'Athlète. Griessel continue de pointer son arme sur Zungu et Bouc. Ils attendent.

Le téléphone de Griessel sonne. Il le prend de la main gauche.

Alexa. Il sait pourquoi elle appelle. Il est déjà dix-huit heures trente.

« Alexa, je te rappelle tout de suite…, répond-il sans quitter des yeux les deux agents.

— Benny, je suis désolée, je sais que tu travailles. Mais je voudrais simplement que tu me dises si tu seras à l'heure. Ça me fait tellement plaisir… »

Sa voix est emplie d'espoir. Soupçonne-t-elle quelque chose ? A-t-elle trouvé la bague dans la poche de sa veste ? Elle ne fouille jamais dans ses vêtements.

« Je… J'espère… Je serai là à l'heure.

— Merci, mon chéri, à tout de suite… »

La « salle des opérations » est une chambre à coucher de la ferme. Sur deux longues tables appuyées contre le mur se trouvent quatre ordinateurs, deux écrans de surveillance, des documents et quelques téléphones portables. Des câbles se tortillent comme de gros serpents et sortent par la fenêtre.

« Voilà, vous voyez, il est ici… » L'Athlète désigne un écran sur lequel s'inscrit l'image granuleuse du toit d'un immeuble européen, la petite silhouette d'un homme allongé.

« Ça pourrait être n'importe qui, mec. Où est la preuve ?

— Ici, regardez cet écran-là. Il vient d'envoyer un courriel. Voyez, il a écrit : "Des nouvelles ? Il est en retard ?" C'est lui. Il est inquiet. Il faut que vous nous libériez.

— Ce n'est pas une preuve suffisante.

— Qu'est-ce que vous attendez de moi ?

— Où sont les numéros de ces téléphones portables ? Ceux dont se sert ce type ?

— Ici, sur cette liste. Ceux qui sont barrés sont ceux dont il s'est déjà servi.

— Donc, celui-ci, c'est celui qu'il utilise actuellement ?

— Pourquoi ? »

Cupido sort son portable.

« Appelons-le.

— Non ! Vous êtes fou ?

— Attendez, voyons voir si le gars sur cet écran répond. Alors je serai sûr de sauver la vie de notre honorable président ainsi que tout le pays, et que tu n'es pas en train de me mener en bateau…

— Vous ne pouvez pas faire ça… »

L'Athlète voit Cupido composer le numéro. Il se précipite vers un des claviers. Il se contorsionne afin d'amener ses mains menottées à hauteur de sa hanche, appuie fébrilement sur une touche, puis sur une autre…

Tandis que l'appel international de Cupido met une éternité à passer.

« J'ai activé les Russes, crétin, espèce de connard, hurle l'Athlète. Ils vont le tuer immédiatement. »

Le téléphone sonne dans la main de Daniel Darret. Il reconnaît un numéro sud-africain et son cœur bat à tout rompre. C'est la nouvelle attendue, le président est en retard, ou bien il ne viendra pas. Il répond :

« Vula ?

— Tu ne me connais pas, mon frère. Mon nom est Vaughn Cupido. Je suis de ton côté. Tu es tombé dans un piège. Sors-toi de là. Tout de suite ! »

Il entend une autre voix, dans le fond, qui hurle : « Crétin, crétin… »

Il lève les yeux, cherchant à identifier le danger, repère une petite silhouette dans l'immeuble de bureaux de l'autre côté de la rue. Il voit le mouvement, l'action, un tireur qui ajuste un fusil.

Le temps s'arrête.

Il lâche le téléphone, saisit le CheyTac… Mais il

est trop tard, le tireur d'en face a de l'avance. Daniel roule derrière le parapet. Le projectile claque sur les tuiles juste derrière lui.

Il roule et roule encore vers la droite, se lève d'un bond et court vers l'escalier, oblique à gauche, à droite. Encore un tir. La balle érafle la manche de son blouson et claque sur le métal des marches. Il atteint l'escalier, il faut qu'il se mette hors champ. Il saute plusieurs degrés, heurte la balustrade, hors d'haleine, une douleur aiguë dans les côtes alors que son casque dévale les marches en faisant un bruit d'enfer.

Il entend des pas monter. Il se redresse, enlève ses gants, tire le pistolet de sa ceinture, se met debout. Il regarde à travers les jours de l'escalier en colimaçon. Deux hommes montent.

Il attend, accroupi.

Le premier émerge, aperçoit Daniel, lève un pistolet automatique.

Daniel lui tire dans la poitrine. L'homme tombe en arrière, glisse, puis s'arrête.

Le second s'esquive. Puis une main tenant un pistolet apparaît au coin de l'escalier. Un tir au jugé touche l'échafaudage derrière lui.

Debout, Daniel lève son arme, hors d'haleine, la cage thoracique en feu, submergé par la nécessité de sortir de là de toute urgence.

Il attend. La main apparaît à nouveau.

Daniel vise, tire. Un brouillard rouge, le pistolet qui cliquette en cascadant vers le bas. Daniel se précipite, trouve l'homme à terre, tenant sa main en miettes, jurant.

Daniel lui décoche un coup de pied dans le cou, descend à toute allure, ses bottes font du bruit. Encore un niveau, encore un niveau, il est presque en bas. De la main gauche il saisit le poteau pour utiliser son élan et sauter en direction de l'échelle, de la clôture.

Et voilà qu'il percute un homme gigantesque lancé en direction de l'escalier. Choc de deux grands corps. Daniel tombe sur le béton, essaie d'amortir sa chute, le pistolet lui échappe. Il se relève précipitamment.

C'est le grand ours russe dont lui a parlé Mamadou Ali, celui dont l'oreille gauche est déformée par un pansement, comme si un bout manquait. Celui qu'il a vu devant la maison d'Élodie Lecomte, puis à la fenêtre de Ditmir à Amsterdam. L'Ours se redresse lui aussi, lève une arme que Daniel reconnaît. C'est le massif RMB-93, un fusil à pompe apprécié des forces spéciales russes, six munitions de calibre 12 dans le magasin. Généralement chargé de balles double zéro. De quoi, à cette distance, arracher le cœur de Daniel.

Daniel plonge sur l'Ours à hauteur de taille et le percute avec son épaule. Durement. Le tir part comme un coup de tonnerre dans l'espace étroit entre l'échafaudage et la clôture métallique, les balles claquent et tintent au-dessus d'eux. Ils tombent. Les mains de Daniel sont sur l'arme, il la tourne et tire pour l'arracher au Russe.

L'Ours est fort, il s'agrippe, donne des coups de genou, cogne les côtes endolories de Daniel dont la prise se relâche, puis se raffermit. L'Ours frappe à nouveau, la douleur augmente. Daniel donne un coup de tête, touche l'adversaire au nez, le cartilage se fend. Ils poussent tous deux des beuglements, ils hurlent, se battent pour la possession de l'arme. Daniel tente à nouveau de cogner avec la tête. Mais le Russe est sur ses gardes, c'est manqué.

L'Ours bloque, pousse et roule, d'avant en arrière pour se débarrasser de Daniel. Chaque fois avec un peu plus de succès.

Daniel sait que le Russe est plus jeune que lui. Plus grand, plus fort. À un moment ou un autre, il libérera son arme. Et il tirera.

C'est pourquoi il essaie de toutes ses forces de neutraliser les mouvements de l'adversaire. Il cherche et trouve le pontet, son doigt recouvre celui du Russe, et il appuie sur la détente.

Les coups de feu partent l'un après l'autre. Une balle touche Daniel à l'épaule gauche, le Russe à l'épaule droite. Daniel sait que sa seule chance est de continuer à appuyer sur la détente et il compte les coups jusqu'au dernier, malgré le bruit assourdissant. Il lâche alors l'homme, le repousse avec violence, conscient que son épaule saigne, et profite de cet élan pour se relever. Il aperçoit son pistolet, trop loin. Mais l'échelle en aluminium qu'il a laissée là est à portée de main. Il la soulève. L'Ours se redresse, du sang sur la figure, du sang sur l'épaule, il laisse tomber le pistolet automatique et se précipite. Daniel propulse le haut de l'échelle dans la figure de l'homme. Le Russe esquive, agrippe l'échelle de ses énormes mains. Daniel lui donne un coup de pied d'une violence terrifiante, le bout métallique de la botte de travail se fracasse contre son genou.

L'Ours rugit, sa jambe se dérobe. Daniel pousse l'échelle vers l'avant, le Russe perd l'équilibre, tombe en arrière.

Daniel lâche l'échelle, franchit en courant les cinq pas qui le séparent de son pistolet, s'en saisit et pivote.

Le Russe a repoussé l'échelle, il s'apprête à se relever mais son genou cède.

« Ça, c'est pour Élodie Lecomte », dit Daniel en lui tirant entre les yeux.

Il glisse le pistolet dans sa ceinture, reprend l'échelle.

Des sirènes retentissent. Il pose l'échelle contre le mur, grimpe.

De l'autre côté se trouvent quelques habitants du quartier aux yeux écarquillés, terrifiés par le combat qui s'est déroulé derrière le mur.

Daniel saute.

Et fonce.

Les sirènes se rapprochent. Il traverse la rue en courant, s'attendant à sentir la balle du sniper en haut de l'immeuble ; elle va le toucher dans le dos, pendant les dix mètres qu'il a encore à parcourir à découvert. Il slalome entre les badauds, s'il pouvait simplement atteindre la bouche de métro et descendre. Il se débarrasse de son blouson, le jette, il y est presque, presque.

81

Épilogue

Griessel a décidé d'attendre la fin du plat principal.

Ils sont assis à l'intérieur, près de l'agréable feu de cheminée. Ils boivent de l'eau pétillante. En entrée, ils ont dégusté du gnou fumé servi avec des *orecchiette*, des champignons sauvages, des graines de capucine et du parmesan.

« Benny, c'est divin, dit Alexa, quelle soirée merveilleuse.

— Je suis content.

— La journée a été difficile, mon enquêteur en chef ? Je vois bien que tu n'es pas dans ton assiette… »

Il sait alors qu'il ne peut pas attendre davantage. Il ne peut pas gâcher leur soirée avec son angoisse et ses nerfs qui flanchent, et il ne peut pas lui mentir, ici, maintenant.

Il prend une grande inspiration.

« Alexa, tu es l'amour de ma vie…

— Benny… »

Il remarque qu'elle a les yeux humides.

« S'il te plaît, il faut me laisser dire ce que j'ai à te dire. »

Il tend la main vers la sienne, note de l'inquiétude sur son visage. Elle serre la main de Benny.

« Vaughn et moi, nous nous sommes colletés aujourd'hui avec des membres de l'Agence de sécurité nationale. On a fait capoter une de leurs opérations, parce que nous croyions que c'était la seule chose juste à faire. C'est un tas de salopards corrompus. On en a menotté trois aux portières d'une BMW X5. Nous espérons qu'ils vont crever de froid cette nuit. Demain matin, en arrivant au travail, je vais me faire virer. J'en suis convaincu. Car Vaughn a pris une photo du trio enchaîné à la BMW. Il l'a envoyée aux journaux, afin de prouver au fils de sa petite amie qu'il n'est pas corrompu. Et pour que Mbali Kaleni ait une nouvelle photo pour combler un vide sur le mur de son bureau. J'ai dit à Vaughn que je le soutenais sur tous les points. Alexa, je vais chercher un autre boulot. Il y a des opportunités dans le secteur privé. Je te le promets, je vais trouver un autre…

— Benny, tu sais bien… » Elle serre sa main.

« Attends, Alexa, je n'ai pas fini. Je te le promets, je vais trouver du travail. Ce qu'il y a… » C'est l'instant où il faut qu'il sorte sans erreur le texte recommandé par Vaughn Cupido. « Tu es l'amour de ma vie, et je veux rester toujours avec toi… »

Il glisse la main à sa poche et en sort l'écrin. Il a essayé de le réparer avec un morceau d'adhésif trouvé dans sa mallette.

Il lâche la main d'Alexa, ouvre l'écrin. La petite bague scintille dans la douce lumière du restaurant Overture.

« Je serai très honoré, Alexa, si tu acceptes de m'épouser. » Et là, parce que l'écrin est cabossé et la bague minuscule, et que le visage d'Alexa fond, il sait ce qu'elle va répondre, car c'est son rêve, tel qu'il l'a toujours rêvé, et il ajoute : « S'il te plaît. »

Les larmes coulent sur les joues d'Alexa. Elle prend la main de Benny et dit avec une tendresse infinie : « Oui, Benny, j'accepte… »

Danicl Darret entre dans l'atelier. Le Génie est courbé devant son établi, concentré sur une jolie chaise ancienne.

« Bonjour, monsieur. »

Le vieil homme ne répond pas, se contente de fixer des yeux le bandage qui passe sous la manche du T-shirt et ressort sur l'épaule.

Il indique avec son ciseau l'endroit où s'entassent les planches, les copeaux et la sciure. Et dit : « Vite, vite. »

La tête de Lefèvre replonge et il se concentre de nouveau sur son ouvrage.

Daniel sourit, il va chercher le balai.

C'est alors qu'il aperçoit la table de ferme. Monsieur l'a terminée à sa place.

Elle est magnifique.

Glossaire

Aitsa : interjection marquant la surprise (« ça alors ! »).

Auntie : équivalent, pour les Sud-Africains s'exprimant en anglais, de *tannie*, « tante », avec une nuance de respect.

Ayoba : « chouette », « super », « extra ».

Banting : régime riche en protéines animales.

Biltong : petits morceaux de viande, de bœuf ou de gibier, séchée, que l'on détaille en fins copeaux.

Bliksem : « tonnerre ! ».

Bwana : « monsieur » (nuance de respect).

Dagga : cannabis.

Fok : équivalent de *fuck*.

Goedemorgen : « bonjour » (néerlandais).

Hayi : expression zouloue pour marquer l'effroi ou le dégoût (« non, pas ça ! »).

Isithunzi : dignité, respect, considération (zoulou).

Jirre : « mon Dieu » en argot des Flats.

Jissis : littéralement, « Jésus » (« Seigneur ! »).

Kleilat : bâton enduit d'une boule de boue à une extrémité que les enfants s'amusent à lancer le plus loin possible.

Madala : terme xhosa utilisé pour s'adresser, avec respect, à un homme âgé.

Oom : « oncle ». Mot afrikaans marquant le respect, utilisé pour s'adresser à un homme qui est nettement votre aîné.

Pappie : équivalent de « l'ancien » (affectueux).

Rooibos-chai : décoction issue d'un arbuste sud-africain mélangée avec des épices orientales.

Sisi : abréviation de *sister*, « sœur », familier, amical.

Stoep : véranda.

Tik : méthamphétamine.

uBaba : « papa » (familier).

Umlabalaba : jeu se jouant avec des pions sur un plateau comportant des lignes. Pour deux joueurs.

Yebo : « oui » (nguni).

Remerciements

La proie n'aurait pas vu le jour sans les conseils, le soutien, le savoir, la perspicacité, l'amitié et l'amour d'un grand nombre de personnes merveilleuses. Les erreurs et les lacunes (et la licence poétique) de ce livre me sont imputables. Tout le reste est dû à leur générosité. Un grand, grand merci à :

Mon agent Isobel Dixon, mon éditeur afrikaans Etienne Bloemhof et mon éditrice française, Marie-Caroline Aubert. Mon traducteur français Georges Lory. Je me sens particulièrement privilégié de pouvoir travailler avec vous.

Le commissaire divisionnaire Jean-Paul Faivre et le commandant Brigitte Volle de la Police nationale à Bordeaux. Jean-Paul, merci de nous avoir conviés à ton pot de départ. Cela prouve une fois de plus que ceux qui luttent contre le crime forment une fraternité internationale. Chez vous, Benny et Vaughn se seraient sentis chez eux.

Mes chers amis Henry Lefèvre, Stéphanie et Stéphane Doublait, de Bordeaux. Merci, Henry, de m'avoir prêté ton nom et celui de Sandrine, de ton soutien enthousiaste, ainsi que pour « notre » maison à Bordeaux. Stéphanie, merci d'avoir comblé mes grandes lacunes en français et d'avoir partagé avec moi l'histoire de Bordeaux. Stéphane Doublait, grand merci pour la chaise de bureau confortable qui m'a permis d'écrire là-bas.

Mon excellent collègue en littérature policière Olivier

Truc, et Jacques Follorou, journaliste au *Monde*, pour leur connaissance du monde français du renseignement.

Kerneels Breytenbach, qui m'a présenté à un diplomate légendaire, feu Leo Conradie, et à son épouse Renée. Renée, merci pour votre hospitalité et votre aide. Ce fut un honneur de rencontrer Leo, même brièvement. Il reste dans nos pensées.

Joy Strydom, Brenda Vos et tous les gens adorables de Rovos Rail, pour le voyage inoubliable entre Le Cap et Pretoria et pour vos réponses à mes questions incessantes. Vous, ainsi que le train le plus luxueux au monde, êtes incroyables.

Catherine du Toit, qui a corrigé mon français avec tant de précision, Schalk Joubert (le meilleur bassiste, à mes yeux et ceux de Benny), mon voisin et anesthésiste le docteur Johann Steyder, le professeur de géologie Ian Buick, Son Excellence Christophe Farnaud, ambassadeur de France, pour l'histoire des poussins.

M. Dominique de Villepin, formidable et brillant personnage, pour ses analyses en matière de politique internationale. Merci, Ronnie Kassrils, pour ton amitié et ta perspicacité. Tu es pour moi une inspiration.

Le Groupe criminalité violente des Hawks à Bellville, et le capitaine Elmarie Myburgh de l'unité Enquête psychologie de la police sud-africaine, et le docteur Hestelle Nel, anatomopathologiste.

Tous mes autres traducteurs, mes éditeurs à l'étranger qui, chacun à sa manière, apportent leur contribution à mes livres, de même que les correcteurs d'épreuves et leur œil de lynx.

Pour leur amour, leur patience et leur soutien sans faille, un immense merci à Marianne Vorster, Lida Meyer, Johan Meyer, Mart-Marie Serfontein, Marette Vorster, Hannes Vorster et Bekker Vorster.

Merci à tous ceux dont les noms se sont perdus entre des notes, les fichiers informatiques et les conversations téléphoniques coupées.

DU MÊME AUTEUR

Aux Éditions Gallimard

Dans la collection Série Noire

LA FEMME AU MANTEAU BLEU, 2021.

LA PROIE, 2020, Folio Policier n° 939.

Aux Éditions du Seuil

L'ANNÉE DU LION, 2017, Points n° P4883.

EN VRILLE, 2016, Points n° P4467.

KOBRA, 2014, Points n° P4211.

7 JOURS, 2013, Points n° P3349.

À LA TRACE, 2012, Points n° P3035.

13 HEURES, 2010, Points n° P2579.

LEMMER, L'INVISIBLE, 2008, Points n° P2290.

LE PIC DU DIABLE, 2007, Points n° P2015.

L'ÂME DU CHASSEUR, 2005, Points n° P1414.

LES SOLDATS DE L'AUBE, 2003, Points n° P1159.

JUSQU'AU DERNIER, 2002, Grand Prix de littérature policière 2003, Points n° P1072.

COLLECTION FOLIO POLICIER

Dernières parutions

703. Frederick Busch	*Nord*
704. Gunnar Staalesen	*Comme dans un miroir*
705. Jack Ketchum	*Une fille comme les autres*
706. John le Carré	*Chandelles noires*
707. Jérôme Leroy	*Le Bloc*
708. Julius Horwitz	*Natural Enemies*
709. Carlene Thompson	*Ceux qui se cachent*
710. Fredrik Ekelund	*Le garçon dans le chêne*
711. James Sallis	*Salt River*
712. Georges Simenon	*Cour d'assises*
713. Antoine Chainas	*Une histoire d'amour radioactive*
714. Matthew Stokoe	*La belle vie*
715. Frederick Forsyth	*Le dossier Odessa*
716. Caryl Férey	*Mapuche*
717. Franck Bill	*Chiennes de vies*
718. Kjell Ola Dahl	*Faux-semblants*
719. Thierry Bourcy	*Célestin Louise, flic et soldat dans la guerre de 14-18*
720. Doug Allyn	*Cœur de glace*
721. Kent Anderson	*Chiens de la nuit*
722. Raphaël Confiant	*Citoyens au-dessus de tout soupçon…*
723. Serge Quadruppani	*Madame Courage*
724. Boileau-Narcejac	*Les magiciennes*
725. Boileau-Narcejac	*L'ingénieur aimait trop les chiffres*
726. Inger Wolf	*Nid de guêpes*
727. Seishi Yokomizo	*Le village aux Huit Tombes*
728. Paul Colize	*Un long moment de silence*
729. F. G. Haghenbeck	*L'Affaire tequila*

730. Pekka Hiltunen | *Sans visage*
731. Graham Hurley | *Une si jolie mort*
732. Georges Simenon | *Le bilan Malétras*
733. Peter Duncan | *Je suis un sournois*
734. Stephen Hunter | *Le sniper*
735. James Sallis | *La mort aura tes yeux*
736. Elsa Marpeau | *L'expatriée*
737. Jô Soares | *Les yeux plus grands que le ventre*
738. Thierry Bourcy | *Le crime de l'Albatros*
739. Raymond Chandler | *The Long Goodbye*
740. Matthew F. Jones | *Une semaine en enfer*
741. Jo Nesbø | *Fantôme*
742. Alix Deniger | *I cursini*
743. Anders Bodelsen | *Septembre rouge (Rouge encore)*
744. Patrick Pécherot | *La saga des brouillards*
745. Thomas H. Cook | *Secrets de famille*
746. Ken Bruen | *Chemins de croix*
747. David Ellis | *La comédie des menteurs*
748. Boileau-Narcejac | *À cœur perdu (Meurtre en 45 tours)*
749. Boileau-Narcejac | *Le mauvais œil* suivi d'*Au bois dormant*
750. Ingrid Astier | *Angle mort*
751. Carlene Thompson | *Jusqu'à la fin*
752. Dolores Redondo | *Le gardien invisible*
753. Dashiell Hammett | *Le sac de Couffignal* suivi d'*Âmes malhonnêtes* et de *Tulip*
754. Mario Falcone | *L'aube noire*
755. François Boulay | *Cette nuit…*
756. Didier Daeninckx | *Têtes de Maures*
757. Gunnar Staalesen | *Face à face*
758. Dominique Manotti | *L'évasion*
759. Laurent Guillaume | *Black cocaïne*
760. Jô Soares | *Meurtres à l'Académie*

761. Inger Wolf	*Mauvaises eaux*
762. Jo Nesbø	*Police*
763. Jonathan Ames	*Tu n'as jamais été vraiment là*
764. Jack Vance	*Méchant garçon*
765. John le Carré	*L'appel du mort*
766. Bill Pronzini	*Mademoiselle Solitude*
767. Franz Bartelt	*Chaos de famille*
768. Thierry Bourcy	*Les ombres du Rochambeau*
769. Georges Simenon	*Nouvelles exotiques*
770. Jo Nesbø	*L'inspecteur Harry Hole. L'intégrale, I*
771. Lorenzo Lunar	*La vie est un tango*
772. Nick Stone	*Cuba Libre*
773. Jean-Claude Izzo	*Fabio Montale*
774. Boileau-Narcejac	*Les intouchables*
775. Boileau-Narcejac	*Les visages de l'ombre*
776. Joe R. Lansdale	*Diable rouge*
777. Fredrik Ekelund	*Blueberry Hill*
778. Heinrich Steinfest	*Le poil de la bête*
779. Batya Gour	*Meurtre en direct*
780. Laurent Whale	*Les Rats de poussière I Goodbye Billy*
781. Joe R. Lansdale	*Le sang du bayou*
782. Boileau-Narcejac	*Le contrat*
783. Boileau-Narcejac	*Les nocturnes*
784. Georges Simenon	*Le bateau d'Émile*
785. Dolores Redondo	*De chair et d'os*
786. Max Bentow	*L'Oiseleur*
787. James M. Cain	*Bloody cocktail*
788. Marcus Sakey	*Les Brillants*
789. Joe R. Lansdale	*Les Mécanos de Vénus*
790. Jérôme Leroy	*L'ange gardien*
791. Sébastien Raizer	*L'alignement des équinoxes*
792. Antonio Manzini	*Piste noire*
793. Jo Nesbø	*Du sang sur la glace*
794. Joy Castro	*Après le déluge*
795. Stuart Prebble	*Le Maître des insectes*

796.	Sonja Delzongle	*Dust*
797.	Luís Miguel Rocha	*Complots au Vatican I Le dernier pape*
798.	Caryl Férey	*Saga maorie*
799.	Thierry Bourcy	*Célestin Louise, flic et soldat dans la guerre de 14-18*
800.	Barry Gornell	*La résurrection de Luther Grove*
801.	Antoine Chainas	*Pur*
802.	Attica Locke	*Dernière récolte*
803.	Maurice G. Dantec	*Liber mundi I Villa Vortex*
804.	Howard Gordon	*La Cible*
805.	Alain Gardinier	*DPRK*
806.	Georges Simenon	*Le Petit Docteur*
807.	Georges Simenon	*Les dossiers de l'Agence O*
808.	Michel Lambesc	*La « horse »*
809.	Frederick Forsyth	*Chacal*
810.	Gunnar Staalesen	*L'enfant qui criait au loup*
811.	Laurent Guillaume	*Delta Charlie Delta*
812.	Laurent Whale	*Les Rats de poussière II Le manuscrit Robinson*
813.	J. J. Murphy	*Le cercle des plumes assassines*
814.	Éric Maravélias	*La faux soyeuse*
815.	DOA	*Le cycle clandestin, tome I*
816.	Luke McCallin	*L'homme de Berlin*
817.	Lars Pettersson	*La loi des Sames*
818.	Boileau-Narcejac	*Schuss*
819.	Dominique Manotti	*Or noir*
820.	Alberto Garlini	*Les noirs et les rouges*
821.	Marcus Sakey	*Les Brillants II Un monde meilleur*
822.	Thomas Bronnec	*Les initiés*
823.	Kate O'Riordan	*La fin d'une imposture*
824.	Mons Kallentoft, Markus Lutteman	*Zack*
825.	Robert Karjel	*Mon nom est N.*
826.	Dolores Redondo	*Une offrande à la tempête*
827.	Benoît Minville	*Rural noir*

828.	Sonja Delzongle	*Quand la neige danse*
829.	Germán Maggiori	*Entre hommes*
830.	Shannon Kirk	*Méthode 15-33*
831.	Elsa Marpeau	*Et ils oublieront la colère*
832.	Antonio Manzini	*Froid comme la mort*
833.	Luís Miguel Rocha	*Complots au Vatican II La balle sainte*
834.	Patrick Pécherot	*Une plaie ouverte*
835.	Harry Crews	*Le faucon va mourir*
836.	DOA	*Pukhtu. Primo*
837.	DOA	*Pukhtu. Secundo*
838.	Joe R. Lansdale	*Les enfants de l'eau noire*
839.	Gunnar Staalesen	*Cœurs glacés*
840.	Jo Nesbø	*Le fils*
841.	Luke McCallin	*La maison pâle*
842.	Caryl Férey	*Les nuits de San Francisco*
843.	Graham Hurley	*Le paradis n'est pas pour nous*
844.	Boileau-Narcejac	*Champ clos*
845.	Lawrence Block	*Balade entre les tombes*
846.	Sandrine Roy	*Lynwood Miller*
847.	Massimo Carlotto	*La vérité de l'Alligator*
848.	Benoît Philippon	*Cabossé*
849.	Grégoire Courtois	*Les lois du ciel*
850.	Caryl Férey	*Condor*
851.	Antonio Manzini	*Maudit printemps*
852.	Jørn Lier Horst	*Fermé pour l'hiver*
853.	Sonja Delzongle	*Récidive*
854.	Noah Hawley	*Le bon père*
855.	Akimitsu Takagi	*Irezumi*
856.	Pierric Guittaut	*La fille de la Pluie*
857.	Marcus Sakey	*Les Brillants III En lettres de feu*
858.	Matilde Asensi	*Le retour du Caton*
859.	Chan Ho-kei	*Hong Kong Noir*
860.	Harry Crews	*Des savons pour la vie*
861.	Mons Kallentoft, Markus Lutteman	*Zack II Leon*
862.	Elsa Marpeau	*Black Blocs*

863. Jo Nesbø	*Du sang sur la glace II Soleil de nuit*
864. Brigitte Gauthier	*Personne ne le saura*
865. Ingrid Astier	*Haute Voltige*
866. Luca D'Andrea	*L'essence du mal*
867. DOA	*Le cycle clandestin, tome II*
868. Gunnar Staalesen	*Le vent l'emportera*
869. Rebecca Lighieri	*Husbands*
870. Patrick Delperdange	*Si tous les dieux nous abandonnent*
871. Neely Tucker	*La voie des morts*
872. Nan Aurousseau	*Des coccinelles dans des noyaux de cerise*
873. Thomas Bronnec	*En pays conquis*
874. Lawrence Block	*Le voleur qui comptait les cuillères*
875. Steven Price	*L'homme aux deux ombres*
876. Jean-Bernard Pouy	*Ma ZAD*
877. Antonio Manzini	*Un homme seul*
878. Jørn Lier Horst	*Les chiens de chasse*
879. Jérôme Leroy	*La Petite Gauloise*
880. Elsa Marpeau	*Les corps brisés*
881. Sonja Delzongle	*Boréal*
882. Patrick Pécherot	*Hével*
883. Attica Locke	*Pleasantville*
884. Harry Crews	*Car*
885. Caryl Férey	*Plus jamais seul*
886. Guy-Philippe Goldstein	*Sept jours avant la nuit*
887. Tonino Benacquista	*Quatre romans noirs*
888. Melba Escobar	*Le salon de beauté*
889. Noah Hawley	*Avant la chute*
890. Tom Piccirilli	*Les derniers mots*
891. Jo Nesbø	*La soif*
892. Dominique Manotti	*Racket*
893. Joe R. Lansdale	*Honky Tonk Samouraï*
894. Antoine Chainas	*Empire des chimères*
895. Jean-François Paillard	*Le Parisien*

896. Luca d'Andrea	*Au cœur de la folie*
897. Sonja Delzongle	*Le hameau des Purs*
898. Gunnar Staalesen	*Où les roses ne meurent jamais*
899. Mons Kallentoft, Markus Lutteman	*Bambi*
900. Kent Anderson	*Un soleil sans espoir*
901. Nick Stone	*Le verdict*
902. Lawrence Block	*Tue-moi*
903. Jørn Lier Horst	*L'usurpateur*
904. Paul Howarth	*Le diable dans la peau*
905. Frédéric Paulin	*La guerre est une ruse*
906. Paul Colize	*Un jour comme les autres*
907. Sébastien Gendron	*Révolution*
908. Chantal Pelletier	*Tirez sur le caviste*
909. Sonja Delzongle	*Cataractes*
910. Elsa Marpeau	*Son autre mort*
911. Joe Ide	*Gangs of L.A.*
912. Francesco Dimitri	*Le livre des choses cachées*
913. Jo Nesbø	*Macbeth*
914. Dov Alfon	*Unité 8200*
915. Jérôme Leroy	*Un peu tard dans la saison*
916. Pasquale Ruju	*Une affaire comme les autres*
917. Jean-Bernard Pouy	*Trilogie spinoziste*
918. Abir Mukherjee	*L'attaque du Calcutta-Darjeeling*
919. Richard Morgiève	*Le Cherokee*
920. Antonio Manzini	*La course des hamsters*
921. Gunnar Staalesen	*Piège à loup*
922. Christian White	*Le mystère Sammy Went*
923. Yûko Yuzuki	*Le loup d'Hiroshima*
924. Caryl Férey	*Paz*
925. Vlad Eisinger	*Du rififi à Wall Street*
926. Parker Bilal	*La cité des chacals*
927. Emily Koch	*Il était une fois mon meurtre*
928. Frédéric Paulin	*Prémices de la chute*
929. Sonja Delzongle	*L'homme de la plaine du nord*
930. Sébastien Rutés	*Mictlán*

Composition APS-ie
Impression Maury imprimeur
à Malesherbes, le 5 juillet 2021
Dépôt légal : juillet 2021
Numéro d'imprimeur : 255484

ISBN 978-2-07-292291-6. / Imprimé en France.

373620